黒古一夫

Kazuo Kuroko

近現代作家論集

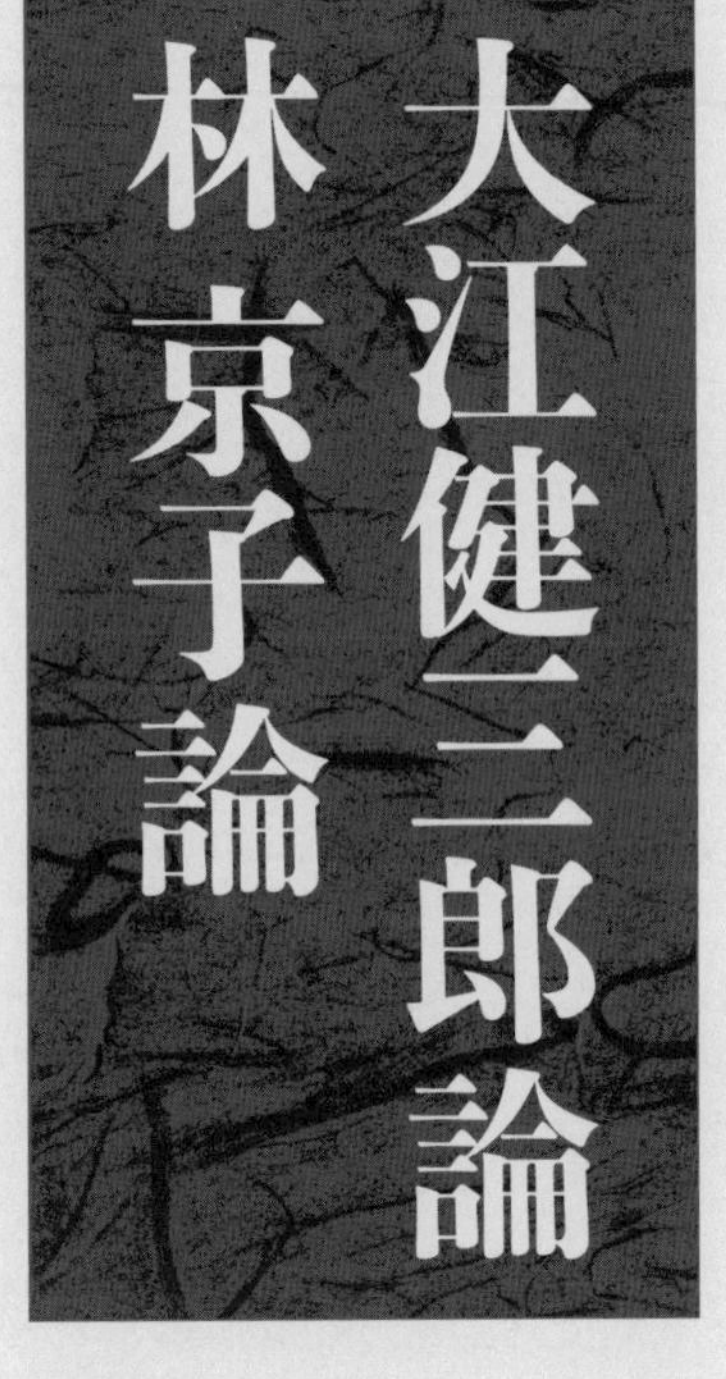

第2巻

アーツアンドクラフツ

第二巻　目　次

❖大江健三郎論

❖林京子論　205

装丁◉坂田政則

大江健三郎論

作家はこのようにして生まれ、大きくなった

――大江健三郎伝説

伝説一　「詩」を書く少年——文学的出発

〈一〉「最初の詩」

大江健三郎は、自らの中学と高校時代における精神的な在り方について触れた「最初の詩」（『厳粛な綱渡り　全エッセイ集』六五年所収）の中で、最初に入った高校（愛媛県立内子高校）でのサルトル『水いらず　壁』やフローベール『ボヴァリー夫人』、正宗白鳥の『日本脱出』、野間宏の『顔の中の赤い月』、小林秀雄の『モーツアルト』等の読書経験を語ったあと、次のように書いている。

この高等学校のあまりに文学的な印象が、一年後、ぼくを地方都市の高等学校に転校させる直接の動機となった。（中略）ぼくは始めて農村から脱出しえたという印象をもって地方都市での下宿生活をはじめた。黒い半外套をきたジェラール・フィリップに似ている同級生がフランツ・カフカの《審判》を読み、この同級生が今までぼくの周囲にいた文学少年たちと違って本格的な、独創的な読書感覚をもっていると認めた。かれは死んだ伊丹万作の息子だった。ぼくはかれに見せるために孤独で暗い恐怖にみちた宇宙についての詩を生れてはじめて書いた。しかし、できあがった詩は農村と家とから脱出した少年の自由を喜ぶ声で歌われた奇妙に明るい詩だった。

この時「黒い半外套をきたジェラール・フィリップに似ている同級生」池内義弘（後の伊丹十三）に見せるために書いた詩が、大江が転校した松山東高校（旧制松山中学）文芸サークルの機関誌『掌上』（通巻六号　一九五三年二月刊）に発表した全三十二行の『別れ』であることは、間違いない。ランボーの詩句「ああ、季節よ、城よ、／無疵なこころが何処にある。」をエピグラムとして付し、「おおえ・けん」の署名で発表された詩は、二行ずつの十六連で、今では母校松山東高校の史料館に掲げられているので見た人もいるかと思うが、一般的にはほとんど知られていないものなので、以下に全部を掲げる。

ぼくは　人々の　善意にあきた。
哀しみや怒りや　そんなごみごみにあきはてた。

赤蟹をあさることにあきた熊が
沢を去ってゆくように　ぼくは。

すみなれた　雲や河や　街に
別れよう。

秋の朝の　哀しい太陽のように
さわやかに　たびだとう。

ぼくが沈思する静かな生きものであったことを　とがめるな。
胸に妄執や歯ぎしりを秘めていても

湧きあがる泉のようにそれがほとばしるまで、
弱いほほえみしかできぬ季節もある。

けれど　いま　落葉の冬　かわいた冬
ぼくはあかいろの魚のようにめざめた。

巨きい船が敷石の波止場を去るように

静かに　ゆたかな感情にみちて、
ぼくは　雲や河や　街に　別れよう。
反逆であるか逃亡であるか知らないが

こんなに愛情に渇いている　ぼくを、
昨日の　ぼくは　しらなかつた。

白い花びらをしき　草の葉をしき
星あかりのなか　露にぬれて、

ぼくは　野原に笛ふこう、夜あけには谷におりよう。
しなやかな　若い樹木を　たたえよう

いつも鳥の唱や雲の嘆きを　きいていよう。
花々や明るい天の　激しい喜びをよろこぼう。

ぼくは　雲や河や　街に　敬禮する。
それから脱ぎすてよう　古いガウンを。

ぼくの喪なつたものは　まぶしく遠いが
こわれた楽器の快活さに、

ぼくは　あこがれにみちて　たびにでる。

巨きい船のように　春の水のように。

すでに周知の事柄に属する「年譜」（篠原茂作成『大江健三郎・再発見』所収　二〇〇一年　集英社）を始めとする大江の履歴に従えば、この『別れ』が発表された年は、大江が松山東高校を卒業した年に当たる。大江はこの年東京大学を受験して失敗している。もちろん、この詩はそれら「激動」を予測しての作品ではないと思われるが、ここからは、「農村と家からの脱出」を超えて、「東京＝中心」へ行くことを決意した地方都市に生きる青年（少年）の意気込みとも言うべきものを窺うことができる。正宗白鳥や野間宏、小林秀雄が現に活躍している「文化の中心地」東京に行く、という畏れと戦きと言ったらいいだろうか。あるいは、自らを暗黙のうちに縛り付けていた「故郷」を脱出して「自由」を獲得することの喜びがここには書かれている、とも言える。

ただ、「白い花びらをしき　草の葉をしき／星あかりのなか　露にぬれて、／ぼくは　野原に笛ふこう」や最終連「ぼくはあこがれにみちて　たびにでる。／巨きい船のように　春の水のように。」といった詩語からは、十八歳という「若さ」が内包する抒情と言うか感傷も感受される。サルトルや野間宏を読む、あるいは渡辺一夫経由でフランス文学に憧れる地方都市の文学青年が素直に自分の感情を吐露したときに見せるリリシズム、だったと言えばいいのか。とは言え、「胸に妄執や歯ぎしりを秘めて」とか「反逆であるか逃亡であるか」などの言葉の底に秘められた激烈な思いを想像すると、十八歳の大江は松山で一人暮らしをしながら内部に制御しきれない修羅を抱えていたのではないか、と思わざるを得ない。この大江の詩を見せられた伊丹十三がどのような感想・意見を大江に伝えたのか、残念ながらそのことについては不明である。

なお、大江は先の引用で伊丹十三に見せるために「生まれてはじめて詩を書いた」と書いているが、後で記す「一覧表」を見れば分かるように、内子高校時代にも詩を書いているので、この『別れ』が「生まれてはじめて書いた詩」ではない。また、この『別れ』を大江が書いた時、伊丹十三はすでに松山東高校から出席日数不足やその他の理由で松山南高校に転校していて――伊丹は、大江たちが三年生になる時転校し、南高校では二年生をやり直すことで転校が許されたという事情がある――、同級生と言っても「かつての同級生」ということになる。もっとも、大江と伊丹は伊丹が南高校に転校した後も文学青年たちの溜まり場ともなっていたアメリカ文化センター等を中継基地として変わらず親交を続けており、その意味では「同級生」であった。

この大江が四国の松山で高校生活を送っていた時代は、連合軍（アメリカ軍）による占領期＝復興期を経て「新生日本」がいよいよ世界に向かって船出していく時期に重なっていた。朝鮮戦争（一九五〇～五二年）を契機に「再軍備」が画策され、戦前の支配勢力が復活してくる反動期を迎えたとは言え、アジア太平洋戦争への反省から「武器＝軍事」よりは「文化」を重んじる「民主国家・日本」の方向は、この時期でも大筋で変更されていなかった。その意味では、高度成長経済期以前の「貧しい」時代であったとしても、この時代の日本＝社会の在り方と「大海」に出ていく地方青年の気概とが通底していたとも言える。

抒情や感傷にその全体が支配されているとは言え、その内部に「修羅」と共に確固たる「夢」や「希望」といった青年らしい精神を充満させていた松山東高校卒業時の大江健三郎、ここにノーベル賞作家の文学的出発を見るのも間違いではないが、実は大江健三郎の最も早い文学作品は、この『別れ』という詩に遡ること二年、大江が最初に入った愛媛県立内子高校の一年の時に書いた『初夏の夜』（内子高校生徒会誌『うめの木』十七号　一九五〇年七月刊）という詩である。

ひしひしとくらやみはせまり
屋根がはらの黒い光りに
夜は躍動し――
汽笛の音はくらやみのしじまをつらぬく
かんだかいげたの音は
ろじをむこうへ去り
初夏の夜はものうい時計の音とともに
ふけて行くが……
私の心は
どうくつのちんでんした空気のように
明日の不安に
おびえて動かない
あらゆる時間からえんをきって
奈落のどんぞこにつきおとされてしまったように私の心はおびえる

初夏の夜はものうい時計の音とともにふけて行くが……。

（全文）

自分の内部に目を凝らして、そこから立ち上る「不安」に身動きできなくなっている思春期を生きる人間の姿が、見事に表現されている。この時期、大江は盛んに詩作を試みていたことが、『うめの木』を見ると判明する。十八号（五〇年十月刊）には『赭い秋』という作品が載っている。

哀しみ　いかり
なげき……傷心……。

野良犬の赤いはらわたが
よごれた空にぐるぐるひろがり
鶏ののどくびからどくどく流れる
にごりきつた血……。
パックリ赤くひらいた
落日……。

眼をひからせ
敗残兵のやうに
座つてゐる……。

かわききつた
銀笛のうめきか……
たましいのすすりなき……。

みじめな
赭い秋である。

（全文）

生まれてから中学を卒業するまで住んでいた大瀬村（内子高校へは、伯父の家に下宿して通っていた）の全山を始めとする四国山地の紅葉については、一切詠わず、それらを「野良犬の赤いはらわた」「鶏ののどくびからどくどく流れるにごりきつた血」「パックリ赤くひらいた落日」との比喩で表現せざるを得ない大江少年の心情を思うと、慄然とせざるを得ないものがある。もちろん、「哀しみ　いかり／なげき　傷心……。」などという感情語をそのまま使い、最後に「みじめな／赭い秋である。」とストレートに心情吐露しているところなど、十五歳らしい「幼さ」がそのまま出ていると言うこともできるだろう。しかし、この『赭い秋』からは、十五歳の大江がすでに「内部の不安」「アイデンティティの危機」といったものを抱えて、それを言葉に移そうとする＝表現する確固たる意思を持っていたことも、また感得できる。そのことは、例えば、『うめの木』の同じページに収録されている一級上の女生徒の作品『はたる狩り』の「耐えがたき憂いのありて／今宵また月を眺めぬ／ほたる狩りし楽しき宵も／今は早遠く去りぬ／城址に咲く女郎花／摘みしこと夢とはなりぬ／あふれ来る想いのありて／たゝずみぬ夜は更けゆけど」の古めかしい言葉の羅列と比べてみれば、歴然とする。言葉の凝縮度や内部に抱えた「修羅」の激しさにおいて、大江の詩の方が際立っていると言えばいいか。

何よりも「眼をひからせ／敗残兵のやうに／座つてゐる」という言葉からは、為す術もなく孤立無援な状態に置かれていたのであろう当時の大江の在り様が言葉の背後から立ち上がってくる。このような自己認識に至った具体的な経緯については不明だが、思春期のただ中にあってもうすでに「敗残兵」に自己を擬する大江の意識は、やはり「鄙（ひな）には稀な」と言っていいのではないかと思われる。

なお大江には今判明している公表された詩作品がもう五つある。一つは、大江が『大江健三郎小説1』（九六年）の「月報」に連載した自伝的エッセイ「私という小説家の作り方」（後九八年に単行本）の「第二章　しずくのなかに／別の世界がある」の中に記された作品である。「私の書いたもので最初に活字になったのは、ほぼ後に記すような『詩』のかたちをしていた。」で始まる文章の中に、次のような詩編が掲げられている。

雨のしづくに
景色が映つてゐる
しづくのなかに
別の世界がある

この詩を書いたことの意味について、同じ文章で次のようにコメントしている。

私よりほかにもこのような発想の「詩」を書いた、それももっとたくみに、もっと個性のしるしをきざんで書いた少年は、数多いことだろう。自分の詩の才能に私が早く見きりをつけたのは正しかったのだ。ただ、この「詩」が私にとって忘れがたいのは、そこに少年時の自分の現実に対する態度の、あえていうなら世界観の、原型が示されているように思うからだ。事実、私はこの「詩」を作ってから半世紀にもわたって、しづくのなかの別の世界を——そこには自分のいるこの世界が映っている、という自覚もある——、文章に書き続けることになった。

現実を映す鏡としての文学、あるいは現実を「もう一つの世界＝虚構」として描き出すものとしての文学、後に大江が依拠することになるロシア・フォルマリズムの理論に従えば、文学における「異化」作用という原理を大江は中学生になったばかりで無意識裡に感得し、以後この原理を明らかにすべき忠実な使徒として生きてきたというのである。それだけこの「雨のしづく」の詩以後、「現実」と「言葉」や「表現」との関係について自覚的な生活を送ってきたということなのだろうが、そうであるならば「雨のしづく」の詩が大江文学の原点と言っていいのかも知れない。

また、もう一つ判明している詩に、時期的に言えば『赭い秋』と『別れ』の中間に位置する『午後の素描』(『掌上』四号　一九五一年七月)と、『掌上詩集』(一九五二年二月刊)と名付けられた松山東高校文芸部が刊行した詩集に収められた『歴史』、『レクイエムⅠ』、『炎』の三編がある。このうち『午後の素描』は松山東高校へ転校した直後のもので、明らかに花田清輝の「楕円幻想」(『復興期の精神』四六年刊　所収)を意識した「……楕円の正確な曲線の赤。池のほとり。／太陽は水の下。燃える。……」を前後に付した散文詩である。この詩は、メタフィジックな表現の中に「虚無」「孤独」「死」「哀しみ」等の言葉がちりばめられ、相変わらず「修羅」を抱えたまま彷徨する精神を持て余している大江の十六歳を彷彿とさせるものになっている。

沸々と内部に滾る思い・情念を言葉に託して外化（対象化）せんと苦闘していた大江の青春が、これらの詩からは窺い知ることができる。

詩を書く少年（少女）というのは、今も昔も変わらず多数存在する。文学総体が地盤沈下している今日にあって詩だけは別、といった傾向さえある。戦後の民主主義教育が目指した「自己表現できる子供」に、詩を書かせることが最適であるとの認識が大方の国語教師たちにずっとあり、詩教材が教科書に満載されてきたということも、その背景にあるだろう。見たまま、感じたままを行分けして書けば、それが詩であるかのような風潮、これが今日にまで続く「詩の隆盛」の一因なのだろうが、大江のように「しずくのなかに／別の世界がある」という「異化」感覚をその後も持続させた少年・少女は数少ないのではないだろうか。その意味では、「文学」を志す人間の心底には必ずこの「異化」感覚がある、と言ったら言い過ぎだろうか。

〈二〉「ドストエフスキー」と「太宰治」

先に記した篠原茂作成の「年譜」を見ると、大江の一番先に書かれた散文は、一九五〇年（十五歳）、大瀬中学校の生徒会誌（創刊号——大江は大瀬中学の第一回卒業生）に書いた「書評『罪と罰』について」ということになっている。四国の山深い「谷間の村」の中学三年生がドストエフスキーの『罪と罰』を読んでの感想であるが、そもそも大江健三郎という人間・作家にとってドストエフスキーという存在はどのようなものであったのか、ここに二十八歳の時に書いた面白い文章がある。

ぼくは子供のとき教師から、おまえの欠点は集中力のとぼしいことだ、といわれたものだった。また、おなじころの不良少年のグループに校舎の裏へよびだされてリンチに会いそうになったとき、かれらのリーダーがぼくを殴ろうとして（ぼくは両腕と両足と頭とを五人の連中にしっかりつかまえられていて、捕えられた野犬のような気分だった）不意に拳をおろし、だめだ、こいつは他のことを考えているから！　と叫んで、それでぼくは難をまぬがれた。そのころぼくはいつも茫然としていた。ぼくは十四歳で、はじめてドストエフスキーを読みはじめたところだった。

それから、二十八歳の現在まで、ぼくはほとんど毎年のように、この茫然としてドストエフスキーだけを読んでいる一時期をすごすことになった。それは二ヵ月もつづくことがあるし、一週間で終ることもある。ともかく、ぼくにとってそれは聖週間だった。

（「ドストエフスキー——『白痴』とボールドウィン」六三年）

「茫然」というのは、ドストエフスキーの堅牢な奥深い作品世界とそこで展開される人間のドラマに大江が捉えられ、現実の生活や感覚から遊離した状態になっていたことを指しているのだろうが、若き大江健三郎がドストエフスキー（ロシア文学）の世界にはまりこんでいたという証言は、貴重である。サルトルを始めとするフランス文学やノーマン・メイラーなどのアメリカ文学との関係については、大江自身による度重なる発言があるが、若き日にドストエフスキーを読んで「茫然とする」日々を過ごしていたというのは、この引用以外にほとんど見あたらないからである。わずかに「戦後文学をどう受けとめたか」（『厳粛な綱渡り』所収）の中に「新制中学生のぼくが生まれてはじめて村の本屋に注文して買ったのが、岩波文庫の『カラマーゾフの兄弟』と、渋で和紙を強化した表紙の背に、大ぶりの活字を金でおした（とおぼえている）花田清輝『復興期の精神』だった」、とあるのみである。

そんな大江の公になった最初の散文が「書評『罪と罰』について」というのは、偶然とは言えその後の軌跡を見ると、いかにも大江に相応しいものだったのではないかと思わざるを得ない。「罪と罰はトルストイの復活よりも先に刊行されたのにもかゝわらず、復活よりもより近代的な感覚を感じさせる。夫れは罪と罰に表われている思想がより現実的であるからであろう。」で始まるこの最初の散文の中で大江は、「（殺人を犯したラスコーリニコフの）真摯なる苦悩と夫れに対する最後の救い」がこの小説の主題であると正確に読みとり、次のように結論づける。

最後に私は感じる。人間の知性には限度のあることを。そしてその知性で解決出来ない寂しさが宗教を生み神に対する愛を生んだ事を。そして夫れでもつて何事をも許してしまわねば安心立命の境地に入る事の出来ない人間の寂しさを。

果たしてこれが十五歳（中学三年生）の書く文章であるか。三島由紀夫のように小さい時から「英才教育」を施されてきた都会の子供ならいざ知らず、いかに早熟であったとは言え、四国の山奥の中学生がこのような文章を書いたという事実に驚嘆する。実際に行ってみれば分かることであるが、大江が生まれ育った愛媛県喜多郡大瀬村（現在、内子町大瀬）は、山深い寒村である。今でこそ高知県まで抜ける舗装道路が整備されているが、五十年前を想像すると、松山市は元より内子町とさえ余り交流がなかったであろう文字通り山に囲まれた「谷間の村」であったことが知れる。

そんなことを念頭に置いて大江の作家以前の散文を見てみると、ドストエフスキーに次いでシェークスピア（「人間と運命との争闘―ハムレット私見―」『うめの木』十七号　五〇年七月）を論じ、そしてその次に取り上げたのが「太宰治」であったというのは、大江の思春期と太宰の自殺（心中）が重なっていたからであろうが、今日から見るといささか奇異な感じを受ける。論理よりも自らの感性にどっぷりと浸かるところから言葉を発してきたように見える太宰と、現在に至る大江の文学は対極にあると思えるからである。とは言え、件の太宰論「浪漫的完成について―太宰治におけるその展開―」（同十九号　五一年二月）は、後に「高等学校の一年生のとき、『浪漫的完成について』という太宰治論を文芸部誌に発表したこともおぼえているが、そのタイトルは、花田清輝からの剽窃だった」（前掲「戦後文学をどう受けとめたか?」）と回想しているのとは裏腹に、太宰文学の本質の一部を鋭く突く、到底十六歳の高校一年生が書くようなものではなかった。確かに、大江が言うように「浪漫的完成について」は、タイトルではなくその内容において、花田清輝の戦前における唯一の書『自明の理』（四一年　戦後『錯乱の論理』と改題）に収められた「二十世紀における芸術家の宿命―太宰治論―」の強い影響の下に書かれたと考えていいかも知れない。特に、

フオークロア…それは、童話の世界と言つても良い。フオークロアとは「目的論的に、構成された世界を、因果律を無視して描いて行く物語の形成」であり、必然性よりも、自由意志のほうが、主体となる世界なのである。

という部分など、花田清輝の言葉そのままであり、「剽窃」と言ってもいいほどに酷似している。しかし、当時活躍中であった太宰の文学を「宿命」と「反俗」をキーワードに、その新しさ＝実験的な試みを高く評価する花田と大江の違いは、大江文の冒頭「太宰治は救いを求める作家ではなかつた。『救いの無さ』の極限に生きる事が、彼の、せめてもの虚栄であり、彼の文学は、この線にそつてなされた。」に端的に示されている。つまり、大江の太宰論は、太宰の自殺をどのように考えるか、文学史的には如何に位置付けることができるのか、という問題意識に基づいて書かれたもので、花田のように「二十世紀における芸術家の宿命」といった角度からの切り口とは異なっていたのである。別な言い方をすれば、該博な知識と華麗なテクニックで戦後文学批評を平野謙や本多秋五、小田切秀雄などとは違った形で展開していた花田清輝の太宰評価に乗りながら、しかし必死で太宰の文学とその死を「浪漫的完成」ということで自分なりに決着をつけようとしたものが、この『浪漫的完成について』という批評であったということである。大江の問題意識は、明確であった。先の引用に続く部分。

故に、彼が、行つた、「時代的苦悩」からの脱出は、「救い」を求めての行為ではなかつた。その脱出によつて、真の自由を獲得し、リベルタンたる彼の本性を、ロマンチストたる彼の本質を、何の制約もなく、定義し、自己の極限を発揮して、「救いの無さ」と、とりくむことが、彼の目的であつた。彼が、いかにして、彼の時代の圧迫から脱出し、しかも、文学が、それをたすけるに、いかほどの可能性をもち得たか。それを思考することが、私の主題である。

そして、「彼の文学的結論であるフオークロアは、彼から苦悩をとり去ることが出来たのであろうか」「文学的な浪漫的完成フオークロアは彼の人間としての浪漫的完成まで意味したか……」と問い、次のような結論に至る。

しかしなにもかも、すぎゆくものとして、あきらめる事は少なくとも、太宰を時代的苦悩の圏外へは押した。そのあきらめは、人間の敗北を意味する。しかし、人間に敗北することによつて、彼は彼の目的であるウール・シユウタンド（本然の状態―引用者注）へたちかえつたのだ……。万物を、過ぎゆくものとして肯定すること（仏教の無常観とは異なる。太宰のそれには、あくまでもすくいはないのだ。それは又、ヘラクレイトスやショウペンハウエルの思想とも異なる太宰のうめきはあくまでも、二十世紀の、うめきなのだ。）は、彼の言う浪漫的完成の極致ではないのか……。太宰は、人間に敗北することによつて浪漫的に完成したのではないのか。私はこの断定を肯定したい。

「詩」作品が明らかにしている大江の「孤独」は、太宰の入水自殺を「考える必要を感じない。自殺は、彼にとつて、結論以後の行動である」と、余り重視しない立場をとる一方で、心底のどこかで共振していたのだろう、太宰の文学と生き方を「人間に敗北することによつて浪漫的に完成した」として肯定している。多感な文学青年の揺れ動く心情、と言ってしまえばそれまでであるが、表面的には「理系」志望と言いながら密かに文学を志していた大江の自負が、この「浪漫的完成について」から読みとれないだろうか。

戦後、太宰治の文学はそのスキャンダラスな心中による死の故か、あるいはその文学に通貫する「道化」の意識や「人間失格」といった自己規定の故か、「青春の文学」というような曖昧かつ半ば蔑みの感情を持って迎えられてきた。剝き出しの自意識が社会と折り合っていく場合に必然的に取る「道化」というスタイルは、本来決して「青春」特有の在り方ではないにもかかわらず、何故か太宰の文学は青年期に読まれるべきものとして受け取られてきた、ということである。繰り返し「全集」

が刊行され、文庫本も大量に読まれ、多くの読者に歓迎され続けてきたにもかかわらず、である。文学を専門にする人間でさえ、「太宰が好きでね」と言う時には小声ではにかみながら、「私は少し変わっているので」といったニュアンスを持って語るのが普通になっている。

そんな太宰の文学に対して、花田清輝に触発されたとは言え、正面から太宰が自殺したという事実を背景に「浪漫的完成」という観点から論じた十六歳の大江の感性と思想、これは並大抵のものではなかったと言っていいだろう。その早熟ぶりは、やはり十六歳で『花ざかりの森』（四一年「文藝文化」に発表、四四年刊行）を書いた三島由紀夫に並ぶ。そしてその早熟さは、次のような「意気込み」と「自負」につながるものでもあった。

我々は、現在とぢこもつている古い文学形式を打破しなければなりません。十七歳の好奇心でもつて我々の世代の文学を創造するために…。それでなくて、職業作家をまねても、ナンセンスにしかすぎないし、その喜劇は終末に多分に、悲劇を予想させますから。

（『掌上』四号　五一年七月「編集後記」、「おおえ」の署名）

ここに見られるいかにも十七歳の文学青年らしい「気負い」と「自信」は、まさに太宰が内包していた浪漫主義に触発されたものと言ってよく、五十年後の「私は、このところいつも次に書く小説として、それも具体的に構想のきまってきた小説を書き始めようとする時より、書かねばならない『最後の小説』として夢想する段階においてのことだが、ロマンティシズムの甦りということを考えるのがつねだった。自分にとって若い時からの性癖のような考え方『最後の小説』という方向づけ自体に、ローマン派的な心情を自覚しているのでもある」（『私という小説家の作り方』九八年）と通底している。また、このような多感な文学青年がどのような環境で生み出されたのか、次のような回想がその回想の一端を明らかにしてくれる。

俳句・短歌時代につづく僕の詩的経験には、大岡昇平氏にあたえられた契機をはずすことができない。子規や伊丹万作の学んだ中学の後身である松山の新制高校にかよっていた僕は、詩集編纂者としてその名を知ることからはじめた大岡昇平氏による、中原中也、富永太郎の詩集に大きい影響を受けたから。つづいて三好達治。それから日夏耿之介訳によるポー、深瀬基寛訳によるエリオット、オーデン。僕はそれらの総体の詩的牽引力に方向づけられて高校生活をすごした。

（「詩が多様に喚起する」七七年『表現する者―状況・文学』所収）

〈三〉「希望」、そして「自負」

松山東高校の同級生で、大江が転校してくる以前から『掌上』を発行していた文芸部の部員であった大澤剛志の労作「大江健三郎《奇妙な仕事》以前の初期作品年譜」（九七年作成）によると、大江の中学から高校にかけての著作（詩・エッセイ、等）は、全部で二十二編を数えることができる。以下、先に取り上げた作品も含めてジャンル別に列記する。

〈詩〉

（1）「雨のしずく」（国語教育関係のパンフレット　四七、八年頃）
（2）「初夏の夜」（内子高校生徒会誌『うめの木』十七号　五〇年七月）
（3）「赭い秋」（同十八号　五〇年十月）
（4）「素描への転身」（未発表　二六年六月）
（5）「午後の素描」（松山東高校文芸部誌『掌上』四号　五一年七月）
（6）「夜と月とそんな藍色のなにもかもと」（未発表　五一年十二月）
（7）「角灰皿購入記念」（同　五二年一月）
（8）「果てしない絵」（愛媛新聞　五二年一月三十日）
（9）「鏡について」（未発表　推敲過程稿　五二年二月頃）
（10）「歴史」（『掌上詩集』『掌上』五号　五二年二月）
（11）「レクイエムⅠ」（同）
（12）「炎」（同）
（13）「春の空気が恥づかしいので」（未発表　五二年十二月）
（14）「別れ」（『掌上』六号　五三年二月）

〈エッセイ〉

（1）「書評『罪と罰』について」（大瀬中学校『生徒会誌』創刊号　五〇年三月）
（2）「人間と運命との争闘—ハムレット私見—」（『らめの木』十七号　五〇年七月）
（3）「書評　谷川徹三著『詩と哲学』」（同十八号　五〇年十一月）
（4）「浪漫的完成について—太宰治におけるその展開—」（同十九号　五一年二月）
（5）「解脱について」（『掌上』四号　五一年七月）

〈その他〉

（1）「編集後記」（『らめの木』十九号　五一年二月）
（2）「編集後記」（『掌上』四号　五一年七月）
（3）「小説」（「童話風なエチュード」と題して、『I　千年ねむったお姫さまの話』、『II　あらじんと魔法のランプの話』、『III　驢馬の耳をもった王と理髪屋の話』の三作。未発表　五一年六月）
（4）「覚書」（編集後記）（『掌上』五号　五二年二月）

＊この他に「国語のレポート」や「草稿」なども残されている。

六年間で二十二編の「作品」という数が多いのか少ないのか、そのことに関しては議論の分かれるところだろう。しかし、「本の虫」とも言うべき多量の読書を誇っていた大江が、その一方で「表現」への意欲を持ち続け、実作を発表し続けてきた事実は、ノーベル文学賞を受賞した大江健三郎という作家を考える時、小さくない意味を持っているのではないかと思う。言葉を換えれば、「本」という活字の世界を通じて日常とは異なった「もう一つの世界」のあることを知り、そのことによって己を取り巻く現実を再照射するという生き方のスタイルは、大江の場合すでに中学・高校時代に確かな地歩が築かれていたと言っていい、ということである。

他の多くの高校生たちが自分の進むべき道が見つからず右往左往していた時に、大江はすでに「文学の道」に進もうとする志を持ち、それを実践的に推し進めていたと言ったらいいだろうか。例えば大江は、東大仏文科時代の恩師渡辺一夫に関するいくつかのエッセイで繰り返し、渡辺一夫の著書を最初に読んだのは高校生の時で、大学に入ったらこの先生の下で勉強したいと思っていたと書いているが、それを彼は実現している。目標に向かってそれを実現すべく確実に前に進む、これは大江という人間の特質と言っていいかも知れない。

伝説二 「谷間の村」の少年

〈一〉 神童、もしくは「変な子供」

大江の生まれ育った「谷間の村」（旧愛媛県喜多郡大瀬村）について、『新編内子町誌』（九五年刊）は、次のように記している。

一八八九年（明治二二年）町村制実施にともない、内子町と、大瀬村を含む五か村が生まれ、一九五五年（昭和三〇年）四か村が内子町に合併される。大瀬村は喜多郡の最東端に位置し、小田川の南北両岸を占める山村で、古くは大洲藩領に属し、米、大豆、紙、鮎を産する旨の記録が残されている。明治初年には戸数七七六、人口三一六八。宝暦年間（一七五一〜六四）から大正年間まで木蠟の全国的生産地であった。一七八八年（天明八年）に、飢饉による農民の逃散であると推定される「大瀬騒動」が起こったが、その後、幕末の一八六六年（慶応二年）七月一五日から三日間にわたる「奥福騒動」は、内山盆地を中心とする三〇か村、約一万人の農民が物価暴騰を理由に、商家に打壊しをかけた大きな事件であった。

この「谷間の村」で、大江の家は和紙の材料である三椏（みつまた）などを農家から買い取り、それを加工して内閣印刷局へ紙幣用紙として納めるのを生業としていた。そんな家の三男として大江健三郎は一九三五年一月三十一日に生まれている（兄二人、姉二人、弟一人、妹一人の七人兄弟）。父は大江が八歳の時に亡くなっているが、大江の先祖が、「商家に打壊しをかけた」「奥福騒動」の際に被害を受けたかどうかは定かではないとしても、江戸時代には武士の身分で出産物の集荷を行い、明治になってからそれを引き継ぐ形で紙幣用紙を扱う業を行っていたこと、更には大江が内子高校に進学した時から下宿を始め、他の兄弟姉妹も皆それぞれ下宿して高校を卒業していること、あるいはその後大江が東京の大学に進学したことなどを考えると、大江の生家が村にあってそれ相応の家柄、有り体に言ってしまえばかなり「上」の部類に属する家であった、と言えるだろう。

そんな家で育った大江は太平洋戦争が始まる年の一九四一年（昭和十六年）四月、大瀬国民学校に入学するが、「谷間の村」は少年大江健三郎にとってどのような場であったのか。友人の建築家原広司の設計になる大瀬中学校校舎の完成記念講演「原広司の大瀬中学校」（九三年）の中で、大江は古里について次のように語っている。

（中略）僕が子供の頃、当時は戦争のさなかでしたが、どうしてこんな山深い所に先祖たちがやってきたのかと考えたといいましたけれど、それに続けて、この場所が先祖たちによって選ばれたのは当然だ、本当にここは良いところだ、と僕は思ったものなのです。そして、匂いの良い空気を深ぶかと吸いこんで、眼の前の風景を懐かしく感じたのです。

懐かしいという言葉は、たとえばイタリアでこの大瀬のことを思い、懐かしいと感じた、というような使い方が普通です。しかしそれと同じ気持を、僕は子供の頃感じていたことが確かなのですから、あの戦争の間の子供の時にもやはり、自分は懐かしさを感じていたのだ、といいたいと思います。それは先祖以来、この土地に住みついて暮してきた者みなの、心に奥深くたくわえられているものが浮びあがってきての、懐かしさだったのではないでしょうか？

僕は中学校から英語を習ったのですが、皆さんのリーダーにはまだ出て来なくても、パトリオティズムPatriotismという言葉があることは辞書で確かめられるはず。それは、外の土地、外の国の人たちに向かって自慢したり、押しつけたりしようとは思わないけれど、心のなかで自分の生まれ育った土地を美しいと思い、どこより自分にふさわしい良い所だ、と感じている心の働きのことです。

自分の生まれ育った場所を、「離郷」してからでなくそのただ中にいて「懐かしく」思う、このような気持の在り方のことをたぶん故郷という個人にとっては特別な場所が醸し出す「親和力＝神話力」というのだろうが、このような気持を持ち得るというのは、大江が母校の中学生に願望したのとは違って、誰にも可能であるということではないだろう。やはり、この「懐かしさ」というのは、特別な感受性と暮らし方をしていなければ不可能なのではないか、と思われる。ましてや、「開発」という名の自然（環境）破壊が進んでいる現在の地方（故郷）にあっては、なおさらである。最新刊の『憂い顔の童子』（〇二年）の中で語られているが、大江の故郷である現在の「内子町大瀬」も大江の生家のある旧街道筋や村を囲む山並みは昔の面影を残しているが、大江が子供の頃よく遊んだ小田川を挟んで旧街道の反対側を走る県道は片側一車線の立派な舗装道路になっており、ガソリンスタンドや桃梨を売る店が軒を連ね、昔日の風景を想い出させないのではないかと思われるほど「開発」は進んでいる。それでも母校の中学生たちに「故郷の懐かしさ」を語るというのは、故郷というものが持つ「親和力＝神話力」が一個の人間にとって大切なものであり、「生きる力」を与えてくれるものであることを伝えたかったからであるだろう。

周知のように、大江は、『大江健三郎小説』（全一〇巻　九六〜九七年）に付した「月報」に連載した文章をまとめた『私という小説家の作り方』等において、繰り返し祖母や母が語ってくれた「谷間の村」の「森」に関わる伝承＝神話が、いかに小説家大江健三郎に大きな影響を与えたかについて書いている。先の「しずくのなかに／別の世界がある」に、次のような記述がある。

私は太平洋戦争が始まる年に、国民学校に入った。私の話す「オコフク」の語（『新編内子町誌』が記す「奥福騒動」のこと――引用者注）は、あの三椏を束にしてかためる工場の前での成功より他は、同級生からも先生からも、ウソとして排された。ウソ!?　ウソとはこの身のまわりの現実にある日常的な出来事について、事実とは逆のことを話すことではないか？　私は茫然としたものだ。そもそもの初めから、私が話しているのはこの現実とは無関係な言葉なのだ。事実とはすっかり別の、それらの言葉のつむぎ出す物語、神話こそが問題であるのに、その細部をいちいま現在の事実と照し合せてなんになる？しかし私とともに言葉の楽しみ、想像力の喜びをあじわってくれる同級生も先生もいず、私はウソをいう子供として孤立するのみであったのだ。もっとも、それに私が懲りて黙りがちな子供になったかというと、そうではなかった。いつまでも私は新しい聞き手を探しもとめて落着かない子供であったのだ。

（『私という小説家の作り方』新潮社　九八年）

おそらく石けりや鬼ごっこ、あるいはチャンバラやベーゴマ、メンコ遊びに夢中になっていたであろう当時の子供たちの「現実」を想像すれば、大江がいかに「変わった子供」であったかが分かるだろう。「日常的な出来事＝現実」こそが最大の関心事である「普通の子供たち」にとって、繰り返し「オコフクの話＝神話」を語る大江少年が敬遠したい、うさんくさい存在であったことは想像に難くない。ましてや、国民学校に上がった大江少年は「上」の階級に属する家の三男坊であり、しかも異常に「勉強のできる」子供でもあった。そんな子供の語る「神話」に付き合っている余裕が当時の子供集団にはなかった、と考えるのが自然である。大江より十歳下の私の経験から言って、「下」の子供たちは現在とは違って家の手伝いに学校生活以外の時間の大半をとられ、「神話」を語る友達に付き合っている暇はなかったのではないだろうか。教師たちにしても同じだろう。国民精神総動員体制の下で、「皇民化教育＝つまり天皇のために死ぬことのできる優秀な兵士や銃後を守る子女を作る」

ことに努めていた教師にとって、時の権力に反逆した「奥福騒動」について得々としゃべる子供の存在は、疎ましい以外の何者でもなかったはずである。

「ウソばかりを話す子供」として「孤立」せざるを得なかったのも、当然だろう。いつの時代でも、どんな世でも、突出した存在は「共同体」から排除されるということがある。

「魔女狩り」とまでは言わないが、「異端」を排除するのがこれまでの「共同体」の在り方＝原理だからである。その意味で、大江少年の在り方は当時の学校、子供集団という「共同体」から排除されていた、と考えていいかも知れない。大江の母親が「谷間の村」の親としては異例の行為であった、『ハックルベリー・フィンの冒険』や『ニルス・ホーゲルソンの不思議な旅』を東京の版元に注文して買い与えてくれたというのも、それだけの教養と経済的余裕があったということもあるが、大江少年の在り方を気遣ってであったのではないか、と推測される。

そんな大江少年が「神隠し」に会った（「神隠し」に入っていく）というエピソードは、「神話」世界に生きていた当時の大江を象徴するものと言えるだろう。大江が経験したとされる「神隠し」については、『同時代ゲーム』（七九年）や短編『「罪のゆるし」のあお草』（八四年）などの作品に書かれているが、その経緯についてここでは後者の「私小説」的手法で書かれた短編から、その一部を引いておく。

> 僕が「神隠し」に入ってゆく・「神隠し」に会う、その二重性と同じものは、森に隠れようとする動機にもあるのだった。僕は十歳のはじめから、生れて以来ずっとあった本然の良いものが、なくなりはじめたという思いをいだいていた。それもある日を境いに、朝起きるたびに感じてきた、自分の躰と心で生きていることは気持ちがいいということが、もういえぬのに気がついたのである。（中略）
>
> 実際の僕は、ぜんまいかわらびでも採りに行くように、国民学校へ通う服装のまま、遅れた花にあわせて一挙に芽ぶいた若葉の、谷間と森とをつなぐ雑木林を昇った。（中略）
>
> 生き残るための算段は、していたのだ。僕が森に入ってしまったことについて、相談に来てくれた隣組の人びとに、――あれは三日すれば戻ってまいりますが！　ふつつかな子供でも、三日ほど森で暮らすことはできますでしょうが！　とせっかくの心配を打ち消して、母親は当の僕よりもっと奇妙な人間という印象をひろげた。（傍点原文）

大江少年が森に入っていったのは、そこが「本然」のいるべき場所と思いこんでいたからに他ならない。「谷間の村」の伝承＝神話が伝える、人間がこの世に誕生してくる以前、あるいは死んだ人間の魂が終の栖とする場であるという森の木々の根元に、大江少年は日常生活から離脱して還りたかった（行きたかった）のである。

また、夏のある日、家の近くを流れる小田川の深んどで水中の魚を追って水に潜り、魚が逃げ込んだ岩の割れ目に頭を挟まれ溺れ死にそうになったというエピソードも、当時の大江が意外にも「無鉄砲」な行動をする子供であったということ以上に、日常的（無意識）にすぐさま「別な世界」に入り込んでしまう少年であったことを物語るものである。立松和平が全国の川から消えつつあると嘆く「川ガキ＝川を最大の遊び場とする子供たち」は、危険な個所を含めて川の全貌を知ることによって共同体の大人たちからその行動を認知されていた存在であって、何よりも単独で行動することはタブーとされていた。ある日の大江少年はそのタブーを破って、単独で深んどを泳ぐ魚に魅せられて水中を追いかけ、そのあげく岩の割れ目に頭を挟むという「事故」を起こしたのである。

「神隠し」といい、川での「臨死体験」といい、少年時における大江がいとも簡単に非日常＝神話の世界に入り込んでしまう体験の持ち主であることを物語っており、そのような体験の積み重ねがあって「文学」と出会ったということになるのだろう。

〈二〉 皇国少年――「天皇の赤子」と奉安殿事件

若き作家であった大江に「奉安殿と養雛温室」（『朝日新聞』六〇年六月五日　『厳粛な綱渡り』所収）という短い文章がある。その中の一節。

大瀬国民学校のひにくれ者の生徒だったぼくは毎朝、校長から平手でなく、拳でなぐられていた。左手をほおにささえ、逆のほおを力まかせになぐるのだ。今もなお、ぼくの歯はそのためにゆがんでいる。

校長は、奉安殿礼拝のさいに、ぼくが不まじめであったといってなぐるのだ。奉安殿は、近隣まれにみるりっぱさで、校長自慢のものであった。日曜の夕暮れに、ぼくは玉砂利をふんでのぞきにいったが、金色につやのある木の台と紙箱と、天皇陛下、皇后陛下の写真が見えたのみであった。

そこで、ぼくは毎朝の礼拝にまじめになることができず、そこで校長に歯のゆがむほどなぐられた。日本の農村出の青年おれは校長は天皇にかくべつ敵意をもってはいまい？　とアメリカ人の二等書記官がたずねたとき、ぼくは答えたものだ。おれは校長と天皇とを最も恐れていた……（傍点原文）

生身の「現人神」ならいざ知らず、登校してくる生徒に毎朝「御真影＝写真」に最敬礼させる絶対主義天皇制の虚構＝幻想のシステムに対して、自らの眼によってそのからくりを見破り、納得できない思いを隠すことができずに、校長から「拳でなぐられる」という日常を強いられた国民学校児童大江の在り方は、明らかに「谷間の村」の伝承＝神話世界に生きていた大江少年の在り方と矛盾する。このことは、別な言い方をすれば、実証的に事実を確認してそれを尊重する一方で、熱に浮かされたように神話世界こそ現実であると信じてやまない大江少年が、同時に存在していたことを意味する。

もっとも、このような大江少年の在り方は小学校の中学年以降のことで、それ以前は例えば『大江健三郎全作品（第一期）1』（六六年）所収の「年譜」に付された次のような作文を書く小学生であった。

この頃は暖い日が毎日つづきました。たんれんうんどうをした頃の事を、六せんち五みりぐらいのびた麦畑のあぜ道を通りながら考えてゐると、そよそよと春風がぼくの頭をなぜるやうにゆきすぎる。日本の大強国に生まれた者は、外国に生まれた者とくらべたらだいぶぼくらのはうがありがたいと思ふ。ぼくらには、ありがたい皇后陛下がついていらつしやるのだもの。ごうごうとひかうきが大きいばく音を立てながらみどりで色づいた山の向かふから飛んでくる。ひかうきも春がきたのでうれしさうだ。ひかうきが春をはこんできたやうだ。ぼくは思はずとてもとてもよいにほひをまきちらす空に向かつてばんざいとさけんだ。今も春なんかない南方の空では今とんだやうな海わしがかつやくしてゐられるかと思ふと日本の国はいいなあーと思つた。（国民学校での作文）

谷間の村の春を感受する少年と天皇（皇后）の赤子として、「教えられたこと＝皇民化教育」の結果をそのまま素直に書く少年とが同居する在り方、これは大江が「優秀」であったからできた「処世の術」だったのかも知れないが、同じようなことは、次のような戦時下から戦後にかけての「体験」にも見られる。

天皇は、小学生のぼくらにもおそれ多い、圧倒的な存在だったのだ。ぼくは教師たちから、天皇が死ねといったらどうするか、と質問されたときの、足がふるえてくるような、はげしい緊張を思いだす。その質問にへまな答えかたでもすれば、殺されそうな気がするほどだった。

おい、どうだ、天皇陛下が、おまえに死ねとおおせられたら、どうする？

死にます、切腹して死にます、と青ざめた少年が答える。

よろしい、つぎとかわれ、と教師が叫び、そしてつぎの少年が、質問をうけるのだった。（中略）

その天皇が、ごくふつうの人間の声で語りかけたのである。ぼくらはみんな、おどろきにうたれていた。そして、それにもかかわらず、心のかたすみには、天皇を、なお神のようにおそれうやまう気持はあったのだ。あれほどの威力をふるった存在が、ある夏の日のある時刻をきして、たんなる人間になってしまうということ、それは信じられることだろうか。

（中略）ある日のこと、ぼくは教師にたずねてみたのである。天皇制が廃止になると大人がいっているが、それはほんとうだろうか？

教師はものもいわず、ぼくを殴りつけ、倒れたぼくの背を、息がつまるほど足蹴にした。そしてぼくの母親を教員室へよびつけて、じつに長いあいだ叱りつけたのである。

（「戦後世代のイメージ」五九年『厳粛な綱渡り』所収）

「天皇の赤子」として天皇に「死ね」と言われたらそれを当然として受け入れることを強いられていた時代から、一朝にして「人間宣言」を慫慂として認めてしまう時代への転換に対して、その不可思議さを率直に口にして殴り倒された大江少年、ここにも当時の大江が日常と非日常＝観念（科学的思考）という二つの世界を同時に生きていた証を見ることができる。「少国民＝皇国少年」として強いられた熱中の最中にあって冷めた意識を持った、教師にとっては大変「やっかいな優等生」、これが大江少年の実像だったのではないか。言い換えれば、建前としての「皇国少年」と本音のところでは御真影に象徴される現人神の存在を疑う存在という二律背反を強いられたのが、少年時代の大江だったということである。さらに言えば、「天皇の赤子」体験といい、先の「奉安殿」事件といい、天皇を頂点とする体制、あるいは天皇という存在そのものに対して納得できない感情、つまりそれらを認めない意識を子供の頃から大江は持ち続けていた、ということである。

この「少国民」時代の体験があったからこそ、大江は戦後徹底した「民主主義者＝デモクラット」に成り得たのであり、ノーベル文学賞受賞に便乗して後追いのように政府が文化勲章を授与しようとした時、それを拒絶したのではないだろうか。八月十五日を境にして「現人神」から「人間」へと転換して何ら恥じることない天皇という存在、およびそれを唯々諾々と認めてしまうこの国の国民とシステムに対する根源的な不信、それが文化勲章拒否の最大の理由だったのではないか。もちろん、戦後民主主義の下で育った人間として天皇から「勲章」を貰うわけにはいかないという拒否理由も、それはそれで正当な理由である。しかし、それはあくまでもデモクラット大江健三郎の「建前」があって、心底では時代の趨勢に流されてしまう天皇という存在と、そのような制度を黙って受け入れてしまうこの国の在り方と国民に対する不信と疑義が渦巻いていたのではないか。だからこそ、大江は「戦後世代のイメージ」(「新・戦後派」)において、次のように書かなければならなかったのだろう。

ぼくは皇太子(現天皇—引用者注)に、日本人のなかの天皇制にたいする考えかたについて深く広い知識をもっていただきたいと思う。とくに、あなたと同じく戦後のデモクラシー時代に育った若者たちの声に、耳をかたむけていただきたいと思う。(中略)

もし皇太子が、婚約や結婚をつうじて、日本人のなかにおける自分の絶対的な人気を信じたとすれば、それは人間的でないもの、ある悲劇的なものにつながりはしないだろうか。(中略)

問題はこうだ。やがて決定的な瞬間がくるはずである。皇太子が天皇に即位する日。

皇太子は天皇になることを拒むか、即位するか、自分の人間的責任において選ばねばならない。かれはそのとき、日本人の運命そのものを選ぶのかもしれない。

残念ながら、大江が即位拒否もあるのではないかと希望的観測を抱いた皇太子は父の昭和天皇亡き後、すぐさま平成天皇として即位した。だが、大江の天皇制観はその後も揺らぐことなく、先の「天皇」体験について、「日米の新しい文化関係のために」という講演(九二年)の中でも、『ハックルベリー・フィンの冒険』を母親に与えられて少年時に読んだ時の経験に即して「私にとってアメリカ文学は、なによりもまず『天皇—中心』から降りてくるタテの秩序に対して、周縁にある自分のところへ通路を開いてくる、ヨコからのモティーフでした。(中略)ハックの『ぢやあ、よろしい、僕は地獄へ行かう』という言葉は、天皇の善き子供、赤子であることを断念しよう、という決意に置きかえられるものであったのです」、と語っている。「タテ」を絶対主義的・封建主義的社会と解するならば、「ヨコ」は共和制(共同性)社会ということになる。そのことを考えると、「少国民」生活を送りながら、すでに戦後的社会を予感していた大江の子供時代は、天皇制観ひとつをとってみても、多義的であると同時に錯綜していたものであることがわかる。

その意味で、大江が、『セヴンティーン』（六一年）と『政治少年死す――セヴンティーン第二部・完』（同）に始まって『遅れてきた青年』（六二年）、『みずから我が涙をぬぐいたまう日』（七一年）、『月の男』（七二年）、『ピンチランナー調書』（七六年）、等々において、戦後の「象徴天皇制」をテーマにその在り方を問い続けたのも、根底に戦時下における「少国民」体験と戦後の「民主主義」体験があったからと言っていいだろう。

（中略）『チャタレイ夫人の恋人』について執拗な戦いを示した文学者たちが、『風流夢譚』あるいは『セヴンティーン』にかかわって戦うことがなかったのはなぜか、という右の文章（両作品を掲載した雑誌の版元および文学者が右翼の出版妨害に屈したことを批判した平野謙の文芸時評を指す—引用者注）につらなる問題についていえば、それは直接日本の右翼との相関においてよりも、もっと本質的にそれが天皇制の喚起するすべてのことにかかわっているからである。作家としての僕自身もまた、『セヴンティーン』や『政治少年死す』を、いったいいかなる目的において書いたかといえば、それは直接日本の右翼を研究するためというのではなかった。それはもっと本質的に、われわれの外部と内部に、普遍的に深く存在する天皇制とその影についての、僕のイメージをくりひろげるための仕事にほかならなかったのである。

（「作家は絶対に反政治的たりうるか？」六六年『表現する者―状況・文学』所収）

絶対主義的であるか象徴制であるかを問わず、戦後（＝近代）になってもなお骨がらみ天皇制に呪縛されているようなこの国とその国民に対して、それをまさに自分の問題として引き受けていこうとしたことは、先に列記した作品群が如実に物語っている。この大江の生き方・姿勢については「愚直」「純粋」と言うのが正しいのかも知れないが、それだけ大江の天皇制体験が深刻であったということだろう。山中恒の『ボクラ少国民』（七四〜八一年）によれば、尋常小学校から国民学校に名称変更がなされて以降の急激な軍国主義教育化は、国民精神総動員体制を象徴するもので、「異常」としか言えないすさまじいものであったという。国民学校が発足した年に小学一年生になった大江は、それが敗戦で廃止され新制の小学校になるまで、まさにそのまっただ中で義務教育を受けたということになる。現実感覚から生じた天皇制への根源的疑義を胸に秘めたまま……。

〈三〉「戦後民主主義」体験

大江少年と同じ年頃の国民学校生徒を教えていた三浦綾子（当時は堀田綾子）は、「墨塗り教科書」に象徴される戦後になっての大転換に直面したときのことを『道ありき〈青春編〉』（六九年）の中で、次のように回想している。

「さあ、墨を磨るんですよ」

わたしの言葉に、生徒たちは無心に墨を磨る。その生徒たちの無邪気な顔に、わたしは涙ぐまずにはいられなかつた。先ず、修身の本を出させ、指令に従いわたしは指示する。

「第一頁の二行目から五行目まで墨で消してください」

そう言った時、わたしはこらえきれずに涙をこぼした。かつて日本の教師たちの誰が、外国の指令によって、国定教科書に墨をぬらさなければならないと思った者があろうか。

（中略）

「今までの日本が間違っていたのだろうか。それとも、日本が決して間違っていないとすれば、アメリカが間違っているのだろうか」（中略）

「一体どちらが正しいのか」（中略）

誰に聞いても、確たる返事は返ってこない。みんな、あいまいな答えか、つまらぬことを聞くなというような、大人ぶった表情だけである。

その結果、三浦綾子は教師を辞して、それが直接の引き金になって一時「二重婚約」事件が如実に示すような自暴自棄の生活を送り、十三年間病の床につくという心身の暗黒を体験するようになるのであるが、それはそれだけ三浦綾子が誠実であったということであって、大半は大江が次に書くように違っていた。

ぼくが初めてならった外国語は、あの耳なつかしい挨拶の言葉であった。halloo! 誰にむかって挨拶したのだろう。それは、日本を占領した外国人たち、進駐してきたかれらへの挨拶だった。

ある朝のこと、ぼくらは校庭に集合させられた。たいせつな訓示があるということで、ぼくら小学生は不安と期待に胸をおののかせていた。教頭が壇にあがっていった。

みなさん、大きい声で《ハロー》といって迎えましょう。進駐軍をこわがることはない。みなさん、大きい声で《ハロー》といって手をふりながら迎えましょう。（中略）

その教頭は、つい一月ほど前まで、村でも最も軍国主義的な男だった。それがいまや《ハロー》と大きい声で叫んでいた。そしてそれも、新しい服にてれているように、当惑ぎみな笑顔をしながらであり、決して暗い自責の思いや、屈辱の感情をおしかくしての叫びかたではなかった。かれは、ついに全生徒が声をそろえて《ハロー》と叫んだとき、満足してにこにこしたものであった。

（「戦後世代のイメージ」）

「滑稽」を通り越して「悲惨」としかいいようのない情景であるが、このような「転向＝変わり身の早さ」を身近に目撃した人間が取りうる態度は、大きく二つに分かれるのではないだろうか。一つは、徹底した人間不信に陥り、その結果胸の奥深くまでニヒリズムに冒され自暴自棄になって破滅へと進んでしまう生き方であり、他方はそのような「変わり身」を許容する体制を根源から批判するような生き方をすることである。言うまでもなく、大江健三郎が選び取ったのは、後者である。「御真影」のような虚像（幻想）に対して、それが真の天皇崇拝とほど遠い形式主義であることを見抜き、敗戦に際してはいち早く体制の大転換を察知するほど鋭敏な感覚を持っていた大江にしてみれば、「変わり身」に代表される進駐軍（アメリカ）に阿る事大主義や長いものには巻かれろ式の権威主義は、認めることのできない最大のものだったのではないだろうか。

大江が「戦後民主主義」にこだわり続けているのも、この「ハロー」事件と決して無関係ではないだろう。昨日の軍国主義者が一朝にして「民主主義者」になってしまう人々の在り方は、「現人神」から「人間」へといとも簡単に転身してしまった天皇とパラレルの関係にある。言い換えれば、「無責任体系の基底」（丸山眞男）である天皇制の下で飼い慣らされたような生き方を強いられてきたが故に、人々はいとも簡単に軍国主義者から民主主義者に転身することができた、ということである。強いもの（権力）の前で従順になってしまうのがこの国の人々の習いであった、と言えば大袈裟か。大江少年の内部でなし崩し的な「転身＝転向」を拒否する心情は、この時の体験によって培われたものであったかも知れない。「敗戦」が大江少年にもたらした思考方式について書いた文章に、次のようなものがある。

ぼくはこの現実世界に、予想できぬようなことはなにひとつおこらない、という妙な固定観念をもって育ってきた。それは戦争直後の初等教育の過度の合理主義のおかげかもしれない。それと同時にぼくはまた、この現実世界は、自分の期待するようには決して動かない、という固定観念をもっている。それは、やはり、子供のころ、自分の宇宙の最大の存在であった戦争に、自分の国がすっかり敗けてしまったことを知った日の心の傷によるのかもしれない。

（「一九六〇年代の赤毛布」六二年）

そのような体験があったからこそ、戦後の民主主義教育を象徴する『民主主義』という教科書が配布された時のことを、大江は特別な思いで記憶していたのだろう。この『民主主義』に関しては、戦後体験を語った文章の中で繰り返し触れているが、一例として「戦後世代と憲法」（六四年）から引く。

ぼくが谷間の村の新制中学に、最初の一年生として入学した年の五月、新しい憲法が、施行された。新制中学には、修身の時間がなかった。そして、ぼくら中学生の実感としては、そのかわりに、新しい憲法の時間があったのだった。

ぼくは上下二冊の『民主主義』というタイトルの教科書が、ぼくの頭にうえつけた、熱い感情を思いだす。（中略）

そのようないきさつ（『民主主義』は立派な装丁をした本格的な本であったが、部数が少なくクラス全員にわたらなかった―引用者注）もあって『民主主義』を教科書に使う新しい憲法の時間は、ぼくらに、なにか特別のものだった。そしてまた、修身の時間のかわりの、新しい憲法の時間、という実感のとおりに、戦争からかえってきたばかりの若い教師たちは、いわば敬虔にそれを教え、ぼくら生徒は緊張してそれを学んだ。ぼくはいま、《主権在民》という思想や《戦争放棄》という約束が、自分の日常生活のもっとも基本的なモラルであることを感じるが、そのそもそもの端緒は、新制中学の新しい憲法の時間にあったのだ。

ここで「民主主義（デモクラシー）」の原義が「平等・対等」から生じたものであり、「デモクラシー」の訳は「平等主義」こそ本来的な意味では正しい、ということを思い起こすのも無駄ではないだろう。僕も君も対等・平等であるという思想に支えられて、「主権在民」は唱えられたのであり、「戦争放棄＝平和主義」は、内外ともに大量の死者を生み出した先の戦争への反省を共同の意思として、小田実流に言うならば「殺すな」の論理と倫理を基底に成立した考え方であった。大江のこの文章には書かれていないが、「主権在民」「戦争放棄＝平和主義」と並んで、戦後の民主主義（デモクラシー）をその中核で形成していた思想に、「表現・思想の自由」や「男女平等」、「家」制度の解体に代表される「基本的人権の尊重」があったことも忘れてはならない。

そして、大江が『民主主義』＝日本国憲法の思想からその根源において受け取ったものは、何よりも「強権に確執をかもす」自由であったと思われる。六〇年安保闘争の経験について、明治社会を「時代閉塞」と喝破した石川啄木の在り様と比較して、「われわれ五十年後の日本の青年は、とにかく強権に確執をかもしたのだ、この叛逆精神、抵抗精神は、われわれにとって確かに血肉となっているにちがいないと信じたい」（「強権に確執をかもす志」六一年）と書いた後、自分の文学の在り方と絡めて「戦後民主主義（教育）」がもたらしたものについて、大江は次のように総括する。

（中略）自分の文学的関心のもっとも本質的なモティーフは、強権に確執をかもす志だと考えるのである。ぼくは小説の形で、あるいは戯曲の形でそれを具体化し、それを現実にあらしめねばならない。

（中略）戦後の民主主義教育は、われわれの手のなかにこそ強権があるのだという理念をおしえたが、手のなかが空虚だとしったとき、いかに強権に確執をかもすかについては教えなかった。一九六〇年夏に日本を揺りうごかしたものは、教育の側面からいえば、デモクラシー精神の抵抗的、叛逆的要素を学生たちの心に加える仕事をしたといっていいと思う。日本の読者と作家の両者をひっくるめて、いまはじめて現実的に、デモクラシー文学の畑はひらかれたのではあるまいか？

周知のように六〇年安保闘争は、独立後の日本が本格的にアメリカの極東軍事戦略に組み込まれることに対して、国民的な規模で「否」を突きつけた大衆運動であった。そしてその運動を担ったのは、全学連主流派や大江も参加した「若い日本の会」が象徴するように、戦後民主主義（教育）をその最も良質な部分で享受した世代であった。皮肉と言えば皮肉だが、「民主主義国家・アメリカ」が強力に推し進めた日本の民主化の結果が、表層的には「反米」を前面に押し出した六〇年安保闘争を引き起こしたのである。したがって、この六〇年安保闘争を四十年以上経った今日において振り返るならば、軍事同盟拒否＝反戦を軸に、アメリカ的なものへの親和と反撥が綯い交ぜになった大規模な大衆運動であった、と言うことができる。

そんなことなどを考えると、保守主義者や一部のためにする評論家などから「古いモラル」などと批判されてきた、風車に挑むドン・キホーテよろしく戦後民主主義の旗を押し立てて孤軍奮闘してきた大江の在り方も、戦後世代の最も良質な部分の典型に他ならなかったという見方こそ正しいということになる。

伝説三　「暴力」・転校・アメリカ

〈一〉　内子高校退学——山東高校編入

一九五〇年四月、大江は「谷間の村」の中学校を卒業して伯父の家に下宿する形で内子高校に入学するが、大江の高校生活における特筆すべき内面の出来事としては、もちろん先にも記したように文学青年としての活動に関わってのことが第一番に指摘できるとして、もう一つ大きく「暴力」のことがある。例えば、次に示すような、大江が内子高校から松山東高校へ編入（転校）する遠因ともなった事件など、「痛み」に対する特別な思いと重ねて、「暴力」は大江にとって傷痕（トラウマ）となるほどのものであったのではないか、と思われる。

……新入生には学校の全体を支配する影の力と感じられるほどの上級生のグループがあった。昼休みはもとより、授業時間にすらも、目をつけた者らを校舎の裏に呼び出して殴る。また実際に頬を腫らしている生徒を見かけたりもして、その噂に誰もが戦々恐々としていた。そして恐れながら待っていたものが、具体的に僕の身にもふりかかることとなった。まだ朝のうちに呼び出されて、教室からひとり出て行ったのだが、予想していたようにすぐさま殴られる進み行きではなかった。板切れの上にひろげて載せた指の間を、ナイフでトントン突いてゆくゲームに誘われたのだ。（中略）

ナイフを手渡された僕は、緊張にボーッとした頭でこういうことを考えたのである。まだナイフで指を傷つけているのでもないのに、まるでいま痛みがあるかのように恐れているのはおかしい。そこで力いっぱいナイフを突きおろし、中指を板にしっかりと縫いつけていた……

（「痛みを思い出す」『新年の挨拶』　九三年　所収）

そして、転校については（担任の先生が）「こちらの性格にある攻撃誘発性（ヴァルネラビリティー）がトラブルを深くするのを配慮されてのことだった」と総括しているが、何故大江は担任の教師が自分の性格に「攻撃誘発性（ヴァルネラビリティー）」があると見抜いたのかについては、説明していない。しかし、「地方の高等学校の一年生の時、朝、学校へ出てゆくときまって僕を待ちうけていて、校舎の裏に僕をつれこみ殴りかかってくる上級生がいた。僕はなんとか抵抗したが、敵はやすやすと僕を殴り倒して逃げて行った。それが毎日、毎日つづくので、僕は厭でたまらなかった」（「暴力的な思い出」六七年『持続する志』所収）などの回想を読むと、大江少年は上級生（同級生も）から「生意気」と「攻撃誘発性」の何たるかが分かるような気がする。一言で言ってしまえば、大江少年のかもし出す思われていたのだろう。

生意気と言えば、大江は高校に入学して直ぐの生徒会選挙に立候補して会長に当選してしまうという「事件」を起こしている。入学したばかりの大江は、生徒会予算を運動部が独占しているような「不公平」な状況に対して異議を訴え、当選してしまったのである。中学校で民主主義の何たるかを身に付けた大江にしてみれば、「平等」に反する運動部の横暴は許せなかったのだろう。まさか一年生が生徒会長に当選するとは思わなかった運動部を主体とする上級生にとって、大江は「目の上のたんこぶ」に等しかったと思われる。「目の上の異物」は排除されなければならない。大江が上級生から執拗な暴力を受けた原因の一つは、この「事件」があったからに他ならない。

小さい頃から「神童」と言われるほど頭が良く、好奇心旺盛で、知識も豊富、そして正義感も強い、このような少年がギラギラと自我と欲望を剝き出しにした「不良少年」たちや上級生の格好のターゲットにならないはずがない。既得権を守るという大義名分を振りかざして「弱い者＝下級生」を暴力の餌食にする。これは、明らかに今で言う「いじめ」である。大江が「私の心は／どうくつのちんでんした空気のように／明日の不安に／おびえて動かない」（『初夏の夜』『うめの木』十七号）という言葉は、まさに「いじめ」から生み出されたものであったと言っていいだろう。

大江のような存在は、「谷間の村＝地方・田舎」では決して珍しくはなかった。ただ、大江の場合が特異だったと思われるのは、大江が小学校でも中学校でも同じような経験をしていることである。もちろん、全てが大江の「攻撃誘発性」によってもたらされたものとは、大江も言っていないのだが。例えば、小学校時代のこと。

あの森の谷間での子供の時分に、なお奥深い森の集落にある分教場から、一定の年齢に達した同級生が本校に合流してきた年は、いま思いかえしても暴力と恐怖の年だった。（中略）

その年の暮、ぬかるんだ運動場に出ることのできない子供らは教室で相撲をとった。分教場から来た粗暴な少年が、本校の生徒のなかでも、もっとも壊れものの印象の濃い、医師の息子を投げとばした。脊髄カリエスにかかった医師の息子は、半身不随の半年間をすごしたあと死んだ。加害者たる荒あらしい少年は、いちど校舎二階の踊り場から廊下に向けて跳び降り、階段なかばに激突して唇と下顎をすっかり砕いた。――（傍点原文）

（核時代の暴君殺し（タイラニサイド）」六九年『壊れものとしての人間』所収）

そして、中学校時代。

ぼくは子供のとき教師から、おまえの欠点は集中力のとぼしいことだ、といわれたものだった。また、おなじころの不良少年のグループに校舎の裏へよびだされてリンチに会いそうになったとき、かれらのリーダーがぼくを殴ろうとして（ぼくは両腕と両足と頭とを五人の連中にしっかりつかまえられていて、捕えられた野犬のような気分だった）不意に拳をおろし、だめだ、こいつは他のことを考えているから！　と叫んで、それでぼくは難をまぬがれた。そのころぼくはいつも茫然としていた。ぼくは十四歳で、はじめてドストエフスキーを読みはじめたところだった。（「ドストエフスキー――『白痴』とボールドウィン」）

これらの回想を見るかぎり、いかにも大江少年は「攻撃誘発」的な存在であったと言えるだろう。もっとも、この大江の「攻撃誘発性」は、「緑したたる森　萌え出ずる樹」（構成・文　新井敏記『Switch』九〇年三月号）の中で「僕は犬を小さい頃飼っていたんです。雑種の犬ですが。戦争の末期、毛皮を作って軍隊に送るということで、村に犬殺しの人がやってきて、殺してしまったんです。犬の量が多くて毛皮が余ってどこかへ捨ててしまった。僕が暴力というものの無意味さを発見した最初の経験だと思いますよ」（傍点引用者）と言っていることと、表裏一体の関係にあることも忘れてはならない。

そして、このような少年時―思春期における「暴力」の経験が、現在に至るまで大江をして「暴力」的なものに関心を払い続けさせてきたのではないか、と考えられる。例えば、「核」。あるいは「学生運動」や「革命運動」。これら「暴力」そのもの、あるいは「暴力」をともなう社会運動に大江は敏感に反応し続けてきた。もちろん、大江の他にもこれらの事柄についてその時々に応じ関心を示した小説家がいないわけではない。しかし、大江ほどそれらに関心を持ち続け作品に取り上げてきた作家はいないのではないか、と思う。大江にとって「暴力」が傷痕（トラウマ）になっていたという所以である。

「暴力」は緊張と恐怖心を強いる。先の「暴力的な思い出」の中に、次のような記述がある。

子供の恐怖心の内なる暴力の問題については坪田譲治氏の次のような文章ほどはっきりとその実体を浮びあがらせている表現は数少ないと思う。《村でも、学校でもない、他の知らぬ町や村へ行こうものなら、それこそ、そこは野獣の国のように、一層恐しい所に思われました。犬より、お化けより、幽霊より、私には他村の子供が恐しかったのであります。》

ここには、高校一年から生まれ在所を離れて一人で「下宿＝異郷」暮らしをしなければならなかった大江の実感が見え隠れしているけれど、それよりは「暴力」がもたらす恐怖心の根っこに人間同士の「無理解」「不寛容」、つまり「想像力の欠如」があることの指摘こそ、その後の大江を考える上で重要なのではないかと思われる。何故大江が「戦争」に、「ヒロシマ・ナガサキ」、及びそれと関連する被爆者援護法の制定に、そして六〇年安保闘争や全共闘運動などの学生運動にこだわり続けたのか、それはまさに「暴力」にともなう恐怖心や過度の緊張が人間をスポイルするものであると考えていたからではないか。ボーッとして「夢見る少年」であった大江にとって、生身の肉体に加えられる「暴力」は自分の在り方から最も遠い存在だったのである。

その意味で「暴力」から解放された松山東高校での生活は、親元を離れるという不便さはあっても、大江にとってかつて味わったことのない快適さだったのではないだろうか。松山東高校の前身が、あの夏目漱石が『坊っちゃん』で描き出した旧制松山中学であり、県下随一の進学校であったということも、「文学青年」であり「優等生」であった大江の在り方に合っていたものと思われる。「攻撃誘発性」に乗じて殴りかかってくる上級生もいず、好きな本を好きなだけ読めるような生活、大江の「回想」的エッセイの中で松山東高校時代のものがほとんど見あたらないのも、それだけ「平凡」かつ「充実」した高校生活をそこで送っていたことの現れだろう。

なお、大江が内子高校から松山東高校へ転校した理由は、先に記したような上級生による執拗な「暴力＝いじめ」から逃れるというのが第一であったが、それに加えて今は故人となった長兄昭太郎から先の「大江健三郎《奇妙な仕事》以前の初期作品年譜」の作成者大澤剛志が聞いた話によれば、大江家の兄弟姉妹の中で一番成績の良かった健三郎を大学に進学させてやりたい、それには戦後新設された内子高校より「名門」の松山東高校の方がいいだろう、と家族で相談した結果というのがある。因みに、大江家にあって大江以外の六人の兄弟姉妹は、全員高卒で就職している。また、内子高校の『うめの木』に掲載された大江の作品を読んだ伊丹十三が、大江の才能を惜しんで松山東高校に来い、と誘いの手紙を出したというエピソードも、転校の遠因かも知れない。

〈二〉「伊丹十三」

「平凡」と言ってもいい大江の松山東高校での生活にあって、特筆すべき最大の出来事は、後に日本を代表する映画監督となった「伊丹十三」との出会いだろう。その伊丹十三だが、彼は以下に引用するような大江の「内面生活」を理解する身内（母たち）以外の初めての「他者」に他ならなかった。

ぼくは森の奥の谷間を出た、そしてぼくは自分にとってそれのみが真の言葉であるところの、谷間の一挨談をかたるにふさわしい反・歴史的な時制（テンス）をそなえた言葉を、誰ひとり話そうとはしない都市で、そのような現実生活にむけて自分をおし出すよりも、活字のむこうの世界に自分を解放することを望んだ。すでにのべたように、やがてぼくは様ざまな場所に旅行することになったし、それはしだいにぼく自身を変えてゆくものでもあったが、基本的にぼくの生活は、活字をつうじて把握した世界と、現実世界とのidentificationを強くもとめないことにおいて一貫していた。ぼくの本当に新しい生、奇妙な生は、活字のなかにもっとも濃くあきらかにかたちをあらわしたのだ。もとよりそれは現実ではなかった。架空の幻にすぎなかった。ぼくはその現実と架空のつなぎめにおける、想像力の機能について、まだ意識的にはっきりと眼をむけているのではなかった。

（「言葉が拒絶する」六九年『壊れものとしての人間』所収）

活字の中に「本当の生」があると思い始めた大江の初めての同年輩者、それが伊丹十三（本名：池内義弘）だったということである。もちろん、松山東高校文芸部の仲間も活字の世界を大切に思う青年たちだったとも言えるが、伊丹十三は大江にとって彼らとは全く異なった存在であったと考えられる。高校時代に出会った伊丹十三について、大江は様々な場所に書いているが、そのうちの一つに次のようなものがある。

しかし思ってみれば、伊丹さんがなんでもない人という考え方に惹かれる、というのは不思議なことじゃないでしょうか？

　少年時にはじめて会った時から、伊丹さんはまったく特別な人でした。お母さんが特注されたネービー・ブルーのラシャの半外套を着たかれは――もとより高校でそれが許可されていたはずはありません――なんとも美しい少年でした。かれは翻訳されたばかりのカフカの『審判』について確実な意見を持っており、ランボーの詩集をガリマール版で読み、そしてベートーヴェンの後期の弦楽四重奏曲を深く楽しんでいる、という若者でした。さらには体育の教師に目の敵にされても、決してくじけない男でもあるのでした。そして、いうまでもなく、日本映画を最初に知的な高いレヴェルに押しあげた監督の遺児でもあったわけです。

（傍点原文「『静かな生活』をめぐる二通の手紙」『ゆるやかな絆』九六年　所収）

周知のように、伊丹十三の父伊丹万作は松山の出身で、大江や伊丹十三が学ぶようになった松山東高校の前身である旧制松山中学の卒業生である。大江が伊丹十三と出会った時すでに伊丹万作はなく、伊丹十三も大江より一年前に京都から転校してきた人間であった。一九五一年四月、四国の「谷間の村」からやってきた「優等生・変人」が、京都からやってきた「カフカの『審判』について一家言を持ち、ランボー詩集を原書で読む若者」と出会ったのである。

当時の「伊丹十三」の風貌について、先の大澤剛志は、『松山市制一〇〇周年記念誌　創造都市まつやま（第二部）誇・県都の検証一〇〇年』（八九年　愛媛新聞社）の中で「伊丹・大江の松山時代」と題して、以下のように書いている。

　彼（伊丹十三）は一年生の一学期が始まってすぐ京都からやってきた。黒いベレーに黒の半コート、そして革のサンダル靴というボヘミアン風のいでたちで、女生徒からジェラール・フィリップみたいと熱い視線を送られ、私たちを羨望させた。気が向くと、『セビリアの理髪師』の序曲などを口笛で吹きながらダンディーに歩く姿は、もうすでに大人という風情だった。

　彼は文芸部に入って、文芸部誌〈掌上〉に文章を発表するかたわら、典雅な風格を備えたジオット風ともいえる絵を描いたり、当時のCIE（GHQの部局で民間情報教育局のこと）図書館からSP盤を借りてきてクラシックに熱中したり、ブームとなっていた外国映画をよく見に行って、ジョン・ウエインの真似して歩いたり、自由奔放な生活を楽しんでいた。

伊丹十三は、大江が文芸部で活躍するようになった後は部に出てこなくなったようであるが、その理由は自分よりも優秀（文学に一途）な文学青年が出現したことを認めたからではないかと思われる。絵を描いたり、クラシック音楽を聴いたり、洋画を観たり、ともかく多才な伊丹十三は、山村の「変わり者」であった大江にとっても自分を理解してくれる、ある意味では「初めての友人」であったと言っていいかも知れない。大江は、一九八九年十一月に故郷の大瀬中学校で行った「小説や音楽は人生に役に立つのか」と題する講演の中で、松山東高校時代に志賀直哉の『暗夜行路』を読んで感想を発表した時のことに触れて、次のように語っている。

私の結論は『志賀直哉は物事をボンヤリ書く人です』ということでした。先生はびっくりしてこういいました。『大江君、志賀直哉という人は物事を正確に書くことで評判になった人です。もう一回考えてごらん』。私は松山に下宿していました。で同じく下宿していた友人の伊丹十三君、彼は別のクラスでしたが、彼の所に行った。彼はタケちゃんとその頃呼ばれていました。彼はモーツァルトとかベートーベンとかシューベルトとかを聴いていました。彼は学校の勉強みたいなそういう世間的なことはしないっていっていたのです。勉強をしないでもよくできた生徒でした。彼にいいました。『君には分かると思うけれど、志賀直哉という人は曖昧なんだ』

彼は『君はどういう風に発表したか』と聞くので、説明しました。ノートにも書いてあります、『志賀直哉は曖昧である』と。彼は感心していいました。『そんなことというんだったら君は大学は文学部に行くのをやめて理学部へ行け』

（「緑したたる森　萌え出ずる樹」『Switch』九〇年三月号所収）

曖昧としか思えないような微妙な表現に生命を削るような研鑽を行う小説家＝表現者の在り方を、もうその頃の伊丹十三は十分に理解していたということなのだろうが、大江が転校した松山東高校で見出した「生涯の友」伊丹十三は、次のような文章（掌編小説）を書く文学青年でもあった。

興奮した人々の間に腰をおろして、私はそれらをかなり無関心な、だるい気持で眺めていた。プログラムはどんどん進行して先生達のレースが一きわ場内をわかせ、競技に参加する手製のおみこしが見物をけちらしながらかけて行く。しかし彼等の奮闘ぶりを眺めているうちに、私の心は、いつか次第に暗くうなだれて来た。私は目の前に渦巻く巨大な喧噪のるつぼに少しも同化出来ず、その混沌の雰囲気を遠くの方に感じて気を滅入らしている自分に気がつき、その都度、言い知れぬいらだたしさを感じていた。

それでいて、私は最後のレースが終わるまで居残って眺めていた。

運動会を見に行きながら、その場の雰囲気に溶け込めず、沈鬱な気分に襲われ、そんな分裂した自分の心的状況に苛立ちを覚える「私」は、父親の死去に伴う家庭の事情で文化の薫り高い京都（伊丹は京都府立一中の出身であった）から鄙びた地方都市の高校に転校せざるを得なかった伊丹十三の内部を、そっくり写し取ったものであったと言っていいだろう。文化都市京都から「都落ち」した伊丹十三と山村から文化溢れる地方都市へ駆け上った大江健三郎、ベクトルは逆であっても類い希な二つの才能＝精神が松山という地方都市で邂逅したことは、戦後の文化史を考える時、小さくない意味を持っていたのではないだろうか。

（『気分』署名・黒田匡　一九五〇年『掌上』一号）

さらに、伊丹十三との関係について大江が書いた文章を、次に掲げる。

もともと僕は高校の時からの友人で、その頃、商業デザイナの仕事をしていた伊丹十三を面白がらせる、というだけの目的で、『獣たちの声』という一幕の戯曲を書いていた。それを短編のかたちに書きかえたのが『奇妙な仕事』。そういうこともあって、「僕」というナラティヴは、いかにも気軽に採用されたものだったのだ。

（『私という小説家の作り方』九八年）

そんな伊丹十三との関係があって、一九六〇年二月、大江は十三の妹「伊丹ゆかり」と結婚することになるのだが、高校時代大江と伊丹十三（と伊丹ゆかり）がどのような交友関係を築いていたかについては、ノーベル文学賞を受賞した後、五年という長い時間を経て発表された『宙返り』（九九年）の翌年書かれた『取り替え子（チェンジリング）』（二〇〇〇年）が、心の深いところまで降りたって詳しく述べている。もちろん、『取り替え子』は小説だから、作者の大江によって二人の関係はデフォルメされていると考えなければならない。しかし、「精神（こころ）の絆」という側面は原型のまま傷付かずにこの長編の中に書き込まれている、と言っていいだろう。

『取り替え子』は、作家である古義人（大江健三郎に擬せられている）が映画監督の吾良（同じく伊丹十三）の自死を知らされることから始まっている。ビルの屋上から飛び降りた吾良の死は、マスコミ報道によれば「女性問題に悩んで」、あるいは「映画製作に行き詰まって」、さらにはその数年前に製作した『ミンボーの女』に絡んでテロを受けたことの後遺症からという理由を付けられたが、古義人はそれらの全てを信じることができない。何故なら、高校時代から親しく付き合ってきた吾良とは、共に「表現」に携わる者としての同志的了解が存在していたはずで、自分を置いて吾良が先に逝くなどということはこれまで考えたこともなく、何よりも高校時代に経験した「右翼＝国粋主義者（ナショナリスト）」が米軍の将校を殺害したかも知れない事件と深く関わる「アレ」を実現しないままに死ぬことは、古義人にとっても吾良にとっても堪えられないことだったからである。『取り替え子』は、その「アレ」を実現すべく表現者として精一杯生きてきた二人の軌跡と、なぜ吾良が死ななければならなかったのかを巡って展開する。

大江が松山の高校生であった時期は、一九五一年から五三年にかけてである。もちろん、現実的にはその間に松山（愛媛県）で米軍将校が行方不明ないしは殺害されたという「事件」が起こったということはない。ならば、『取り替え子』の中で吾良がシナリオとして残したとされる農本主義国粋主義者集団による米軍将校殺害事件というのは、大江による創作＝虚構であり、その意味するところは別にあったと考えるしかない。別なこととは何か。それは、結論的に言えば、敗戦によってもたらされた「戦後民主主義＝アメリカ」の五十年後の大江なりの再検討、ということになる。つまり、『日本国憲法』に象徴される戦後＝アメリカ流の民主主義を幾らかの不十分さがありながら、自分は「正しい」と信じてきたが、半世紀以上経って振り返ってみると、それは「日本＝ナショナリティー」を置き去りにしてきたもので、「真の民主主義」は長い歴史と文化によって育まれた「ナショナリティー」を無視して成立するものではない、という大江の二十世紀末にたどり着いた思想を、『取り替え子』の国粋主義者集団による米軍将校殺害事件はメタフィジカルに表現したものであった、ということである。したがって、古義人と吾良が何十年ものあいだ胸の奥で思い続けていた「アレ」は、アメリカ的民主主義と「日本＝ナショナリズム」を止揚したところに想定される「真の民主主義（デモクラシー）」ということになる。

吾良（伊丹十三）が『お葬式』（一九八四）から始まる一連の映画でユーモラスに描き出したこの国の「暗部」は、相変わらず「暗部」のままだし、大江が『万延元年のフットボール』（六七年）以降意識的に追求してきた「もう一つの国・生き方＝根拠地建設」構想も、『燃えあがる緑の木』（九三―九五年）までそれが悉く失敗するという作品構造は、大江の絶望が如何に深いものであるかを物語っていた。まだまだ「真の民主主義」は実現から遠かったのである。にもかかわらず、盟友の吾良（伊丹十三）は自死してしまった。その理由は、マスコミ報道が伝えるものとは異なるはずである。『取り替え子』の中で、吾良（伊丹十三）の墜落死の理由は、古義人の妻千樫の言葉としてであるが、次のように語られている。

（中略）私自身、悪いナイーヴさだと腹を立てますけど、遺書（「全ての面で自分がガタガタになっている」と書かれた公表されなかったもの—引用者注）は信じてやりたいんです。そういうより、確信しています。

それは「悪い女」であれ「良い女」であれ、吾良に生死を左右するほど影響をあたえる女性は、お母様の他にないからです。そのお母様を、老人性痴呆が進行しているまま残すと知ってながら、なまなかのことで吾良が自殺するでしょうか？　吾良には剛毅、剛直なところがあった、と暴力団の連合体から脅迫されていた間の情報をつかんでいる、警察官僚がいったそうじゃないですか？

そういう人間であっても乗り越えられない、人生の全体をとおしての課題に押しひしがれて、吾良は死んだはずです。

……それがどういう課題だったか、私にはわかりません。ただ松山で、あなたとふたりでそれこそガタガタになって帰って来た真夜中から、吾良は変り始めたように思います。あれはどんな出来事だったのですか？

ともあれ、大江が伊丹十三の突然の死によって『取り替え子』を書かなければならなかったことが何よりの証と言っていいのだが、大江と伊丹十三は運命的な出会いから伊丹が死んだ後までも「同志的な関係」にあり続けた。それは、大江の側から言えば、『ゆるやかな絆』や『取り替え子』に書かれているように、ジャンルを異にする表現者からの親身な作品批評を一貫して受け続けたということであった。大江は、作曲家の武満徹や建築家の原広司、あるいは文化人類学者の山口昌男らの仕事を自らの鏡として創作を進めてきたのと同様に、映画監督になるずっと以前に司馬遼太郎から「異人」のあだ名を頂戴し、その後映画監督になるべくしてなった伊丹十三の仕事を最も身近なものとして感じながら小説を書いてきた、と言っていいのではないだろうか。その意味では、伊丹十三との関係によって小説家大江健三郎は成長してきた、と言っても過言ではない。

伝説四　「母」なるもの

〈一〉　母――「大江小石」

作家大江健三郎の精神形成を考える時、そこに母・大江小石の存在を欠かすことはできない。大江小石は一九九七年十二月五日、満九十五歳で亡くなるが、例えば、「『家族のきずな』の両義性」という講演（九四年十一月）の中の、次のような言葉に彼女が大江に与えた影響の大きさが示されている。

私はもともと図書館が好きなんです。自分がいちばん好きな地球上の物質は、樹木だと私は思っています。それから場所としては図書館が好きです。それには、子供の時の私の家族関係が反映していると思います。私の母親は、教育ママというふうな人ではないんです。むしろ私が勉強をしようとすると、表に行って野球チームに入れてもらうように、というようなことをいう。子供の能力ということを知りませんからね、入れてもらえると思っている。そういう人です。ところが私は、彼女に根本的な影響をあたえられたという気持を年々深くしています。最初は、二冊の書物を私にくれた。ひとつは『ハックルベリー・フィンの冒険』。岩波文庫の翻訳でした。そしてもうひとつは『ニルス・ホーゲルソンの不思議な旅』という本。それからもう五十年以上たっておりますけど、家に帰って、「お母さん、僕はストックホルムに行きます」といいましたら、「ウプサラの大学には行きますかな」と問い返しました（笑）。地理的に詳しく書いてあるニルスの本を、彼女もよく記憶していて、のちに述べますようなやり方で、あらためて私をテストしたのです。（傍点引用者）

その「テスト」とは、次のようなものであった。

その二冊の本を読んでしまったので、さらにほかの本を読みたいと思って、村の図書館に行きました。図書館といっても、公民館の図書室。（中略）

そして私は公民館にある本を全部、二年間で読みました。そして家に帰って、「お母さん、僕は図書館の本を全部読んでしまった」といったんです。「肉体は悲し、我はすべての書を読みぬ」というマラルメの詩がありますが、そういう気分でしたかね、子供ながらに。私の母は、「よかったね」といて褒めてくれるような人ではないんです。「ああ、そう」といいましてね、身支度して、どんどん出かけていくんです。その農業会の二階の図書室に私と一緒に行って、本棚にある本を任意に取り出して、何ページ目かを読むわけです。そして「続きは？」という（笑）。十問ぐらいの質問があって、なかで三問くらいはできましたが、あとの七問はできなかった。そうしますと、「あなたは本をどういう目的で読むのか、それは時間をつぶすためなのか」と母がいう。「一ページ読んですぐ忘れるのなら、それは自分の忘れる能力を訓練するためか」と（笑）。

ここから想像される母親像は、決して「一般的」なものではない。普通私たちが知る山村（田舎）の母親というものは、子供を「教育」するという意識を持てないほどに忙しく家事や労働に追われている存在であった。下層の経済的に余り豊かでない家庭はもちろんのこと、かなり裕福な家庭でも母親の役割はそのようなものであった。そんな一般的な山村（田舎）の母親像から考えると、大江の生まれ育った家庭がその属する共同体の中で「上」に位置していたのではないか、と類推されることは先述した。しかも、最初の方に書いたように、和紙の原料を大蔵省印刷局に供給することを生業としていた大江家の当主大江好太郎は、敗戦の前年一九四四年に大江が満八歳の時亡くなっている。したがって、大江の母親は夫亡き後の大江家の中心として、母親であると同時に「父親」の役割も果たさなければならなかったのではないかと思われる。小柄であった母親からは想像するのも難しいが、意識においてたぶん大江の母親は「父親」でもあったと言っていいだろう。

だからこそ、優秀でありながら、少年野球チームに入れないで、図書館の本を全て読んでしまうような、どこか「変わった」ところのある三男坊の大江について、先の引用に見られるような「テスト」などを行って、「ありうべき道」を暗黙の裡に示すなどということがあったのではないだろうか。「賢母」という言葉があるが、大江の母を語るそこから想像されるのは、いい意味での「賢母」そのものである。「孟母三遷の教え」ではないが、多くを語らず、ただ「道」の在処（ありか）を示すことによって息子に尊敬され続けた母、という感じを受ける。ただ、戸数二〇〇余りの北関東の田舎集落において、たぶん最下層に近い生活をしながら大学に進学したら、「地主の息子以来三十年ぶりだ」と言われる一方で、「母子家庭のくせに大学へ行くなんて生意気だ。泥棒でもして学資を稼ぐのか」と陰口を囁かれた経験を持つ者にとっては、やはり大江の生家は恵まれており、その恵まれた環境の下において「賢母」の大江小石は存在したのではないか、ということは言っておきたい気がする。もちろん、これは大江の母に対する非難ではない。本など一冊も買ってやれない生活苦の中でただ「子供の幸せ」を願って労働に励み、その姿を子供が見て自らの「道」を選ぶことを暗黙の裡に示した母親も、また「賢母」の大江小石とは違った形で存在したことを、比較ということで示しただけである。

大江がいかに母親を尊敬していたか、言葉を換えてどぎつい言い方をするならば、大江がいくつになっても母親は母親で、大江はその最期まで頭が上がらなかったということは、先のノーベル文学賞の授賞式に大江がストックホルムに行くと言った時の九十歳を超えた母親の「テスト」が、明らかにしている。あるいは、若き大江が障害児の父親になった時の「狼狽振り」と混乱を如実に示す、「肉体そのものに、生命への方向づけと、死への方向づけに動くものがあるとして、そのさかいめに赤んぼうがいるとしたら、本人の、というか肉体そのもののというか、そいつの自由にまかせようや。生まれてこなかったより生まれてきたことが、必ずしも良かったとばかりはいえない時代なんだから……」（傍点原文）との言葉に反応した、次のような母親の反応を記述する大江からは、母親を尊敬して止まない作家の姿が透けて見える。

妻も、母親も、僕が狭い場所で籐椅子をゴツゴツやりながら、および腰でいった台詞をそろって無視した。僕としては吸音壁に囲まれた部屋でひとりしゃべった気分なのだ。しかも母親の、そして、ああ、このヘノヘノモヘジのような顔は、緊張してというよりも、端的に腹を立てての表情なのかと、若い年齢ながら自分の軽薄なもののいいを後悔しつつ思ったのだが。

——ああした人間ですから、私どもは頼りにすることはできません、あなたのチカラ（で）、イーヨーさんに助かってもらわねばなりません。

母親は低声でささやくようにいい、妻は、髪をピン・カールして、さらに小さく見える頭を、頼りなげにうなずいていた……

（「怒りの大気に冷たい嬰児が立ちあがって」八二年『新しい人よ眼ざめよ』所収）

ここから「産む性」としての女性の深奥を最後まで想像的にしか理解することのできない男（大江）の悲しさと、そのような男の存在を容認せざるを得ない女性の絶望的な在り方を見ることもできるが、大江によればこのエピソードには伏線があって、それは大江が少年時代に家の側の川で死にそうになった経験に深く根ざしているというのである。具体的には、ウグイの巣となっている川の淵に潜って頭を岩に挟まれて溺れ死にそうになった時、大江の不審な行動を訝って後をつけてきた母親が助けてくれたのだが、「あの出来事の際に、自分の息子は生の方向づけからわざわざ逸脱するところのある者だと、怒りをこめて断念する思いをいだいてしまった」（同）ことを指す。無鉄砲と言えばいいのか、それとも子供の頃から胸奥に得体の知れない「虚無」を抱いていたが故に、「生の方向づけからわざわざ逸脱」してしまうのか、ともあれ大江の母親は大江が抱え込んできた「危うさ」を敏感に察知していたことだけは間違いない。おそらく、母親は大江が子供の時分から「変わり者」と言われてきた理由のひとつを、この大江に内在する「危うさ」に見ていたはずである。だからこそ、頭部に異常を持って生まれた長男の手術に関わって大江が「逃避」とも思える言動を示した時、「怒り」の態度によって大江の卑怯＝逃避を正そうとしたのだと思われる。

このことは、また大江の母親が「責任」ということに対して厳格・公正な考え方を持ち続けたことにも通底する。大江の長男が頭部に異常を持って生まれたのは、誰の責任でもない。しかし、この世に新しい生命が生まれた以上、その生命を「生の方向づけ」において考えるのが親（大人）の責任である、というのが大江の母親の考え方であった。そして、それは大江が『懐かしい年への手紙』（八七年）等の小説に取り入れた——もちろん、そこには誇張や再構成といったデフォルメが存在するということを前提としてもなお——祖母・大江小石と孫・光君との交流を見れば、大江がそのように母親を理解していたと容易に了解できる。大江の母親は、知的な障害を持ったまま成長した光君に対して見事なまでに徹底して一人の人間として遇し、受け入れている。彼女は彼女なりに「責任」を果たそうと決意したが故に、そのように対処し続けたのだろう。なかなかできないことである。

大江の母親の「責任」に対する公正・公平な態度は、例えば敗戦を告げる天皇の玉音放送を聞いた後の次のような反応にも如実に表れていると言っていいだろう。

敗戦の日、父親が死んでから世の中におこることで良い知らせはなにもないと、新聞も読まずラジオも聞かなくなった母親が、遅くなって天皇の終戦の放送があったことを聞いてくると、頰を昂奮に赤くし、熱っぽい息を僕の耳に吹きかけるようにして、

——お父さんのいっておられたとおりになりましたが！　上のものが下になる、下のものが上になる。そのとおりですが！

といった。

（「鎖につながれたる魂をして」八三年『新しい人よ眼ざめよ』所収）

大江が生き方の根源的な原理にしているとされる「戦後民主主義」思想は、大江が「強権に確執をかもす志」（六一年）や「戦後世代と憲法」（六四年）等のエッセイで繰り返し述べていることから、これまでは主に「日本国憲法」の学習に象徴される「戦後民主主義教育」によって形成されたと考えられてきた。が、右の引用などを見ると、大江の「民主主義」思想形成には、明らかに生活の現実から導かれた母親の考え方＝亡き父親の思想の影響を見て取ることができる。ここで思い出すのが、大江と同世代の作家として同じ時代を民主主義者（デモクラット）として生きてきた小田実の父親のことである。小田の『私と天皇』（七五年）によれば、大阪で弁護士をしていた小田の父親は、初戦の勝利に浮かれる世間を後目に、太平洋戦争が始まった時点で「この戦争は負ける」と言明して家族を驚かせたという。大江の父親が生前、民主主義の根本原理ともいうべき「上のものが下になる、下のものが上になる」という考えを持ち、それを母親が引き継いで大江たちを育てたとしたら、大江が戦後になって民主主義思想を受け入れた土壌は、すでに「母親＝大江家」の生活の中にあった、と言うことができる。

同じようなことは、次のような「母親＝大江家」の在り方についても言える。

（中略）高校生あるいは大学生であった僕は、地方都市や東京から休暇で帰ってゆくたびに、母親の語る道化話を楽しみにしていた。

母親は、僕の不在だった間の谷間の出来事を話す。絶対に事実のみに立って。話は具体的な人物の行動にかかわり、当の人物を僕は知っているから、描写は必要でない。やがてすこしずつ僕の知らぬ人物が谷間にふえていってからは、また以前に親しんでいたのとは別の人間関係、勢力分布が確立されてからは、母親はこんなふうに説明をつけるようになったが。あの人を知っておいでたかな？　疎開してきたままこの村に住みついて、戦後、子供が生まれると、裕仁という名前をつけた人、というように。それ以上は描写をぬきにして、ただその人間がしゃべった言葉のみを、みぶり言語としてのわずかな声色とともにしゃべる。批評めいたコメントもぬきで。しかもいったん話し終えられた滑稽談は、全体これきびしい個人的批評である。ひとしきり僕を笑わせた後、むしろ悲しげな微笑を浮かべている母親は、もともと批評の意図などなかったような顔つきだけれども。

（傍点原文「恐怖にさからう道化」七七年『表現する者―状況・文学』所収）

この母親と大江との会話を想像する時、そこに権力的な関係を見つけることができない。つまり、親―子の関係に知らないうちに持ち込まれる権力関係が、大江親子の間には見られないということである。「対等・平等」の関係こそ民主主義思想の根幹であるとするならば、大江と母親との間には意識しなくとも民主主義的な関係が築かれていたということになる。大江の育った家庭は、戦前、地方産業の現状を視察するために県知事がやってくるような家であったが、そのような地域を代表する家であったが故の、言い換えれば近代の黎明期に「平民主義」を唱えた徳富蘇峰がモデルにしたような地方を支えた最も良質な「中等階級」であったが故の、知的な気風を持ったものであったと言える。母親は、それを見事に受け継ぎ、大江に多大な影響を与えたと言っていいだろう。

なお、大江は母親の「表に行って野球チームに入れてもらえ」という提言を受け入れた結果であったのかどうかは定かではないが、大瀬中学校入学と同時に野球部に入り、三年生の時には内野手のレギュラーになっていた。今では、スポーツは水泳以外の運動にほとんど無縁と見られている大江が、中学時代野球をやっていたというのは意外と思われることだろう。しかし、地方（田舎）では、勉強の出来る男の子はほとんど例外なく部活動、しかも野球部に入部するのが普通であった。今のように、サッカーやテニスといった流行の部はなく、野球が全盛で、それに柔道、剣道といった伝統的なスポーツに精励するというのが、田舎の中学生の部活動だったのである。中学生でドストエフスキーの『罪と罰』を読むような中学生も、野球部で活躍していたのである。

〈二〉　大江（伊丹）ゆかり

八〇年代に入って、具体的には『現代伝奇集』（八〇年）や『「雨の木」を聴く女たち』（八二年）に収められた諸短編以降、意識的に「私の生活」を作品の中に取り入れるようになった大江であるが、障害を持つ長男の「光」やその弟妹、さらには四国の谷間の村に住む母親や妹および大江の周辺で活躍する音楽家や学者たちに比して、不思議なことではあるが、「妻・ゆかり」はほとんど実像を感じさせる形で小説に登場することはなかった。エッセイに関しても同断である。かろうじて、ノーベル賞受賞後に刊行された二冊のエッセイ集――この本では挿し絵を担当している――『恢復する家族』（九五年）と『ゆるやかな絆』（九六年）に「主役」の一人として登場しているだけである。

もちろん、デフォルメされているとは言え「私の生活」を作品の中に取り入れているのだから、八〇年代以降の大江の作品に「妻・ゆかり」が全く登場しないわけではない。むしろその登場頻度は「光」と共に群を抜いている。しかし、それはあくまでも「光の母」であり、「作家Oの妻」という形であって、大江の母親のように具体的な事象を通して大江の作家生活に何らかのものを与えてきたという風には、残念ながら十分に書かれていない。例えば、「自伝」的要素が高いとされる『懐かしい年への手紙』（八七年）の中では、次のように書かれている。

僕と彼女とは、互いにまだ十代だった頃からのつきあいだが、大学の三年で僕が小説を書きはじめ、それにのめりこむようにして二年間をすごした結果、一年留年した大学を卒業すればすぐ結婚するという予定だった。その僕との結婚について、いちどゆっくり考えるために、彼女は奇妙な、しかし彼女らしいやり方で、ひとり僕の森のなかの谷間の村を訪ねたのだ。はじめは母親と僕の妹が相手をしていたが、そのうちギー兄さんがかつて僕とふたりで歩き廻った場所を、森林組合の技術者にふさわしい周到さで案内してくれることになった。われわれの森のなかの盆地がさして広大であるわけではないから、「在」の奥をひとめぐりするにしても、朝早く発てば徒歩で日帰りの行程だし、森へ入るとしても、さきにのべた鞘どまりで、そこは僕が国民学校の生徒の頃、村に疎開してきた双子の天体力学の専門家に引率されて遠足に行った、その程度の深みにすぎない。

ここでは「オユーサン＝ゆかり」の性格らしきものも描かれているが、叙述の最後は大江自身の経験に収斂されていて、「ゆかり」の実像は霧散してしまっている印象を拭えない。このような「ゆかり」の描き方の意味するものは、もしかしたら、それだけ「ゆかり」と大江が一体ということであって、大江にとって「ゆかり」は具体的に書く必要のない存在だったということなのかも知れない。つまり、大江と「妻・ゆかり」はあまりにも近い存在であるが故に対象化することができなかったということである。あるいは、大江にとって「妻・ゆかり」は「母・大江小石」と同じような存在で、そうであるが故に大江は母親についてあれこれ書くことによって、「妻・ゆかり」についての代償行為を成していたとも考えられる。換言すれば、作家大江健三郎にとって四国愛媛に住む大江小石は「谷間の村の母」であり、大江ゆかりは「東京の母」だったのではないか、ということである。

考えてみれば、作家大江健三郎と結婚した「ゆかり」にとって、その結婚生活は「平凡」とはほど遠いものであった。因みに、大江と「ゆかり」との四十年以上にわたる結婚生活の前半部に大江家で起こった「出来事」を略記する。

一九六〇年二月　結婚
六三年六月　長男「光」を出産
六七年七月　長女菜採子（なつみこ）を出産
六八年一〇月　光、脳外科手術
六九年七月　次男桜麻（さくらお）を出産
七六年四～七月　健三郎メキシコに滞在
八三年秋　健三郎カリフォルニア大学バークリー校に滞在
＊この間、新婚直後の中国旅行を皮切りに、六一年の数ヶ月に及ぶヨーロッパ旅行、等世界各地、国内各地を大江は仕事がらみで旅行する。

障害を持った子供と幼子二人を抱えた「主婦」の仕事がどれほど大変なものであるか、作家として日常的に家庭にいる日はおそらく大江の手助けがあったであろうから、二人で協力して障害児の子育てを行うこともできたであろうが、大江が長期間留守をした時のことを思うと、どれほど「ゆかり」に負担を強いたことか、想像を絶するに余りある。もっとも、「光」がある程度長じてからは、『恢復する家族』などに垣間見える「光」をサポートする弟妹の姿から、大江家の三人の子供たちは仲が良く、十分に「ゆかり」を助けていたであろうことは推測できるのであるが……。

ところで、表面的には「光」の通っていた養護学校の父母たちの姿を観察していて着想されたと思われている『人生の親戚』（八九年）のモデルは、実は「ゆかり」なのではないか、とこの長編を読み返すたびに思ってしまう。障害者に対する感傷的な同情や憐憫を断固拒否しながら、知的な障害のある長男と交通事故で障害者となったその弟を女手一つで育てているこの長編の主人公に、「ゆかり」がダブルのである。人間の尊厳を守ることにモラリストとしての原点を定め、そして障害者と「共生」することこそその発現であると考えてきたにもかかわらず、二人の息子に自殺された主人公の哀しみは、「光」の誕生以後消えることがなかったであろう「ゆかり」の悲哀に通底していると思えてならないのである。もちろん、この悲哀の裏側には汲んでも尽きない「光」への愛情を感じるのだが、愛情だけでは障害者を取り巻く現実に抗することができない状況を明らかにしたこの『人生の親戚』には、日々の生活において奮闘する「ゆかり」への大江のエールも込められていたのではないだろうか。

（中略）母親と赤ちゃんの感動的な緊密さの関係の場から、若い父親の僕は、この国のたいていの親子関係においてそうであるように、いくらか離れたところにいたのだろう。ところがいつまでも幼児のような知的水準を出ない長男光については、僕はしだいに母親の役割を分け持つことになり、それも言葉の発達のゆっくりした過程に自分も伴走するという仕方で生きてきた。

もとより母親と光の間の関係はさらに緊密だったのである。父親の眼には光がいかなる反応も示さぬように思える時期が長く続いていた間も、母親と光との間には、おたがいにいいおうとすることと考えていることを通じることができていたはず。障害を持って生まれた赤ちゃんの脇で、若い母親はいつもショパンやモーツァルトを聴いていた。そのことと、現在、光が単純なものながら自分独自の、あきらかにクラシック音楽のイディオムにもとづく作曲をしていることとは、つながっているにちがいない。

（傍点原文　「病める子供らのための」『新年の挨拶』九三年　所収）

ここからは、大江の母親・小石と同じように自然な形で障害児に対処する「ゆかり」のモラルを感じることができる。後に見るように大江の障害児と「共生」していこうとする決意も相当なものであったが、「ゆかり」の場合はその「共生」意識とともに自然な形での「責任」が加わっているように思える。肩肘張らずに、障害児を産んだ母親として「責任」持って「共に生きていこう」とする自然な意識、それがこの引用部分からは感じられるのである。

しかし、考えてみれば、このような「平凡・普通」でない生活は、「ゆかり」にとって大江健三郎という「変わった」人間と知り合い、結婚を決意した時から覚悟の上だったのではないか。だからこそ、「ゆかり」は兄・伊丹十三の自死に際して、それを苦悶の内に乗り越え、友の自分より早い死に打ちのめされた夫に対しても、「母親」のように毅然として処すことができたのではないだろうか。先にも触れた『取り替え子』の中で、吾良（伊丹十三）の死の原因について、古義人（大江）に対して千樫（ゆかり）は次のように自分の見解を告げている。

そういう人間（剛毅、剛直なところのある人間―引用者注）であっても乗り越えられない、人生の全体をとおしての課題に押しひしがれて、吾良は死んだはずです。

……それがどういう課題だったか、私にはわかりません。ただ松山で、あなたとふたりでそれこそガタガタになって帰って来た真夜中から、吾良は変り始めたように思います。あれはどんな出来事だったのですか？　せめてあなたにわかっているることだけでも、決してウソをつかず、飾りも隠しもしないで書いてくれなければ、私はなにも知ることができません。私はもちろん、あなたも、もう人生の時間は残り少ないのですから、ウソをいわず正直に生きて、その通りに書くこともして……終ってください。アカリが四国のお祖母ちゃんにいったように、しっかり元気を出して死ぬためにも、ウソでないことだけを、勇気を出して書いてください。

大江が『燃えあがる緑の木』（九三―九五年）まで何度となく「最後の小説」という言葉を口にしながら、四年半後の『宙返り』（九九年）で復帰してから『取り替え子』（二〇〇〇年）、『憂い顔の童子』（〇二年）と精力的に作品を発表し続けるようになったのも、「ウソをいわず正直に生きて、その通りに書くこともして……終わってください」との「ゆかり」の忠告を大江が受け入れた結果、と考えられないだろうか。後に詳しく触れるが、大江文学の最大テーマである「根拠地＝ユートピア」建設の可能性をめぐる内的な葛藤は、『宙返り』では劇的な変化をとげている。それまでの作品とは違って『宙返り』では、「根拠地」建設が永続的に追求される構造になっているのである。これは、大江が「ウソをいわず正直に生きて、その通りに書くこともし」た結果なのではないか。もしそうであるならば、大江文学が成立するその陰に「ゆかり」の存在があったと言うことも可能になるだろう。その精神において、「ゆかり」は大江の鏡であった節があるからに他ならない。『ゆるやかな絆』の中に、次のような記述がある。

僕の家庭のメムバーについていえば、戦後の苦しい時期を、亡くなった芸術家の父親を誇りにしながら、そして風変りなほど純粋な性格のお母さんと、やはり才能ある変り者の兄という家族を、幼ない女の子ながらひとり支えるようにして生きてきた家内は、僕の見るかぎりupstandingな人だと思う。

ここで「upstanding」は、大江によれば「直立した、すらりとした、しっかりと据えられた、高潔な、正直な」という意味の形容詞であるという。右の引用の背後には、障害児である「光」を中心に展開してきた大江家の生活を、それこそ「upstanding」な姿勢でもって三十年近く維持してきた「ゆかり」への大江の信頼と感謝の気持が隠されている。大江は、この引用の前で「decent」でupstandingな友人を持つということのなんという素晴しい」ことであるか、と書いている。「decent」は、「内面に生きている品の良さ」ということであるという。ならば、大江にとって「ゆかり」こそそのような友人の筆頭に挙げられるべき存在なのではないか。『恢復する家族』と『ゆるやかな絆』は、まさにそのことの証でもある。

伝説五　作家へ

〈一〉　習作時代

一浪して東京大学文科二類に入学した大江は、渡辺一夫に師事すべく本格的にフランス語の勉強を始めるが、一方で内子高校時代から始めた創作活動（主に詩作）は変わらず続けていた。先にも記した大澤剛志の労作「大江健三郎《奇妙な仕事》以前の初期作品年譜」によれば、詩九編、小説四編、戯曲四編が東大に入学してから『奇妙な仕事』までに書かれた作品ということになる。先の「一覧」につなげて、以下列記する。

〈詩〉

（1）海のソネット（未発表　五三年八月頃）
（2）夏の終わり（同　五四年八月）
（3）手紙（同　同）
（4）L'élégie（同　同）
（5）散歩（同　同）
（6）幸福な歌（クラス雑誌『ボン・ジュール』五四年　久世光彦『眩しい少年たち』九四年刊に紹介される）
（7）お城の上で（未発表　五四年十二月）
（8）犬殺しの歌（五六年『持続する志』所収）

（9）祝婚歌〈兄に〉（五七年十月　松原新一「『谷間の村』を訪ねて―大江健三郎文学紀行」に所収）

〈小説〉

（1）優しい人（五五年『文藝』第三回全国学生小説コンクール佳作）

（2）火山（東大教養学部学友会誌『学園』昭和三十年度銀杏並木賞受賞　五五年九月）

（3）火葬のあと（五六年『文藝』第五回全国学生小説コンクール選外佳作）

（4）黒いトラック（『学生生活（『学園評論』改題）』七月号　五六年七月）

〈戯曲〉

（1）天の嘆き（五四年　東大学生演劇脚本賞佳作）

（2）夏の休暇（五五年　同）

（3）死人に口なし（五六年　同）

（4）獣たちの声（同　同賞入選）

この「一覧」で興味の持たれるのは、一九五四年の八月、夏休みで郷里に帰省した折に大江が大澤剛志に「読んでくれ」と言って置いていったという四編の詩『夏の終わり』と『手紙』、『L'élégie』、『散歩』で、ここには大江作品には珍しい「失恋」らしき体験が書かれている。特に、「秋になって／心が恢復して／すなおな風情に／みちたなら／美しい心で／仏像を観に／ゆこう」で始まる『夏の終わり』の抹消された詩行を含む最後の二連には、直截な感情吐露が見られ、「青春」の一齣を彷彿させる。「ああ　その博物館にも／僕は一人の少女を伴い／たずねたことがあるのだが……（以上抹消部分）／僕は限りなく耐えるだろう／僕の指はいくたびか強く／握りしめられるだろう」。また、『手紙』には「あなたにそっと、おしらせしよう、／おおえくんは、こんぎょう　み／めい、しきょいたした。ごあんしん。」なる詩行があり、「失恋」の痛みは「死」を幻想するまでに激しかったのか、と想像される。これらの詩は、十三の妹伊丹ゆかりと高校時代から知り合い、その後恋愛から結婚へと進んだ大江にも「恋する時」があったのだとの推測を可能にし、不思議な安心感を与えてくれる。

それと、この「一覧」を眺めていて気が付くのは、東大一年生（十九歳）の終わり頃から「詩作」をやめて、本格的に「小説」や「戯曲」といった散文の執筆を中心とするようになったということである。『文藝』（河出書房発行）主催の「全国学生小説コンクール」に二度にわたって応募しているということは、大江が東大に入って間もなく本気で作家になることを考えるようになったことを意味している、と考えていいだろう。残念ながら、題名以外応募作の内容は定かでないが、例えば『優しい人』について、当時の審査員（川端康成、青野季吉、丹羽文雄、佐多稲子、臼井吉見）の合評を読むと、丹羽以外の選者は総じて否定的で、丹羽だけが次のように半ば肯定的な選評を述べている。

ぼくらみたいな年よりになると、こういう小説は否定したくなるんですよ。それから何か変にひっかかってくる。作品としては出けてないと思うんだけども、こういう才気のある作品に興味を持つんだね。ちよっとこれは考えてもいいと思った。僕個人の考えかも知れないけれど……。（中略）

こういう連中がこういう方向に進んで描いてくれれば、ぼくらとても描けないようなものが出てくるんじゃないかと思うんですよ。（傍点原文）

錚々たるメンバーによる合評の一部ではあるが、具体的な内容は不明としても、（幻の）処女作とも言っていい作品を、今をときめく「大作家」の丹羽文雄が一定の評価をしてくれた、この「合評」を目にした時の大江の気持は如何ばかりであったか。友人以外の大人、しかも名だたる作家による自作への評、それは逸る気持と自重とが入り交じったものだったのではないか。なお、この「第三回全国学生小説コンクール」の選外佳作者の中に当時お茶の水女子大の学生であった岩橋邦枝の名前が見える。因みに、この『文藝』が募集した「全国学生小説コンクール」は、若い才能を見出す目的で設置されたもので、大江より一回り年下の三田誠広は高校生の時に『Mの世界』（六六年）が当選作なしの佳作で文壇デビューしている。また、立松和平も早稲田大学在学中に応募し、最終選考まで残った時点で版元の河出書房が倒産するという運命に遇い、結果は宙に浮くという経験をしている。

ともあれ、大江はこの『優しい人』の翌年、自身で「処女作」と呼んでいる『火山』と『火葬のあと』を書き、その次の年に半商業誌とも言うべき『学生生活』に『黒いトラック』を書き、さらにその翌年『奇妙な仕事』で文壇にデビューする。そのことを考えると、大江の大学生活はその全体にわたって「作家になるため」のスプリング・ボードであったと言っていいかも知れない。中でも、実質的な処女作である『火山』は、大江が駒場の一年生の時大学新聞で知ったお茶の水大生の自殺をヒントに書いたもので、後に「ナラティヴのみならず、それを使って小説化した材料も観念的でダメだと納得された」（『私という小説家の作り方』）という短編であるが、「誠実」とは何か、「コミットメント」するとは？ をめぐって作品は展開する。ユマニスト党に属していた大学生の従妹L子が自殺したことから、数年来の夢であった夏の火山へ登ることを決行した「僕」は、辿り着いた火山で同行した鉱山技師と共に地元農民と駐留外国軍が雇った農民とが対立する騒動に巻き込まれる。そして、外国兵士団が設置した「火山噴火機」が作動して火山が爆発する。

今、噴火の明るみの中で僕に山へ登ることを宣言した技師の顔は青ざめて卑しい感じだつたが僕の記憶力の不正確さはやがて彼の顔を力強くて美しかつたものとして修正するだろう、と僕は思つた。僕は愛情に満ちた畏怖を彼に感じた。しかし僕は彼に協力する勇気を持つていないし、それが何か愚かな腹立たしいことのようにさえ感じる、この分別が僕をいつも駄目にした、L子の場合もそうだ、と僕は思つた。空を炎やす火の流出を見詰めながら僕は技師に対して畏怖を感じているのか、L子に対して（か？）わからなくなつていた。

（『火山』）

そのことをするのが正しいと思いながら、しかし行動に移せない「自己欺瞞」の罠にはまり込んだ主人公の心理は、まさに大江自身のものであったと言えるだろう。「ユマニスト党＝前衛党」、「外国兵士団」、これらの言葉が表徴する戦後の風景の中で、「遅れてきた青年」よろしく自分からは何事を為すこともできない主人公、そこにはたぶん、懐疑的にしかこの世の中を見ることができなかった二十歳前後の大江の姿が投影されている。別な言い方をすれば、独立国になったにもかかわらず外国軍＝占領軍（アメリカ軍）が勝手極まりない行動を続けている国・日本、そして建前は立派であるがなかなか政権の中枢に入り込むことのできない前衛党、これらのことに象徴される諸々が綯い交ぜになって「誠実」に生きようとする若い大江を追い詰める。その結果、吐き出すようにして書いたのが『火山』ということになる。

ところで、大澤剛志を始め高校時代の同級生の多くが「大江は詩人として名声を得るのではないか」と思っていたことに反し、東大に入ってすぐに大江が小説を書き始めたのは、何故なのか。これは、結論的には詩人と小説家の表現者としての本質的な違いということに行き着くのであろうが、大江に即して考えれば、小さい時から「本の虫」で「変わり者」と言われていた大江の身に着けた「過剰な知」が、感性を重視する詩の枠内に収まりきらず零れ落ちることに耐えられなかったのではないかと思われる。言葉を換えれば、三好達治や萩原朔太郎、中原中也、それに谷川俊太郎などの作品を読み続けてきた大江は、高校時代の詩作経験を通じて、自分が身に着けた内外の「過剰な知」を表現＝人生において生かすには、詩では不十分であり、小説しかないと大学生になって認識するようになったということである。あるいは、社会の在り方との関連で表現を考えていた野間宏や武田泰淳ら戦後派の文学に親しんできたが故に、単純に彼等のような文学者になることを夢見て、ということであったかも知れない。いずれにせよ、中学生の時ドストエフスキーの『罪と罰』について批評を書き、高校生では太宰治の文学を論じたことからも分かるような、大江の「論理」を重要視する傾向＝生き方は、必然的に詩よりも小説を大江に選ばせることになったということである。その意味では、自死を選ばなければならなかった革命党派に属する女子大生や、占領時代と変わらず我が物顔でこの国を蹂躙する外国軍兵士、といった存在は、文壇デビューしてからの初期大江文学にしばしば登場する戦後の風景と同じであり、その点からも『火山』は処女作と言っていいのかも知れない。

現在とは違って大学間を横断する文系のサークル活動が盛んであった戦後を象徴する月刊雑誌『学生生活』（一九五一年創刊当初は『学園評論』）の一九五六年七月号に載った『黒いトラック』も、その意味で初期大江文学の枠組みを明確に示していると言っていいだろう。閉鎖が噂されていた「市営学生療養所」へ、数台の黒いトラックがやってきたことから物語は始まる。入院している学生たちをしかるべき場所に移動させるべくやってきたのである。物語は、重症患者のNと学生運動をしていて体をこわした女子大生ヨルコや看護婦との会話を軸に進む。二十一歳であったこの時に大江がどのような問題及び思想を抱えていたかの一端が以下の部分に明らかになっている。

> Nたちは自由な療養生活をおくっていた。Nたちは学生側の代表と療養所側との討議できめた規則、ひどく巨きい服のように誰だって窮屈には感じない規則を持っているだけだった。しかしNたちはいつか規格化された生活を始め、型にはまった考え方に慣れていった。きわめて微妙な仕方でNたちの生活をひたしてしまう透明な液体がその自由の中を満たしているのだ。Nは重患病室でベッドの上に樹のようにじっとしていなければならなくなるまでそれに気がつかなかった。Nはあいまいに不安なだけで、みんなと結びつき合っていた。隔離されてNは他の存在になった。動物園の檻の中のそれのような、他の存在となった。Nは不安が解消するのを感じ、みんなから手をきった。Nはもう僕らとはいわないで良かった。それからNは彼自身の個人的な問題について、あの人なつっこい、ぞっとさせる、奇妙な形をした、近い死について考えることに熱中した。Nにはその資格が固いベッドで保障されていた。（傍点原文）

戦後民主主義は、社会の総体に「自由」をもたらした。しかし、本当にそれは「自由」であったのか。「自由」であるという建前＝観念に過ぎなかったのではないか。敗戦直後からこの国に駐留している外国軍（アメリカ軍）は、講和条約が結ばれた後も占領時代と変わらず多くの基地を持ち続けているし、一度は社会の表舞台から消えたように見えた旧勢力（保守派）もさまざまな分野で「復活」を果たしつつある。そのような状況の下で、現に自分は強い「隔離」意識に苛まれ、他者との関係性も断たれている。その結果、「自由」は、残念ながら近い将来自分を襲うであろう「死」について考えることにしかないように見える。何と哀しいことか。学生である大江の現実生活を描くというより、作品の全体が状況とおのれ意識のメタファーになっているこの『黒いトラック』は、まさに大江が戦後派文学の嫡子＝後継者であることを証すものであったと言っていいだろう。言葉を換えれば、小説家大江健三郎はその習作時代において、早くもこの国の文学的伝統ともなっていた「私小説」とは異なった戦後派的な思想＝世界観を重視する創作方法を採っていたということである。因みに、この『黒いトラック』は、文壇にデビューした直後に書いた『他人の足』にそっくりモチーフが持ち越されている。『他人の足』については、別の場所で触れる。

なお、大江はこの時代、小説の他に今わかっているだけで四編の「戯曲」を書いていた。現在それらの戯曲は残念ながら読むことができないが、文壇デビューした後に自作（例えば『飼育』等）の放送劇台本や脚本、あるいはオペラの台本などを書いていることを考えると、人間の関係＝劇を中心に展開する「芝居」について大江が並々ならぬ関心を抱いていたことは、推測できる。

〈二〉「ユマニスム」と「アンガージュマン」——渡辺一夫・サルトル・戦後文学

大江が仏文学者渡辺一夫の名前を知ったのは、松山東高校に転校してしばらくしてからであった。この「出会い」については、大江自身繰り返し書いたりしゃべったりしているので周知のことに属するが、例えば次のような言葉に渡辺一夫から大江が強い影響を受けてきたことの一端が窺える。

私は四国の深い森のなかに生まれました。そして、高等学校の二年生のときに、松山に出て、渡辺一夫というフランス文学者の本を偶然読んだわけなのです。古本屋に行って、『フランスルネサンス断章』という本なのですが、偶然それを手にしました。たまたま余分のお金があったものですから、それを買うことにした。下宿へ帰って読みはじめると、途中でやめることができず、とうとう徹夜して、翌朝には、この学者に教わろうと決心をしていたのでした。

私の友人で、家内の兄でもありますが、伊丹十三さんは、なんでも知っている同級生でして、高校では私の先生みたいな役割をしてくれていました。その日、朝礼に集まる校庭で、伊丹さんに、渡辺一夫という人がいる。この人は偉い人だと思うといったのです。かれはすこしもびっくりしないで、ああそうね、といった（笑）。この人はどうしているだろう。もう死んでいるかどうか、といったら、やはり平然と、生きているよ、とかれはいって、東大のフランス文学科の先生だと教えてくれたのです。私はそこへ行こうと発心した。

（「新しい光の音楽と深まりについて」九四年『あいまいな日本の私』所収）

この時「発心」「決心」したことを、一浪してではあるが実現した大江の意志力の強さ（勤勉さ）に並々ならぬものを感じるが、大江をしてそこまで駆り立てた『フランスルネサンス断章』に見られた渡辺一夫の思想とは、一体何であったのだろうか。大江が渡辺一夫から受け取ったものの全体については、いま私たちは『日本現代のユマニスト渡辺一夫を読む』（岩波セミナーブックス8 八四年）で読むことができるが、大江らに多大な影響を与えた『フランスルネサンス断章』が示していたもの、それはまさにその時代の核心的な思想とも言うべき「ヒューマニズム（ユマニスム）思想」そのものであった、と言っていいだろう。つまり、余りの変わり身の早さを示されることによって幾らかの懐疑を覚えたとしても、アジア太平洋戦争の敗北によって「殺す＝戦争」思想の非人間性を根源から認識した人々によって拠り所とされた「ヒューマニズム」、その拠って来る所を学問の世界を通じて明らかにしていた渡辺一夫に、大江たち当時の青年は鋭く感応したということである。

このことを大江に即して考えてみれば、中学生の時教室で配られた教科書『民主主義』に象徴される戦後思想、就中それを根底で支える「ヒューマニズム」思想の何たるかを学習した（身に着けた）ことの延長線上で渡辺一夫との邂逅があった、ということになる。換言すれば、「殺すな」の論理と倫理（小田実）を我がものとしてこれからを生きようとしていた戦後世代にとって、自分たちの思想を体現している学問世界が渡辺一夫のフランス文学研究であり、大江はその碩学に接することで自らが何を求めているかを発見したということになる。ただ大江の場合、渡辺一夫という存在は、単なる自分たちの前を行く「優れた知識人」というだけではなく、その書いたものや生き方を深く知れば知るほど決定的なものをもたらす文字通り「先生」であった。あのファシズムが暴威をふるっていた戦時下において、あるいは「民主化」されたとは言え未だ外国の軍隊が頂点に君臨する占領下で、ひたすら「ユマニスム（ヒューマニズム）」の在り方を追求し続けた渡辺一夫の生きる姿勢は、大江に「生き延びる手掛りを与えられた」（『日本現代のユマニスト渡辺一夫を読む』）と言わしめるものであった。折しも、朝鮮戦争の勃発が象徴する国内外の情勢は、戦後冷戦構造のあおりを受け、誰もが「再び」を想像し絶望的（ペシミスティック）にならざるを得ないような事態にあった。渡辺一夫はそのような状況に激しくはないがユマニストとしてよく抗していたと言えるだろう。

その意味では、大江が六〇年代の前半に「強権に確執をかもす志」（六一年）、「ぼく自身のなかの戦争」（六三年）、「戦後世代と憲法」（六四年）、「憲法についての個人的な体験」（講演　同）、等々、自らの立場を明らかにするような文章を次々と書いたのも、もちろん世代的な経験もあってのことであったが、渡辺一夫の生き方・処し方から学んだ結果だったのではないだろうか。例えば、次のような渡辺一夫の思想・在り方に触れた文章を読むと、おそらく大江はある時期から「先生」渡辺一夫の考え方、生き方を一種の「鏡」として、あるいは「モデル」として、自らの生き方を律してきたのではないだろうかと思われて仕方がない。

先生は、自分が打ちのめされるかもしれない、弱い人間だ、ということを強く感じていられた。そしてまた、ある種のニヒリズムも先生の一部分にあった。しかもそれらを乗り越えて行かなければならないという気持がさらに強くある。その乗り越えて行く仕方、乗り越え方が、つまりはこうだった。人間は滅ぶものだ、そうかもしれない、だが、抵抗しながら滅びようではないか。そしてたとえわれわれの落ち着く先が虚無であるとしても、それが正しいことにならぬようにしようではないか。それが正しいとはいわせないようにしようではないか、というようにもセナンクゥールの言葉を訳していらっしゃいますけれども、それがそのまま先生の態度であった。この思想が先生の文章にずっと一貫している、ということをいいたいのです。（傍点引用者）

これまでの大江の仕事を見ていると、この引用文の「先生」を「大江健三郎」に置き換えても通用する、と言ってもいいのではないか。それほどまでに、大江は渡辺一夫から多くのことを「学んで」きたとも言える。

渡辺一夫が「知＝学問」の世界にあって「人間いかに生きるべきか」を大江に示した知識人であるとするならば、サルトルはおのれの存在が生み出す「不安」や「絶望」といったアモルファスな感情や「疎外」意識を整理してくれた哲学者であり、文学者であったと言っていいだろう。大江が何年間か集中的に読む国内外の文学者・思想家の仕事の影響をその時々の作品が受けるというのは、大江自らの語っていることであり、周知のことに属するが、『同時代ゲーム』のロシア・フォルマリズム（バフチン）と山口昌男（文化人類学）、『新しい人よ眼ざめよ』のブレイク、『懐かしい年への手紙』のダンテ、等々、その深い関係について数え上げればきりがない。そんな先人達との影響関係の中でも、習作時代から文壇デビュー以後しばらくの間におけるサルトルとの関係は、一種特別なものがあったと言えるかも知れない。すでに多くの批評家や研究者が指摘していることであるが、サルトル思想の中心課題であった「監禁状態における自由」あるいは「知識人のアンガージュマン」は、もっとも「戦後」らしい時代に多感な青春期を送り、そこから作家として出発した大江にとって、何よりも身近な主題に他ならなかった。大江が東大仏文科の卒業論文の対象としてサルトルを選んだのも、まさに「戦後」という時代に大江が生きていたからであって、その意味では大江とサルトルとの深い関係は必然であったとも言えるのである。「実存主義はヒューマニズムである」というのは、サルトルの有名な講演のタイトルであるが、この言葉の意味するところを突き止めようとする意思において、ユマニスト大江健三郎とサルトルは強固に繋がっていたとも言えるだろう。

つまり、戦後すぐにこの国の「民主化」状況に危惧の念を抱いた先の渡辺一夫との関係に繋げて考えれば、戦時下という「自由」を求める人間にとって窒息するような状況から「解放」されて、外国軍隊の駐留下という限界があったとしても、それ以前とは比較にならないような「自由」を獲得した途端に「途方にくれてしまった」自分たちの在り様・感覚は、まさしく「実存の危機」として認識されるようなものだったということである。このことをまとめて言えば、現実からの「疎外」感を強く感じていた同時代人に、サルトルは生きることの意味を提示していたということである。デビューした直後の文章「徒弟修業中の作家」（『朝日新聞』五八年二月二日　『厳粛な綱渡り』所収）に、次のような文章がある。

春になって時間の余裕と健康とをとり戻し、短い小説を書くプランをたてた時、ぼくがもっていたのはいくつかの基本的なイメージと軸になる論理とだった。

ぼくら日本の若い人間たちが、あいまいで執拗な壁にとじこめられてしまっているというイメージ、ぼくらのあいだには真に人間的な連帯はなく、ざらざらした毛皮をおしつけあってほえる犬たちのように、ただ体をからませあっているだけだというイメージ。

そして、あいまいに閉ざされているために、しだいにリアリスチクな判断力や分析力が衰退したあげく、持続的なエネルギーもうしなって怒りっぽく非論理的になった若い精神の行きつくところは、おおかれ少なかれファシズムにつながるという論理。

もし、教科書であった『民主主義』が自分の生きる社会で実現しているならば、若者は希望に燃え「新生日本」建設の原動力になっているはずなのに、現実には「人間的連帯」もなく、「リアリスチクな判断力や分析力が衰退し」「怒りっぽく非論理的」で、根底から否定したはずの「ファシズム」へ繋がる道を歩もうとしている。こんな状況を打破するにはどうしたらいいのか。そして、いま自分が実感しているこの「悲哀」と「絶望」にどう抗したらいいのか。とは思いながら、一部の若者のように革命党派（日本共産党・社会党左派）に入って活動することもできない。今一つこの国がソ連や中国のような国家体制になることが、「ユマニスム＝人間尊重主義」を実現することであるとは思えないからである。戦後の思想界にあって「実存主義・サルトル」が切実な思いをともなって流行ったのも、このようなジレンマの中に多くの若者、知識人があったからに他ならない。

大江が「ぼくの文学的バック・グランドは、サルトルとN・メイラーと、そして日本の戦後文学という三つの拠点にはさまれている三角地だった」（現在から振り返ると、この三角地の一角を占めるのはノーマン・メイラーではなく、渡辺一夫だと思われるが）と言明したあと、次のように書くのも、何とかしてこの戦後のジレンマから脱したいと願っていたことの証と言っていいだろう。

> 大学のフランス文学科の学生であったぼくは、教室でこそ十六世紀仏語文典やらボワロー、バルザックを勉強するものの、いったん下宿に戻ると、絶対にサルトルしか読まなかった。とくに学校の休みのあいだは、冬眠する熊が掌の塩粒をひたすらなめずっているように、いわばサルトルの掌の塩粒を朝から深夜まで、なめずることで日々を暮した。そして休みの終りの一週間だけが、ぼくがサルトル的泥沼（それも貧弱な語学力に由来する泥沼）から頭をだして、自分の声でひとつの歌をうたってみる（小説を書くこと―引用者注）期間なのだった。（中略）いま考えてみると、ぼくは自分の声で歌っているつもりであったが、サルトル的泥沼に潜りこんでの日々の習癖によって、ぼくは腹話術師の頬の赤いグロテスクな人形さながら、金切声でサルトルの声を模するのみだったのである。ぼくは〈壁のなかの猶予〉というタイトルの長篇小説まで企画したものだ！
>
> （『厳粛な綱渡り』「第三部のためのノート」）

いかに大江がサルトルに傾倒していたかのエピソードを語っているが、サルトルが一九六三年四月十八日付の『ルモンド』紙のインタビューに答えた「飢えて死ぬ子供の前で文学は有効か？」という言葉は、自立した作家として着実な歩みを始めた大江にとって新たな難問（アポリア）を突きつけるものであった。大江は、サルトルのこの問いに対して「飢えて死ぬ子供の前で文学は有効か？」（『朝日ジャーナル』六四年八月二日号）を書いて自らの答えを出そうとした。大江は、サルトルのこの問いに激しく反発した若きフランスの作家イブ・ベルジュの「自己救済としての文学」という考え方も視野に入れ、次のように結論している。

ぼくは、《飢えた子供がいる時に……》という考え方の極に定住することはできないし、個人的な自己救済の極に定住することもできない。そのあいだをつねにフリコ運動しているという感覚が、ぼくにとってもっとも普通な作家としての職業の感覚だ。そして、フリコ運動の水平面への投影の軌跡が地球の自転によってゆっくり方向を変えつづけるように、ぼくもまた、ひとつの連続性のなかで変ってゆくことを望むほかはないと考えるのである。

（「飢えて死ぬ子供の前で文学は有効か?」——サルトルをめぐる文学論争）

正直な感想と言っていいだろう。「革命のおこなわれていない社会の作家に可能な方法は、すべての人間が読むことのできる時代のために準備することであり、もっとも急進的で非妥協的なやり方で問題を提出することである」とするサルトルと、「文学とはあいかわらず、個人的な救済の試みである」とするイブ・ベルジュとの間を「フリコ運動」せざるを得なかった若き日の大江健三郎、ここからは冷戦構造下における民族独立運動に対して「先進国」の知識人＝作家はどのような態度を取るべきなのか、あるいは「文学者のアンガージュマン＝社会参加」をどう考えるのか、という当時の良心的文学者が直面した問題に、大江もまた正対していたということである。

このアポリア（フリコ運動）に大江はどう対処していったのか。その答えは、先に引用した『厳粛な綱渡り』「第三部のためのノート」に書かれていた「ぼくの文学的バック・グランドは、サルトルとN・メイラーと、そして日本の戦後文学という三つの拠点にはさまれている三角地だった」にあった、と言っていいだろう。つまり、大江は野間宏や大岡昇平、埴谷雄高、武田泰淳、堀田善衞、椎名麟三といった日本の戦後文学者の在り方・生き方にこそ、このアポリアを解決するヒントがあると思っていたのである。大江は「ぼくにとって戦後文学、あるいは戦後文学者という言葉は、つねに深く激しく鋭く、喚起的だった。それは《意味》をもっていた」で始まる文章「戦後文学をどう受けとめたか?・」（六三年）の中で、「戦後文学とぼくは、それぞれことなったタイプの出会いを二度体験した」と書き、一度目は花田清輝の『復興期の精神』と石川淳の小説群と出会ったことであり、二度目は武田泰淳の『風媒花』が雑誌に連載されたのをきっかけとして野間宏たちの作品を読むようになったことである、と告白している。

われわれの前には、戦後文学者と呼ばれた作家たちの、現にこの時代にかかわりつづけながらの活動がある。かれらに冠せられた戦後文学者という名は、およそ近代以来の、わが国の文学的造語のうち、もっとも充実した意味内容をもつ言葉であろう。それは、個人の恣意や、集団の政治がつくりだした言葉ではなかった。時代そのものが、この言葉をつくったのであった。

戦後文学者たちは、新しい時代にむけて、その仕事をはじめた。しかも、かれらはことごとく、ひとつの終末観的ヴィジョン・黙示録的認識を、その存在の核心においているように感じられる。それはいま、新しい「戦前」の凶々しいものをはらんだ微光に照して、その全体が、かならずしもくっきりと浮びあがるというのではないが、しかしそれがそこに実在することは、疑いようがないと思える。それらの存在の芯をつらぬくようにして、僕は、同時代としての「戦後」をとらえなおすことをしたい。われわれの時代を明日にむけて新しくとらえることをしたい。

これは、『同時代としての戦後』（七二年）に付された「序」にあたる「われわれの時代そのものが戦後文学者という言葉をつくった」の結語であるが、内に湧出する絶望（終末観的ヴィジョン・黙示録的認識）に抗しながら「明日＝未来」を信じ続ける戦後文学者は、大江にとって己がこれから歩むべき方向を指し示す先達であり、信頼に足る同志でもあったということである。大江は先の「戦後文学をどう受けとめたか？」の中で、「いつか、ぼくは自分たちが戦後文学を継承したとファンファーレを吹きならしたい」と書き留めており、多様な個性が様々な形で時代と格闘し、未来を切り開こうとしてきたことに自らのこれからを重ねようとしたことが窺われる。

つまり、谷間の村（大瀬村）と地方都市（松山）の読書で培った戦後文学者へのシンパシーは、小説家となってからも変わらず、彼らの生き方・在り方にこそ「渡辺一夫的ヒューマニズム」の実現も、「サルトル的社会参加」の可能性も示唆するものがある、と若き小説家の大江は確信していたということである。この大江の戦後文学（者）への思い、すなわち継承者意識は現代文学の第一人者になっても変わらず、例えば大江は戦後文学者に対して「戦後文学から今日の窮境まで」（八六年）という講演の中で、「作家たちの能動的な姿勢ということで、日本の近代、現代文学の枠組を一挙に押しひろげ、かつは革新するものでした」（傍点原文）と高く評価し、次のように概括している。

この能動的な姿勢ということを説明するならば、次のようになるでしょう。作家がひとりの個としての人間をとらえて、そこに社会、政治状況から、コスモロジーの反映までを統合して、ひとつのモデルとして提出する。それが小説を作るということでしょうが、この個のモデルが、どのようにかれの属する家族、社会、世界、宇宙のなかの、独自に統合された人格として生きているか、それを表現するにあたって、戦後文学の作家たちはいかにも多様な主題と方法によりながら、しかもいずれもが、能動的な姿勢において、それぞれのモデルを作り出したのでした。（傍点原文）

大江がいかに戦後文学にインスパイヤーされ続けてきたか、この「能動的な姿勢」という言葉はそれを如実に示している。なお、ここで注記しておきたいのは、この「能動的な姿勢」を持つ戦後文学の作家の中に、戦前のプロレタリア文学の時代から活躍し続けてきた中野重治や佐多稲子が含まれていることと、「ぼくの文学的出発には、『近代文学』の批評家たち、すなわち、戦後文学の理論家たちの援助がもっとも大きかったわけだ。それは、その後のぼくの進み方に決定的な影響をあたえる幸運だった」と言明しているように、雑誌『近代文学』（創刊一九四六年）に拠って旺盛な批評活動を展開し、戦後文学を批評の面から推し進めた平野謙や本多秋五らも意識されていた、ということである。

〈三〉『奇妙な仕事』——東大新聞「五月祭賞」受賞

いくつかの習作、『火山』や『黒いトラック』を書いてきた大江は、一九五七年五月、当時先鋭なオピニオン新聞として全国規模で市販されていた東大新聞の「五月祭賞」に『奇妙な仕事』で応募し、入選を果たす。前年の秋に「東大学生演劇脚本賞」に入賞した『獣たちの声』を小説に書き直したこの作品は、選者の荒正人によって応募作五十編中の一等に推される。荒は、その評で「アルバイトのお金をもらったならば火山を見に行きたいという女子学生の心理も面白い」などと、評価点をいくつか挙げながら結論として次のように書く。

ただし、主人公の扱いは、少し輪郭がぼやけている。政治に関心をもたないというのはよいが、そういう主人公を、作者はもっと意識的に扱わねばならぬ。そうすればこの犬殺しをめぐる若者たちの姿も、風俗を越えて、象徴の域に迫っていたかもしれぬ。そういう不満はあるが、全体としては、現代のもっとも若い世代の、やや虚無的な心情をつかみだし、それをひとつの事件としてまとめあげた手腕に敬服したい。

一人の作家が誕生するには、才能以外に様々な要素が絡み合って作用した結果ということがよくあるが、学生作家・大江健三郎の場合も「東大新聞五月祭賞」の選者が荒正人であったということは、「運」がよかったと言える。荒正人は周知のように、『近代文学』の創刊同人の一人で（他に平野謙、本多秋五、埴谷雄高、佐々木基一、小田切秀雄、山室静）、当時もっとも先鋭な批評活動を展開していた。その荒正人が入選させたということで、他の批評家や文学者たちが「大江健三郎」という学生作家に注目したであろうことは、想像に難くない。現に荒の盟友平野謙がいち早く注目して、当時自分が担当していた『毎日新聞』の文芸時評で『奇妙な仕事』を取り上げた。

ある病院に飼育されている百五十四の犬を三日間に殺す仕事を手伝う三人の学生と、一人の犬殺しを中心とする物語にすぎないが、『奇妙な仕事』は荒正人のいうように、もうちょっとのところで「風俗を越えて、象徴に迫って」ゆく気配がみえる。東大生と私大生と女子大生は、犬殺しという仕事のためにはじめて顔をあわせたにすぎないが、東大生は犬殺しの仕事を息のつまるような卑劣と思い、犬殺しは撲殺せず毒殺する同業者を卑劣といい、私大生は犬にエサをやる犬殺しも、殺しそこなった犬にとどめをさす東大生も卑劣だとののしる。しかし、彼等の怒りも軽蔑も持続できず、事態も変りようがない。一応いざこざの圏外にある女子大生は、ペイをもらったら火山をみにゆくなどという。彼ら自身、棒ぐいにつながれて撲殺をまつ犬ころにすぎないのだ。作者は「卑劣」という言葉に特別な意味をこめて、卑劣こそ現代の状況にたえてゆく唯一の道、とでもいいたげである。ただ題名のつけ方からも明らかなように、全体としてやや文学的すぎて、かえって効果を弱めている。現代の象徴となりそこねた所以だろう。

しかし、私はこの若い学生の作品を、今月の佳作として、先ず第一に推したい。

（傍点引用者　「文芸時評」『毎日新聞』一九五七年七月）

これが、その『奇妙な仕事』評の全文である。目配りよく毎回多くの作品を取り上げて評判だった平野謙の「文芸時評」で、全体の約五分の一をそれまで全く無名であった新人作家の作品評に割き、しかもその作品を「今月第一の佳作」と高く評価したというのは、本当に異例のことであった。この「目利き・平野謙」が高く評価した学生作家を、当時も今と変わらず新人作家の発掘に熱心な文芸ジャーナリズムが放って置くことはなかった。文芸雑誌の求めに応じて最初に書いた『死者の奢り』(『文學界』五七年八月号)が、後に第三十八回芥川賞の候補(この時の受賞は開高健の『裸の王様』で、『死者の奢り』は開高の作品と最後まで競い、投票の結果、一票差で落ちる)となったように、ここで大江が自らの才能を一挙に全開したという感もあるが、『奇妙な仕事』以降の仕事を一年ほど年譜風に見てみる。

- 五七年五月『奇妙な仕事』(東大新聞五月祭賞受賞)
- 同年七月『死者の奢り』(『文學界』八月号　第三十八回芥川賞候補)
- 同　『他人の足』(『新潮』同)
- 同年八月『石膏マスク』(『近代文学』九月号)
- 同年九月『偽証の時』(『文學界』十月号)
- 同年十一月『遊園地』(ラジオドラマ・朝日放送)
- 同　『動物倉庫』(戯曲『文學界』十二月号)
- 同年十二月『飼育』(『文學界』五八年一月号　第三十九回芥川賞受賞)
- 五八年一月『人間の羊』(『新潮』二月号)
- 同　『運搬』(『別冊文藝春秋』二月号)
- 同　初の短編集『死者の奢り』刊行
- 同年二月『鳩』(『文學界』三月号)
- 同年五月『芽むしり仔撃ち』(初めての長編『群像』六月号)
- 同　『見るまえに跳べ』(『文學界』六月号)
- 同年六月『暗い川　おもい櫂』(『新潮』七月号)
- 同年七月『鳥たち』(後『鳥』と改題　『別冊文藝春秋』八月号)
- 同年八月『不意の啞』(『新潮』九月号)
- 同　『喝采』(『文學界』同)
- 同　『戦いの今日』(『中央公論』同)

＊各作品の年月は、雑誌が実際に発売された月に統一した。

『死者の奢り』から『戦いの今日』まで十六編、この中に長編一挙掲載の『芽むしり仔撃ち』が含まれていたことを考えると、大江が並みの才能ではなかったことが知れる。言葉を換えれば、大江はその才能をもってよく文壇（文芸ジャーナリズム）の要請に応えたということになる。ただ、そのために大江は東大の卒業を一年延ばしたし、次のような「困難」も経験するということがあった。

（新人作家として世に出てジャーナリズムから様々な反応があった中で――引用者注）とくに新聞の、こちらのいうことを記者が先入見でゆがめて聞き書きする「談話」にまいってくる。次第に厭人癖みたいなものが表に出てしまって、その頃、僕は二十四歳で、たまたま『われらの時代』というはじめての書きおろし長篇にかかっておりましたが、そしてその小説自体、いまいったような個人としての危機を反映していますが、ともかくそれを書いている間、人に会うことが厭でたまらぬ、会っても話すことができない、ということになったのです。ひとりで下宿で暮らしています。小説は、編集者に約束しておりますから、約束を破るのがいやで書きつづけますけれども、三時間なら三時間文章を書くと、その後は布団に入って、昼間は本を読み、夜になると睡眠薬を飲んで寝るという、異様な生活をしておりました。食事は、一日に一度、そこいらの食堂に出かけていましたが。

（『日本現代のユマニスト渡辺一夫を読む』）

ところで、大江は『奇妙な仕事』で文壇デビューを果たしたわけだが、なぜ大江は当時の文壇に受け入れられたのか。確かに、大江が登場する前に、一九五五年には一橋大学生の石原慎太郎が『太陽の季節』で第一回文學界新人賞を受賞（同時に第三十四回芥川賞受賞）して、また五七年には開高健が『裸の王様』で芥川賞を受賞して文壇にデビューし、「もはや戦後ではない」という風潮の中で、それまでの戦後派作家や第三の新人とは違った傾向を示す才能がきら星の如く登場し、大江が現代文学の世界に受け入れられる土壌はできていたとも言える。しかし、『奇妙な仕事』も次作の『死者の奢り』もそうなのであるが、自己欺瞞的な「傍観者」の位置にあることを甘んじて受け入れざるを得ない戦後世代の内面の「葛藤＝修羅」を、サルトル的な実存主義と渡辺一夫的なヒューマニズムの存在を背景に描いた大江の初期短編は、まさに当時の社会状況とそこに生きる若者の真実を伝えるものだったのである。

この大江の主題と方法について、先の平野謙は「卑劣」という言葉に象徴される心理の物語として評価し、小田切秀雄は「主人公たちを追いやった現実にたいして、復讐に近いはげしい嫌悪または憎悪をもって、傷つきながら内面的に対立している孤独な青年の自我意識の緊張が、その状況をも内面をも、鋭く批評的に観察する眼と思考としてはたらいている」(『現代文学史』下巻「〝第三の新人〟・〝高度成長〟下の文学・現在へ」七五年)と、戦後派の批評家としてその異色な才能を認める発言をしている。これら戦後派の批評家とは違った観点から大江を評価していたのが、大江より二歳年上の江藤淳であった。新潮文庫の『死者の奢り・飼育』(五九年初版)の「解説」で、江藤は次のような回想を述べている。

(中略)当時、大江はある時評家が評したように、もっぱら思想を表現しうる文体を持った新人と目されていた。ここでいう「思想」とはサルトル流の実存主義のことであって、「思想を表現しうる文体」を持つとは実存主義的認識をてぎわよく小説化した、というほどの意味である。しかし、私はそのことに感動したのではなかった。たとえば、「水槽に浮かんでいる死者たち」が、「完全な《物》の緊密さ、独立した感じ」をもっているということには格別な発見はない。作家は誰かの思想を小説化することなどできはしない。ただ、作者が兵士の屍骸に託している屈折した抒情、屍体処理のアルバイトが不可解な手ちがいから徒労におわるという背理にかくされた抒情は、かつてないすぐれた資質の出現を示していたのである。(傍点原文)

大江は、この江藤とは六〇年代半ば以降鋭く対立するようになるが、当時は伴走する同時代批評家として「蜜月時代」にあった。江藤が平野たちとは違って、『奇妙な仕事』や『死者の奢り』に「思想」よりは「抒情」を読みとったのも、同世代として同じ時代の同じ空気を吸って生きてきたからであったろう。身に振り下ろされた時代=状況の刃によって大江も江藤も同じ赤い血を流していたが故の「伴走」であった、と言えば分かりやすいだろうか。

〈四〉「谷間の村」・「森」の発見

大江はその第一創作集『死者の奢り』の跋文において、収録された諸編『死者の奢り』、『他人の足』、『飼育』、『人間の羊』、『不意の唖』、『戦いの今日』に一貫する主題は、「監禁されている状態、閉ざされた壁のなかに生きる状態を考えること」であった、が、すでにその強い影響について触れてきたサルトルの作品『自由への道』や『出口なし』等にヒントを得た状況認識に基づく考え方であることは、多くの人が指摘してきたことである。しかし、大江の小説家としての出発を考える時、重要なのは「監禁されている状態、閉ざされた壁のなかに生きる状態」のモデル＝象徴として「谷間の村」が想定されていることである。

つまり、「谷間の村」は『奇妙な仕事』以降現代文学の最前線で活躍し続けることになった大江が、『万延元年のフットボール』（六七年）で本格的に小説の舞台として取り上げて以来、大江の作品において欠かすことのできない「小説の場」となるが、それ程に重要な「谷間の村」が早くも最初期の短編に登場していることの意味を考えなければならない、ということである。具体的に言えば、戦後的状況とそこに生きる若者の内面を描いた一連の創作集『死者の奢り』作品群の中にあって、芥川賞を受賞した『飼育』と『不意の啞』とが「僕たちの住む、谷間にかたむいた山腹の、石を敷きつめた道を囲む小さい村」「谷間の村」の出来事として展開していることを指す。この「谷間の村」が、小田川の左岸、山腹にへばりつくように人家が並び、村の上下を二つの橋で区切られた大江の生まれ故郷大瀬村の中心をイメージしたものであることは、すでに大江も語り多くの人に指摘されていることである。しかし、この「谷間の村」が『飼育』では「監禁されている状態、閉ざされた壁のなかに生きる状態」をより際立たせる装置だったとしても、その後フォークナーの「ヨクナパトーファー」に匹敵する場として成長していったことを考えれば、単に「監禁されている状態、閉ざされた壁のなかに生きる状態」を描くためのものだけではなかった、ということも考えなければならない。

ただ、大江文学におけるこの「谷間の村」の重要性について、夥しいまでの「大江健三郎論」や「大江健三郎研究」が書かれてきたにもかかわらず、これまで余り指摘されてこなかったということがある。多くの場合、『飼育』論や『芽むしり仔撃ち』論という作品論の枠内で、作品の舞台に「山村＝監禁・閉じられた場所」が選ばれているといった程度に過ぎない。わずかに、古いところでは松原新一が『大江健三郎の世界』（六七年　講談社）で、あるいは篠原茂が『大江健三郎論』（七三年　東邦出版社）で、大江が「自然」との共生感を描いたという観点から触れている程度である。もっとも、最近では拙著『大江健三郎論―森の思想と生き方の原理』（八九年　彩流社）が大江文学の基底に「森」や「谷間の村」があると指摘した頃から、大江文学を論じる際には「谷間の村」「森」の位置付けは欠かすことができないのではないかとその重要性が見直されるようになり、例えば中国人の張文頴が『トポスの呪力』（〇二年　専修大学出版局）で中上健次の「熊野・路地」との類縁性において論じるということも出てきている。

それはともかくとして、大江自身が「谷間の村」の持つ文学的意味について意識的に言及したのは、「ぼくの戦争文学」（初出年不詳、ただし他の収録文章との関係から六〇年代前半のものと思われる。『厳粛な綱渡り』所収）をもって最初とする。

ぼくが小説を書きはじめた当初、準備していたテーマはすべて次のふたつに分類することのできるものだった。すなわち、東京の大学生のいわゆる平和な時代の日常生活をめぐるもの（ぼくはその時分、二十二歳でフランス語の学生だった）、そしてもうひとつは、それより十年さかのぼって、地方の小学生が「銃後」の少国民としてすごした戦争の時代の日常生活をめぐってのもの。（中略）

第一のグループにはいるものとして、ぼくが最初に文芸雑誌に発表した作品は『死者の奢り』であり、第二のグループにはいるものとしてのそれが、『飼育』であった。『飼育』は、あの戦争の終わりちかく四国の山村の谷間に降下した黒人兵を、村の子供たちが愛をこめて『飼育』するという設定で、それまで遠方の洪水のようであった戦争が、黒人兵の暴力的な死を契機にして、谷間の子供たちの世界にまで奔入してくる、というのがモチーフの上での構成であった。

もちろんこの引用からは、大江が「谷間の村」を当初から物語を生み出す神話的空間であると捉えていたとは考えにくいかも知れない。しかし、『飼育』がなかったら初めての長編『芽むしり仔撃ち』もなかったのではないかと思うと、作家として出発した時から無意識裡にも「谷間の村」は存在していた、と言うことができる。

周知のように、大江は『芽むしり仔撃ち』について後に、「この小説はぼくにとっていちばん幸福な作品だったと思う。ぼくは自分の少年期の記憶を、辛いのから甘美なものまで、率直なかたちでこの小説のイメージ群のなかへ解放することができた。それは快楽的でさえあった」（『わが小説―《芽むしり仔撃ち》』『厳粛な綱渡り』所収）と書いた。それほどに作家が自信を持った作品であったと言っていいのだが、「閉ざされた空間」となる「谷間の村」に感化院の少年たちがやってきた「第一章　到着」から、愛する少女とかけがえのない弟を喪った主人公の少年が村人（大人の世界）から逃走する「第十章　審判と追放」まで、この物語空間を支えているのは「谷間の村」という枠組みであり、そのような「谷間の村」を囲む「森」に他ならない。そして、村人が逃げ去った村に取り残された一人の少女と十五人の感化院の少年、それに後から加わった脱走兵と朝鮮人少年とが織りなす物語は、「第五章　見棄てられた者の協力」、「第六章　愛」、「第七章　猟と雪のなかの祭」を頂点として、文字通り「神話的空間」を構築していく。感化院の教官によって「谷間の村」に置いてきぼりをくった「十五人の少年」というのは、明らかに明治の初めからこの国の少年たちに愛読されてきたヴェルヌの『十五少年漂流記』を意識してのことであると思われるが、それはさておき、大人＝現実社会から疎外された少年たちが脱走兵や朝鮮人少年と協力して、「閉ざされた空間＝谷間の村」に「自由の王国＝ユートピア的空間」の建設を試み、その過程において登場人物のそれぞれが解放感を味わうという設定は、後の『万延元年のフットボール』や『同時代ゲーム』（七九年）に繋がるものとして無視できないのではないか、と思われる。

大江は、この「谷間の村」が自分にとってどのような意味を持ったものであったのかを、子供時代に経験した「読書＝書物と現実」の逆転感覚がもたらした危機的状況との関連においてではあるが、「出発点、架空と現実」（六九年『壊れものとしての人間』所収）で、次のように書いている。

書物のなかの言葉を、現実世界の事物にひきよせることなしに受けいれる習慣ができあがると、それはむしろ習慣などというより、谷間のしばしば凶暴な子供らの世界で、チビの変り者あつかいされ私刑（リンチ）を加えられかねない、ひとつの危険な「生き方」を選んだ、ということなのであるが、ぼくは現実生活とまったくかけはなれた内容をはらむ活字からも、現実に事物あるいは人間が、ぼくに物理的な力をくわえると同じ、具体的な衝撃を受けることになった。身のまわりの事物よりも、書物のなかの事物が、より重く現実的に実在する瞬間を、ぼくはくりかえし経験することになったのである。森と谷間とが架空になり、書物のなかにのみ、まぎれもない現実が、ぐっと頭をもたげて、ぼくを領有する瞬間。（傍点引用者）

この「告白」が大江の創作の秘密を解き明かすものであるとするならば、大江作品における「谷間の村」が特別な意味を持って登場することは了解されるだろう。『芽むしり仔撃ち』において、少年たちが村人のいなくなった「閉ざされた谷間の村」で自由に振る舞い「至福の時」を味わいながら、最後に帰村した村人によって痛めつけられ、主人公の少年だけが逃走するというのは、ずっと後の『燃えあがる緑の木』（九三―九五年）等の作品構造と似ていなくはない。

また、この「谷間の村」を取り囲む「森」の場合も、「谷間の村」の大江文学における在り方とほとんど変わらない。もちろん「森」も、大江の故郷大瀬村の一方を囲む陣が森などの現実の森ではなく、メタファーとしてのそれであることは言うまでもない。「森」は、「谷間の村」という神話空間を囲繞するものであると同時に、その空間に属する外部との境界に他ならないからである。別な言い方をすれば、「森」は文化人類学で言う境界、つまり「道化＝異人」が行き来する内部と外部を分かつ場ということである。その意味でも、『芽むしり仔撃ち』で、主人公が追っ手の村人から逃れた先が「森」であったというのは、大江のその後の作家活動を考えて暗示的である。

僕は閉じこめられていたどんづまりから、外へ追放されようとしていた。しかし外側でも僕はあいかわらず閉じこめられているだろう。脱出してしまうことは決してできない。内側でも外側でも僕をひねりつぶし締めつけるための硬い指、荒あらしい腕は根気づよく待ちうけているのだ。

（中略）僕は地面についた膝を起すと鉄棒が反転する動きを起す前に暗い灌木の茂みへがむしゃらに駈け上った。闇の濃い樹立の中へ、顔を葉にうたれ、蔦に足をからまれ、ところかまわず皮膚を破られて血を流しながら駈けつづけ、それから僕は疲れきって雪の深い羊歯のなかへ倒れこんだ。（中略）

しかし僕には兇暴な村の人間たちから逃れ夜の森を走って自分に加えられる危害をさけるために、始めに何をすればよいかわからなかった。

（『芽むしり仔撃ち』）

作家は処女作に向かって成熟するとは俗な言い方であるが、四十年以上にわたる大江の作家活動を鑑みると、最初期における断片的なものも含めて、一九六三年に長男光君が障害を持って生まれたことに伴う「障害者＝弱者との共生」という主題以外、ほとんど出揃っていたということができる。その中でも「谷間の村」「森」は、格別なキーワードとして大江文学の中で生き続けるものであった。

伝説六　アメリカ・占領・「政治」体験

〈一〉　アメリカ（＝占領）

敗戦は、結果としてこの国に民主主義の「モデル」を提供することになった。現在、その「戦後民主主義」と言われるものに対して、戦前の大政翼賛会的とも偏狭とも言えるナショナリズムが台頭する中で、何度めかの疑義・批判が声高に叫ばれている。この「対等・平等」を基本思想とする「戦後民主主義」と言われる「理想的」な民主主義を実験的に提供したのが、アメリカ合州国軍隊を中心とする占領軍であったことを、あたかも忘れたかの如く、ネオ・ナショナリストたちは民主主義の否定とすれすれの言説を繰り返している。そんな現状であるからこそ、激動の時代に思春期を過ごした大江にとって「アメリカ」はどのような意味を持っていたのか、言葉を換えれば、アメリカという民主主義先進国の日本での在り方は大江の精神形成に如何なる影響を与えたのか、ということの重要性を改めて考えざるを得ないのかも知れない。

すでに前にも触れたが、大江が本格的に「アメリカ」に触れたのは、松山市に駐屯していた占領軍が管内視察のため大江が学んでいた小学校にやってきた時である。それ以前は、瀬戸内海の都市を爆撃するため村の上空を通過する飛行機の機影によってのみ「アメリカ」は存在していた、と言っていいだろう。もちろん、大江は母親に買ってもらって夢中になって読んだ『ハックルベリー・フィンの冒険』の世界がアメリカであることを知っていた。しかし、それはあくまでも本＝物語の世界のことであって、現実的には「鬼畜米英」のアメリカこそが本当にアメリカであると思いこんでいた。それが、敗戦を挟んで、今度は出会ったら「ハロー」と挨拶しなければならない対象になったのである。戦争に敗けたのに、これでは「御真影」に最敬礼を強要していた戦前と同じではないか。果たして、こんな理不尽なことがあっていいのか。

とは言え、大江は戦後の小学校で行われた、教科書にあった不合理な記述、神懸かりな考え方の部分などを墨を塗って消す経験を経て、中学で出会った『民主主義』という教科書に表れたアメリカの思想を全面的とも言っていい姿勢で受け入れる。そして、高校。大江は、松山東高校への転校で下宿することになった松山市で「アメリカ文化センター」の存在を知る。占領軍とは直接関係ない「アメリカ文化センター」は、「アメリカ＝文化」そのものであって、知的好奇心が旺盛な大江の欲求を十分に満たしてくれるものであったと思われる。たぶん、この頃の大江はアメリカに対して格別な「異議」は持っていなかったのではないだろうか。

図書館をふくむその施設は、「アメリカ文化センター」と呼ばれていた。城山の麓のお堀端にあって、その二階は開架式の広い図書室になっており、ゆったりしたスペースのなかに上質のテーブルと椅子があった。高校の生徒らの一団がそこに通っていたのは——私らは市街の中心を東から西へ横切るように歩いて、つまり市電の費用を節約しながら出かけた——、恵まれた空間で大学の入試準備をするためだった。私も初めはその目的で行くようになったのだが、そのうち自分だけのもうひとつの目的を見出したのである。それまで邦訳で読んできた、それも時には粗雑な抄訳で読んできた本の、幾冊もの英語版があるのを、図書館に通うたびに十数ページずつ読んでゆくこと。

図書館を受験勉強の場所に選んで誘ってくれた同級生たちは、みな飛び切りの優等生で、文学に興味を持つ者たちはいず、私のひそかな読書に介入してくる連中はなかった。かれらは、私がたとえば『ハックルベリー・フィンの冒険』の、いまから考えればぜいたくな刊本に熱心に見入っているのを、子供らしい振舞いだとみなしていたようだ。（『私という小説家の作り方』）

ところが、大学に入って世界が広がり、松山周辺ではたぶん少数派であった「革命党派」に属する者を含めて様々な人間と出会うことによってであろう、自分たちを息苦しくしている原因の一つに、講和条約が締結されて三年以上も経つのに、相変わらず我が物顔でこの国を闊歩するアメリカ（軍）の存在があることに気付かされる。つまり、朝鮮戦争の勃発、警察予備隊（自衛隊）の創設、破防法の公布、ビキニ環礁にて第五福竜丸が水爆実験で被爆、等々、世界中をあれほどの苦しみに追いやった世界大戦が終わって十年も経たないうちに「冷戦」という名の戦争が激しさを増し、その結果アメリカの傘下に入ることを運命づけられた日本もますます閉塞状況を強めていたことを、大江は否が応でも知らされたということである。

一九五八年に相次いで刊行された二冊の創作集『死者の奢り』、『見るまえに跳べ』の中に、『人間の羊』、『暗い川　おもい櫂』、『不意の唖』、『戦いの今日』という作品がある。大江の最初期の作品で何らかの形で「アメリカ（軍）」と関わるものである。強者のアメリカ（占領軍）と弱者の日本という構図が明確な短編で、当時の大江がどのような認識を持っていたかがはっきりした形で表現されている。

（中略）僕はゆっくり頭をふって外国兵から顔をそむけた。彼は僕に悪ふざけしているにすぎないのだろう、僕はどうしていいかわからないが、少くとも危険ではないだろう、と僕は窓ガラスの向うの霧の流れをみつめて考えた。僕はこのまま立っていればいい、そして彼らは僕を解放するだろう。

しかし外国兵の逞しい腕が僕の肩をしっかり摑むと動物の毛皮を剝ぐように僕の外套をむしりとったのだ。そして僕は数人の外国兵が笑いざわめきながら僕の躰へ腕をかけるのをどうすることもできない。彼らは僕のズボンのベルトをゆるめ荒あらしくズボンと下ばきとをひきはいだ。僕はずり落ちるズボンを支えるために両膝を外側へひろげた姿勢のまま手首を両側からひきつけられ、力強い腕が僕の首筋を押しつけた。僕は四足の獣のように背を折り曲げ、裸の尻を外国兵たちの喚声にさらしてうなだれていた。僕は躰をもがいたが両手首と首筋はがっしり押さえられ、その上、両足にはズボンがまつわりついて動きの自由をうばっていた。

（『人間の羊』）

バスの中の人々の面前で酔ったアメリカ軍兵士に理不尽極まりない行為をされて、何も反抗できず、ただ黙ってなすがままにされている主人公の姿は、まさに「敗戦国・日本」そのものを引き写したものに他ならなかった。独立国になったとは言え、いまだ侵略戦争に邁進した結果の傷が癒えなかった当時の日本は、「強者＝戦勝国・アメリカ」の意のまま「自由」を奪われ、そんな社会に生きる人々は閉塞感を募らせるばかりであった。したがって、ここからは初期の大江が考えていたテーマと絡めて「監禁状態の中で自由を奪われた弱者」という構図が浮かび上がってくるが、それとは別に、若き江藤淳がシンパシーを感じるような「ナショナリズム」は、すでに処女作『夏目漱石』の時代から江藤の基本的な批評軸であり、大江の初期において江藤が伴走したのも、大江作品の中に見える「ナショナリズム」に同調した結果だったのではないかということである。つまり、後にあからさまとなる江藤淳の「ナショナリズム」もここには皆無ではなかったように思われる。大江は後に、「ごく少数のインターナショナルな例外者」や「戦前のナショナリズムとも、逆のインターナショナリズムとも、ちがう」「自分の自由な意志において、日本人であることを選びつづけている人間のナショナリズム」こそ、「自分の国家への態度としたい」（共に「日本に愛想づかしする権利」六五年）と書いている。これが大江の当時から続く考えだとすれば、江藤の「ナショナリズム」は支配者のそれで、大江のは普通の庶民がその生活形態から自然に内包したもの、という違いがあることになる。

そのように考えないと、『不意の啞』のような作品の意味が一面的にしか読めなくなってしまう。日系二世を通訳にして「谷間の村」にやってきた進駐軍兵士のいたずらが原因で、外国兵士と通訳に痛めつけられた村人が怒り、その結果、一夜明けた朝、通訳が死体で発見されるという「事件」を描いたこの短編は、窮鼠猫を咬む式の民衆レベルにおける「抵抗」を描いているとも読めるが、同時に大江は「反強者・反アメリカ」思想をこの作品に書き込んでいるのではないかとも思えるのである。当時の「革命党派」や進歩的陣営が叫んでいた「ヤンキー・ゴーホーム」とまでは言わないが、圧倒的な力を背景に軍靴でこの国を踏みにじるアメリカ（軍）に対する本能的な反発であったと言っていいだろう。そして、それは民衆＝庶民が時として圧倒的な権力に対して捨て身の反抗を試みる一揆などを肯定する大江の思想へとつながるものであり、後に明らかとなる、時の為政者＝権力から長い間見棄てられてきた「ヒロシマ・ナガサキ」の被爆者へのシンパシーに通じるものである。

〈二〉「政治」体験、そしてアナーキー

初期の大江が目指してきた「監禁されている状態、閉ざされた壁のなかを生きる状態を考えること」の一つに、そのような「閉塞状況」を打破し本然の「自由」を求める集団の内部やその周辺で挫折感を味わう青年学生の姿を描いたものがある。『他人の足』、『偽証の時』、『戦いの今日』といった短・中編である。五〇年代後半という時代が書かせた作品とも言えるが、大江の「政治」体験、言葉を換えれば「政治」との距離の取り方の原点がここに示されており、その点から大江健三郎という作家を考える時に欠かせない部分である。

戦後史と大江の履歴を対照すればすぐにわかることであるが、大江が東大に入学した一九五五年に首都東京を取り巻く形で設置されていた米軍基地（それは取りも直さず、戦前の日本帝国主義軍隊の基地でもあった）の一つ立川基地（砂川町）に拡張問題が起こり、平和勢力、学生運動がそれに猛反発するということがあった。いわゆる「第一次立川基地拡張反対闘争（砂川闘争）」である。いくつかの回想的エッセイの中で書いているが、大江はこの砂川闘争に活動家の学生としてではなく、普通の学生として参加している。初めての「政治」体験と言っていいだろう。とは言え、ここで少し注記しておきたいのは、その後職業作家として生きるようになった大江は、「六〇年安保闘争」を江藤淳や石原慎太郎たちも加わっていた「若い日本の会」で経験するが、五〇年代後半に大学生活を送った人間にとって「政治」は、現在のように特別な遠い存在ではなく、日常生活の延長にあるようなものであったということである。そのようなことを前提として大江の「政治」体験を考える時、大江がそのような体験から得た結論は、以下のようなものになるのではないだろうか。

ぼくの友人のひとりが、ある日、ぼくにこういった。

《おれは、大学を卒業して六年、かなりちゃんとした会社の課長補佐だが、つまり、いちばんありふれた小市民なんだが、なんとなく宙ぶらりんな、こころもとない気分だね。そして、最近のおれの口癖、ゾクシテイナイなのさ。》（中略。ここで「友人」は政治党派にも宗教団体、会社、国家、プロ野球の後援会、自殺志願者にも属していないと説明—引用者注）

したがって、なにものにも《属していない》数千万の小市民とともに、かれは、そうした《属していない》状態を、あらためて自分の態度として意識的に選びとるほかに、覚悟のきめ方はないはずであろう。そのように《属していない》人間と

して開きなおってみれば、われわれ《属していない》人間たちにとってなにひとつ、《属している》人間たちに劣等感をいだかねばならぬ理由はない。戦後の日本の民主主義時代というものは、旧日本的な、さまざまの束縛からわれわれを解放して、大量の《属していない》小市民をつくりだすことで始まったのではないか。

（「日本に愛想づかしする権利」六五年『厳粛な綱渡り』所収）

この「なにものにも属していない」状態こそ、大江が選び取った立場でもあったと言えるだろう。ここで、大江が何ものにも「属していない」状態の原風景として、谷間の村での少年時代、あるいは内子高校や松山東高校での生活を思い起こすのも無駄ではないだろう。大江は多くのエッセイや自伝的要素を盛り込んだ小説の中で、谷間の村で体験したことを繰り返し語っているが、それらの「思い出」の中にこれまで一切出てこなかったのが、大瀬中学時代に所属していた野球部でのことである。たぶん、大江のこれまでの人生において何かに「属していた」のは、作家になってから新日本文学会や文藝家協会、日本ペンクラブ等の職能団体、あるいは個人的作業が中心であった松山東高校時代に属していた文芸部を除いて、この中学時代の野球部以外にないのではないか。ノーベル賞作家大江健三郎と野球、今の時点でこれほど結びつかないものもないが、松山東高校の大先輩正岡子規がこの国に野球を導入した人間であったことを考えれば、もしかしたら大江と野球を結びつける何か隠されたものがあるのかも知れない。

それはともかくとして、何ものにも「属さない」態度こそ戦後民主主義がもたらした生き方であるとする大江の思想を形成したのは、やはり戦後の「革命運動」「学生運動」ではなかったか、と思われる。朝鮮戦争に出動する在日米軍兵士を脱走させる計画に加担した兄弟の悲惨と自己欺瞞を描いた『戦いの今日』に、さりげなく次のような平和＝革命運動のいい加減さを揶揄するような部分がある。

かれはそのパンフレットを企画し、文案をつくり印刷した者らを知らなかった。そしてその特殊な運動に意識的に参加しているわけでもなかった。一昨日、かれの友人から、かれは冗談まじりで紙包みをうけとったというだけにすぎないのだ。かれはそれをキャンプの兵隊にわたすために弟をつれてやって来た。かれにもかれの友人にもはっきりとわかっているわけではない、ある団体が新手の闘争手段としてかれらの大学の文芸部の学生に働きかけ協力をもとめてきているのだった。ふだんは勉強に熱中しているが、時どき政治的な関心に熱病のようにとりつかれる者ら、しかも政治活動へ入ってゆくには分別のありすぎる、そしてそれを羞じてもいる者ら。かれらを一日協力させることは、かれらの良心に一日の休暇、喜びに充実した休暇をあたえることであり、政治団体にとっては当局から注視されていない活動員を一日傭い入れることだった。

分かりにくいかも知れないが、ここには「政治＝革命運動」の非情さに対する冷めた意識がある。無党派の若者を自分たちの活動の末端で働かせ、いざとなればトカゲの尻尾切りのごとく無関係を装って自らは安全圏へと逃げ延びる、ついに大江が「政治」と距離を置くようになった理由のひとつは、このような「政治」の非情さにあったと考えられる。それはまた、『偽証の時』のあったことをなかったことにしてしまうような「政治」の論理に対する不信に通底していた。スパイ容疑で監禁し続けた贋学生に逃げられ、その結果二名の学生が逮捕されるという事件をめぐって、監禁した当事者もなかったこととして済ませ、事実を公にした女子学生までも嘲笑のうちに葬ってしまうというこの短編には、大江の「政治」が必然的に内包するマキャベリズム（御都合主義）に対する根底的な疑念、不信が書き込まれていると読むことができる。『芽むしり仔撃ち』と同じ一九五八年六月に発表された『見るまえに跳べ』にも、さりげなく「そのときぼくは大学へ入ったばかりで、学生運動に熱中し、検挙され、しかもぼくを過激な行動へみちびいた政治団体からふいに背をむけられ、とほうにくれているところだった」というようなことが、書き込まれていた。『後退青年研究所』（六〇年）という短編も、基本的な部分では『見るまえに跳べ』と同じようなモチーフで書かれており、その意味では政治党派への不信は、痼疾にまでなっていたと言っていいかも知れない。ところで、大江が東大生として学生時代を過ごした一九五〇年代後半は、戦後史においては「反動期」と呼ばれる時代であった。

一九五三年（高校卒業、浪人生活）
- 四月、内灘で米軍ミサイル射爆場反対闘争が始まる。
- 八月、ソ連が水爆実験。

一九五四年（大学一年）
- 三月、ビキニ環礁にて第五福竜丸被爆。
- 教育二法（教員の政治活動を制限する法律）反対闘争広がる。
- 六月、東大ポポロ事件無罪判決。

・八月、原水爆禁止運動広がる。
一九五五年（大学二年）
・五月、立川基地拡張反対闘争（砂川闘争）、警官隊と衝突。
・八月、第一回原水爆禁止世界大会広島大会開催。
・社会党左派右派統一、自由党・民主党統一（五五年体制が成立）
一九五六年（大学三年）
・十二月、国連加盟。
一九五七年（大学四年）
・一月、群馬県相馬ヶ原米軍演習場でジラード事件発生。
・四月、勤務評定反対闘争広がる。
・六月、第二次砂川闘争激化。
一九五八年（留年）
・三月、炭労スト広がる。
・九月、全学連、日本共産党の指導から離れる。
・十月、警職法反対運動激化する。
・十一月、皇太子、正田美智子との婚約発表。

これを見れば判然とするように、日米関係（安保体制・基地）、教育、原水禁運動、労働運動、等に対する体制側の攻撃とそれに対抗する革新側の闘争によって、大学キャンパスの内外が大きく揺れていた時代、それが大江の学生時代であった。憧れていた渡辺一夫の授業に胸躍らす一方で、民主主義の危機に際して「抵抗権」を発揮した勢力の側にも、『偽証の時』に表れているような「醜い・暗い」人間の側面も多々あったことを確認せざるを得なかったのが、大江の学生生活であったと言っていいだろう。

作家になった後の大江が、「政治」への強い関心を持ち続けながら、しかし「作家としての自分」と実際の「政治＝活動」との距離を常に計り、一定の距離を保ち続けたのも、みな学生時代に経験した「政治」にその原点があったのかも知れない。

六〇年安保闘争時における「若い日本の会」、ベトナム反戦運動、韓国民主化運動支援、被爆者援護法制定運動、沖縄返還運動、反核（原水禁）運動、等々、大江は決してそれらから目をそらすことなく、一部の作家のように「芸術」の内部に自閉するようなことはなかった。作家のアンガージュマンをデモの先頭に立ったり、反対集会の壇上で演説することであると狭義に解釈する人々からは、「大江は実際行動に参加しない」とか「手を汚さない」などと批判されることもあったが、大江ほど誠実に一貫して様々な民主主義実現へ向けた運動に加担した作家はいなかった。

書かれた作品との関係においても、六〇年安保闘争の経験が『万延元年のフットボール』（六七年）に、連合赤軍事件が『洪水はわが魂に及び』（七三年）や『河馬に嚙まれる』（八五年）等に、反核の問題が『ピンチランナー調書』（七六年）や『治療塔』（九〇年）等へと昇華しているのを見ると、大江の主観とは別に、客観的にはその「政治」との関わり方に強靭なものがあったと言わねばならない。もちろん、繰り返すが、大江は最後まで特定の政治党派に所属することも、その同調者であることもなかった。常にある一定の距離は保ち続けていたのである。

伝説七　「性」・「政治」・「天皇制」

〈一〉「性」の問題

初期の大江が「監禁されている状態、閉ざされた壁のなかを生きる状態」を描くことに主眼を置きながら、同時にそこからの脱出の可能性を探ることもテーマの一つにしていたことは、すでに見てきた。そして、その可能性を「性」の問題と「天皇制（という政治）」へ錘鉛を下ろすことに求めたのは、やはり時代のなせる技であったと考えられる。特に、「性」の問題に関しては、ノーマン・メイラーが発した言葉「セックスは、おそらく一九世紀と二〇世紀の初期の小説家によってまだ掘りつくされていないでいる、最後に残った開拓分野（パイオニア）だ」（『ぼく自身のための広告』の「六十九の問答」）にインスパイヤーされてのことであった。この言葉が何故大江に強く訴えたのか。簡単に言えば、ドストエフスキーや日本の自然主義文学、戦後文学から出発し、渡辺一夫のフランス文学に導かれ、サルトルをはじめとして多くの小説を読み続けていた大江にしてみれば、戦争と平和や人間の心理及び罪の意識、生と死、人間の生き方等の問題については、すでに多くの作家によって語り尽くされてきたとの実感があり、それ故に『裸者と死者』『ぼく自身のための広告』等の作家ノーマン・メイラーの言葉に同調できたということである。

大江自身が「最初に性的なるものを小説の重要な因子としてみちびいた」と書いている（『厳粛な綱渡り』「第四部のためのノート」）『われらの時代』の冒頭は、次のようになっている。

快楽の動作をつづけながら形而上学について考えること、精神の機能に熱中すること、それは決して下等なたのしみではないだろう。いくぶん滑稽ではあるが、それは大人むきのやりかたというものだろう。南靖男は、かれの若わかしい筋肉となめらかな皮膚のすべてを快楽のあぶらにじっとりひたしながら、そして力をこめてかれの愛するものの柔らかい体、脂肪にみたされた汗まみれの中年の女の体を愛撫しながら、孤独な思考に頭をゆだねていた。孤独な思考、しかしそれは、いつもくりかえされる自己嫌悪と絶望感にみちた堂どうめぐりの考え、むしろ一種のデスパレートな気分とでもいうものだ。かれの情人は、かれが性交のあいだにものを考えることを許していた。彼女はふんべつざかりで、ものをわきまえている。自分より若い青年が、彼女を抱きながら、ひたすら彼女の性器について熱中しつづけると考えるほど未経験ではなかったし、それをのぞんでもいなかった。彼女の体のうえにいる青年が、彼女の体よりほかのものについて考えることで、性交の時間がのびるとすれば、彼女にとって不満におもうことはない。そこで彼女は、低く力のこもった声でうめきながら楽しんでいた。

ブリューゲルの絵について延々とその感想を記述し続ける野間宏の『暗い絵』（四七年）の冒頭を想起させるような表現であるが、このようなセックス描写はそれまでの日本文学の伝統にはない異例なものであった。セックスしながら「形而上学」について考える。この後も、同じような表現が続く。しかも、作品中には、「性器」「性交」は元より「精液」「膣分泌物」「陰茎」「勃起」「精嚢」「膣口」「恥毛」「女陰」「海綿体」といった即物的な性用語があふれかえっている。しかし、すでにこれは多くの批評家が指摘してきていることであるが、性用語が作品中に氾濫しているにもかかわらず、不思議にエロチシズムを感じさせることはない。何故このようなことが起こったのか。大江の描写力が劣っていたからか。実は、大江は「性」を重要な因子として小説の中に取り入れていたが、それはあくまでも『『人間とはなにか?』の研究をいま一歩すすめるための新しい手がかり』（「性のゆがみと文学」）として、あるいは「新しい人間を表現する」（「現代文学と性」）ための手段として、であった。

言葉を換えれば、大江が描くところの「性」は、文学の根っこに存在し続けてきた「人間とは何か＝人間探求」の現代的方法の一つとして採用されたものであって、決して人間の劣情を刺激するためのものではなかった、ということである。『われらの時代』等に性用語が氾濫していながら、それらの羅列からエロチシズムがまったく感じられないのも、そのためであったと言っていいだろう。しかし、その大江の意図が当時の人々に十分理解されていたかと言えば、それは違っていた。大江が「われらの性の世界」（五九年）を始めとする『厳粛な綱渡り』（第四部　性的なるもの）所収の一連のエッセイにおいて、異例とも言える激しさで自作の意図を説明しているのも、専門家（批評家）を含む世間の人々が余りに現代文学における「性」について無理解であり、誤解していると思っていたからではなかったか。もっとも大江が『われらの時代』を書く二年前、七年間続いた「チャタレー裁判」（一九五〇年に伊藤整の全訳になる『チャタレー夫人の恋人』が猥褻文書販売罪で起訴された事件の裁判）に有罪の判決が下り、世間は「性」を十分に理解するほど成熟していなかったということになる。

ぼくは現代日本の青年一般をおかしている停滞をえがきだしたいと考え、**性的イメージ**を固執することでリアリスチクな日本の青年像をつくりだすことを意図してきた。（「われらの性の世界」）

逆に、ぼくが自分のあまり成功しない小説で、性的なるものをつうじておこなっていることは、こうである。すくなくとも、次のように、ぼくは指向しているのである。

1　読者の頭、意識を刺激して敏感にし、眼ざめさせ、過度の覚醒状態にみちびき、反抗的にし、

2　直接的、具体的にでなく、観念的に読者を昂揚させること。（「性の奇怪さと異常と危険」）

A　ぼく自身は、性的なるものを表現するにあたって、直接的、具体的な性用語を頻発する、むしろ濫用するくらいだ。ぼくは性的なるものを暗示するかわりにそれを暴露し、読者に性的なものへの反撥心を喚起しようとさえする。

B　ぼく自身にとって性的なるものは、外にむかってひらき、外の段階へ発展する、ひとつの突破口であって、それはそれ自体としては美的価値をもつ《存在》ではない。別の《存在》へいたるためのパイプとしての《反・存在》として小説の

要素となっているものであって、ぼくはぼく自身の目的へ到るためにそれをつうじて出発する。（『《われらの時代》とぼく自身』）

ここで大江がその作家的出発時から考え続けてきた「監禁されている状態」からの脱出、を思い起こすのも無駄ではないだろう。大江が考えていたこの「監禁されている状態」から脱け出て「新しい人間」へ至るその手段＝突破口として「性」が考えられていたとも思えるからである。「性」が「政治」の暗喩として機能するような書き方を、大江が意図的にしているのも、そのことと通底している。

現代の人間を一つの偏光グラスが政治的人間のベクトルと性的人間のベクトルにてらしだす。（中略）政治的人間は他者を対立者として存在させはじめることにより機能を開始する。その機能の終局の目的もまた他者を対立者として存在させ、あるいは対立者として滅びさせることにある。政治的人間を囲むこの宇宙は、他者でみたされ異物だらけだ。

逆に性的人間にとってこの宇宙に異物は存在せず、他者も存在しない。性的人間は対立せず、同化する。（中略）そしてこの現代日本をおおう安逸の風潮には、政治的人間の闘争心や焦躁とは別の、性的人間の退嬰的な満足感が濃い影をおとしているとぼくは考えるのである。現代日本は、性的人間の国家と化し、強大な牡アメリカの従属者として屈服し安逸を享楽しているとぼくは考え、逆にこの国での進歩的な政治運動家をみまう困難と不安、かれらのまえの巨大な壁に思いいたる。性的人間の国家において、政治的人間はアウトサイダーでしかついにありえない。アウトサイダーは無力であるばかりか滑稽で悲惨だ。（傍点原文）（「われらの性の世界」）

現在もなお「強大な牡アメリカの従属者」であることに満足しているこの国の在り方を考えると、大江の先見性に感心させられるが、ここに見られる「性的人間の国家」の下で出口が見つからず、絶望的な気持しか持つことができない状況を何とか打破しなければならないと考えた大江の切実感こそ、注目に値するだろう。ノーマン・メイラーの言葉「二〇世紀後半の文学的冒険家にのこされた未開地はセックスの領域だけだ」にインスパイヤーされて、大江は暗喩的な方法を用いてこの国の状況を深部から改変する意図を持った作品を書き続けることになったからである。『われらの時代』以前の中短編、例えば『見るまえに跳べ』（五八年）や『暗い川　おもい櫂』（同）、『喝采』（同）、『部屋』（五九年）等において、同性愛者や性的不能者が頻繁に登場するのも、そのような「異常」な形でしか愛が成立しない状態こそ、この国が「性的人間の国家に化し」た現実であると、言いたかったからではなかったか。

> 強者としての外国人と、多かれ少なかれ屈辱的な立場にある日本人、それにその中間者としての存在（外国人相手の娼婦や通訳など）、この三者の相関をえがくことが、すべての作品においてくりかえされた主題でした。（『見るまえに跳べ』「後記」）

戦後日本は、まさにこの構図がぴったり当てはまるものであった。ただ、今から思えば当然過ぎる大江の状況認識も、当時は「正確」に理解されていたとは言えなかった。例えば、出発時からの大江の理解者平野謙は、『大江健三郎全作品2』（六六年）の「付録」に付した「解説」において、次のように書いている。

> 私のいいたいことは、性を政治の暗喩として、あるいは性と政治を同一平面上に扱うことは可能だが、それだけではまだ性の暗黒をきわめたことにならぬということだ。私の理解するところによれば、もともと性は死とともに人間の実存的側面にかかわり、そのことによってすべての人間を有限化しているものなのだ。性を社会的暗喩につかうことはひとつのことだが、それによって性そのものの暗黒をきわめたことにはならぬと思う。『われらの時代』は文学上の試みとして画期の意味をもったといってもいいが、その試みが十分の成功をもたらさなかったのは、性の社会的側面の強調という点に、構成全体のウェートがかかりすぎていたからではないか。

「性の暗黒」が具体的には何を表しているのか分からないが、性を「人間の実存的側面」に限定し、「社会的側面」を軽視する平野の見解は、やはり旧世代の倫理観に基づくものであった。何しろ当時の平野は、現代のフェミニズム論者に読ませれば卒倒するような「性の世界にあっては、まだ十分に開花しない女性を開拓し、性の豊熟を体得せしめる過程に、男性のよろこびの存することは常識である」（同上）と、平然と書くような批評家だったのである。

なお、大江が「性を政治の暗喩」として描こうとした意図の一つに、大江が芥川賞を受賞する二年前に『太陽の季節』（五六年）で同賞を受賞した石原慎太郎の存在があったのではないか、とも推測される。湘南の金持ち息子たちの無軌道な生態を描いて、「太陽族」などという言葉を生み出すほど評判になった石原慎太郎の作品と、絶望の果てに外国人相手の娼婦と関係を続ける青年を描いた大江のものとでは、根本のところで全く違った小説と言っていいのだが、それまで隠微な形でしか小説に表現されなかった「性」を正面から取り上げたということで、両者は似通った部分も持っていたのである。つまり、ほとんど同世代と言っていい石原慎太郎が描く「性」とは異なった形で取り扱いたいという意識が、大江の「性を政治の暗喩」として描こうとすることに繋がっていたのではないか、ということである。

〈二〉『セヴンティーン』問題

周知のように、大江がこれまで発表した全ての作品の中で唯一、単行本、全集、文庫、どのような形であれ公刊されていないのは、『政治少年死す—セヴンティーン第二部・完』（『文學界』六一年二月号）である。何故、このようなことが生じているのか。今では大江自身、公刊することに何のこだわりも持っていないようなことを何度かエッセイ等で書いているが、出版界自体がこの作品が発表された当時の「騒動」を記憶しているが故か、いまだに公刊されるという話は聞かない。

騒動というか、『セヴンティーン』に関する「出版妨害事件」は、結論的に言えば、戦前のような天皇制護持を信条とする右翼が、『政治少年死す』が発表されるやいなや、『文學界』を発行していた文藝春秋および著者の大江に「謝罪文」とこの作品を刊行しないことを求めて、文藝春秋の社屋や大江の自宅に押し掛けて圧力をかけ続け、ついに文藝春秋は「謝罪文」を公表し、『政治少年死す』は公刊しない旨発表したというものである。このように理不尽なことが「思想の自由」「出版・表現の自由」をうたっている『日本国憲法』下で横行すること自体おかしなことで、その意味では戦後における「自由」が形骸化しつつあったことを浮き彫りにする事件であったのだが、この『セヴンティーン』をめぐる出版妨害事件には、もう一つ大きな伏線があったことは指摘しておかなければならない。

それは、『セヴンティーン』が発表される（第一部　『文學界』六一年一月号）前年の十一月、『中央公論』（十二月号）誌上に掲載された深沢七郎の『風流夢譚』をめぐって大江の時と同じように右翼が中央公論社に押し掛け「謝罪文」を要求することがあり、その出版妨害事件の過程で中央公論社社長嶋中鵬二宅で夫人とお手伝いさんが右翼に襲われ、夫人は重傷、お手伝いの女性は殺害されるという事件が発生した（嶋中邸への右翼のテロは、六一年二月一日）。身の危険を感じた著者の深沢七郎も逃亡生活を余儀なくされることになった。世に「風流夢譚事件」、あるいは「中央公論社嶋中事件」と言われる出版妨害事件である。『楢山節考』（五六年）で第一回中央公論新人賞を受賞した深沢七郎のこの作品は、題名が示すように「夢の話」として、同じ年の六月に東大生樺美智子の死によって最高潮を迎えた六〇年安保闘争のデモ隊が余勢を駆って皇居に乱入し、そこで天皇夫妻を初め皇族の人たちを殺害するというものであった。六〇年安保闘争で盛り上がった革新勢力の力を恐れた右翼は、すでにこの年の十月十二日、日比谷公会堂で演説中の社会党委員長浅沼稲次郎を刺殺するという事件を起こしていた。そのような流れの中で、右翼勢力は『風流夢譚』に透けて見える天皇制否定の思想に敏感に反応し、このままでは日本が共産主義国家になるとの危機感を強め、暴力的な形で出版妨害、表現の自由妨害を行ったのである。その過程での殺人、傷害事件、これら一連の事件は人間のあるべき姿を求めて表現活動に携わる人間を心底から震撼させるものであった。

このような「騒動」渦中における『政治少年死す―セヴンティーン第二部・完』の発表である。現在の時点で考えると、何故「風流夢譚事件」が起こっている最中に天皇制を否定するような作品を版元は発表したのか、という疑問を抑えることができない。換言すれば、大江はすでに作品を書き上げていたであろうから、版元が何故敢えてこの時期に反天皇制小説と思われるような作品を発表したかということである。推測するに、恐らく「時代」がそうさせたのではないかとしか思えない。つまり、戦後、敗戦によって鳴りを潜めていた右翼の暴力的体質を、浅沼事件や風流夢譚事件があったにもかかわらず、当時の人々および出版社や表現者が見くびっていた＝過小評価していたのではないか、ということである。別な言い方をすれば、六〇年安保闘争で示された革新勢力（民衆）の力を過信していた出版社や著者に比して、逆にそのような人々の存在に恐怖した右翼勢力の危機感を背景とした反撃の方が切実であり、そうであったが故に出版妨害のみならず殺人事件まで引き起こす結果になったにもかかわらず、「甘く」見ていたのではないか、ということである。出版社や表現者の「甘い」認識に対して、予想外に右翼の方が「厳しい」認識を持っていたということである。あるいは、『政治少年死す』（『セヴンティーン』）のモデルを浅沼事件を引き起こした十七歳の右翼少年山口二矢にしたことの意味を、関係者たちは「軽く」考えていたのかも知れない。つまり、浅沼事件に先立つ七月十四日の自民党大会で六〇年安保の立て役者岸信介首相（この大会で自民党総裁が池田勇人に引き継がれた）が右翼に刺され負傷するという事件もあったにもかかわらず、日米安保条約を対米従属条約と位置付け「絶対主義的天皇制」を待望する右翼勢力の危機感をあまりに「軽く」見ていたということである。

ところで、出版妨害事件があって現在まで掲載誌以外ではどのような形でも読むことのできない『政治少年死す』の内容であるが、サブタイトルの『セヴンティーン第二部』が如実に示すように、これは『セヴンティーン』という中編小説の後半部である。『セヴンティーン』の主人公のモデルとなったのは、先にも記したように浅沼事件の犯人山口二矢である。もちろんここで注記しておかなければならないのは、この中編小説のモデルが山口二矢だからといって、この作品が彼の短かった生涯を忠実になぞった「伝記」というわけではないということである。他の大江の作品と同じように、この小説もまた全くの「虚構＝フィクション」である。その『セヴンティーン』の冒頭は、次のように始まる。

今日はおれの誕生日だった、おれは十七歳になった、セヴンティーンだ。家族のものは父も母も兄も皆な、おれの誕生日に気がつかないか、気がつかないふりをしていた。それで、おれも黙っていた。夕暮に、自衛隊の病院で看護婦をしている姉が帰ってきて、風呂場で石鹸を体じゅうにぬりたくっているおれに、《十七歳ね、自分の肉を摑んでみたくない？》といいにきた。（中略）そして姉の言葉をくりかえし考えているうちに石鹸の泡の中から性器がむっくり勃起してきたので、おれは風呂場の入口の扉に鍵をかけに行った。おれはいつでも勃起しているみたいだ、勃起は好きだ、体じゅうに力が湧いてくるような気持だから好きなのだ、それに勃起した性器を見るのも好きだ。おれはもういちど坐りこんで体のあちらこちらの隅に石鹸をぬりたくってから自瀆した。十七歳になってはじめての自瀆だ。

この主人公は、引用にあるように自衛隊の病院に勤める姉と東大を出てテレビ局のディレクターをしている兄、そして苦労して私立高校の教頭になった父親と母親の五人家族の中で育ち、進歩的な校風を持つ進学校で他の生徒と同じように「左翼」的な考えを持ってそれまで過ごしてきたが、ある日同級生から「《右》のサクラをやらないか？」と誘われたことから右翼と行動を共にするようになり、最後は保守党や財界から金を貰って暴力的な行動は起こすが、本気でクーデターを起こして天皇中心の国家を作ろうとしない指導者にあきたらなくなって、一人で左翼の指導者を刺殺する行動に決起する。そして、度重なる取り調べで正直に自分の気持を話したにもかかわらず警察官に理解されないまま鑑別所送りになり、そこの独房で自裁する。

天皇陛下萬歳、七生報國、おれの熱く灼ける眼はもう文字を見ず、暗黒の空にうかぶ黄金の國連ビルのように巨大な天皇陛下の轟然たるジェット推進飛行を見ている、おれは宇宙のように暗く巨大な内部で汐のように湧く胎水に漂う、おれはビールスのような形をすることになるだろう。幸福の悦楽の涙でいっぱいの眼に黄金の天皇陛下は燦然として百萬の反射鏡をつくる、八時五分、おれは十分間、**真の右翼の魂を持っている選ばれた少年**として完璧だった、おれの右翼の城、おれの右翼の社！　ああ、おお、おお、天皇陛下！　ああ、ああ、あああ、**天皇よ、天皇よ！　天皇よ！**　おお、おお、あああ……

純粋天皇の胎水しぶく暗黒星雲を下降する永久運動體が憂い顔のセヴンティーンを捕獲した八時十八分に隣の獨房では幼女強制猥せつで練鑑にきた若者がかすかにオルガスムの呻きを聞いて涙ぐんだという
ああ、なんていい……
愛しい愛しいセヴンティーン
絞死體をひきずりおろした中年の警官は精液の匂いをかいだという

これが最後の部分である。右翼勢力が怒り、版元の文藝春秋に押しかけ、著者の大江にも「各種の圧力あるいは脅迫がおこなわれる」（「自筆年譜」『大江健三郎全作品1』所収）事態になった最大の原因は、まさにこの最後の部分にあったと言っていいだろう。「天皇陛下万歳」を叫びながらマスターベーションを行い、オルガスムの呻きのうちに自裁して果てる、「現人神＝天皇」を奉じる右翼勢力にしてみれば、これほど天皇を侮蔑した表現はこれまでになく、したがって許すことができなかったのだろう。

ここで面白いのは、「各種の圧力あるいは脅迫」を受けていたはずの大江が、風流夢譚事件の深沢七郎のようにめげて姿を晦ますような行動をとらなかったということである。前年（六〇年）の九月から『新潮』誌上に書き継いでいた自伝的要素の強い中編『遅れてきた青年』は、相変わらず連載を続けていたし（完結六二年二月）、六〇年安保闘争に触発された「ふたつの六月の間」（六一年六月）や「いつまでもむごたらしい死者」（同）、「強権に確執をかもす志」（七月）等のエッセイ、またアジア・アフリカ作家会議東京会議に関する「はたして政治的だったか」（六月）という文章も書いている。また、文藝春秋が「謹告＝謝罪文」を出した直後にも、日高六郎、佐々木基一、花田清輝との座談会「表現の自由とテロリズム」（『新日本文学』四月号）に出席して、堂々とテロリズムの悪について発言している。

このような窮地に陥った状況での踏ん張りは、これまでの大江論でほとんど指摘されてこなかったが、大江の「暴力とテロリズム」や「理不尽な攻撃」に対する身の処し方としては一貫しており、重要な点なのではないかと思える。『政治少年死す』の中で、広島の平和大会を妨害するために出かけていった十七歳の主人公が、広島で原爆の日特集の座談会に出席した学生上がりの若い作家南原征四郎の「広島では皇道党が愚連隊なみの暴力ざたをつづけている」という発言に怒って、面会を申し込みナイフをちらつかせて脅迫する場面が出てくる。明らかに大江自身を擬したと思われるこの若い作家は、恐怖にうちひしがれ涙さえ流しながらも毅然と、「ぼくは黙って刺されるつもりはない、きみがそうするなら、ぼくは抵抗するぞ」と言って、右翼の暴力と対峙する。この若い作家の態度は、先の座談会における大江の次のような発言と対応している。

実際の体験ですが、刺されそうになった時自分は黙って刺されるんじゃないかと思うとそれはこわいですね。そうじゃなくてなんとか闘うこともできると思うとだんだん静かになって、まあ右翼の人にも前をむいてしゃべることができた、そういうことはありました。

内子高校で指の間にナイフを刺す行為で上級生に脅かされた時、自分の掌を傷つけてその場をしのいだ大江を彷彿させる対処の仕方であるが、『政治少年死す』で「各種の圧力あるいは脅迫」を受けたはずの大江の肝の据わり方には、戦後の民主主義教育によって培われた個人主義（インディビジュアリズム）思想の最も良質な部分を感じることができる。ずっと後のことになるが、文藝賞に応募した桐山襲の天皇暗殺を決行する父子二代にわたる物語『パルチザン伝説』（八二年）が入選しそうになった時、「この作品が受賞したときに、選考委員のひとりであるこの私にムヤミに脅迫の電話がかかってきて煩わされることは、避けた」、と公言した小島信夫（に象徴されるような現代作家の感性と思想性）のことを考えると、余計そのように思う。

〈三〉 政治＝天皇制問題

当初アメリカとの関係に重きを置いて「性と政治」とを考えていた大江も、『セヴンティーン』『政治少年死す』執筆を直接的な契機として、「内なる天皇制」について本格的に対象化する必要を感じたと言っていいだろう。少なくとも、『セヴンティーン』を書く二年ほど前に、次のような素朴な感想を書き付けるような心境には、『セヴンティーン』以後はならなかったのではないかということである。

現在、天皇は国民にとってどういう位置をしめているだろう。《象徴》という言葉は、あいまいな意味しかもたない。われわれは、この言葉を、自分流にどんな広さにも、あるいはどんな狭さにも解釈できる。結局それは、新しい憲法をつくるとき、天皇の位置や性格について決定することをせまられた人たちが、のちのちまで決定権を留保しておいたということではないか。

したがって、われわれは自分の考えかたにしたがって、それぞれ独自の天皇のイメージをもっていることになる。そして、天皇が象徴であるという規定のある憲法のもとで、時には天皇はきわめて小さく無力な存在でありうるし、時にはきわめて強大な存在でもありうるわけである。

（「戦後世代のイメージ」五九年一月）

大江の「内なる天皇制」検討は、『セヴンティーン』が如何なるモチーフによって書かれたものであったかの自己確認から始まる。『大江健三郎全作品』（第一期）に付された一連のエッセイ「出発点を確かめる」の中の「作家は絶対に反政治的たりうるか？」（六六年）で、大江は次のように書いている。

（中略）作家としての僕自身もまた、『セヴンティーン』や『政治少年死す』を、いったいいかなる目的において書いたかといえば、それは直接日本の右翼を研究するためというのではなかった。それはもっと本質的に、われわれの外部と内部に、普遍的に深く存在する天皇制とその影についての僕のイメージをくりひろげるための仕事にほかならなかったのである。（傍点引用者）

五年後の文章とは言え、この言葉はそのまま受け取っていいのではないかと思う。というのも、「戦後世代のイメージ」の中でも書いていた「根づよく日本人の意識の深みにのこっている天皇崇拝」こそ、皇国少年であった大江が自らの体験に即して最も恐れる天皇制を維持する精神装置・構造に他ならなかったからである。明治以降の近代天皇制が強いたものであったとしても、農村部を中心とした日本の各地において鴨居に天皇夫妻やその家族の写真を掲げる家が普通に見られた時代——戦後においても皇太子の結婚（五九年四月十日）に際して、購読者数一千万を誇る某中央紙は天皇夫妻と皇太子夫妻の写真を無料で各家庭に配布した——に、戦後民主主義の歪んだ形を見たであろう大江にとって、「われわれの外部と内部に、普遍的に存在する天皇制とその影」は、まずもって剔抉しなければならない大きなテーマだったと言っていいだろう。だからこそ、「性と政治」の関係に自らの主題を定めた時から、天皇制の問題は必然的にいつか正面から問わなければならないテーマとなっていたのである。その意味では、浅沼事件の山口二矢を『セヴンティーン』のモデルとしたのは、単なる偶然に過ぎない。そして、『セヴンティーン』とその直前に発表された深沢七郎の『風流夢譚』は、結果的に「われわれの外部と内部に、普遍的に存在する天皇制とその影」を許容し擁護する側を焙り出す役割を果たすことにもなったのである。大江が苛立ちを示すのは、「天皇制」を擁護する保守派もそれを否定する進歩派も、共にこの「われわれの外部と内部に、普遍的に存在する天皇制とその影」、つまり「われらの内なる天皇制」が民主主義＝表現や思想信条、良心の自由に敵対するものであることについて鈍感すぎることに対してである。

アメリカの戦後派の小説家、ノーマン・メイラーが、ＦＢＩについて、それは一般人の芸術と一般民衆の心のなかに抑制の力をもちこんだ、それは邪悪な力であったということを書いております。ＦＢＩと天皇制とをいっしょにするつもりは毛頭ありませんが、しかし、今日の日本において一般人の芸術を抑制し、一般民衆の心のなかに抑制の力をもちこんでいるものが何であるかといえば、それはほかならぬ天皇制だと思います。もちろん私はそれを邪悪な力というわけではない。しかし、今日の日本の民衆の芸術と心とを抑制するものが存在して、それが二十一年前の戦争にたいする記憶すらも一面的に偏向させることに力をかしているということについては、あらためて考えてみる必要があると思います。

（八・一五記念講演「記憶と想像力」六六年）

だからこそ、大江は「作家の課題として、天皇制を決してさけてとおるわけにはゆかないのが、日本の知的風土の本質的な特殊性であること、そして天皇制の問題があるかぎり、日本の作家は、かれがどのように孤独な密室に閉じこもろうとも、また、かれが保守派であるか進歩派であるかにかかわらず絶対に、政治と無関係であるわけにはゆかない、とつねづね考えている」（『作家は絶対に反政治的たりうるか？』）、と書かなければならなかったのである。

そして、このような大江の「天皇制」意識は、この後もずっと持続しつづけ、『セブンティーン』から丁度十年目の一九七一年に、直接的にはその前年の十一月二十五日に起こった三島由紀夫の自衛隊乱入―割腹自殺事件を契機とする二つの中編『みずから我が涙をぬぐいたまう日』と『月の男（ムーン・マン）』を書くに至る。大江はこの二つの中編を併せて単行本にする際に『二つの中篇をむすぶ作家のノート』を付しているが、その中で『政治少年死す』に使った「純粋天皇の胎水しぶく暗黒星雲を下降する」をその後も意識の片隅に置き続けたと述懐したあと、次のように書く。

ところが僕は、『セヴンティーン』第二部すなわち『政治少年死す』をいまだに単行本のかたちで出版しえていない。したがって、この小説の、ついには右に引いた一行の詩句（「純粋天皇……」の一行―引用者注）にむけてかたまってゆく真の主題は、いつまでも僕の外に出て行ってしまうということがないのである。しかも僕は、そのようにこの主題が、つねに宙ぶらりんのまま、開かれた問いかけとして僕の意識＝肉体のうちに実在している状態に、しだいに積極的な意味を認めるようになったのでもある。

天皇制が、日本人の政治的想像力を束縛するという、もっと散文的な、もうひとつのテーゼについては、僕はしばしば人前で語ったり、文章を書いたりしてきた。日本語の作家の根源的な役割は、この想像力を束縛する日本独自の枷を、自分のとりくみの手がかりとして把握しなおし、そこから逆に、日本人の想像力世界全体を照しだす自力の照明をつくりだすことであろうと思う。照明器の行動半径は、可能なかぎり広く自由でなければならない。

そして最後に、大江は「――きみの純粋天皇のテーゼは、お気の毒にも、きみの終生のテーゼになったようじゃないのか？」と書いて、「天皇制」問題がこれからもずっと自分にとって変わらぬ主題であることを宣言する。

伝説八　個人的な体験

〈一〉　結婚・子供の誕生

東大在学中に作家デビューした大江は、高校時代に知り合ってその後も断続的に交際を続けていた伊丹万作の娘（伊丹十三の妹）ゆかりと、一九六〇年二月に結婚する。一九三五年一月三十一日生まれの大江は二十五歳になったばかりで、ゆかりは二歳年下であった。学生時代にデビューを果たした新進気鋭の作家と結婚したゆかりの心境は、如何なるものであったのか、今は知る術もないが、ゆかりの結婚した相手は当時友人に次のようなことを語る青年であった。

こんなに緊迫した時代に、保守派はおさきまっくらだし、進歩派はヒステリックだ。おたがいに妊娠などはひきおこさないようにして、一九八〇年の不幸な自殺者を一人へらそう。中国に行ったら、ほんとに金魚を飲むのがきくかどうか見てきて知らせてやる。

（傍点原文「一日本青年の中国旅行・出発と帰着」『世界の若者たち』六二年　所収）

大江が野間宏や開高健らとともに第三次日本文学代表団の一員として当時国交のなかった中国を訪問したのが、結婚して三ヶ月経った一九六〇年五月であった。引用の言葉は、その直前の会話ということになる。ここで「こんな緊迫した時代」というのは、周知のように日米安全保障条約の改定をめぐって保守派と革新派（進歩派）が前年の秋から激しい攻防を繰り広げていたことを指す。現在ではその存在が当たり前のようになっている日米安保条約も、東西冷戦構造下の当時にあっては明確にアメリカ側につくのか、それとも第三世界を中心に展開されていたどちらにも属さない「非同盟（中立）」主義でいくのかをめぐって、活発に論議され対立が深まっていたのである。第二次世界大戦（アジア太平洋戦争）が終結して何年も経たないうちに朝鮮戦争が始まり、米ソの核開発競争が熾烈を極めるようになり、キューバ革命が成功する、という世界情勢を受けてアメリカの極東（アジア）戦略の要として日米安保条約はあった。大江が結婚した「緊迫の時代」とは具体的にどのようなものであったのか、安保条約関係に限定して年表風に列記してみる。

一九五八年九月：藤山一郎外相、ダレス国務長官と安保条約改定で合意。
　同年十月：安保条約改定交渉開始。社会党登院拒否。
一九五九年一月：自民党大会で岸信介が総裁再選。
　同年三月：九日、社会党委員長浅沼稲次郎、訪問先の中国で「米帝国主義は日中共同の敵」と発言。二十八日、安保改定阻止国民会議結成。
　同年四月：十日、皇太子（現天皇）結婚。十五日、安保阻止第一次統一行動。
　同年十一月：二十七日、安保阻止第八次統一行動のデモ隊二万余名、国会構内に入る。
一九六〇年一月：十六日、岸首相以下の新安保調印全権団渡米、全学連羽田にて座り込み。十九日、新日米安保条約・行政協定調印。
　同年四月：安保阻止国会デモ、警官隊と全学連が衝突。

同年五月：十九日、政府・自民党、警官隊を導入して衆院で新安保条約と会期延長を強行採決（以後国会は空白状態となり、以後、連日デモ隊が国会議事堂を囲む）。

同年六月：四日、安保阻止統一行動、国鉄など五百六十万人余がスト。十日、米大統領秘書官ハガチー、羽田でデモ隊に包囲される。十五日、全学連及びデモ隊の一部が国会に乱入、東大生樺美智子死亡。十九日、三十三万人の国会包囲デモ、新安保条約自然成立。二十三日、批准書交換、岸首相辞意表明。

この後も、既に触れたように十月には浅沼社会党委員長が右翼の少年に刺殺され、十一月には『風流夢譚』事件が起こり、といったように「安保騒動」の余波は長く続いた。大江がこのような「緊迫した時代」にあって絶望的な気持になり、「一九八〇年の自殺者を一人へらそう」と覚悟したのも理解できなくはない。新日米安保条約の締結は、憲法第九条の「戦争放棄＝平和条項」を持つ日本が有事の状態になった時、アメリカ軍が自衛隊と共に戦ってくれるという名目の下で、とは言いながら現在の状態が自ずから明らかにしているように、核兵器を含む世界最強兵器を常備したアメリカ軍が半ば恒久的に日本に駐留するということを意味し、「戦争」への加担を余儀なくされるということでもあった。――ベトナム戦争や湾岸戦争、そしてテロ対策という名のアフガニスタン爆撃やイラク戦争において、日本がどれほど「戦争」に踏み込んでいったか。あるいは冷戦時代（たぶん、ロシアとなった現在も）、ソ連極東軍のＳＳ20巡航ミサイルが標的としていたのが、横田や横須賀、嘉手納といった在日米軍基地であったことを思い起こせば、日米安保条約が危険極まりない軍事条約であることが分かるだろう。さらに、安保条約・行政協定の拡大解釈によって、「思いやり予算」と称する多額の米軍基地存続のための金が国家予算から支出されていることを考えると、今更ながら安保条約は国民にとってどのような意味があるのかを思わざるを得ない。

そこで大江自身と安保闘争との関係を簡単に述べておくと、大江は若い一人の作家として日米安保条約が象徴するこの国の在り方を憂え、「緊迫した時代」に立ち向かう大江なりの方法として六〇年の春には「安保批判の会」に参加し、安保条約改定反対の立場を鮮明にする。特に、一九五八年十一月に江藤淳や石原慎太郎たち若い芸術家と一緒に結成した「若い日本の会」での活動は、大江を含めたその構成員が次代を担う芸術家であるということから、反対運動に一定の役割を果たした。もっとも、この「若い日本の会」は、新安保条約が国会で自然承認されると急速にその求心力を失い、そのしばらく後にあれほど親密であった江藤と大江が別な道を歩き始めたのと軌を一にするように、瓦解していく。

そんな大江であったが、「緊迫した時代＝安保騒動」の最中に社会主義革命後十年余り経った中国へ文学者訪問団の一員として出かけていく。大江は、そこで何を見たのだろうか。「北京の青年は明るい眼をしている、ほんとうに明るい眼だ」という一文で始まる「北京の青年たち」（六〇年五月『厳粛な綱渡り』所収）は、新日米安保条約締結を意識した次のような文章で締め括られている。

中国をおとずれ、若い人たちと会い、ぼくは自由な自分の精神の誇りにかけて、つぎのような決意をかためた。かつてぼくの文章に共感してくれたことのある日本人の青年のすべての目にふれることを祈りながら、ぼくは北京からこの通信をおくる。信じていただきたい。

中国の人たちは日本人の真の独立をのぞんでいる。アメリカにつくか、中国・ソビエトにつくか、の二者択一だという考えは、さもしい根性の考えちがいである。ぼくは、長い外国軍駐留からきたこの卑屈な根性をすて、北京の明るい眼の青年たちの素直な友情を信じる。ぼくはいかなる軍事同盟にも賛成しない。

初めての海外旅行が社会体制の違う「革命中国」であったことも手伝っていたのであろう、素朴と言えば素朴な反応であるが、占領期から五〇年代後半の「反動期」を青春の最中で経験してきた大江にしてみれば、日本の青年が一方で反権力闘争に青春を燃焼させていながら、他方で絶望に打ちひしがれ暗い顔をして窒息しそうになっている現実と中国の青年を比べて、その落差にまず驚いてしまったというのが実情かも知れない。そして、その驚きは自らの生の在り方、世界観を改める原動力にもなった。先の「一日本青年の中国旅行・出発と帰着」に、注目すべき次のような文章がある。

（中略）中国の街には子供らがあふれていたが、かれら明るい眼の子供らの父親の一人は、中国で急ピッチに子供がふえることをどう思うか、という問いに、そんなことを心配したことはない、といった。私もまた、自分が子供についてしだいに明るい考えかたにかわっていくのを感じていた。（中略）

旅行がおわり羽田におりたった時、私は妻に、

「子供を生んで育てよう、未来がゼロなわけじゃないようだ」

といった。あの激しい国会デモを毎日テレビでみながら日本でこの一月をすごした妻は、

「私も、そういいたいと思って迎えにきたのよ」

とこたえた。

大江は「北京の明るい眼の青年たち」と「（中国各地の）明るい眼の子供ら」に励まされるようにして、結婚した時に友人と交わした「一九八〇年の不幸な自殺者を一人へらそう」という約束を反故にし、子供を産んで育てようと決意する。それから三年、大江は一九六三年六月に長男「光」の誕生を迎えることになるのだが、一九六一年から六三年にかけての時期は、大江の生涯において最も困難を抱えていた時代と言えるかも知れない。すでに触れてきたように、六一年の早々に『政治少年死す―セヴンティーン第二部・完』が右翼の逆鱗に触れ、大江は右翼からの執拗な脅迫や嫌がらせを受けることになる。結婚して一年も満たないうちに大江を襲った「暴力」、生まれ故郷の「谷間の村」時代から「壊れものであり、fragileである肉体をそなえた自分」（『核時代の暴君殺し(タイラニサイド)』六九年）を意識し、「暴力」ということに特別な思いを抱いていた大江にしてみれば、新たに自分を襲った「暴力」との戦いは、また「言葉」によってこの世界と対峙することを選んだ自分との戦いでもあった。そしてそれは、神経症的な苦しみをもたらした。もちろん、まだまだ「新人」であった大江は、先にも触れたようにこの間も作品を書き続けていた。一九六〇年の九月から始まった『遅れてきた青年』の連載は、『セヴンティーン』問題の渦中であっても書き継がれていたし、六二年になると『不満足』（『文學界』五月号）等の短編を始め長編『叫び声』（『群像』十一月号）も一挙掲載の形で発表されている。

とは言え、「年譜」を見ると、『セヴンティーン』以後その年新たに発表された作品はなく、夏の終わりから年末まで三ヶ月間、ポーランド、ブルガリア両国から招きを受けたのを利用して東欧の他、ソビエト、ギリシャ、イタリア、フランス、イギリスを訪問するという長い旅に出ている。『セヴンティーン』問題で傷ついた心を癒すための長期外国旅行だったのかも知れない。この旅行中、大江はフランスで当時最も気になっていた文学者の一人J・P・サルトルに会って話をしている。では、大江はこのヨーロッパ、ソビエト旅行で精神的ダメージを恢復することができたか。前記したように、六二年になると六〇年までと同じように作品を発表し続けたことを考えると、とりあえずは恢復したと言っていいかも知れない。しかし、ずっと後になって、若い時からの盟友と言っていい岩波書店の安江良介との対談「初心から逃れずにきた」（『世界』九五年一月号）において当時を振り返り、「子どもが生まれる直前、一年ぐらいから僕には危機が続いていたんです。胸のなかに大きい危機が育っている。それが子どもとして現実化した、という感じがします」と語っていることは、見逃すことができない。

この大江の言う「危機」が創作方法上の問題に限定できるものなのか、それともそれを含んだ大江の生全体が抱え込んでしまった「危機」なのか。それが具体的にはどのようなものだったのか、本人以外知る術もないだろう。しかし、デビュー以来「監禁されている状態、閉ざされた壁のなかを生きる状態を考えること」や「性と政治＝天皇制」の問題を同時代の在り方と深く関わらせて主題としてきた大江が、『セヴンティーン』問題を直接のきっかけとして暗礁に乗り上げたような状態になっていたことは、確かだろう。そのような「危機」的状態に追い打ちをかけたのが、子供を産んで育てようと「決意」してから三年目に迎えた第一子（光）の誕生である。周知のように、その子供は頭部に異常を持って生まれてきたのである。

〈二〉『個人的な体験』・『空の怪物アグイー』

長男光が負った頭部の異常は、原因不明の頭蓋骨一部欠損（ディフェクト）であり、出産時の圧迫によってそこから脳が頭蓋骨からはみ出したように瘤ができ、頭が二つあるように見えるというものであった。この初めての子供が頭部に異常を持って生まれてきたという出来事が、若い父親の精神にどのような結果をもたらしたか、自分の子供を持つ経験をした者であるならば、容易に理解できるだろう。差別的であることを承知で言うならば、「五体満足であれば」という思いを抱いて分娩室の前で待機した経験のある人は、少なくないのではないだろうか。おそらく、実際の子供を目の当たりにするまで、大江も自分に障害児が生まれてくるとは思っていなかったはずである。しかし、現実にはそれが起こった。いくら著名な若手作家であろうと、大江も人の子である。大江を襲ったであろう「恐慌（パニック）」については、想像に余りある。この時のことを、大江は「信仰を持たない者の祈り」という講演（八七年十月、東京女子大学）の中で、淡々と次のように話しているが、当時の大江が抱いたであろう「暗澹たる思い」を同時に想像しなければならない。

（中略）私がまだ二十八歳の時に長男が生まれました。子供は頭に障害がありました。奇形があったわけです。お医者様に呼ばれて病院に行きますと、頭がちょうどふたつあるように見えるような奇形だった。頭蓋骨に小さな穴があいていて、そこから脳が外にでてしまわないように、頭の外側に丸い瘤ができて、そのなかに脊髄液がたまっている。その圧力で脳を保護しているという状態だったのです。

そういう子供が生まれた。その子供を連れて板橋の日大病院に行って、その特児室にその子供を入れてもらいました。（中略）

私は毎日そこに通っていたのです。その時に大学の先輩の若いお医者さんから、「この子供は、このままでいると死ぬ。救うためには手術をしなければならない。ところが手術をすると、やはり障害が残るに決まっている。手術をしろと勧められても、君は断ったほうがいいんじゃないか」ということをいわれたりもしました。

大江はこの大学の先輩にあたる若い医師の「忠告＝勧告」について、この引用に続く部分で「私は小説にその子供を殺してしまおうと思っている父親のことを書きましたけれども、私自身は殺そうと思ったということはないように思います」と語っていて、拒絶したことになっている。おそらく、結果を含めた全体の流れではそうだったのだろうと思う。しかし、この「障害児」出生という体験に対して、最終的に子供を生かす結果になる長編『個人的な体験』（書き下ろし　六四年八月）と、そのような障害児を闇に葬ることを是認した若い作曲家を主人公にした短編『空の怪物アグイー』（同年一月）という、「双子」のような作品があることを考えると、当時の大江の心境は後に回想するような「きれい事」だけではなかったのではないか、と思わざるを得ない。

特に、長編を執筆している過程で派生したのであろう『空の怪物アグイー』の発表が、『個人的な体験』よりも先に行われたことの意味は、深長かつ複雑だと思われる。つまり、何故障害児を「殺す」作品を先に発表し、「生かす」作品を後にしたかということである。周知のように『個人的な体験』は、障害児を抱えることになった主人公の鳥（バード）が、アフリカへ行くという自分の「夢」が潰えていくことに耐えられず、手術すればその子供は助かるという病院側の見解とその赤ん坊を「衰弱死」させてしまおうという誘惑の間を揺れ動く様を描いたものである。そして、なかなか結論がでないまま女友達の火見子と酒を飲んでセックスしたり、という当てのない彷徨の末に、ぎりぎりのところで手術に踏み切り、それによって「青春との別れ」を経験するというものである。それに反して『空の怪物アグイー』は、障害児の存在が自分の音楽活動を妨げると考えた主人公が、その障害児を衰弱死させてしまった罪の意識に苛まれた揚げ句の果てに精神を冒され、最後は自裁するように交通事故に遭って死んでしまうというものである。

おそらく大江は、『空の怪物アグイー』を『個人的な体験』より先に発表することで、障害児と対面した折におのれの内部に湧出したであろう「困惑」や「混乱」、あるいは「嫌悪」といった気持を伴った決して外部には漏らすことのできない暗澹たる思いや、大学の先輩に当たる医者がおそらく「好意」から発したであろう「勧告＝悪魔の囁き」に幾らかでも心を動かされたことに、決着を付けようとしたものと思われる。そうしなければ、本来の目的である『個人的な体験』を書き続けることができなかったのかも知れない。言葉を換えれば、『空の怪物アグイー』を発表することで、自らの内に発生した「非人間的」な考えを対象化＝外化し、そうすることによって「ユマニスト」たる自分の矜持を明らかにする意図を持った『個人的な体験』の最後の場面——三島由紀夫を始めとする多くの人から「蛇足」であるという意味の批判を受けた、「この現実生活を生きるということは、結局、正統的に生きるべく強制されることのようです。欺瞞の罠におちこむつもりでいても、いつのまにかそれを拒むほかなくなってしまう」という文章に象徴される大江の思想——へと至るこの長編を書き継ぐことができたのではないか、ということである。

ともあれ、長編の『個人的な体験』と短編の『空の怪物アグイー』は、どちらがどれだけ大切な作品であるかということなく、まさに「双子の小説」として大江健三郎という作家の「新たな出発」を告げるという意味でも、重要な作品であった。先の安江良介との対談で、大江は『個人的な体験』の持つ意味についても語っていた。

外側からみれば僕の人生は平凡ですよ。大学を卒業して小説を書き始めて、それからあとは本を読むことと文章を書くことしかしないという生活ですから。ところが、心のなかでは大きい山や谷があった。たとえば光が生まれてきたことも大きい波でした。

その息子が生まれたころだったと思いますが、フランスのある思想家がアメリカのソープワクチンで有名なソープ研究所に行って、ソープさんと話している。ソープさんが、中国には「危機」という言葉があるが、これはクライシス・プラス・チャンス。つまりクライシスというものは人生にとってチャンスであるということを中国人はいっているというのです。「危」が危ない、と読むのは正解でも、「機」をチャンスというのは、これは意識的な誤読ですが。

しかし、僕はそれで納得した。僕にとって光が障碍をもって生まれたということは大きい危機でしたが、それはチャンスでした。それを乗り越えて、僕は文学的に蘇ってきて、『個人的な体験』を書いた。

〈三〉 障害児（者）との共生

何故『個人的な体験』及び『空の怪物アグイー』という「双子の小説」が大江健三郎という作家の仕事を考える際に重要であるかと言えば、それは『個人的な体験』の最後で主人公の鳥が「正統的に生きること」と言明したことに、その後の大江自身が忠実だったからである。別な言い方をすれば、「逃げる＝欺瞞的」な生き方を峻拒して、障害児と共に生きることを小説という表現形式を借りて宣言したのが、『個人的な体験』という長編だったということである。

では何故障害児（者）と共に生きることが、「正統的に生きること」になるのか。それはまず障害児（者）が社会的に「弱者」であり、自立して生きることが困難な「生命」を持った存在であることと関係している。社会的に「弱い立場」であり、「生命」という観点からも自分以外の誰かによって支えられないと生き続けることが困難な存在は、その存在において社会の一員であるにもかかわらず、利潤と効率の追求を最大の目的とするこの資本制社会の下では、必然的に社会の矛盾や不合理の犠牲になりやすい。そのため、もし障害児（者）が人間としての「尊厳」を求めてその存在を主張するならば、否が応でもその社会の在り方と衝突せざるを得ないということになる。特に、財政が逼迫するとすぐさま「弱者切り捨て＝排除」を行う行政や権力との摩擦や対立は避けられない。したがって、「障害児・者＝社会的弱者との共生」を決意した者も、障害児（者）と同じように人間としての真っ当な生き方を要求される。何よりも人間の「生命」と四六時中対峙し続けなければならないということがあるからである。

大江が『個人的な体験』と『空の怪物アグイー』を書くことで、障害児が生まれたという出来事が引き起こした心的現象はもちろん、それまでの自分の在り方をも総検証し、かつこれからの自分の生き方および作家としてどのような主題の下で作品を書いていくのかを示唆したのも、まさに「正統的に生きること」の具体的表明であったと考えられる。大江は『個人的な体験』の新潮文庫版に付した《かつてあじわったことのない深甚（しんじん）な恐怖感が鳥（バード）をとらえた》（八一年一月）で、次のように書いている。

> 頭部に異常のある新生児として生まれてきた息子に触発されて、僕はこの『個人的な体験』にはじまり、いくつもの作品を書いてきた。（中略）
>
> すなわち青春のしめくくりの時期から、中年のしめくくりを目前に見すえねばならぬ時期まで、つねに作家としての僕は、頭に負傷をおって生まれてき、知恵遅れをはじめとする多様な障害をになって成長してゆく息子との共生を、あるいは契機にし、あるいはそのまま主題として、仕事をしてきたのである。そして僕の作家としての生涯を、そのように決定したといってよい出来事について、まずはじめに青春の小説としてあるものが（それも書き手の意識としては、青春の表現に縁遠い、苦渋の思いとともに書いたものが）、『個人的な体験』なのであった。（傍点引用者）

これと同じようなことを、大江はこれまで何回となく様々なエッセイで書いてきた。例えば「『優しさ』の定義」（『生き方の定義—再び状況へ』八五年　岩波書店所収）の中では、「そこで僕は『この哀れな小さな生きもの（ジス・プア・リトル・クリーチャ）』について、かれが生きた、かれが存在した、ということの証人になろう、すなわちこの子供をよく引き受けて共生することにしよう、と決意したのでした。しかも当の証言が、自分の生涯の文学ともなるにちがいない、と予感もしたのです」、となっている。このことは、おそらく「障害」を負って生きなければならないために、それだけプリミティブな形で人間の「生」の有り様を見せてくれる息子・光に大江（とその家族）は、大いに励まされ喜びを与えられていたことを意味する。「星座をつくる」（『新年の挨拶』九三年　岩波書店所収）というエッセイの中で、「長男の障害は誕生の際の畸型にもとづくが、その息子がいることで、みなが『幸福』に暮しているという側面も僕の家族にあることはあきらか」と書いている。

優しさにしろ、幸福感にしろ、それは人間が生きていく上での原動力であり、人間関係の基底に存在するものである。障害児（者）と共生するということは、そのような生き方の原理を改めて認識させられるということでもあるだろう。作家としての大江が、この機会を捉えて自らの文学の行方を定めたのは、その意味で正解であった。サルトルの影響もあってか、ともすると抽象的（観念的）になりがちであった大江の小説が、障害児の誕生を機に「私＝生活」との回路を獲得するようになったからである。もっとも大江の書く作品が「私＝生活」との回路を獲得したからと言って、それは大江が私小説作家と同じような創作方法に転換したということではない。大江の作品は、あくまでも想像力を重視した虚構によって成り立つ世界である。このあたりの事情について、大江は「表現生活についての表現」（『表現する者—状況・文学』七八年）の中で、自らの創作方法を明らかにする目的で、障害児が作家の家庭に存在することがどのような意味を持つのかという点に力点を置いて、次のように書いたことがある。

事実との関係ということをいえば、僕はとくに『個人的な体験』以後、現実に自分の家庭に起こった、出産時すでにあきらかだった嬰児の肉体的異常と、その後のかれの精神的遅滞について、多くのことを書いてきた。しかしまずそれは、私小説として書いたのではなかった。僕は私小説の最良のものを、わが母国語の文学の最良なもののうちにおく。そして僕は、確かに脳に異常のある嬰児の父親であり、かつそのような物語を書いた作家であるが、かれのことをそのまま私小説として呈示したのではなかった。現実生活におけるかれの存在が、僕自身の深みに向けて多様なインパクトをあたえつづける。僕がこの世界で生きるということは、かれとともに生きることだ。しかし僕はそのインパクトのもたらしたもの、かれとの共同生活の根幹にあるもの、それらが想像力的に自立してあらためて僕の内部から出てくる時にしか、それを書いたことはない。そのような書き方は、小説に書くことを前提に子供の日常を観察し取材し、記録するように書く、ということとはことなった次元に属するだろう。

大江の『個人的な体験』とともに六〇年代を代表する長編『万延元年のフットボール』(六七年)、七〇年代の『洪水はわが魂に及び』(七三年)、『ピンチランナー調書』(七六年)、八〇年代の『新しい人よ眼ざめよ』(八三年)、『M/Tと森のフシギの物語』(八六年)、『懐かしい年への手紙』(八七年)、『人生の親戚』(八九年)、九〇年代の『静かな生活』(九〇年)、「最後の小説」を宣言した『燃えあがる緑の木』(第一部~第三部 九三~九五年)等々、そして四年半後に執筆を再開し発表した『宙返り』(二〇〇〇年)、新作の『憂い顔の童子』(〇二年)まで、大江の作品の数々に障害を持った長男の光は、様々な形にデフォルメされて登場する。もちろん、アンチ「私小説」の方法で、である。そして、この「障害児・者との共生」は、当然のように大江文学の大きな特徴の一つとなり、また読者もそのことに強い関心を示すようになった。爛熟する戦後社会にあって「モノ」「金」が最優先され、せっかく手に入れた「ヒューマニズム(人間尊重思想)」がないがしろにされる風潮、それを人はポスト・モダンなどと言って容認しようとしたが、そんな時代に抗うような大江文学に人々はエールを送ったのである。その意味で、大江がノーベル文学賞を受賞したのも、この「障害児・者との共生」が小説のテーマの一つになっていたからと言っても過言ではない。

ところで、何故大江文学の一見すると「私小説」世界と勘違いされるような「障害児・者との共生」というテーマは、ノーベル文学賞受賞の理由の一つになるような大きな意味を持っていたと言えるのか。それは、障害児の誕生という「私」的な出来事が、実は医療技術の進んだ現在でも人類が発生した時代からほとんど変わらず、遺伝的原因がなくとも五パーセント前後の確率で誰にも起こる可能性のある出来事であることと関係する。思い起こして欲しい。『日本書紀』においてイザナキ・イザナミの二神が最初に産んだ子供が「蛭子(蛭のように手足の萎えた子供)」であり、それを葦船に乗せて流したことを。そうであるが故に、「障害児・者との共生」は「私=個人的な出来事」でありながら、同時に「公=社会的な問題」でもあるという二重性を持つものだったのである。『個人的な体験』以後の大江文学が「難解」と言われながら読者に受け入れられてきたのも、この「私小説」的方法を排した「私―公」の関係を考え続けてきたから、と言うこともできる。

なお大江は、『個人的な体験』から二十年後にブレイクの詩句を表題とした連作集『新しい人よ眼ざめよ』（八三年）を刊行する。物言わぬ幼児から青年期のただ中にある光君をモデルとし、「障害者」を真ん中にして日々を送る作家の父親と家族の物語であるこの連作集は、何よりも二十年という時間の中でいかに「イーヨー」と呼ばれる障害児が「成長」したか、そしてまたその障害児である中心人物に両親や弟妹（きょうだい）がどれほど多くのことを学んだか、をめぐって書かれたものである。中でも、六月に二十歳を迎える「イーヨー」が一週間の寄宿舎での生活訓練から帰宅した時のことが書かれている最終章「新しい人よ眼ざめよ」は、実に感動的である。一週間振りに帰宅した「イーヨー」のために、家族は彼の好物を揃えた食卓に彼を呼ぶのだが、

——**イーヨーは、そちらへまいりません！　イーヨーは、もう居ないのですから、ぜんぜん、イーヨーはみんなの所へ行くことはできません！**

僕が食卓に眼を伏せるのを、妻が見まもっている。（中略）

——今年の六月で二十歳になるから、もうイーヨーとは呼ばれたくないのじゃないか？　自分の本当の名前で呼ばれたいのだと思うよ。寄宿舎では、みんなそうしているのでしょう？

いったん論理に立つかぎり、臆面ないほど悪びれぬ行動家である弟は、すぐさま立って行ってイーヨーの脇にしゃがみこむと、

——光さん、夕御飯を食べよう。いろいろママが作ったからね、と話しかけた。

——**はい、そういたしましょう！　ありがとうございました！**　とイーヨーは声がわりをはじめている弟とはまったく対極の、澄みわたった童子の声でいい、妻とイーヨーの妹は、緊張をほぐされた安堵と、それをこえた脱臼したようなおかしみにあらためて笑い声をあげていた。

という結果を作家の語り手は得る。このように成長して、「イーヨー」は周知のようにCDを何枚か出す音楽家「大江光」となったのである。

伝説九　「ヒロシマ」

〈一〉　核＝被爆者との出会い・「広島のヤスリ」

偶然なのか、それとも必然的に自分が引き寄せたことなのか、大江は頭部に異常を持った子供が生まれて二ヶ月経った八月に、『世界』の編集部に依頼され広島へ原水爆禁止世界大会の取材に出かける。第九回を数えるこの大会は、前年来の「いかなる国の核実験も反対する」(それは、この大会が開催される数日前にアメリカとイギリスとソ連との間で結ばれた「部分核停条約」の評価にも関連していた)という大会の考え方をめぐって紛糾していたのである。ソ連が崩壊した現在ではほとんど信じることができない、「中ソ論争」なる社会主義国の主導権争いとも言うべき対立のあおりを受けて、この国の平和運動はどのようなレベルでも分裂含みの激しい対立が続いていたのである。愚かにも、市民レベルの「反核」など蹴飛ばす勢いで中国を支持する政党とソ連を支持する政党や労働運動が対立し、当時の平和運動を象徴する原水禁運動は組織の存続が危ぶまれるほどに激しく応酬し合っていたのである。

そんな中での、若い作家による取材である。おそらく、原水禁運動の分裂・弱体化を戦後民主主義擁護の立場から憂えていた『世界』の編集部(安江良介—後に編集長を経て岩波書店の社長)が、若い作家の目を通して「政治＝政党主義」に堕したこの平和運動の現状をルポさせようとしたのだろう。土門拳の写真集『ヒロシマ』に感動し、『毎日グラフ』に連載したインタビュー『われら純アプレゲール』(六一年一月～十月)で被爆者の青年から戦後を生き続ける心境を聞き出し、そして一九六〇年八月に初めて広島を訪れ平和記念祭に参加した経験のある大江であったからこそ、『世界』の編集部は第九回原水禁世界大会の取材を依頼したのだろう。

端的にいえば、土門拳の《ヒロシマ》のすべての現代的意義は、従来の原爆をめぐる写真集が一九四五年八月六日、原爆投下の日の報道写真的な性格をもち、焦点がこの日にむかってあてられていたのとちがい、今日のヒロシマ、一九五九年のヒロシマにおける、原爆と人間の戦いを現在形でえがくことにすべての目的があることだ。

土門拳は一九五九年に日本人がいかに原爆と戦っているかを描きだす。それは死せる原爆の世界をではなく、生きて原爆と戦っている人間を描きだす点で、徹底して人間的であり芸術の本質に正面からたちむかうものだ。

誤解をおそれずいえば、一九五九年に生きているわれわれにとって、十四年前に死んだヒロシマの犠牲者たちは既にわれわれに無縁な、なにものでもない非存在にすぎない。かれらの群集は死んだ、われわれの群集は生きている。われわれにとって最も重要な関心は生きているわれわれの群集の中のみにある。《安らかに眠って下さい、過ちは繰返しませぬから》という抒情的で厭らしい書体で書いた記念碑のよそよそしい無益な感じはこういうところに由来するのだろう。土門拳の《ヒロシマ》がえがきだすのは、安らかに眠るどころか悪戦苦闘して生きてゆく、われらの群集のなかのかれらである。

（「土門拳のヒロシマ」五九年『厳粛な綱渡り』所収）

広島平和公園内の中心をなす記念碑の文言に対する否定的言辞など、いかにも二十五歳の青年作家らしい無垢さを感じるが、それはさておいて、GHQ（アメリカ軍）が占領期にひいたプレスコード（検閲）以来、「原爆」に関する事柄がタブー視されるような風潮が圧倒的だったこの時代に、「被爆者の現在」に焦点を当てた土門拳の『ヒロシマ』に着目した大江の慧眼は、注目に値する。このような見解の持ち主であったからこそ『世界』の編集部は大江に白羽の矢を立て、原水禁大会の取材を依頼したのだろう。

第九回の原水禁世界大会をルポするために広島に行ったはずの大江が、「いかなる国……」をめぐって論争に明け暮れる大会（常任理事会）に早々と愛想を尽かして取材をあきらめ、取材対象を原爆病院（被爆者）に切り替えたのも、「一九五九年に多くの日本人が芸術分野では仕事をした。そしてそれらのすべてのなしとげられた業績をつうじて、土門拳の《ヒロシマ》こそが最も現代的な芸術作品であった」、と賛美を惜しまなかった土門拳の『ヒロシマ』に収められた現代を生きる被爆者の写真が記憶の底に強く刻み込まれていたからではなかったか。あるいは、前記したインタビューで会った「被爆」体験という重荷を背負って生きている青年たちの姿が、被爆地広島を歩き回るうちに蘇ってきたのかも知れない。

大江は、一九六三年と六四年の夏に二度にわたって広島を訪れ、そこで経験したことを『ヒロシマ・ノート』（岩波新書　六五年）としてまとめているが、「被爆者」に関わる思想について、「V　屈服しない人々」の冒頭で次のように書いている。少し長くなるが引用する。

この人間の世界について、善悪二元論とでもいうべき考え方を適用する人たちは、すでに数多くはないだろう。それは滅びてしまった流行だ。しかし、ひとりの被爆者の意識の宇宙には、突然に、ある夏のことを顕現した、絶対的な悪があり、そしてそれ以後、忍耐づよくそれと拮抗して、この世界に人間的なバランスを恢復しようとする善があるはずであろう。原爆は、炸裂した瞬間、人間の悪の意志の象徴となった。それは荒ぶる悪しき神となり、もっとも現代的なペストとなった。戦争の、よりすみやかな終結のために要請された武器という、原爆そのものの善の方向への意味づけの試みは、攻撃に参加した兵士の心の平安のためにすら十分でなかった。それは、連合軍と日本軍とをひっくるめて、攻撃被攻撃の方向のプラス、マイナスにかかわらず戦争というものの悪の絶対値をそのまま、体現するものとなった。しかし、その間にも、徹底的な潰滅のあとの荒野には、善の意志が働きはじめていたのであった。人間の善の意志、再生、恢復への意志を体現する者たちの活動。それは、あるいは傷ついた被爆者たち、かれら自身の、生命への意志であり、あるいはかれらを救護すべくまったくのゼロの体験から出発した医師たちの努力だった。広島の人々が、あの夏の朝からすぐさま開始した活動の価値は、人間の科学が、原爆の製造にいたるまでにつみかさねた進歩の総量に対抗すべく志されたものであるはずである。もしこの世界に、人間的な調和というものが、人間的な秩序というものがあると信じるなら、やがて広島の医師たちの努力が原爆そのものの悪の重みに十分匹敵しなければならない。

原爆が「荒ぶる悪しき神」「現代的なペスト」「戦争というものの悪の絶対値」であり、被爆者たちが「生命への意志」を持って被爆後の世界を生き、またその被爆者たちを助けるために「医師たちの努力」があったとする大江の「ヒロシマ＝核・被爆者」に対する考え方は、その後現在に至るまで基本的には変わっていない。言葉を換えれば、「戦後民主主義者＝ユマニスト」たる自分の立場（思想）から、広島・長崎における被爆の実態を見つめ、被爆者の現実を捉えようとしているということである。大江はまた、「エピローグ　広島から……」の最後で、「われわれがこの世界の終焉の光景への正当な想像力をもつ時、金井論説委員（金井利博『中国新聞』論説委員―引用者注）のいわゆる《被爆者の同志》たることは、すでに任意の選択ではない。われわれには《被爆者の同志》であるよりほかに、正気の人間としての生き様がない」とまで言い切り、「真に広島の思想を体現する人々、決して絶望せず、しかも過度の希望をもたず、いかなる状況においても屈服しないで、日々の仕事をつづけている人々、僕がもっとも正統的な原爆後の日本人とみなす人々と連帯したいと考える」と決意を表明していたが、その後の「ヒロシマ」との関係を見ると、被爆者援護法の制定に向けて支援を惜しまなかったことなどを含めて、全く変わっていなかったと言うことができる。

このような大江の「核・被爆者」に対する態度・考え方に対して、例えば「正常な想像力をもち、正常な論理力をもっているかぎり、核戦争は不可能であり、この核戦争の不可能は背中合わせに平和の不可能と同在しているとかんがえ」なければならず、そうでないと結局当事者にも第二者にもなれず第三者にしかなれない、とする吉本隆明（「戦後思想の荒廃」六五年十月）のような批判も生まれた。六〇年安保闘争の敗北以後「昼寝」を決め込んで実践から遠ざかり、過激な言動で青年学生層に大きな支持を受けつつあった吉本らしい批判であったが、八〇年代の反核運動が核戦争の危機回避に大きな役割を果たしたこと、あるいは逆に九〇年代初めの湾岸戦争で劣化ウラン弾という名の「核」兵器が現実に使われたことを考えると、吉本の批判がいかにためにする批判でしかなかったことがよく分かる。あるいは、かつて「若い日本の会」で一緒に活動していた石原慎太郎がその後政界に進出して自民党タカ派に所属し、核武装を唱えるようになったことを考え併せると、大江の持続的な反核意識は、それが小説世界と絡み合っている点からも高く評価されていいのではないか、と思う。

それにしても、広島・長崎に原爆が投下されてから六十年近く経つというのに、いまだ被爆死した人の数と同じ三十万人近くの人が「被爆者」としての生、つまり傷つけられた体と差別的な扱いを受けた生を強いられながら（健康であっても、常にいつ発症するか分からないという恐怖を抱き続けざるを得ない、ということも含めて）、しかも十分な治療や生活保障が行われていないという現実は何を物語っているのだろうか。それは、被爆の現実や被爆者の存在を軽視する吉本隆明や石原慎太郎といった存在が一定の支持を獲得していることからも分かるように、被爆国であるこの国の「核」意識がいかに貧寒としたものであるかということである。「ヒロシマ・ナガサキ」あるいは「ビキニ」の現実をないがしろにして、「核・原爆」と言えばパワーポリティックス（政治）の世界しか想像しない貧弱な歴史観・人間観が、この国の「核」意識を形成してしまっているのである。炉心溶融などの事故が起これば原爆と同じ惨劇が生じるとわかっていながら、何の根拠もない「安全神話」を受け入れ世界でも類を見ない原発大国になってしまっている現実は、まさにこの国の「核」意識の貧困と歪みを露呈するものと言っていいだろう。

そんな現実を考えると、改めて大江が『ヒロシマ・ノート』の「プロローグ　広島へ……」で言う「広島のヤスリ」がいかに重要であるかが分かる。

僕は広島の、まさに広島の人間らしい人々の生き方と思想とに深い印象をうけていた。僕は直接かれらに勇気づけられたし、逆に、いま僕自身が、ガラス箱のなかの自分の息子との相関においておちこみつつある一種の神経症の種子、頽廃の根を、深奥からえぐりだされる痛みの感覚をもあじわっていた。そして僕は、広島とこれらの真に広島的なる人々をヤスリとして、自分自身の内部の硬度を点検してみたいとねがいはじめていたのである。僕は戦後の民主主義時代に中等教育をうけ、大学ではフランス現代文学を中心に語学と文学の勉強をし、そして仕事をはじめたばかりの小説家としては、日本およびアメリカの戦後文学の影のもとに活動している、そういう短い内部の歴史をもつ人間であった。僕は、そうした自分が所持しているはずの自分自身の感覚とモラルと思想とを、すべて単一に広島のヤスリにかけ、広島のレンズをとおして再検討することを望んだのであった。

吉本隆明や石原慎太郎といった「核」存在を軽視する人々にこだわって言えば、彼らは自分自身を「広島のヤスリ」にかけたことがない人々、ということになる。「広島のヤスリ」にかける、これは被爆国の人間だからではなくて、現在と未来を生きる人間のより良い生を望む者の責務であると考える。大江はまた同じ文章の中で、「広島に対してあえて眼をつむり耳をとざし舌を縛ろうとする者にとってでなければ、かれの内部において広島的なものがすっかり完結することは決してない」とも言っている。このことを考えると、大江の「核状況下の世界」という認識が、二年間にわたる広島訪問とその結果である『ヒロシマ・ノート』によって明確になったことが分かる。

〈二〉「ヒロシマの光」

『ヒロシマ・ノート』に「内部においてヒロシマ的なものがすっかり完結することは決してない」、「われわれには《被爆者の同志》であるよりほかに、正気の人間としての生き様がない」と書いた大江は、その後も一貫して「ヒロシマ」について、書き、語り続ける。その持続的かつ誠実な伴走ぶりは、他に類を見ないものである。もちろん、大江と同じように被爆体験を持たない文学者が「ヒロシマ・ナガサキ」に関心を持ち、エッセイを書き、小説を書くということがなかったわけではない。『地の群れ』（六三年）、『明日―一九四五年八月八日・長崎』（八二年）、『西海原子力発電所』（八六年）、『輸送』（八九年）を書いた井上光晴、『審判』（六三年）の堀田善衞、『黒い雨』（六六年）の井伏鱒二、『樹影』（七二年）の佐多稲子、『HIROSHIMA』（八一年）の小田実、等々、「ヒロシマ・ナガサキ」の出来事、あるいは「核」問題は戦後の文学において大きなテーマの一つであり、多くの文学者がそれに取り組んできた。しかし、繰り返すが、大江ほど持続的かつ全面的にこのテーマと取り組んできた非被爆作家はいないのではないかと思う。

因みに、「ヒロシマ・ナガサキ」あるいは「核」に関する『ヒロシマ・ノート』以後の単行本（小説・評論エッセイ・対話等）を列記してみる。

- 『核時代の想像力』（講演集　七〇年　新潮社）
- 『対話　原爆後の人間』（広島原爆病院院長重藤文夫との対話　七一年　同）
- 『洪水はわが魂に及び』（小説　七三年　同）
- 『ピンチランナー調書』（同　七六年　同）
- 『ヒロシマの光』（大江健三郎同時代論集2　八〇年　岩波書店）
- 『核の大火と「人間」の声』（講演集　八二年　岩波書店）
- 『治療塔』（小説　九〇年　岩波書店）
- 『治療塔惑星』（同　九一年　同）
- 『ヒロシマの「生命の木」』（エッセイ集　同　日本放送出版協会）

この他、八〇年代初頭の文学者を中心とする反核運動の結果生まれた『日本の原爆文学』（全十五巻　八二年　ほるぷ出版）の編集委員に名を連ねたり、原爆文学の短編を国内外の読者に届ける目的で編まれた『何とも知れない未来に』（英語版『ATOMIC AFTERMATH-Short Stories about Hiroshima and Nagasaki』日本ペンクラブ編　八三年　集英社文庫）収録作品の選定を行ったりしている。「被爆者の同志」たることの決意を誠実に実行してきたと言えるだろう。

そして、その「被爆者の同志」としての実践は、単に形式的・表層的に「ヒロシマ・ナガサキ」に関わるというものではなく、「核」の問題に対して同時代を生きる作家の「内なる問題＝テーマ」として取り組んできたものであった。またそれは、次のような思想に結んでのものであったと言うことができる。

（中略）僕は、いかなる意味あいにおいてもナショナリズムとは関係ないものを（中略）、しかも人間に立っての考えかたと、国家にたいする考えかたとを根本において串ざしにするところのものをめぐって考えをつきすすめてゆきたいとねがっている。そしてそれは現実のがわからいえば、すでに僕の内部の眼に見えているものだというべきであろう。それは原爆を被災した現実に立ち、とくにアジアの国々にたいして侵略的な軍隊を廃し、天皇制のくびきから脱した日本人の、政治的想像力の根拠をなすものとして出現した憲法を、いまあらためて、時間をつらぬくようにして敗戦の焦土にいたりながら見つめなおすこと、また時間を逆につらぬいて、われわれの未来の方角に、おなじ憲法そのものをおいてみることに集約されるのである。そしていまや、このようないいかたそのものが陳腐にしか響かぬとするにしても、僕はその陳腐さを、すくなくとも自分の人間としての、生き死にの課題とかさねて自分自身に荷うことを、まず認めておきたいと思うのである。

（「敗戦経験と状況七一」七一年『鯨の死滅する日』所収）

日本国憲法に象徴される戦後の民主主義教育を受けてきた自分であるが故に、「原爆を被災した現実に立」って全ての物事を考えていくという態度は、まさに「ヒロシマの光」を重く受けとめた者のそれであると言っていいだろう。誰が「陳腐」と言おうが、自分はその「陳腐」にこだわって生きていくという、誰よりも自分に言い聞かせるようなこの引用文の語調は、一九七一年という「政治の季節」が終焉期に入った時期であったこと、及びその「政治の季節」が戦後民主主義の破綻を体現したものであったと当時言われたことを考えると、最後まで「ユマニスト」としての自分を守っていくという宣言のようにも思える。「ヒロシマ・ナガサキ」を自己内部の課題として考え、作家としてそのことを実践していくというのは並大抵のことではなく、最後は常に「人間」とそれを育むこの地球の未来を考える「ユマニスム」に行き着くことを意味していたのである。「ヒロシマの光」を浴びたユマニスムは、時には高い調子であるべき人間の姿を説く。

世界的な規模による核戦争のみならず、アメリカの戦略家たちのいう、局地的な核戦争においてもまた、ヒロシマ、ナガサキの人々をのぞいてわれわれは一般に、かつてそれを経験したことがないのであるから、核戦争の脅威を認識し、それを恐怖し、その兆しに抵抗するためには、核戦争にたいする想像力の発揮が必要である。この想像力を強く持つもののみが、核戦争の脅威を認識し、それを恐怖し、その兆しに抵抗することができる。そして、核戦争にあらがって生きのびる、ということに今日と明日の民衆の生き方の基本的な条件がある以上、核戦争への想像力とは、今日と明日の民衆がそなえるべき、人間としての根本的な資質というべきであろう。

なぜヒロシマ、ナガサキが記憶しつづけられねばならず、そこにいまなお埋れている真実が更に発掘されつづけねばならぬか、といえば、それは世界で核戦争の現実をみずから体験した人々がそこにのみ、なお生きのびているからにほかならない。われわれの核戦争への想像力を検証する現実的な力をそなえた人々がそこにいるからにほかならないのである。ヒロシマ、ナガサキについて具体的に考えつづけることによってのみ、われわれは核時代を「なおも生きのびようとする」民衆としての根本的な資質を確かめうるのである。（「核基地に生きる日本人——沖縄の核基地と被爆者たち」六八年『持続する志』所収）

そして、また「ヒロシマの光」は作家大江健三郎をして「生命」への限りない共感を生み出した。総体として決して良い方向へ進んでいるとは思えないこの国にあって、大江はともすれば絶望に陥りそうな自分を励まし、何とか「生命」をつないでいく方法はないかと模索する。「世界はヒロシマを覚えているか?」と題するNHKのテレビ番組から生まれた『ヒロシマの「生命の木」』の最後の方に、次のような文章が記されている。

核時代の核状況の暗喩（メタファー）を死の荒野とするなら、それに対抗する生命の暗喩（メタファー）を一本の緑の木として茂らせたい、という思いは多くの者が抱くだろう。重藤文夫博士が、この世界は核攻撃された死の荒野にすぎないと絶望してしまった若い医師に、緑を見て恢復して来いといわれた、茂る緑をそれ一本で体現する木。僕が朝方のバークレイの驟雨のなかで豊かな葉の茂った幹をよじりつつ暴風にさからうイングリッシュ・オークに見ていたのも、そのような木だ。乾いた土地にいつまでも雨滴をしたたらせ続ける「雨の木（レイン・ツリー）」は、「生命の木」である。重藤文夫博士と被爆者たちの努力こそ、核の荒野に「生命の木」を育てる作業ではなかっただろうか？　その「生命の木」は核時代の状況の悪化にもかかわらず、さらにくっきりと広島に屹立していると感じられる。現にチェルノブイリの被爆者たちを、その広島の「生命の木」が呼びよせてかれらに確かな恢復をあたえようとしているではないか？

ここで大江が問うているのは、いかに「ヒロシマの光」は核状況下における「死と再生」の問題を照らし出すことができるか、ということである。換言すれば、「核状況」という私たち人類とこの地球の未来を閉ざす悪魔の仕業に対して、「ヒロシマの光」は困難な状況の下にあって「生命の木＝破壊されるもの」を育てており、それは確かな希望の光であるということである。

〈三〉 核時代を生きる

大江が「ヒロシマ・ナガサキ＝核」問題を自分の生き死にと本質的に関係あるものとして考えるようになったのは、繰り返すが『ヒロシマ・ノート』に収録されている文章を書くことになった一九六三年以降である。この年が大江にとってかつてないほど大変な年であったことは、すでに「個人的な体験」の章で触れた。『ヒロシマ・ノート』の「プロローグ　広島へ……」の冒頭で、大江はそのことを次のように書いている。

このような本を、個人的な話から書きはじめるのは、妥当でないかもしれない。しかし、ここにおさめた広島をめぐるエッセイのすべては、僕自身にとっても、また、終始一緒にこの仕事をした編集者の安江良介君にとっても、おのおののきわめて個人的な内部の奥底にかかわっているものである。したがって僕は、一九六三年夏の広島にわれわれがはじめて一緒に旅行したときの、ふたりの個人的な事情について書きとめておきたいのである。僕については、自分の最初の息子が瀕死の状態でガラス箱のなかに横たわったまま恢復のみこみはまったくたたない始末であったし、安江君は、かれの最初の娘を亡くしたところだった。そして、われわれの共通の友人は、かれの日常の課題であった核兵器による世界最終戦争のイメージにおしつぶされたあげく、パリで縊死（いし）してしまっていた。われわれはおたがいに、すっかりうちのめされていたのである。しかし、ともかくわれわれは真夏の広島にむかって出発した。あのようにも疲労困憊し憂鬱に黙りこみがちな旅だちというものを、かつて僕は体験したことがなかった。

この後の大江の作家として、あるいは一人の人間としての歩みを見ると、この『ヒロシマ・ノート』の冒頭文がいくつかの重要な問題を内包していたことが分かる。まず一つは、すぐ後に結実する『個人的な体験』で明らかになった「障害児・者との共生」という生涯にわたる大きなテーマが、「核」問題への直面とほぼ同時に生じたということである。つまり大江は、「障害児・者との共生」というテーマと同時に「核時代・核状況下の世界」というテーマも手にした、ということである。このことはまた、大江をして「私」と「公」とを結ぶ小説の方法に向けて模索させることにもなった。短編では、『アトミックエイジの守護神』（六四年）などの佳作もあるが、長編で言えば、連合赤軍事件からの衝撃を小説という形で昇華させた『洪水はわが魂に及び』（七三年）、「核」が支配の道具として使われる可能性を問うた『ピンチランナー調書』（七六年）は、方法的模索の末に生まれた傑作と言うことができるだろう。

もう一つは、「核兵器による世界最終戦争のイメージにおしつぶされたあげく」パリで縊死した友人の存在が、大江の「核」意識の一部を形成しているということである。この友人は一九六二年の「キューバ危機」に際して、核戦争が起こるかも知れないとの思いを強くし自殺したのであるが、この友人のことが何度か「核」に関するエッセイに登場することから、彼の絶望感や恐怖感はずっと大江の内部に共鳴し続けたと考えられる。その証拠の一つに、大江文学の全体を見渡した時、重要な結節点の一つとなっている『万延元年のフットボール』にもこの友人が、狂気の末「朱色の塗料で頭と顔をぬりつぶし、素裸で肛門に胡瓜をさしこみ、縊死した」という形で登場していることがある。大江は自死するまでには至らなかったが、大江の核戦争への恐怖、あるいは『ヒロシマの「生命の木」』でも触れているが「核の冬」に対する恐れは、相当なものであったと推測することができる。現在もなお、その恐怖は大江の内部で消えることはない。

この大江の「核」に対する恐怖が具体的には大江自身の内部とどのように結んでいたのか、核戦争の予感に打ちひしがれてパリで縊死した友人に再度登場してもらおう。

（友人の）Tは、やはりパリのカフェで、ぼくにじつに永く、核戦争の恐怖について話しました。かれの熱中ぶりはいくらか異常なほどでした。Tによれば、近いうちに核戦争がおこる可能性はきわめて濃く、そして、その核戦争がおこれば、世界はかならず、全滅するというのでした。（中略）

それから二年たってキューバをめぐり世界戦争の危機がおこりました。ぼく自身も、あの一週間、外電に眼をうばわれては怯えたものです。（中略）

しかし、そのころTは、かれのフランス人の妻が外出しているあいだに、縊死してしまっていたのです。（中略）

ぼくはTの未来の戦争への想像力のことをくりかえし考えます。キューバで、結局、戦争がおこらなかった以上、Tは「気で病む男」の滑稽を笑われるべきかもしれません。しかし、かれのように未来の戦争への想像力の激しく働く魂の持主が、この世界にいるからこそ、われわれは、終局的な、核兵器に対する人間の良識の優位を信じることができるのではないかと思うのです。ぼくの平和のイメージは、Tの死によってたかめられているのだと、ぼくは考えています。

（「平和と戦争のイメージ」六五年『持続する志』所収）

大江の「平和のイメージ」は、米ソのみならずイギリス、フランス、中国が核開発競争に狂奔する時代の中で、次第にその様相を変えていく。すなわち、友人Tのように自死しないためにも、苛酷さを増す核状況下の世界にあって「希望の種子＝どこにもないかも知れないユートピア」を抱いて生きていく、というものへの変化である。文学者の反核運動の一つの成果として一九八四年に開かれた「国際ペン日本大会」を目前に、堀田善衞と交わされた往復書簡「核時代のユートピア」（八四年一月、二月、三月、五月『小説のたくらみ、知の楽しみ』八五年 所収）の中で、大江は武田泰淳の「滅亡について」（四六年）の「滅亡の真の意味は、それが全的滅亡であることにある。それは黙示録に示された如き、硫黄と火と煙と毒獣毒蛇による徹底的滅亡を本質とする。その大きな滅亡にくらべて現実の滅亡が小規模であること、そのことだけが被滅亡者のなぐさめなのである」以下を引いて、次のように言う。

このような悪しき時代に、なおも生きつづけねばならぬ以上、どう生きるか？　もとより希望をいだいて、でなければならぬでしょう。たとえ小さなものであれ、はっきりした希望の種子をつねにはぐくんでいなければ、核状況の日々の悪化への認識に押しひしがれてしまいかねぬ。それは、正直、僕自身の繰りかえしてきた経験です。

（「その一」）

何故大江は絶望的とも言い得る核状況下の世界にあって、このような「希望」を語るのか。もちろん、おのれを根底から支えてきた「ユマニスト」としての思想が絶望に抗する生き方を選ばせているということもあるだろう。しかし、もっと身近な問題として、やはり「光君＝障害児・者との共生」ということがあるのではないか。自分が死んでしまったら、誰が障害を持った息子の面倒を見るのか、福祉政策が十分でないこの国において障害者はいつでも社会の片隅での生を強いられてしまう、そのようなことが親として許せるのか。ならば、親の責務として幾らかでもこの社会が障害者を社会の一成員として認めるように、あるいは障害者をないがしろにするような世界の在り方——その典型が核状況である——を是正する方向で自分の生き方を決め、自分はできる限り障害者の息子と共に生きていくことを考えなければならない。しかも、「希望」を持って。これが「障害児・者との共生」と「核状況下の世界」をリンクさせる大江の根源的思想であった。

個としての僕自身についていえば、僕は二十年前はじめての息子が、もうひとつの頭のようにも見える瘤をつけて誕生した際、かつは妻とともにかれの生を引き受けて共生しよう、ということを決意した際、自分としての「人間存在の破壊されえぬことの顕現」を見たように思います。当時このままの言葉をもちいて僕が考えた、というのではありませんでした。しかし僕は確かに、この赤んぼうはまことに悲惨な状態で誕生し、かつは数週間を生きて現在にいたっているのみだが、かれが生きた、かれが存在した、という事実を誰も取り消すことはできぬ、もし神があるとして、いかなる神にもそれはできぬ、と考えたことならば、それを確実に思い出すのです。あわせて僕は、ほかならぬ若い父親の自分が、この悲惨な赤んぼうの、かれが生きた、かれが存在した、ということの証人になってやろう、自分の死にあたっては、つまりはそれが僕自身の文学だった、ということにしよう、と考えもしたのでした。（傍点原文）

（「破壊されえぬことの顕現へ向けて」八四年『小説のたくらみ、知の楽しみ』所収）

そして、この大江の根源的思想は、石原慎太郎のような核武装論者、あるいはアメリカの「核のカサ」を肯定する人々に対して、「そういう時代の勢いのなかで、われわれ障害児をもっている家族の人間は、あるいは障害をもった人自身は、みんなの先頭に立って走ってゆく人間ではない者として、つまりうしろからついてゆく人間として、そういう（核武装論者のような──引用者注）前のめりになったものの考え方、政治は危いのだといわねばならぬ」（講演録『「優しさ」を不可能にするものと闘うために』八一年）、と批判するまでに進み行く。核状況下において、あるいは局地戦であろうが核戦争が始まった時に置き去りにされ、犠牲の矢面に立たされるのは、いつも障害者や女性、老人といった社会的弱者である。それは、例えば先のアジア太平洋戦争時における沖縄戦を想起すればはっきりしている。大江が「近未来小説」と称して九〇年代初めに続けて刊行した『治療塔』及び『治療塔惑星』は、まさにこの非エリートたちと、核戦争による放射能汚染と蔓延するエイズによって住めなくなった地球を脱出する者（エリート）たちとの関係を描いたものであった。作品の全体は、脱出した者たちも汚染された地球に取り残された非エリートたちも、共に自分たちの歴史をないがしろにした愚かな選択によって滅亡に向かい悪戦苦闘するというものであるが、「救い＝希望の種子」としては、エコロジカルな生活方式を取り入れたコミューン的集団の存在が書き込まれていることである。

八〇年代初頭、アメリカの西ドイツ（当時）へのパーシングII型巡航ミサイルの配備と、それに対抗するソ連のＳＳ20型巡航ミサイルの東ドイツ（当時）を始めとする東欧への配備によって、世界情勢が一気に緊張の度を強め、それに抗する民衆の反核運動が盛り上がった時、大江はしきりにアメリカの作家カート・ボネガット・Jrの唱える「芸術のカナリア理論」——昔、炭坑では坑内におけるガス漏れを探知するために臭いに敏感なカナリアを坑内に入れていた、ということから、芸術家が社会にとって有効なのは、彼らが極めて感じやすく、躰の強い者が危険を認める前に卒倒してしまうからである——を援用して作家の役割を強調していたが、それもみな、どのような時代にあっても「希望の種子」を失わず生きるべきである、とするメッセージであったと考えることができる。

日本人がそれに果たす役割を考える時、僕はこのセナンクールの言葉（「人間は滅びるものだ。そうかもしれない。しかし抵抗しながら滅びようではないか?」—引用者注）を、新しく読みとることができると考えるのです、核兵器による人類滅亡への戦争が起こりうること、それはそうであるかもしれない。しかし日本および日本人としては、その勢いに、つまり核兵器による対決しかないと、前のめりにのめりこんでゆく勢いに抵抗することをつづけようではないか？　そしてついに世界の終末ということになるとしても、それが正しいことであるとは、日本および日本人として決していわせぬことにしよう。日本および日本人は、そのために力をつくさねばならぬ理由がある。日本人こそが、現実の核戦争の経験に学んだ最初の人類なのであるから……（ペシミスティックな無力感のうちに黙り込むわけには行かない、と言った後で）その上で、今日の世界の核状況と、日本および日（「核状況のカナリア理論」八一年『核の大火と「人間の声」』所収）

このような大江の認識、決意に対して、ソ連が崩壊して東西冷戦構造が解体した二十一世紀の今日、過剰な危惧である、との批判もあるだろう。しかし、ソ連は崩壊してもその後のロシア共和国には相変わらず大量の核兵器が保存されているし、イギリス、フランス、中国の核兵器事情は以前と全く変わっていない。それに加えて、インド、パキスタンが新たに核実験を行い、核兵器の保持を表明した。南アフリカ共和国も、イスラエルもかつて核兵器を持っていたことを明らかにし、北朝鮮、イラクも核兵器保有を政治の道具として使っている。そして何よりも、「劣化ウラン弾」という戦略核でも戦術核でもない限りなく通常兵器に近い新たな核兵器が登場し、湾岸戦争やコソボ紛争、アフガニスタン、イラク戦争において使用され、「ヒロシマ・ナガサキ」の被害者に似た多くの犠牲者を出している、核状況は現在も、八〇年代と比べて悪化すれど一向に改善されていない。

また、原子力発電に関してもアメリカのスリーマイル島原発事故（七九年）、ソ連チェルノブイリ原発の事故（八六年）、あるいは日本におけるJOC事故（二〇〇〇年）があったにもかかわらず、この国は世界に冠たる原発王国になっている。それは、原発が建設され始めた六〇年代「原子力の平和利用」という美名の下で、核エネルギーが人類の未来を保証するかのごとき幻想がばらまかれたことに起因する。その幻想には多くの文学者も巻き込まれた。敗戦直後に「原子核エネルギー（火）」（四六年）を書いた荒正人に連なる文学者たちである。『原子力と文学』（五五年）という戦後初めて原爆と文学との関係を論じた文章を編んだ小田切秀雄でさえ、核エネルギーは夢のような未来のエネルギーであると力説していた。大江も、例外ではなかった。例えば、「文学とはなにか（2）」と題する『核時代の想像力』（七〇年）に収められた講演の中で、大江は核兵器に結びつかない核エネルギーの開発を認める主旨の発言をしている。もちろん当時、原発で出来るプルトニュームが核兵器の原料になることも十分に知られていなかったし、チェルノブイリ原発の大事故などが起こるとは誰も思っていなかったという事情がある。情報が十分に伝えられない時、人はおうおうに間違いを犯す。原発に関しては、大江も間違った認識を持っていたと言わねばならない。それが、七〇年代の終わり頃になると、大江の原発認識は一八〇度転換する。

原子力発電が日々つくり出す放射性廃棄物を、子供の代まで生活を怯やかされる実感においてとらえる。天文学的数量に及ぶ温排水の海洋環境破壊を、ものとして手ごたえのある自分の経験とする。その能力をそなえた個のみが、支配構造のおしつける「自動化作用」から、自分を切り離すことができる。われわれはこの認識において原子力発電を「異化」し、原子力発電の災厄の「明視」をうちたてるのでなければならない。（傍点原文　「方法としての小説」『小説の方法』七八年　所収）

以後は変わらず、原発否定の思想を堅持している。そのことを含めて、「ヒロシマ」の経験から発した大江の「核」認識とそこから生まれた前記したような作品は、核状況が変わらない現在もなお大きな意味を持っていると言わねばならない。

伝説十　「オキナワ」

〈一〉「沖縄」へ

一九六三年の第九回原水爆禁止世界大会の取材を機に、広島へ何度か足を運び、その結果を『ヒロシマ・ノート』（六五年）としてまとめ、そして一九六四年に「障害児・者との共生」を決意した『個人的な体験』を発表した後、一九六七年に『万延元年のフットボール』を発表するまでの約三年間、大江は短編も含めて小説を発表していない。数多くのエッセイやルポルタージュを書いているにもかかわらず、である。小説を書くことを仕事としている大江は、この間何をしていたのか。『万延元年のフットボール』の準備か。たぶん、それもあったであろう。この長編によって大江は、「根拠地建設の可能性」というその後の生涯を貫くテーマの舞台となる「谷間の村」を、『飼育』や『芽むしり仔撃ち』以来再発見することになったのだから、三年間はそのために費やされた悪戦苦闘の時間ということも確かに考えられる。また、「年譜」を見ると、この間『大江健三郎集』（現代の文学43　六四年八月　河出書房新社）、『厳粛な綱渡り』（初のエッセイ集　六五年三月　文藝春秋新社）、『大江健三郎』（われらの文学18　同十一月　講談社）、『大江健三郎全作品』（全六巻　六六年四月～六七年四月　新潮社）と、デビューしてからこれまでの仕事をまとめる作業に追われている。さらに、六五年には七月から十月にかけて四ヶ月余り初めてのアメリカ旅行をしている。猛烈に忙しかった、という印象を受ける。それらに加えて、知的障害のためであったのか、未だ言葉を発しないような幼子の長男光君を抱えていたということもある。

これらのことを考えると、『個人的な体験』以後の三年間は大江にとって転機となる三年間だったのではないか、と思われる。中でも、六五年三月に文藝春秋新社の主催による講演会で当時未だアメリカの施政権下にあった（占領中の）沖縄本島、石垣島を初めて訪れていることは、後の大江の作品とその思想を考える時、最も重要な出来事だったと言っていいかも知れない。何故なら、結論を先に言ってしまえば、この沖縄への初旅行で大江は「周縁性」を発見するきっかけを得たからである。例えば、沖縄を訪れた数年後の講演「憲法第九十二条から九十五条までについて」（六八年五月『持続する志』所収）で次のように述べたことこそ、大江が沖縄の「周縁性」について気付いたことの証である。

それは、実際に憲法が施行されていないところの沖縄の現実をみれば、そこで地方自治に対するつよい期待の目と戦争に反対する芽ばえというものが、一つの運動を通じて、一つの運動に加わって、沖縄の人たちの肉体を通じて現実化されています。そういうことを眺めるならば、逆にわれわれはいま現に持っているところの憲法の地方自治の考え方が、戦争放棄の思想と、あるいは民衆の主権、国民主権の思想と非常につよくからみついて、結局は一つのものだということをわれわれは理解することができるだろうと思います。

沖縄ではらむ光は、われわれの憲法に対する考え方を、明らかにはっきりと浮かび上がらせてくるだろうと思います。ちょうど、憲法に守られていない沖縄の人たちが、このように日本国憲法に対して新しい生き方、自分の未来に対する考え方、その考え方の根本に日本国憲法をおくということにおいて憲法に新しい生命を吹き込もうと努力している。そういうときに、本土の憲法に守られているところのわれわれ日本人が、自分の憲法を非常にいきいきとしたものとして把握する努力をしないならば、それは怠惰であると言わなければならないでしょう。

アメリカの施政権下にあって日本国憲法の権限が及ばない沖縄で、そこに生きる人々の必死な地方自治、民衆の自治を求めての運動が、憲法感覚の麻痺しているような本土を「活性化」させるというのである。換言すれば、占領下であるために日本であるにもかかわらず日本でない沖縄は、絶対的な権力者であるアメリカとの日々にわたる戦いとは別に、そのような人々の戦いを通じて現在は「直接関係のない」日本を相対化するということである。沖縄の人々の日々の営みが日本人の在り方を照らし出す、ということなのだろう。そのような考えに立てば、歴史的にも現在的にも「周縁」に追いやられている沖縄が「中心」である本土＝日本を活性化させるということになる。このことは、大江が驚きと共に沖縄の現状を報告している「沖縄の戦後世代」（六五年六月）にも通底している。ここで大江は、少年院に収容されている「最も沖縄という地方の地域的な個性をくっきりとあらわした容貌の少年」の話から始め、粗末な少年院や鑑別所施設、医者不足の現状について書き、沖縄の高校生たちが何を考えているか、また琉球大学の学生運動がもたらしたものやその後の学生たちの在り方について報告し、後に『沖縄経験』を共同編集することになる大田昌秀たち沖縄の知識人たちの考えを紹介した後、最後に沖縄在住被爆者が二十年間放っておかれた現実について書き、終わりとしている。

この「沖縄の戦後世代」という報告（ルポルタージュ）で際だっているのは、つまり大江が最も驚いて報告しているのは、沖縄の戦後世代がおしなべて「祖国意識を持っていない」ということについてである。

・たしかに歴史を見ても沖縄人は日本人です。しかし日本のなかの、独立した州のような沖縄という考えがなければならない。日本に同化されてはならないし、アメリカナイズされてもならない。

・われわれは、感情としては日本人の感覚をもっていません。理性、教養によって日本人だと思うだけです。
（以上、コザ高校生の発言）

・自分がたしかに本土の人間と似た容貌をもち、おなじ言葉をつかいはするものの、じつは日本人であることを実感したことはなく日本人意識、祖国意識はない。
（琉球大学生の考え）

このような言葉に接しての大江の感慨が、沖縄の戦後世代の多くが「祖国意識を持っていない」ということだったのだろう。もちろん、ルポルタージュという性格もあってか、大江は「筋のとおった理論なしに復帰を望む考え方が支配的であり、また、単に復帰に反対してはまずいというネガティヴな発想から、その考え方に和する多くの」旧世代についても報告しているし、少年時代に離島で日本兵（逃亡兵）の横暴な振る舞い、米兵虐殺を目撃したことが現在の復帰運動＝反基地運動につながっている人の話も盛り込まれている。その意味では戦後二十年経っても戦争の傷跡が生々しく残っている沖縄からの報告として、この「沖縄の戦後世代」は細部にまで行き届いた優れたルポルタージュであったと言っていいだろう。戦後二十年、本土から見捨てられるようにして占領下の生活を強いられていた沖縄に対して、このルポルタージュが優れていたからこそ、これを読んだ人間の内部に、また報告を書いた大江自身の内部にも「異化作用」を引き起こしたのではないだろうか。

大江の「異化」感覚は、まず何よりも先にも記した講演の中でも触れていることであるが、占領下という苛酷かつ特殊な環境下にあっても「抵抗権」を中核とする民主主義の精神（思想）が沖縄では生きているということから生じたと思われるが、それにも増して大きかったのは、本土の戦後世代が六〇年安保闘争の後、混迷と疲弊の中で方途を見失ったように見えるのに比して、沖縄の人々が貧しさの中にあっても現実を踏まえ、「元気＝生き生きとしている」ということから生起したものと思われる。コザ高校生、琉大生、大田昌秀ら三人の琉大助教授、『沖縄タイムス』の記者として離島を巡っている元学生運動活動家の詩人新川明、あるいは那覇市役所の広報係伊礼孝、中学教師兼演出家の幸喜良秀、等々の人々が伝えてくる苦闘の後も生々しい「元気」、これは辛苦を知った者のみが持つ「優しさ」をその裏側に秘めたものであったが、当時の本土＝日本で一番欠けているもの、と大江には映ったようである。例えば、大江が沖縄への初めての旅を行った一九六五年は、朝鮮戦争以来の南北分断を固定化する意図を背景にした戦後処理の一つ「日韓条約」が、十月には結ばれようとしていた年であった。それはまた、日本という国が高度経済成長の緒における成功に力を得て、世界に冠たる経済大国への道を歩み始めるための最初の関門であった。にもかかわらず、六〇年安保闘争疲れが反対勢力にあったためか、そのことについての徹底した論議も、ようやく統一行動をとれるようになった学生運動以外は十分な反対運動もなく、「元気」がないまま日韓条約をめぐる状況は急速に沈静化した。もちろん、この同じ年にアメリカによる北ベトナム爆撃に象徴されるベトナム戦争の激化に対しては、大江自身も参加した「ベトナムに平和を！　市民文化団体連合」（後、文化団体の言葉は削除、べ平連）が活動を始め、反戦運動が盛り上がりつつあったということはあった。

しかし、総体として本土＝日本の人々にはどのような意味においても「元気」、「優しさ」がなかった。そんな本土に比して沖縄の戦後世代はどうかと言えば、

ぼくが琉大助教授たちと琉大生のあいだの危機意識の共有と持続のための、なかだちの橋として擬するのは、あるいは離島の新聞記者、あるいは市役所の広報係、また地方の中学教師兼演出家として、基地沖縄の特殊性にもとづく花やかなエスカレーターとは別のところで地道な志をいだきつづける、これらの戦後世代である。かれらこそは、あのコザ市の少年院の独房の暗い獣じみた少年とおなじ顔かたちの個性をもちながら、まさにそのまま、もっとも昂然として魅力的な沖縄の男の風貌をそなえた青年たちであった。

（「沖縄の戦後世代」）

というものであった。大江は、このような沖縄の戦後世代に接することによって、「日本人とはなにか、このような日本人ではないところの日本人へと自分をかえることはできないか」（『沖縄ノート』七〇年）という思いを強くしたのである。

〈二〉『沖縄ノート』

一九六五年に初めて沖縄を訪れた大江は、その後繰り返し沖縄を訪れることになる。自分を「鼓舞＝活性化」してくれる「周縁性」を持った沖縄に、何故か惹きつけられてしまったのである。この大江の沖縄への関心はもちろん、当時の沖縄が現在のように観光地化していなかったということに併せて、大江自身にもそのような観光地的風物に対する興味があったとは思われないこともあって、亜熱帯の島・沖縄に惹きつけられたのではない。大江を惹きつけたものは、何よりも沖縄に生きる人々であり、沖縄の歴史、文化、日本（ヤマト）＝本土との関係であった。そうであるが故に、『沖縄ノート』の第一章「日本が沖縄に属する」の最初に、次のような言葉を書き付けざるを得なかったのである。

（中略）沖縄の現状がつづくかぎり、公的に本土の日本人が、沖縄とそこに住む人間にたいして免罪符をあがなうことはできないし、まっとうな懺悔をおこないうるということもない。沖縄からの拒絶の声とは、そのようななにせの免罪符はもとより、べったりとからみついてくる懺悔の意志をもまた、潔癖に峻拒するところの声である。そして、個人的にもまた僕は、自分が沖縄とそこに住む人間についてなにごとかを書くたびにくりかえす錯誤について、意識しないではいられないのである。沖縄の、琉球処分以後の近代、現代史にかぎっても、沖縄とそこに住む人間とにたいする本土の日本人の観察と批評の積みかさねには、まことに大量の、意識的、無意識的とをとわぬ恥知らずな歪曲と錯誤とがある。それは沖縄への差別であることにちがいはないが、それにもまして、日本人のもっとも厭らしい属性について自己宣伝するたぐいの、歪曲と錯誤である。（傍点原文）

自戒を込めて現在でもこの大江の言葉は噛みしめなければならないと思うが、それはそれとして、このような自意識を持って沖縄に臨んだ大江がそこで見たもの、あるいは体感したものは何であったのか。大江が『沖縄ノート』を通じて私達に伝えるものは、大江が沖縄と向き合う時の命題とした「日本人とはなにか、このような日本人ではないところの日本人へと自分をかえることはできないか」へ全て帰結する性質のものであった。つまり、沖縄が「辺境」にあることによって保持している「周縁性」が機能することで、本土＝日本の至らない部分、ダメな部分が照らし出され、それが結果的に本土＝日本に生きる日本人及び自分は何であるのか、またその自分は変えることができるのか、ということに繋がっていくと大江は考えていたのである。

それでは、一九六五年から施政権が米軍より返還された七二年まで、繰り返し沖縄を訪れた大江がそこで見たもの、あるいは考えたことは何であったのか。まず、大江が沖縄で出会ったものは、本土と比べるまでもない圧倒的な「貧しさ」であった。この「貧しさ」はもちろん、アメリカの占領下だったから生まれたものというわけではない。琉球王国が薩摩の支配下におかれるようになった江戸時代から、そして「琉球処分」と言われる差別的な日本国従属措置が執られた明治二十七年以来、ずっと続いている「貧しさ」である。特に、沖縄戦の激しさを象徴する焦土から「米軍の占領」という重い枷をはめられながら立ち上がらざるを得なかった沖縄で、学校や少年院といった公共施設の貧しさは、本土の比ではなかった。それは、例えば基幹産業であった農業を支えていた広大で肥沃な土地が米軍に接収され、嘉手納基地や普天間基地等に変わってしまったことから来る根源的な貧困から引き起こされたものであった。そうであるが故に、大江が生まれ育った四国の「谷間の村」も決して豊かな場所ではなかったが、それにも増して貧しく見える沖縄の現状に対して、大江はその拠って来る原因が米軍の占領とそれを放置し続けた本土＝日本の政府にあると、正しく指摘し続けたのである。その方法は、『ヒロシマ・ノート』で行ったものとほとんど同じであった。

次に、これはアメリカの世界戦略（極東戦略）を少しでも知っている者には常識だったことであるが、本土＝日本ではそうあって欲しいという願いを込めた幻想的な「非核三原則」に真っ向から対立する、沖縄の米軍基地を「核基地」と定義した上で、沖縄に関する一連のルポルタージュ文章を書いていることである。真実は、本土＝日本の米軍基地にだって核は「持ち込まれ」「保管」されていたはずだったのに、「ヒロシマ・ナガサキ」の体験があるということを最大の理由として、政府も国民も「非核三原則」の幻想に頼るという姿勢を崩そうとはしなかった。それに対して、ベトナム戦争の前線補給基地化していた沖縄は「核基地」としての実態を隠そうとはせず、大江のルポもそのことを前提として書かれていたのである。本土復帰運動が盛り上がっているちょうどその時に書かれた『沖縄ノート』が衝撃的であったのは、まさに大江があからさまに「核基地」という言葉を使っていたからでもあった。例えば、「日本本土よりなお狭く、より中国大陸に近く、ほとんど島の全域が剝きだしであるところの沖縄が、核基地として威嚇のエスカレーションに大きい役割を占めているのはなぜか、それを考えるとき僕の悪夢めいたイメージが始まるのであった」と書いた後に、沖縄の米軍基地について次のように書く。

すなわち、沖縄の民衆は、そこに核基地をおいて威嚇しようとするホワイト・ハウスとペンタゴンの人々の想像力において、報復核攻撃によって殲滅されるべき者たちとして把握されているということである。この核基地が抑止力として機能しているということがもし事実であるなら、それはアメリカが沖縄の核兵器によって威嚇している相手国の政治指導者と軍部の想像力においても、沖縄の民衆が潰滅するという状況を、安い犠牲とみなす者たちが、そこに置いた核兵器で自分たちを威嚇しているのだ、という実態がはっきり了解されている、ということである。それではじめて、あの剝きだしの小さな島の核基地が、脅迫の武器、恐怖の焦点として実在しはじめるのだ。(『多様性にむかって』六九年八—九月『沖縄ノート』所収)

この「核基地」としての沖縄の果たすアメリカ軍(ホワイト・ハウスとペンタゴン)にとっての役割は、全体としては現在も変わらない。このことは、冷戦構造解体後に北朝鮮の「核開発疑惑」が世界の話題になっていることを考えれば、瞭然とする。「核」の存在は、そのようにいつも民衆を威嚇し、恐怖に陥れるものなのである。

大江が沖縄を訪問することで発見したもの、考えたことの三つ目は、前にも指摘した戦後民主主義の再発見と「天皇制」に関する根本的な問題である。先に大江は「沖縄の戦後世代」の中で、沖縄の戦後世代の特徴として「祖国意識が希薄である」ということが言えると肯定的に紹介していたが、そのことと深く関係する「天皇制」の問題について大江は『沖縄ノート』の中でも繰り返し触れている。本土＝ヤマトの作家として、沖縄を訪れるずっと前に『政治少年死す—セヴンティーン第二部・完』で狂信的な天皇主義者によって手酷い攻撃を受けた経験を持つ大江にしてみれば、沖縄民衆の「天皇制」意識に関心を持つのは必然であったと言えるだろう。

日本人とはなにか、という問いかけにおいて僕がくりかえし検討したいと考えているところの指標のひとつに、それもおそらくは中心的なものとして、日本人とは、多様性を生きいきと維持する点において有能でない属性をそなえている国民なのではないか、という疑いがあることもまたいわねばならない。多様性にたいする漠然たる嫌悪の感情が、あるいはそれを排除したいという、なかばは暗闇のうちなる衝動がわれわれのうちに生きのびているあいだ、現になお天皇制が実在しているところの、この国家で、民主主義的なるものの根本的な逆転が、思いがけない方向からやすやすと達成される可能性は大きいだろう。そのとき、《天皇は、日本国の象徴であって、この地位は、主権の存する日本国民の総意に基く。》という憲法の言葉は、そのまま逆転のための根本的な役割を荷いうるだろう。

そして、僕はそのように考えることでもまたあらためて、沖縄にゆきあたるのである。沖縄の民衆にとって天皇とはなにか、主権の存しない日本国民たる沖縄の民衆にとって天皇とはなにか、と考えつめてゆくことで天皇制にたいする態度の、生きた多様性にふれるならば、そこに抵抗の根源的な動機づけの手がかりはあるであろう。（傍点原文　同）

もともと沖縄はその昔「琉球（首里）王朝」によって統治されていた場所である。大雑把に言えば、一六〇九年に薩摩に侵略されるまで首里王朝は、どちらかと言えば中国の属国的色彩を強く持ちながら、しかし中国ともヤマト＝日本とも一定の距離を保って安定した国づくりがなされていたということである。天皇家、天皇制文化とは全く関係なかったにもかかわらず、薩摩（ヤマト）に侵略されることによって、日本＝ヤマトへの「同化」、つまり天皇制国家への従属を強いられるようになり、その結果現在のような状態を迎えているのである。

ところが、沖縄返還闘争の渦中で大江が出会ったのは、そのような沖縄の現実に抗いながら沖縄人としてのアイデンティティーを本土＝日本の天皇制とは別なところに求めようとする人々であった。「反国家」の思想を明らかにする詩人で新聞記者の新川明、そして「天皇制国家のピラミッドを支える中央指向性にたいしても、したたかな相対主義の自由を放棄することのなかった」伊波普猷を源とする沖縄の知識人たち、彼らの存在と思想こそ日本人（ヤマトンチュ）である大江を鍛えるものであった。

〈三〉「オキナワ」での出会い

先にも書いたように、大江は度重なる沖縄訪問で新川明や伊波普猷に連なる知識人たちや復帰運動の活動家たち、あるいは学校の教師たちと濃密な関係を持つようになるが、それは大江の言葉で言うならば、復帰運動のために上京していた宿で一酸化炭素中毒によって死んだ親しかった活動家（古堅宗憲）の「記憶をヤスリとして自分の硬度を点検」（「異議申立てを受けつつ」『沖縄ノート』所収）する作業でもあった。この「ヤスリ」という言葉が、『ヒロシマ・ノート』の「自分が所持しているはずの自分自身の感覚とモラルと思想とを、すべて単一に広島のヤスリにかけ」（「プロローグ　広島へ……」）と同じ意味に使われていることは、一目瞭然である。三十代半ば、中年に差し掛かった大江は、沖縄へ行くことになったことによって自らの民主主義思想、戦後精神の在り方を再度点検することになった、と言ったらいいだろうか。そしてそれは、次のような自問を内に抱き続けることであった。

いったいきみにとって憲法はなにか、民主主義とはなにか、それを自分の内部でくりかえしきみが検討しつづけてきたのなら、いまおれにその内実をはっきりいってくれ、と古堅宗憲氏の幻は問いつめてくると思われた。その課題こそはきみたちがすくなくとも、形骸であれなんであれ憲法はあり、米軍の布令には縛られぬ本土で、はっきりかたをつけるべきではなかったのか？　ありとある、戦後日本の歴史の全重量に匹敵するようなその課題を、いわば半分だけ解きかけた答案の恰好で、いま沖縄に持ってこようとしているのはどういうことなのかね？　とくに新しい左翼の陣営から沖縄を橋頭堡とした闘いというような言葉が発せられるのをいくたびきみは聞いたか、そしてそれに対してあの古堅ならこういうであろうというような、おれの生涯をかけた運動の経験の重みをのせた言葉を、死んで黙っている、おれにかわって発してくれたかね？おれが実際に死を賭してつづけた復帰運動の真の意味あいとは、およそことなった七二年返還の具体的な段どりが、いま強権によってすすめられている時に、きみはどのように有効に抗議しているかね？

（「異議申立てを受けつつ」）

そんな沖縄訪問の過程で出会ったのが、沖縄で初めて公然と中央権力（ヤマトの権力）と闘った「謝花昇」である。謝花昇について略述すれば、本土より十数年遅れて廃藩置県（琉球処分）が行われた沖縄から、最初の県費派遣学生として本土の学校で農業を学んだ謝花昇は、帰琉後県の農業技師として農民の側に立った技術指導を行うが、本土からやってきた沖縄農業の現実を知らない県知事と対立し、果てに狂死するという悲惨な最期を遂げた人物である。また、東京留学中には中江兆民の影響を受け、「恩賜的」でない民権、「恢復的」な民権思想を彼は獲得していた。「謝花は沖縄の謝花でなく、日本の謝花である」と、その才能を惜しんだ恩師に対して、「自分は日本の謝花でなく、沖縄の謝花である」と言って東京への慰留を断った思想の持ち主でもあった。そうであったが故に、謝花昇は「反中央権力」の先駆者として、また徹底した民権主義者（民主主義者）として復帰運動や反権力闘争において多く語られるということがあった。大江は、この謝花昇について次のように報告している。

それらの集会においておもに謝花昇は、沖縄の人間の具体的な希望の具現者のイメージにおいて語られた。そして沖縄の人間の具体的な希望、とそこでもくされていたのは、沖縄生れの人間が、正面から中央権力と対峙して戦うに充分な能力をもち、現実にその闘いをおこなった、という事実の総量であって、謝花昇という名は、かれら沖縄の人間に中央権力と闘う能力があり現にいまそれをやろうとしているのだ、という決意の表明のためにもっとも有効な言葉なのであった。そして中央権力とは、ワシントンの権力とそれにからみあった東京の権力として、眼のまえにひきつけられていたのであることはいうまでもない。

（「内なる琉球処分」六九年十月『沖縄ノート』所収）

このような経験と謝花昇について学んだことが、後に『同時代ゲーム』（七九年）等の作品に反映されることになるのであるが、そのことについては後述することにして、大江は謝花昇と出会った同じ視線で改めて「沖縄差別」と正対することになる。本土＝ヤマトに復帰して三十年以上経つ現在、沖縄出身の芸能人や文化人が大活躍しているということもあって、表面的には「沖縄差別」は解消されたように見える。若い沖縄人など「今まで差別など受けたという経験がない」、と語る者さえいる。現実に、沖縄に行っていても、明らかな本土人への憎悪や卑屈な態度を感じることなど、稀である。しかし、米軍基地の七〇パーセント以上が沖縄に集中し、また失業率が本土の倍近くであるという大局的現実を見れば、「沖縄差別」が解消されたなどと決して言えないのではないか。沖縄からの四人目になる芥川賞作家で大江とも対談したことのある目取真俊は、初のエッセイ集『沖縄／草の声・根の意志』（二〇〇一年）の中で、現在もなお続く本土＝ヤマトからの「差別」について、沖縄本島と離島との間に存在する差別構造に触れつつ繰りかえし述べているが、目取真俊の告発を見るまでもなく、薩摩の支配下から続く「沖縄差別＝琉球処分」の根には深いものがある。

その意味では、大江が「沖縄差別」について、一九〇三（明治三十六）年大阪で開かれた勧業博覧会における「学術人類館」に沖縄の二人の女性が陳列されていた、所謂「人類館」事件について触れ、そこにこそヤマト＝中央権力の「沖縄差別」が象徴されていると指摘しているのは、正統的な意識と方法であったと言える。例えば、「一九七〇年の万国博に、新しい人類館が建てられるということはあるまい。しかし万国博の開会式において沖縄の存在への意識がすっぽりぬけているということは、ヒロシマ、ナガサキの経験が、およそ体制協力的な科学者さえとまどわせるほどに希薄化され、あいまい化されてそこに描き出されている模様であることとあわせて、日本人による、人類の進歩と調和の跛行したイメージをそのまま剝きだしにする」（傍点原文「日本の民衆意識」七〇年三月『沖縄ノート』所収）と書く、意識と方法である。あるいは、「文学者の沖縄責任」（七〇年　同）において、一九二六（大正十五）年三月『中央公論』誌上に掲載された広津和郎の中編小説『さまよえる琉球人』をめぐる「沖縄差別」糾弾事件について、正面から問題の所在を問い、広津の自らの過ちを潔く認めた態度および糾弾した沖縄青年同盟の率直さをたたえ、その上で「沖縄差別」の拠って来る理由を明らかにしようとする大江の態度は、大江が根源から沖縄にインスパイヤーされていたことを如実に物語っていた。

大江は、『さまよえる琉球人』に対する広津と沖縄青年同盟の態度を鑑として、一九七二年の沖縄返還を前に「沖縄問題は終った」とする本土の日本人に「新たな沖縄差別」を見ているのである。大江は、『さまよえる琉球人』の書かれた時代が、琉球人の言葉として「朝鮮人と琉球人お断り」と書かれるような露骨な差別が横行していたことを指摘し、本土＝ヤマトの日本人の在り方について、次のように書く。

したがって今日、本土の日本人として沖縄の現実を認識することは、沖縄にたいして差別的に犠牲をしいているところの、幾重にも加害者的な内部構造をそなえた自分自身を発見することにほかならない。しかしそのように沖縄の現実を認識することが、多層的に加害者たるかれ自身を発見することであるような、沖縄へのアプローチなしで、沖縄への想像力の発揮がありうるだろうか。本土の日本人は、まずそのような八方塞がりの地点においつめられたかれ自身を発見することによって、沖縄への現実認識をはじめるのである。そのようにして準備された土壌にこそ沖縄にかかわる、かれの想像力の地下茎を育てはじめうるのである。

（「文学者の沖縄責任」）

なおここで注記しておかなければならないのは、謝花昇や『さまよえる琉球人』問題に言及した大江が、何故か沖縄の古層文化やそれらを守ってきた沖縄独特な「共同体」の在り方、あるいは六〇年代後半には本土＝ヤマトではほとんど消滅してしまっていた「ノロ」や「ユタ」といったシャーマニズムと沖縄の人たちとの関係について、全くと言っていいほど触れていないことである。もちろん、大江が沖縄に関わった時代は本土復帰という大問題に沖縄全土が沸き上がっていたということもあって、それらの地下に潜っているような沖縄の独自性にまで目が届かなかったのだろう。しかし、大江は十年後に次のごとく書くような経験を沖縄でしていたのである。

- もしあの時期に、僕に道化の視点があったとしたならば、僕は沖縄芝居や、それを深く民俗的なものから商業演劇に近く中和させた芝居にいたるまでの、道化役の特性について『沖縄ノート』に書くことができただろう。それはこの憂鬱な基調の本に、いくらかは陽性な部分をみちびいたはずだったと思う。

・はじめにその名を記したが、僕は文化人類学者山口昌男の、周縁性についての理論に啓発された。そして僕はメキシコに旅だち、そこで半年の間教師をして、この問題を考えつづけることになったのである。僕はこの周縁性の理論を介して、新しく沖縄についての考えを展開することができるようになった。しかし僕を当の周縁性の理論に向けて準備させていたものが、ほかならぬ沖縄での経験、とくに文化的な経験であったことにも思いあたるのである。

（共に「未来へ向けて回想する―自己解釈（四）」八〇年）

最後に、大江の「オキナワ」経験を大江の個人史全体から見た場合、沖縄の本土復帰＝施政権返還（占領の終結）というアクチュアルな問題と正対したこともあって、作家になってから最も「政治」の内部に入り込んだ時代と言うことができるかも知れない。なお、大江は琉大教授大田昌秀との共同編集で季刊を目指して一九七一年夏から雑誌『沖縄経験』の刊行を始めたが、七三年十一月に五号を出して終刊となる。大江はそこで「沖縄日誌」をIからVまで連載しただけで、他にめぼしい文章は書いていない。「未来へ向けて回想する―自己解釈（四）」において、大江は「雑誌『沖縄経験』は、大部分の原稿を沖縄で大田教授が編集し、わずかな部分を東京で僕が編集した。むしろ僕の役割は、印刷上の理由で生じた空間を埋める、囲み記事を書く者としてであった」と書いているが、正直な回想と言える。『沖縄経験』には、毎号いくつかのページに無署名の「沖縄通信」などのコラムがあったが、それを大江が書いていたということだろう。

伝説十一　根拠地の思想（1）――『万延元年のフットボール』から始まる

〈一〉　再び「谷間の村」へ

先の「未来へ向けて回想する―自己解釈（四）」の中で、「沖縄にはじめて旅してから二年後に、僕は長編小説『万延元年のフットボール』を発表した。この小説はその全体の構造づけについていうかぎり、僕にとっての最初の長編小説である。その意味で僕にとっては重要な作品なのである。そしてこの小説の主人公が『根所』という風変わりな姓を持っているのは、あきらかに沖縄で学んだことに由来するのであった」と、『万延元年のフットボール』について説明した後、何故そのような姓の持ち主を主人公にしたか、次のように書いている。

（中略）僕は四国の森のなかの村に、かつて強固であった協同体の中心をなす家系を考え、それに「根所」という姓をあたえた。そしていったんは失なわれてしまった村の協同体の精神を、おなじく崩壊にひんしている経済的な状況にかさね、一挙によみがえらせることをめざして、荒あらしく活動する青年と思弁的なその兄を、小説の主人公に据えたのであった。そこには作家としての僕が、自分にとって失なわれた、もっとも大切なものである協同体を（かつて実際にそこに属したと自覚的な記憶があるのではないが）、潜在的に渇望しつづけており、それを小説のかたちで表現しようとしていたのが、沖縄で「根所」という言葉にふれたことによって、一挙に意識的な主題として把握しなおした筋みちが見てとれる。（傍点引用者）

この引用から分かることは、『万延元年のフットボール』を書くことで、「監禁されている状態、閉ざされた壁のなかに生きる状態」をこの国の青年たちの現実として描くことから出発し、二十世紀を生きる作家に残された問題としての「性」を「政治」＝天皇制との関係で考えることに進み、そして「異常児」が生まれたことと同時期に広島に行ったことから、「障害児・者との共生」及び「核状況下の世界」という生涯を貫くテーマを発見した大江が、それら全てのテーマを根源で支える思想に辿り着いたということである。

そしてそのことを考えると、この引用の傍点部分、つまり「作家としての僕が、もっとも大切なものである協同体を潜在的に渇望しつづけており」という言葉の持つ意味の重要性を思わないわけにはいかない。すでに「伝説一『谷間の村』の少年」で触れたように、愛媛県内子町の山村（旧喜多郡大瀬村）に生まれ育った大江は、初期の「監禁されている状態、閉ざされた壁のなかに生きる状態」というテーマを最も生かす場として、芥川賞を受賞した『飼育』や初の長編小説『芽むしり仔撃ち』において、大瀬村を擬した「谷間の村」を設定した。『飼育』が芥川賞を受賞したのも、この国の根強い文学伝統となっていた自然主義的方法に基づく農民文学などとは全く異なった、ファンタジック（メルヘン的）な雰囲気さえ漂わせる「谷間の村」を舞台に、閉塞状況における自由の可能性というテーマが見事に描き出されていたからであった。もしこの短編の舞台が「都会」であったならば、作者はテーマを実現するのに相当な力業を要求されたのではないかと思う。長編の『芽むしり仔撃ち』

についても、同断である。一時的ではあれ、大人がいなくなった村で疎開した子供たちだけで暮らすという作品の設定であったからこそ、そこに戦後の混乱と疲弊した社会を生きてきた人々は一種の「メルヘン」を感じ、改めて「自由」の持つ意味を考えたのではなかったか。

その意味で、いくつかの初期大江作品にあって「谷間の村」は、その構造を支える欠かせない要素であった。特に『飼育』において、「谷間の村」が捕虜となった黒人兵と村の子供たちとが自由に、そして活発に戯れる空間として設定されていたことは、そのような発想がそれまでの伝統的近代文学にも、また大江が敬して止まなかった戦後文学にもなかったことを考えて、特筆に値する。それに加えて、後の大江が傾倒する文化人類学的思考、あるいは民俗学的成果を援用することが許されるならば、『飼育』における撃墜された飛行機から脱出して「谷間の村」に捕らわれた黒人兵は、谷間の村＝共同体（協同体）を訪れた「道化」であり、「異人」であったということになる。「道化」も「異人」も、共同体を活性化させる役割を担っている。もちろん、初期の大江が自覚的に文化人類学や民俗学を踏まえてこの作品を書いたということではない。ただ、結果としてそのような学問的成果と共通する発想が初期の大江にあった、ということを指摘しておきたいのである。

それはまた、『芽むしり仔撃ち』にも言えることで、第七章の「猟と雪のなかの祭」に描き出されている「祝祭空間」は、「雪」と罠に掛かった「雉」によって彩られた祭＝非日常空間であって、感化院の少年、村に取り残されていた少女、朝鮮人少年たちを束の間鼓舞する（活性化する）役割を果たしており、これは大江が無意識のうちに文化人類学や民俗学の思想を作品内に取り込んでいたことを意味するだろう。ただ『芽むしり仔撃ち』の場合、疫病が流行ったということで村から住民が退去してしまい、感化院の子供だけが村に取り残される設定を考えると、『飼育』とは違って「共同体」の問題は大江の思考の中に浮上していなかったのではないかとも思われる。そのことから、初期の大江には「共同体」に関する確固たる思想はなく、「監禁されている状態、閉ざされた壁のなかに生きる状態」を描くのに恰好の場所として、生まれ故郷の大瀬村を擬した「谷間の村」が設定されただけという見方もできる。

とは言いながら、初期には無意識に設定していた「谷間の村」が、沖縄での経験を経ることによって、『万延元年のフットボール』では「共同体」の問題が作品の骨格を形成する最重要な思想として意識的に取り上げられていることは、繰り返しになるが指摘しておかなければならない。それと、もう一つ、これは初期においては無意識に、それ以後は意識的にその存在自体が周縁性を持つ「谷間の村＝共同体」において、その「谷間の村」の周縁に「森」が配置されているということも指摘しておかなければならない。大江の「根拠地」思想を考えるとき、「森」は重要な役割を果たしているからである。『飼育』において、「マレビト＝異人」である黒人兵がやってきたのはどこからか。言い方を換えれば、飛行機からパラシュートで脱出した黒人兵は、「森」で発見され、それから「谷間の村」で飼われるようにして暮らすことになるが、「谷間の村」の外側と内側の境界にあるのが「森」ということを考えれば、「森」こそが黒人兵の「道化＝異人」性を保証するものであったということである。『芽むしり仔撃ち』でも、先の「猟と雪のなかの祭」の章が象徴しているのであるが、「祭」を行うきっかけになった雉が「森」から得られたものであること、また物語の最後で帰村した村人の「すべてなかったことにしよう」という提案を拒否した主人公格の「僕」が捕まえようとする村人から逃れていった先が「森」であったことを考えれば、「谷間の村」は「森」を不可欠とすると言っていいだろう。

なお、大江は『万延元年のフットボール』で「共同体（協同体）」の問題を意識的に作品に取り入れるようになるのだが、この作品以後どのように大江が「共同体」の問題を考えていたかについては、初期作品（『芽むしり仔撃ち』）との関係で、一九八〇年に発表された『「芽むしり仔撃ち」裁判』が恰好の素材となる。とは言え、大江自身は「小説と現実を結ぶ」と題する講演で、この長編小説は「文化の記号論」と総称されるロシア・フォルマリズムや構造主義、文化人類学など七〇年代に入って盛んとなったいくつかの学問・哲学的成果を援用して、「私が一九七〇、八〇年代の現実をどのように生きてきたか、生きているか、その現実をどう読み取っているか？　それを表現することと、小説を書くということを重ねたい」という意図の下で書いたと言っている。その意図通りこの小説は、作家の「僕」に渡米中の弟から英文の手紙が来て、『芽むしり仔撃ち』で死んだはずの「弟（作中では『反—弟』）」が生きていて、自分はその自伝執筆の手伝いをしていると書き送ってくるなど、複雑な構造を持っている。

ただ、その「反—弟」の（偽の）自伝で中心をなす、『芽むしり仔撃ち』で感化院の少年たちを疫病の流行った村に置き去りにしたことに対する「裁判」の中で、「架空の疫病に追いたてられて村の人間は逃げ出したが、遺棄された子供らは、子供らだけの幸福なコミューンを作って、一時的になりと楽しくやったのだから」とか、「あの村の人びとの、その共同体的な心の動きは、なみたいていのものじゃなかった」、「そのような土地の力が地形学的（トポグラフィー）にあきらかな場所だからこそ、村民総ぐるみの退去のあとに、疎開児童らのユートピアも建設されえたのだ」というような言葉に出会うと、大江の言う「文化の記号論」の根っこに何が存在していたかが分かる。『芽むしり仔撃ち』から『「芽むしり仔撃ち」裁判』に至る二十二年の間に、大江の「共同体」論は確固たるものになっていたのである。

（中略）はじめて沖縄に行った時、私は三十歳でしたが、もともと地方の森のなかで生まれ育った人間でありますけれども、私は成人して以後ずっと東京で暮らしていた。都市の中心的な文明のなかにいる。そうしながら、しかし私自身にとって、自分の表現の根本にある、もっとも大切なものは何かというと、どうしても私の生まれた村ということが重要に感じられていた。しかもそれを自分に対してうまく説明できないということが、小説を書きながら、ずっと自覚されていたのです。

（傍点引用者 『小説と現実をむすぶ』）

なお、蛇足的に付け加えておけば、『「芽むしり仔撃ち」裁判』の「反―弟」は、実は『芽むしり仔撃ち』で帰村した村人に反抗して唯一逃げ出した少年語り手「僕＝兄」であった、という設定になっているということがある。

〈二〉『万延元年のフットボール』

大江文学の中で最も重要な作品の一つと言っていい『万延元年のフットボール』が、大江の沖縄行がヒントになって生まれたということは前にも書いたが、その思想についても大江は沖縄との関係で、次のように語っている。

沖縄に行きますと、琉球王国以来のひとつの独立した文化圏が、そこにはくっきりと見えます。天皇制中心の文化圏としての日本から見れば、日本本土から見れば、そこは周縁でありますけれども、すみっこでありますけれども、それゆえに確実に独立したもの、独自のものがある。そこで当の沖縄独自のものに自分を照らしてみると、日本人であるということ、それも東京という中心志向の暮らしぶりをしてきたことの歪みひずみが、明瞭に見えてくるということがありました。

それはやはり山口昌男氏の理論によれば、周縁と中心という問題でありますが、つまり中心的なものと周縁的なもの、その二つの間の、とくに後者の豊かさにリードされるダイナミズムが、文化の隠れた部分をどのように明らかにするかということを、私は山口氏の理論化をつうじて学びました。しかもそれは自分が谷間の村の子どもとして具体的に感じとってきたところであって、それはまた沖縄に行くことによって、成人した私において顕在化した課題であったのです。

（傍点原文 前掲『小説と現実をむすぶ』）

これを見れば、『万延元年のフットボール』において、故郷である「谷間の村」に遺っていた「倉屋敷」を処分するために帰郷した根所蜜三郎・鷹四の兄弟が、村でスーパーマーケットを経営し「天皇」と呼ばれている男と対決する物語の軸が、何故設定されたのかが理解できるのではないだろうか――もっとも、直接的には鷹四が対決することになる、この「天皇」と呼ばれている男が「朝鮮人」でなければならない理由は、充分に説得的であるとは言えない。つまり、戦後各地に生まれた成金に象徴される「天皇」に、当然「朝鮮人」も含まれるはずだということなのか、それとも大江の原体験にそのようなことがあったということなのか、あるいは韓国の教科書が伝えるように天皇家の祖先は「朝鮮人」であるということに関連する、「万世一系」の天皇観を批判する意図がそこには秘められていたということなのか、曖昧な部分が多いということである――。「中心と周縁」、これは大江が分かりやすく説明しているように、何も「東京と沖縄」という地形学的な意味だけでなく、「谷間の村」と「森」との関係のように、「周縁」の内部にも「中心」があり、といったように重層的な概念と考えたほうが分かりやすい。また更に概念を拡げれば、「日本人とアジア人」「アメリカ人と黒人」、あるいは「キリスト教と他の宗教」といったものにまで適用することができる。

また「周縁と中心」という文化人類学的な考え方との関連でいえば、蜜三郎（及びその妻）と鷹四の兄弟は「トリック・スター＝道化・異人」として故郷の村を活性化する、つまり世界の秩序をひっくり返したり、水と油のような全く性質の違うものや掛け離れたものをくっつける役割を与えられている、ということになる。言い換えれば、「白痴」の息子を抱えて自らも自宅の庭に穴を掘って潜り込むなどの奇行を繰り返す蜜三郎、アルコール中毒（依存症）で苦しんでいる妻の菜採子、元六〇年安保闘争の活動家で劇団と共に渡米して帰国した鷹四、彼らと故郷の「谷間の村＝共同体」との関係を考えれば、古い歴史を持つ家系の子孫であると同時に今は離村しているということからも、「トリック・スター」としての役割を充分に果たす資格があるということである。現に鷹四は、帰郷して村の若者にフットボールを教え、その若者たちを組織して「天皇」が経営するスーパーマーケットを襲撃するということまでやってのける。なお蜜三郎に関しては、物語の中ではこの鷹四の行動を観察・記録する者として、あるいはその後始末をする者としての役割をも果たしている。このように明確に主人公的な人物とは別に「記録者」・「語り手」が物語に登場するのは、この長編からでもある。

さらに言えば、この鷹四の組織した暴動が一〇〇年前（万延元年）の曾祖父とその弟が敵味方の関係で関わった百姓一揆から学んだものであるということ、及びこの長編の中で重要な意味を持つ鷹四の次兄・S次が一九四五年の敗戦直後に朝鮮人部落で殺害された事件が書き込まれることで、「歴史」と民衆の抵抗という問題、そしてそれを継承する（記録する）という密かな作家の役割も、この長編には盛り込まれているということになる。具体的に言えば、万延元年の百姓一揆のアナロジーとして鷹四の組織した暴動は実行に移されるが、この暴動は敗北した六〇年安保闘争のアナロジーでもあるという設定になっている。万延元年の百姓一揆も藩権力によって圧殺され、指導者のほとんどが斬首されるという結末であった。六〇年安保闘争も、何十万人という反対勢力が国会を取り巻き、全国で何百万人という人が反対行動に出たにもかかわらず、権力は強引に条約の批准を決めてしまった。反権力闘争というものが、常に民衆の側の「敗北」に終わるという事例が、万延元年の百姓一揆であり、六〇年安保闘争だったのである。もっとも、ここで語られる民衆の抵抗（一揆や暴動）は、現実政治の場では敗北するが、祭（この場合「御霊祭」）においては繰り返し蘇り、それは伝承の世界で生きているということになっている。これは、大江が文化人類学的成果と共に民俗学の成果もこの作品に取り入れていることの証である。

ただ、ここからが小説という想像力によって創られる世界と実際の民衆運動（蜂起）とが違うところなのだが、大江は『万延元年のフットボール』においてさまざまな仕掛けを施し、民衆の多様な在り方を追求する。例えば、大庄屋の曾祖父と敵対して百姓一揆を組織した曾祖父の弟は、一揆が敗北した際に逃亡したということになっていたが、実は「倉屋敷」の地下倉に閉じこもることで自分を処罰し、かつ非転向者として明治の自由民権運動に共鳴する通信を各方面に送り続けていた、という設定になっている。これは、すでに活発な議論を経た「転向」論議を踏まえたと思われる反権力闘争の敗北後における運動者の一つの在り方を示している。つまり、曾祖父の弟が地下倉で生き延び、かつ自由民権運動と緊密な関係を持っていたということは、本多秋五の『転向文学論』（五七年）や吉本隆明の「転向論」（五八年）、思想の科学研究会編の『転向』（上・中・下巻五九、六〇、六二年）が明らかにした「転向―非転向」の問題に関して、大江なりの考えを示したということである。小林多喜二のように最後まで権力に抵抗して殺されたり、蔵原惟人や宮本顕治のように獄中生活を送って「非転向」を貫く以外に、歴史の表舞台からは姿を消しても裏側で叛意を持続させるという方法、これを鷹四と蜜三郎の曾祖父の弟はやり遂げていたのである。

また、この小説の仕掛けとして、自らのアイデンティティーを求めて万延元年の百姓一揆や一九四五年に起こった朝鮮人部落における次兄の死を追及していた鷹四が、アルコール中毒にかかっていた兄の妻菜採子と関係したり、暴動の最中に村の娘を強姦して殺してしまうという事件を起こしたり、実は自殺した白痴の妹と近親相姦を続けていたと告白するプロットも周到に用意されている。つまり、本来は共同体を活性化させる役割を担っている「トリック・スター」が、実は禍々しいものも内包しているという重層的な把握が、この作品の価値を高めているのである。反権力側にも「暗部」があるというのは、当たり前と言えば当たり前のことであるが、それを物語の重要な要素としてこの長編に取り入れたことが、ベトナム反戦運動と学園闘争が激化し始めた当時の社会を生きる若者に歓迎された理由かも知れない。

なお、作品の最後で鷹四が六〇年安保闘争と今度の暴動と二度にわたる反権力闘争において敗北し、併せてスキャンダラスな私的出来事が明らかになった結果、猟銃自殺するという設定と、そのような弟の死を越えて蜜三郎が不義を働いた妻と施設から白痴の息子を引き取って東京に戻り三人で暮らすことを決意するのは、「トリック・スター＝道化・異人」役を引き受けた人間の「明暗」を指し示しているようで、その後の『同時代ゲーム』などの作品を考えると、興味が尽きない。さらに言えば、この作品には「隠遁者ギー」という人物が登場するが、この世捨て人のような人物と鷹四を合体させると、後の「根拠地」建設を描いた作品に登場する「ギー兄さん」になる。

〈三〉「ユートピア」

言葉によって作品という「もう一つの国」を創り出す文学に関わる人間が一度は真剣に考えることの一つに、「ユートピア」がある。私見の範囲で、古代の中国思想に登場する「桃源郷」、あるいはギリシャ思想における「アルカディア」にも通じる「ユートピア」思想に大江が初めて言及したのは、『万延元年のフットボール』と同じ年に書かれた『ユートピアの想像力』（六七年『持続する志』所収）においてである。「煤煙と霧におおわれた都市に暮らす人間の想像するユートピアの都市が、明るく空気の澄んだ都市でないのはなぜか、それはトーマス・モアが、かれ自身の生きている現実生活について観察し、考えるためにのみ、ユートピアの想像をおしすすめたからである」という文章から書き始めた大江は、結語として次のように記す。

われわれがもし、そのような力のあるユートピアの想像力に達する時は、少なくとも癌で死のうとしている時をのぞけば、自分自身を全面的に改造する跳躍を試みる直前にほかならないであろう。そのような跳躍こそは、死そのもののように恐ろしいものであろうから。それより他のいかなる時にも、われわれのユートピアは、現実生活の様ざまな貧困と、そこにぐったり横たわっているわれわれの姿を映しだす鏡の役割を果たすにすぎないのである。きみのユートピアは、と問われれば、目下のところぼくには沈黙して逃げだすほかはない。にせのユートピア幻想で自分と他人を欺すことができる時代は過ぎ去ってしまった。（傍点原文）

ここには、『個人的な体験』から約三年間、『万延元年のフットボール』を書くために思想的にも方法的にも苦闘していた大江の内部が反映している、と言っていいかも知れない。「力のあるユートピアの想像力に達する時は、……自分自身を全面的に改造する跳躍を試みる直前にほかならない」とは、まさに『万延元年のフットボール』で新たな世界へ踏み出すことになった大江の実感だったと思われるからである。つまり大江は、「現実生活の様ざまな貧困と、そこにぐったり横たわっているわれわれの姿を映しだす鏡の役割を果たす」のではないユートピアを、『万延元年のフットボール』において想像（創造）しようとしたのである。

では、「現実生活の様ざまな貧困と、そこにぐったり横たわっているわれわれの姿を映しだす鏡の役割を果たす」以外のユートピアとは何か。大江は、井上ひさし、筒井康隆との鼎談『ユートピア探し　物語探し―文学の未来に向けて』（八八年　岩波書店）の中で、「ぼくのユートピアを、いま考えてみると、やはり森ってことなんですね。もうミもフタもなくぼくの地方の森ということです。そして森の中の谷間の村ということです」と繰り返し言っているが、何故「森の中の谷間の村」がユートピアなのかを考えると、それは、例えば次のような原爆映画『その日の後（ザ・デイ・アフター）』の台詞「Nowhere? There is nowhere any more」に関連させて書いた世界認識・状況認識を前提として、初めて成立するものであったと言えるだろう。

この世界に、核兵器の脅威から自由な場所はもうありえない。それは（この映画の）放映のあとの討論会で、科学者カール・セーガンが、全地球的な環境破壊をめぐってのべた考えでもあります。僕は大学の初年級で、ユートピアという言葉の成り立ちについて教わったことを思い出したのです。Utopia、合成されたそれぞれのギリシア語のもとをたどれば、Ou, not+topos, a place、つまりはNowhere。この核状況下の世界には、ユートピアなどそれこそどこにもないという嘆きの声が、さきのせりふを書いた作者の本音ではないでしょうか？　宗教戦乱の波及する英国で、大きい責任と懊悩とともに生き、ついには苛酷な死をとげたトーマス・モアの生涯の思想にそれをかさねたいとも思いますが……

（『核時代のユートピア――堀田善衞氏への四通の手紙』その一　八四年『小説のたくらみ、知の楽しみ』所収）

すでに「ヒロシマ」のところで記したことであるが、戦後民主主義者、あるいはユマニストとして、更には社会的弱者とも言うべき障害児を抱えた親として大江は、人類の未来を閉ざすものである「核」の存在について、どうしても認めることができない思いを抱き続けてきた。思想的な意味においても文学的な意味でも、「核」は反人間的なものの極北に存在すると、大江は思っていたからである。それは、冷戦構造が解体した後の今日においても事情は変わらない。「核」は相変わらず人間の頭上に君臨し、人間を支配する道具としてその威力を発揮しているからである。そんな変わらぬ核状況下の世界にあっては、まさにユートピアは「どこにもない場所」として人々の「夢の中＝虚構（フィクション）」にしか存在し得ない。大江の場合、それは「言葉の芸術＝文学（小説）」世界において成立する。そして、それは同時に小説を「書くこと」の意味をおのれに問うことでもある。

それゆえにこそ、今日の文学表現の言葉の書き手のなすべきことは、核時代の未来の経験について個としてのモデルをつくりだしつづけて、核時代の悲惨を共有するかもしれぬ読み手の、期待の地平を新しく挑発しつづけることである。そのために小説という文学表現の言葉は有効である。文学表現の言葉の、様ざまなレヴェルで分節化された構造のそなえる力が、その有効性を保証している。書き手たると読み手たるとを問わず、お互いに共通の創造的な経験として、文学表現の言葉を方法的にとらえつづけること。いかなる未来であれ共有されるべき未来の経験を、同時に真に個のものとしつつ、われわれがこの時代に生き死にするための、それが手だてでもあろう。小説は人間的な諸要素をその全体において活性化する言葉の仕掛けであるが、その仕掛けによって活性化した人間は、単に文学の領域にとどまるのでなく、想像力ぐるみ戦略づけられて、未来の経験の全体に、マンの言葉を引けば未来の人間性そのものにむかっているのである。

（傍点原文　「X　方法としての小説」『小説の方法』七八年　所収）

では、そのようにして創り出された「モデル」の世界であるが、それは如何なる「未来の経験」を具現しているのであろうか。言葉を換えれば、大江が「私のユートピア」という「森のなかの谷間の村」を舞台に創り出される世界は、どのような意味において「未来の経験」たりうるのか、ということである。具体的には、『万延元年のフットボール』以後の作品、つまり長編で言えば『洪水はわが魂に及び』（七三年）、『同時代ゲーム』（七九年）、『M／Tと森のフシギの物語』（八六年）、『懐かしい年への手紙』（八七年）、『キルプの軍団』（八八年）、『治療塔』（九〇年）、『治療塔惑星』（九一年）、『燃えあがる緑の木』（三部作九三〜九五年）にそれは表現されているということになる。そして、これらの作品において大江は様々に「未来の経験」を試行しており、それらは後に詳述するが、一つだけこれらの作品に共通している特徴を「私のユートピア」との関係で言えば、それは天皇制に象徴される「タテの関係」とは異なる「ヨコの関係」によって成立する社会（共同体）の可能性を追求していることである。

伝説十二　根拠地の思想（2）――「村＝国家＝小宇宙」の可能性

〈一〉反国家＝「壊す人」を超えて

大江の「ユートピア」思想は、まず「反国家」の可能性を追求することから始まった。具体的には一九七〇年前後の「政治の季節＝全共闘運動・反権力闘争」の終焉を象徴する連合赤軍事件（七二年）――武力闘争による世界革命を呼号する連合赤軍による「あさま山荘銃撃戦」と、その後に発覚した彼らによる十四名の「同志殺害」事件――が象徴する「暴力的なもの」を否定した先に見えてくる「未来の経験」を描く意図の下に書き下ろされた『洪水はわが魂に及び』において、それは始められたと言っていいだろう。もちろん、先にも書いたように、『万延元年のフットボール』における村で「天皇」と呼ばれていたスーパーマーケット・チェーンの経営者への叛逆にも、それは萌芽的に試行されていた。ただ、この作品の場合、都市の論理とは別のところで長い歴史を背景に続いてきた「森のなかの谷間の村」が持つ意味の追究、あるいは権力者に対する叛逆（暴動）を組織することが最大の目的であるかのように描かれており、その点で「反国家」の思想はそれほど明確でなかったと言える。

それに比して『洪水はわが魂に及び』の場合、作品の構造そのものが「反国家」の思想を体現するものになっている。主人公（語り手）は、「平和」で「豊か」に見える高度経済成長期の日本にあって先見性の下に義父の経営する建設会社が売り出した核シェルター付きの住宅に、白痴の息子と暮らす男（大木勇魚）。「樹木の魂・鯨の魂」との交感を目指す彼は、より「豊かな」生活を願う妻とは長い間別居状態にある。ある時、ふとしたことがきっかけで、核シェルター付き住宅の近くにある放置され荒れ放題の撮影所跡をアジトとする「自由航海団」を名乗る若者たちと知り合う。彼らは、喬木をリーダーに、何故か白痴の息子ジン（「人」という意味だろう）と会話のできる伊奈子ら十数人の集団で、「地球最後の日＝終末」に向けて太平洋に船で乗り出す計画を持っている。「自由航海団」の若者たちは、「国籍」を離脱し真の「自由」を得るためには、自分たちの計画を圧殺しようとする体制維持派＝国家との武装対決も辞さない覚悟を秘めており、そのための訓練もしている。彼らの目指すものが自分の考えと一致することを知った大木勇魚は、白痴の息子と共に「自由航海団」の一員となる。そして、若者たちの不審な行動を探っていた警察と核シェルター付き住宅に逃げ込んできた「自由航海団」との銃撃戦が始まり、若者たちと大木勇魚は壊滅していく。

ところで、この書き下ろし長編と「連合赤軍事件」との関係について、この作品が発表された直後に大江は次のように説明していた。

もともと僕が、暴力的なものを全的に解放してしまう若者たちを描こう、という意志をいだいたのは、高橋和巳とともども主催した集会においてであった。いわば、内ゲバについて語っていた。（中略）
いわゆる連合赤軍の事件は、それ自体の光によって、僕が想像力的につみたてたものを一挙に照らしだした。しかしいったん作家がその想像力において、ことの全体をあきらかにしようとしはじめた時、作家は、現実に起ったことをも乗りこえて、なお自分の幻にむかうほかにない。結局僕は、あの雪の浅間山麓の事件に出会うことによって、自分の主題から政治的なものをはらいおとした。より根底的なところでの暴力的なるものの解放をめざす若者たちを描くことで、主題はいっそう明瞭になるという発見に僕はいたったのである。

（「書いたあとの想像力」七三年九月『読売新聞』）

これが具体的には何を意味するのか、ことは『洪水はわが魂に及び』の解釈＝読みにかかっているのだろうが、「自分の主題から政治的なものをはらいおとした」、「より根底的なところでの暴力的なるものの解放をめざす若者たちを描く」という大江の言葉から明らかなのは、連合赤軍事件に集約される左翼小児病＝革命至上主義とは次元の異なる方法と思想によって、大江は「反国家」の可能性を探ろうとしたということであろう。言葉を換えれば、『洪水はわが魂に及び』は結果的に国家権力を象徴する警官隊との銃撃戦によって、「自由航海団」の若者たちが大木勇魚ともども壊滅していく設定になっているが、彼らが現に今在る「国家＝日本」の政体を転覆（革命）して自分たちが理想とする国家（プロレタリア独裁・共産主義社会）を樹立するという設定になっていない点に注目しなければならない、ということである。「樹木の魂・鯨の魂」（「自然」を象徴していると考えていいだろう）との交感を目指す大木勇魚も、「自由航海団」の若者たちも、確かに今在る日本＝国家を肯定しているわけではない。しかし、だからといって、暴力的な手段による国家転覆＝革命を目指しているわけでもない。彼らはひたすら今在る日本に「愛想づかし」し、「国家離脱」を願っているだけなのである。そのことは、警官隊に追われて核シェルターに逃げ込んだ「自由航海団」が、大木勇魚と白痴の息子ジンを「人質」にしたことにして要求した内容を見れば、はっきりする。彼らが日本＝国家から脱出して「自由航海団」という「小さな国＝船」で暮らすために要求したものは、警官隊と銃撃戦を演じたものにしてはささやかであった。

（中略）われわれが要求しているのは、最低八人分の居住設備を持ったモーター・セーラーです。一例をあげれば、十五メートル、十六・五トン、鰹船（かつおせん）スタイルの漁船改造型、三十八馬力の農業用ディーゼル・エンジンという規模のモーター・セーラーを、われわれは要求しています。船にはすくなくとも一週間分の、水、食糧、燃料が積みこまれている必要があります。留港は、江の島。そこまで移動するための大型自動車を一台われわれは要求します。これらの条件は、まず警察当局をつうじて出してありますが、国家に負担をもとめているのではありません。右の条件のモーター・セーラーに千五百万円程度の費用がかかると思われますが、それはわれわれのおさえている人質の家族が、身代金として提供するはずです。

（『洪水はわが魂に及び』）

このような「船」での生活が「夢」物語でしかないことを、作者は重々承知しながらそれでもそのような設定を行ったところに、「暴力的なものからの解放」という構想の具体化があったというべきだろう。つまり、「暴力装置」を必然化する国家からの離脱を想像力的に行うためには、「夢」物語として大海原にちっぽけな「船」で乗り出すしかなかったということである。もちろん、この「夢」物語の「船」には、旧約聖書が伝えるところの「ノアの方舟」が重ねられていることは間違いない。またそれに加えて、「ノアの方舟」の乗船者たちが、暴力的な世界とは無縁な「善人」であることを考えれば、大江がこの長編で何を意図していたかも理解できるのではないだろうか。なおさらに言えば、「ノアの方舟」神話がこの長編を裏側で支える重要な要素になっているということは、この作品によって『万延元年のフットボール』で導入された「神話的世界」が、いよいよ本格的に大江文学の中心におかれるようになったということでもあるだろう。

とは言え、この時期だけでなくその前もその後もずっとこの国及び世界の在り方に対して、決してオプティミスティック（楽観主義的）に考えることのできなかった大江は、『洪水はわが魂に及び』で大木勇魚たち「自由航海団」が最後は国家権力によって壊滅させられてしまったことに象徴されているのだが、「反国家」の思想が今すぐ現実化するとは考えていなかった。それは、想像力の世界＝小説の中にしか実現しない思想であると大江には分かっていたのである。『洪水はわが魂に及び』の最後で、「自由航海団」が「**われわれの船について答えよ、われわれの船について答えよ！**」と要求するのに対して、警官隊からは「**人質を解放しなさい、武器を放棄しなさい、建物のなかの諸君！**」という答えしか返ってこないというズレこそ、まさに現実政治によってしか動かない国家＝日本と「夢＝想像力」の世界との距離を象徴するものである、と言えるだろう。言葉を換えれば、この現実の社会は暴力によって変革（革命）することができるかも知れない、しかし、それは現実の社会主義国家であるソ連や中国を見れば、スターリンや江青ら四人組を生み出し、「自由」を抑圧するではないか、ならばせめて「夢＝想像力の世界」で真の自由が可能かどうか探るしかないではないか、というメッセージが「われわれの船について答えよ」には込められていたということである。

そうであるが故に、その後も大江は、執拗に「反国家」の可能性を追求し続けたのである。それはまた、今在るような国家や社会を「壊す」ことを超えてしか実現しない「夢の王国＝コミューン・根拠地」の可能性を求めての長い道のりでもあったのである。

〈二〉「五十日戦争」

大江の「壊す人＝反国家」探求の旅は、まず今在る国家とは別な論理や文化で成り立つ「共同体＝根拠地」は存在しうるのかといった、ある意味では素朴な疑問から始まったと言ってもいいだろう。すでに幾らかは触れてきたことであるが、結論的に言えば、この国にあって「周縁」性を発見することが「壊す人＝反国家」を構想することに繋がっていったということである。具体的に「壊す人」が登場する『同時代ゲーム』（七九年）を方法的に説明したものと言われる『小説の方法』（七八年）において、大江は一九七五年七月、沖縄海洋博開会式出席のため沖縄を訪れた皇太子（現天皇）夫妻に向かって地下壕から火焔瓶を投げた若者たちについて取り上げ、次のように書いている。

（中略）皇太子の側は、沖縄の民衆を天皇制を中心に置く本土の文化圏へ囲い込むべくつとめていた。皇太子はその方向づけにそくして「沖縄の特殊性に理解を示す」身ぶりを示したのである。皇太子の側に、沖縄の民衆は自分たちの文化圏から独立したものなのではないかという、根本的な疑いが自覚されたのではなかった。あらためて自己の文化圏の外縁の拡大を沖縄の民衆総ぐるみで確認したいという、天皇制イデオロギーの欲求があったのみである。

沖縄の民衆の側には、あの竪穴のトリックスターを先端的表現として、天皇制を中心に置く本土の文化圏の外にあるもの、天皇という中心に対立する周縁として、逆にその中心を批評的に照らし出す存在としての、自己確認の欲求があった。そしてこの文化的希求は、琉球処分の時代を超えて歴史に根ざすものである。（中略）

このできごとの批評性は、本土の日本人がそれをまともに受けとめるならば、天皇制を中心に置く文化圏内部でのわれわれのありようを「異化」して見せるにたる契機だ。

（「Ⅷ　周縁へ、周縁から」）

これに続けて大江は、戦前の絶対主義天皇制から戦後の象徴天皇制への移行は、「天皇制の中心から離れた周縁性をきわだたせる、もうひとつ別の文化圏を発見させるきっかけとはならなかった」、と書く。つまり、政治権力としての天皇制は敗戦を機に「絶対主義」から「象徴」へと変わったが、天皇制を中心とする文化の側面から見れば、戦前から戦後にかけて全く変わっていないということを大江は言っているのである。ここには、日本文化の中心に存在するという考えから天皇を、異常とも思える熱情で言挙げした『文化防衛論』（六九年）の三島由紀夫に代表される言説（思想）が意識されている、と言っていいかも知れない。

なお、「周縁性」ということで言えば「沖縄」とは別にもう一つ、国家が引き起こした戦争によって、それが終わった後も「被爆者」として国家から見棄てられるようにして生き続けなければならなかった「ヒロシマ・ナガサキ」の犠牲者も、十分に「周縁性」を帯びた存在であるということがある。だとすれば、『ヒロシマ・ノート』で自分の思想や生き方を「広島のヤスリ」にかけなければならないと言明し、その後もずっと被爆者と関わり続けた大江は、「広島のヤスリ」を象徴する被爆者が「周縁性」を持った存在であるということの前提に立って、これからは自分は「周縁」の側に立ってその「周縁」の可能性を探っていくということを実践してきた、ということでもある。

そんな「沖縄」という土地や、「被爆者」という存在が指し示す「周縁性」を小説に活かし、かつは大江が目論んだ小説空間における「反国家」思想の具体化の場として選ばれたのが、繰り返し述べてきた「森のなかの谷間の村」である。そして、それは『同時代ゲーム』において最も先鋭な形で魅力的な場であることを露わにする。ところが、ややもすると文化人類学で言うところの「中心と周縁」概念を剝きだしにしたように見える作品構造や、通常の時間概念をひっくり返したような歴史記述、あるいは「記録する者」から架空の存在としか思えない「妹」への手紙という小説の形式、文化人類学のみならず民俗学や大江の生まれ故郷に関わる「奥福騒動」等の郷土史を多様に使った具体的出来事、等々、一言で言って方法過剰とも思えるこの長編の特徴から、この小説は批評家・研究者泣かせの作品と言われ、残念ながらこれまで十分に解読されてこなかった。

しかし、「反国家」思想を具現化するための「共同体＝根拠地」の可能性、という側面から読み解けば、複雑な構造を透過して作者の意図及び作品の思想が明瞭に見えてくる。それを典型的（象徴的）に示しているのが、「第四の手紙　武勲嚇々たる五十日戦争」である。「五十日戦争」は、「壊す人」によって創建された「村＝国家＝小宇宙」で暮らす村人が「天皇の国家＝近代日本」とは別な世界を維持するために、村に子供が産まれた場合二人で一つの戸籍を作り、どちらか一方は徴兵を逃れるという二重戸籍制度を密かに行っていたことが権力に漏れたことから、「天皇の軍隊」と村人たちとの間で行われた戦争である。中央集権的な支配構造に対抗するために創意工夫された二重戸籍制度、これはまさに村人のアイデンティティーを象徴するものであった。だからこそ、二重戸籍制度を解体して天皇制国家に帰属することを拒絶した村＝国家＝小宇宙の住人は、「天皇の軍隊」との創意に満ちた戦いを行ったのである。「**不順国神**（まつろわぬくにつかみ）、**不逞日人**（ふていにちじん）」をスローガンにして。

> （中略）――**不順国神**（まつろわぬくにつかみ）、そして**不逞日人**（ふていにちじん）。その文字を大日本帝国側の人間が、堰堤の内側に籠城する者らをおとしめるために書きつけたということはありえぬであろう。堰堤はわれわれの土地の軍隊の戦闘員によって、厳重に警戒されていたにちがいないから。妹よ、僕としてはそれを、村＝国家＝小宇宙が、積極的に示した大日本帝国への宣戦布告ととらえたいと思う。（中略）
>
> しかし大日本帝国との全面戦争の開始にあたって、村＝国家＝小宇宙の人間としては、自分たちはおまえらと根柢から違う者だ、異族なのだということは示しておきたい。そこで老人たちは、天皇国家の制圧以前にさかのぼり、かつは関東大震災に大日本帝国軍隊が治安出動するにあたって敵とした、不逞鮮人という言葉を逆手にとって、**不順国神**、**不逞日人**と大書したのではなかっただろうか？　現に川筋の遡行を開始している大日本帝国軍隊の将兵たちは、かってかれらの戦友の手が大量の血に汚れた治安出動という名の戦争を、村＝国家＝小宇宙にしかけているのであった。

村＝国家＝小宇宙の人間が果敢に挑んだ大日本帝国軍隊＝天皇の軍隊との戦いは、「五十日間」完膚無きまでに勝利し続けるのであるが、最後には奸計を弄した天皇の軍隊に白旗を掲げて終わる。しかし、この「五十日戦争」を支えた「不順国神、不逞日人」の思想は、戦争に敗北したとは言え、なおも村人＝「村＝国家＝小宇宙の神話と歴史を書く者・僕」において生き続け、「壊す人」が不死であるのと同じように、転生する性質を持つものとして設定されている。大江は、清水徹との対談「自作案内・『同時代ゲーム』について」（八〇年二月『文學界』）の中で、「五十日戦争」について次のように語っている。

この戦争はとても喜劇的に進行するけれども、それはこの小説で一番悲劇的なところでもある。そしてその中で果たす子供たちの役割……。

ぼくは森を無限なものとして考えたい。その無限な森の中にある、この村で生きていけなくなった子供たちが、徐福のような真の指導者に導かれて去り、また別の共和国をつくる、それがぼくの夢であり、そのような方向づけをぼくはこの小説全体のモチーフと考えています。

作品中でも説明されているが、ここに出てくる「徐福」が「扶桑伝説」の徐福であることの意味は、そんなに軽くない。秦の始皇帝時代、徐福は扶桑、つまり日の昇る場所＝東に存在すると言われていた「神木」を求めて国を出ていくのであるが、村＝国家＝小宇宙の子供たちも「別な共和国をつくる」ために村を出ていったのであれば、それは村＝国家＝小宇宙を創建することが永久運動であることを意味し、『同時代ゲーム』で具体化した大江の構想が壮大なものであったことの証になる。その意味で、最終的には「天皇の軍隊」に白旗を掲げた（敗北した）としても、「五十日戦争」は「反中央集権国家」に抗するシンボルとして、大江の「根拠地」建設の夢＝構想において重要な位置を占めていることになる。さらに言えば、「五十日戦争」は、「谷間の村」に起こったメイスケさん率いるところの明治初年の百姓一揆や、一九七〇年前後の「政治の季節」（「手紙」の差出人「僕」はこの時代の活動家として設定されている）と輻輳しており、このことからも大江が「反権力闘争」を「反国家」思想における必須条件と考えていたことを窺うことができる。

〈三〉「懐かしい年」に向かって

先にも触れた井上ひさしと筒井康隆との鼎談「文学の未来に向けて」（八八年二月『ユートピア探し　物語探し』所収）において、『懐かしい年への手紙』（八七年十月）を発表したばかりの大江は、次のような発言をしている。

（中略）寝る前、毎日のように核兵器で世界が滅びることを考えながら寝ていたといぅと気違いだといわれるでしょうけど、だいたい僕はそういうふうな生き方をしてきたのです。

ところがいま具体的にありうべき未来を考えようとすると、やはりコミューンというものが出てくるのです。ある集団のメンバーが、おたがいに何をやっているかということがだいたいわかっていて、しかしあまり束縛しないで暮らしているコミューン。それこそ「美しい村」というようなものがあって、そこでみんなで生きてゆくのがいちばんいいんじゃないか、と僕はいま考えるわけです。（中略）森のなかの社会ですね。農業の問題でいえば、この野菜はあの人がつくっている、家が壊れたらあのおっさんに頼めば直してくれる、というのがわかっているようなコミューンというものが、どうも僕の理想社会のようなものだと感じますね。

この「素朴」とも思えるコミューン論は、この鼎談に先立つやはり同じメンバーによる鼎談「ユートピア探し 物語探し」（八四年）の中で、大江が筒井康隆の『虚航船団』（同年）に触れながら、「懐かしさ」という感情は「どうもぼくらの生の根源に発しているように思う」と言ったり、「懐かしさということの定義を、ぼくは柳田國男を通じてやろうとしている」と言い、「柳田國男は昔知っていたことに現在出会ったから懐かしいというふうにはいわない、それまで知らない、初めて出会うことでも懐かしい、ということがある」とか、「この独自の懐かしさは過去に向かっているベクトルだけじゃなくて、ある記号をあたえると未来にも向かいうるものだ」、と言っていることとの関連で考えなければならない性質のもの、と言っていいだろう。つまり、大江が考える「コミューン＝理想社会」は、過去にも当然そこから何らかのヒントが得られるような社会、例えば「沖縄」のような天皇制国家のそれとは異なった文化や伝統を持った共同体から多くのものを学ぶことからも構想されるが、それと同時に「これこそ在るべき社会」として感知されるような性質を持つ、ということである。また、大江が生まれ故郷の大瀬で行った講演の記録「原広司の大瀬中学校」（『新年の挨拶』九三年 所収）に、次のような言葉がある。

懐かしいという言葉は、たとえばイタリアでこの大瀬のことを思い、懐かしいと感じた、というような使い方が普通です。しかしそれと同じ気持ちを、僕は子供の頃感じていたことが確かなのですから、あの戦争の間の子供の時にもやはり、自分は懐かしさを感じていたのだ、といいたいと思います。それは先祖以来、この土地に住みついて暮してきた者みなの、心に

奥深くたくわえられているものが浮びあがってきての、懐かしさだったのではないでしょうか？（傍点引用者）

否定形としてでしか捉えることのできない「現在」に対して、遥か遠い昔から続く生活者の歴史が蓄えてきたものと、「こう在って欲しい、こう在るべきだ」と想定されるものとが混淆されて醸し出す「懐かしさ」、この「懐かしさ」は人に生きる勇気や優しさをもたらすものであり、何よりも人を大事にする感情に他ならなかった。だからこそ、大江が理想とする社会は、そのような「懐かしさ」を隅々にまで満たしたものでなければならなかったのである。

大江が執拗に「根拠地」建設の可能性を小説の世界において追求し続けたのも、まさにこの「懐かしさ」がこの国の至る所で失われ、再生の目途もたたないと思えたからではなかったか。『同時代ゲーム』の後、短編連作『「雨の木」を聴く女たち』（八二年）、同『新しい人よ眼ざめよ』（八三年）、同『いかに木を殺すか』（八四年）、同『河馬に噛まれる』（八五年）を経て、『M／Tと森のフシギの物語』（八六年）、『懐かしい年への手紙』（八七年）へと続く一連の精力的な創作活動は、どのような思想と形で「根拠地」は構想されるべきか、の試行の軌跡と言うことができる。中でも、『同時代ゲーム』に「僕」が書く手紙の受取人として「妹」が出てくる以外、「女性」がほとんど登場しないことの反省から書かれたと言われる『M／Tと森のフシギの物語』は、『同時代ゲーム』と同じ世界を女性から見ればどうなるのかというモチーフで書かれたもので、しかもそれが同時に『同時代ゲーム』の解読にも通じる仕組みになっており、そこには大江の「根拠地」思想を探る手がかりがある。

まず、タイトルに使われている「M／T」であるが、「M」はmatriarch（メイトリヤーク）＝女族長の頭文字であり、同じく「T」はtrickster（トリックスター）＝道化の頭文字から取ったものである。物語に即せば、「M」はオシコメ、「T」はメイスケサン（亀井銘助）ということになる。物語は、「序章　M／T・生涯の地図の記号」「第一章　『壊す人』」「第二章　オシコメ、『復古運動』」「第三章　『自由時代』の終り」「第四章　五十日戦争」「第五章　『森のフシギ』の音楽」から成り、語り手は東京で作家生活をしている「僕」である。「僕」は、子供のころ祖母が語ってくれた「森のなかの谷間の村」に関わる伝承を、村の創建から現代に至る歴史の中で捉え直し、「記述」することの大切さを知り、この物語を書く。

M／T。このアルファベットふたつの組合せが、僕にとって特別な意味を持つようになって、もう永い時がたちました。ある人間の生涯を考えるとして、その誕生の時から始めるのじゃなく、そこよりはるか前までさかのぼり、またかれが死んだ日でしめくくるのでなしに、さらに先へ延ばす仕方で、見取図を書くことは必要です。あるひとりの人間がこの世に生まれ出ることは、単にかれひとりの生と死ということにとどまらないはずです。かれがふくみこまれている人びとの輪の、大きな翳のなかに生まれてきて、そして死んだあともなんらかの、続いてゆくものがあるはずだからです。僕は自分にとってのその見取図に、M／Tという記号をしっかり書き込んでいるように思うのです。それも生涯の地図の、じつにいろいろな場所に繰りかえして。

（「序章　M／T・生涯の地図の記号」の冒頭）

一個の人間の「生と死」を超えたところで起こる人間という種、あるいは「共同体」という集合体における「死と再生」、「懐かしさ」の感情が生まれてくる場とは、まさにそのような「死と再生」が繰りかえされる場なのである。同じ「序章」の中に、次のようなことも書かれている。

祖母の話は面白いものの、あまりに不思議なところは、子供の聞き手を面白がらせるために部分的に作られた話ではないか、とも思ったことを覚えています。それでいてなんとも懐かしく、ひきつけられるようであったのでした。このそれでいてということが、大切な気がしたことも覚えているのです。これはあらかた祖母様の作り話だと思うが、それでいて、懐かしくひきつけられる……

懐かしいと感じとること。それも自分が直接にかつて経験したことのよみがえりというのではないが、しかも懐かしい。それはこの森のなかの谷間で、はるかな昔に幾度も幾度も起ったことだからではないか？　そのように僕は感じたのでした。そのように考えた、というのではなく、そのように感じた、ということも大切だと思います。そして子供の僕にも、このように強く感じるということは、もう自分の頭で考えてひっくりかえすことはできない、そのように強い理由があるからこそ、そう感じるのだと信じるほかなかったのでした。（傍点原文）

そして、大江が「懐かしさ」を感じる場所として創り出す「根拠地」（『同時代ゲーム』やこの物語において、それは村＝国家＝小宇宙）が、「とんとある話、あったか無かったかは知らねども、昔のことなれば無かった事もあったにして聴かねばならぬ。よいか？」という、祖母の常套句から始まる話に喚起されたものであることも忘れてはならない。昔話、民話、あるいは神話的世界と地続きの場所に「根拠地」は構想されているということである。さらに、この『M／Tと森のフシギの物語』において、最も重要な人物として「オシコメ」が設定されていることと併せて、そもそもの発端が「祖母＝女性」の昔語りにあるということも、読者は銘記しなければならない。「産む性」を持った女性、つまり「母なるもの」の存在——それは「懐かしさ」と通底する——が、大江の構想する「根拠地」では重要な位置を占めることの認識がここで示されているからである。

〈四〉「救済」

ところで、大江は何故かくも熱心に「根拠地」建設の可能性を小説世界において追求してきたのか。その答えは、大江が『個人的な体験』と『ヒロシマ・ノート』以降主題としてきた「障害児・者との共生」、「核状況下の世界」との関連で、二つの側面から考えることができる。一つには、真に「障害児・者」がそれぞれの障害も一種の「個性」として他の人々から認知され、人間として対等・平等に生きられるような社会のモデルとして「根拠地」が構想されている、ということである。『洪水はわが魂に及び』における「白痴の息子ジン」に対する「自由航海団」の若者たちの遇し方、あるいは『M／Tと森のフシギの物語』において何故「第五章『森のフシギ』の音楽」が「森のなかの谷間の村」の伝承をたどる全体の流れと断絶するように配置されているのか、等を考えれば、大江が現実的・物質的なものとして「根拠地」を構想していたということも納得できるのではないだろうか。例えば、連作集『新しい人よ眼ざめよ』の中の「魂が星のように降って、跗骨(あし)のところへ」に、次のような記述がある。

障害児は、核兵器をつくりだし行使する側には立たぬ者らである。かれらの手が核兵器について汚れていないことはあきらかである。しかもかれらの住む都市が核攻撃にさらされる時、もっとも被害に斃れやすい者らでもあろう。かれらには核兵器に反対する権利が正当にある。僕は現に広島での反・核の集会に車椅子に乗った障害者たちが参加しているのを見て、かれらを助ける学生のヴォランティアに対してともども、深い印象を受けた。

その上でのことではあるのだが、と僕はイーヨー個人に思いを戻してみたのだった。一発の核爆弾で都市がひとつ焼きつくされ、その瞬間と数箇月の間に十数万人が死に、さらにより多くが傷ついたという悲惨を、死について敏感なイーヨーは理解するかもしれない。死者や傷ついた人びとの写真が、かれにショックをあたえもしよう。自分のうちにある死への恐怖と連動させてイーヨーが大きな死の影のもとに追いつめられている自分を見出すことも、おおいにあるだろう。そしてイーヨーが変化する。しかしその変化は、父親にも決して回復させてやれぬ傷を、つまり肉体の一部が壊死するような経験をこ

うむることであるかも知れない。（傍点引用者）

このようなこととは正反対なことが具体的に保証される社会＝共同体、つまり障害児・者はもちろん、老人や子供といった社会的弱者が大切にされ、彼らを一個の人間として遇することが当たり前のようになっている社会＝共同体、これが大江の考える「根拠地」の一側面と言っていいだろう。

しかし、このような「根拠地＝共同体・コミューン」がこの世界にあって現実的でないのは、それが未だどこにも実現していないことから理解できるだろう。それは「ユートピア」としてしか存在しないのかも知れない。大江は、そのことを十分に認識していた。確かに、この国にはヤマギシ会やそれに類した「コミューン」的共同体がないわけではない。あるいは、アメリカ各地に散在し、この国の離島などにも存在するヒッピー集団による「コミューン」。だが、それらはこの社会全体と根本のところで隔絶しており、「少数派・マイノリティー」としての自分たちに自足しているように思われ、大江が構想する「根拠地」とは些か異なる。宮澤賢治の「世界がぜんたい幸福にならないうちは個人の幸福はあり得ない」（一九二六年「農民芸術概論綱要」）ではないが、大江の「根拠地」思想は常に「世界ぜんたい」を志向していたと言えばよいか。

そうであるが故に、「根拠地」建設のもう一つの側面を大江は強調してきたと言える。『懐かしい年への手紙』で、語り手の「僕」と共に大江の分身とされる「ギー兄さん」が語る次のような言葉に、もう一つの側面はよく表されている。

――自分のように横のつながりも、縦のつながりもない者が、個として実効性のある力をたくわえようとするとね、まず根拠地がいると感じたんだよ。そこで自分の根拠地を思い描いてみると、それは自分より他の、やはり個としての力をたくわえようとしている者らの根拠地としても、役にたちうるはずなんだね。同時に、まず自分の根拠地と考えると、森のなかの土地より他にはありえない。そして根拠地と自分がいうのは、かならずしも土地・場所というのみのものではないわけだ。そこに建設してゆく構造体なんだよ。同志が集まるならば、かれらもまた根拠地の一部分だ。つまり、きみたちが根拠地だ、ということになるわけだね。（傍点原文）

ここに示されている「根拠地」が、「自立した個人（それも根拠地の一部分）」がそれぞれの能力に応じて「建設してゆく構造体」ということに注目するならば、ギー兄さん＝大江の考えていた「根拠地」の一つは、まさに観念・感性の共同体として出現するものであり、そこでは一人一人の人間が大切にされるというものである。と同時に、「森のなかの谷間の村」に帰ってこいというギー兄さんの提案に、「僕」が「自分にとっての根拠地は、この息子（障害児の）と妻との東京での家庭だ」と思い至ることによく表れているように、それはその意志さえあればどこにでも偏在可能な存在ということになる。

そこで、これまでの大江健三郎論・大江健三郎研究の類でほとんど注目されてこなかった『革命女性（レヴオリユシヨナリ・ウーマン）（戯曲・シナリオ草稿）』（八六―八七年）が浮上してくる。この二〇〇枚余りの作品は、「戯曲・シナリオ草稿」と敢えて書くことで、物語の流れとは別に作者の創作意図も明らかにする仕組みになっている。物語は、『洪水はわが魂に及び』や『河馬に嚙まれる』等と同じく「連合赤軍事件」への作家の関心を基底にしている。ストーリーは、連合赤軍事件で死刑判決を受けた「永田洋子」をモデルにしたと思われる女性が、ハイジャック犯の要求を受け入れた権力の超法規的措置によって海外へ出ることになり、給油のために立ち寄ったアンカレッジ空港で自らの意思とは無関係に籠城する事態となるが、最後は駐機中のジャンボジェット機を二機爆破した後に射殺されて死ぬ、というものである。このように粗筋を書いただけでは理解できないが、大江の描く「革命女性」は、実際の連合赤軍事件が伝える「永田洋子」の猛々しさや勇ましさからはほど遠く、穏やかな優しさに満ちた女性として物語に登場している。「革命女性」と「永田洋子」の最大の違いは、「革命女性」が獄中で宮澤賢治を読み込み、先にも少し触れた『農民芸術概論綱要』の「序論」を信条とするようになっていることである。因みに宮澤賢治の『農民芸術概論綱要（序論）』は、以下の通りである。

おれたちはみな農民である　ずゐぶん忙がしく仕事もつらい
もつと明るく生き生きと　生活をする道を見付けたい
われらの古い師父たちの中にはさういふ人も応々あつた
近代科学の実証と求道者（ぐだうしや）たちの実験とわれらの直観の一致に於て論じたい
世界がぜんたい幸福にならないうちは個人の幸福はあり得ない
自我の意識は個人から集団社会宇宙と次第に進化する
この方向は古い聖者の踏みまた教へた道ではないか
新たな時代は世界が一の意識になり生物となる方向にある
正しく強く生きるとは銀河系を自らの中に意識してこれに応じて行くことである

宮澤賢治の『農民芸術概論綱要』がマルクス・レーニン主義＝革命思想とは全く無縁なところから導き出されたことは、これまでの宮澤賢治研究が教えるところである。そのことを承知で、大江は「革命女性」の現在の信条（綱領）、つまり「回心（コンヴァージョン）」の結果得られた思想として、宮澤賢治の『農民芸術概論綱要（序論）』が示すもので代弁させた。その理由は、おそらくジャンボジェット機に象徴される巨大化して「人間」を置き去りにした近代科学の先に真の「救済」はなく、あくまでも「精神の自由」の彼方に「世界ぜんたいの幸福」を求める宮澤賢治のような思想にしか「救済」の可能性はない、と大江もまた考えていたことにあると言っていいだろう。

大江が「魂の救済」という言葉を頻繁に使うようになるのは、やはり『懐かしい年への手紙』以降ということになるが、この長編を書き上げた直後の『新しい文学のために』（岩波新書　八八年一月）の結語として書かれた次のような言葉に、「魂の救済」に至る大江の精神的・方法的苦闘の後を偲ぶことができる。

（核戦争と祈りとの関係を述べた後）いまやすべての人類規模での、「核の冬」から「生命の春」への回心が切実に必要とされるのであるから、僕ら無信仰の者らは、なんらかの宗教の伝統のなかで祈る人びとに学ぶべきではないか？

アジア、日本にも現に生きる伝統としてキリスト教の信仰はある。仏教についてはなおさらである。しかし経済大国としての日本社会で、祈りの声はよく響いていないのではないか？　今日の日本人が——若い人たちをふくめて、むしろかれらを中核において——、「核の冬」ではなく「生命の春」の明日に向けての、祈りの態度をつよく保ちうるように、無信仰の者にも有効な基盤をもとめたい。そして僕はその基盤こそが、ヒロシマ・ナガサキの日本人だと考えるのである。（傍点原文）

ここに「核状況下の世界」が深々と影を落としており、大江の論調がそれに強く影響されていることは誰にも否定できない。そして、東西の冷戦構造が解体しアメリカの一国世界支配がますます濃厚になった現在において、「核」が人間（や国家、民俗）の自由を抑圧する「悪魔＝神」のように君臨している現実がより露わになっていることを考えると、大江の認識および思想が現在もなお有効であることに思い至る。世界最終戦争による「核の冬」こそ未だ到来していないけれど、湾岸戦争（九一年）以降、コソボ紛争、イラク戦争でアメリカ軍が使用した劣化ウラン弾は、それを撃ち込まれた地域に「ヒロシマ・ナガサキ」

の被害と同じ状況をもたらしている。「核」の非人間性は変わっていない。ならば、そのような状況下で私たちに何ができるのか。大江は、そこにこそ「祈り」の持つ意味があると言う。先の『新しい文学のために』と同時期に書かれた『最後の小説』というエッセイの中で、「厖大な核兵器の実在に望みを失なって、恐怖のきわみにいたり無力感のうちに逼塞する。あるいは、その方が大多数であるにちがいないが、超大国相互間の、核威嚇によるバランスは保たれると楽観するようにつとめて、核の課題から眼をそむける。その両者ともに、実際の核権力を動かす力はまったく持たない」との認識を示した後、一個の人間として、あるいは一人の作家として何ができるのか、次のように書く。

> それならば世界の民衆が、核状況に対して、心の内に対立意見を抱く緊張度を持続しうること。そこにのみ、もしありうるとすれば、核権力に対して方向転換をうながす力が実在するはずのものであろう。絶望のうちに生きるということがおよそなしがたいものである以上、その力に個としての自分の微細な力をかさねたい。（傍点原文）

これが大江の言う「祈り」である。そして、この「祈り」と重ねるようにして「魂の救済」を可能にする「根拠地」が構想されていることに、間違いはない。大江は、ノーベル文学賞受賞記念講演『あいまいな日本の私』（九四年十二月七日）の結語で、息子光の音楽が彼自身及び同時代を生きる聴き手たちを癒し、恢復させるものとして広く受け入れられたことを踏まえて、「芸術の不思議な治癒力について、それを信じる根拠を、私はそこに見いだします」と語り、次のように締め括っている。

> そして私は、なおよく検証できてはいないものであれ、この信条にのっとって、二十世紀がテクノロジーと交通の怪物的な発展のうちに積み重ねた被害を、できるものなら、ひ弱い私みずからの身を以て、鈍痛で受けとめ、とくに世界の周縁にある者として、そこから展望しうる、人類の全体の癒しと和解に、どのようにティーセントかつユマニスト的な貢献がなしうるものかを、探りたいとねがっているのです。

伝説十三

根拠地の思想（3）

〈一〉可能性としての「根拠地」――『治療塔』『治療塔惑星』の意味するもの

すでに繰り返し述べてきたように、大江は「核状況」という世界認識を基底に、いかにしたら「人類全体の癒しと和解に、どのようにディーセントかつユマニスト的な貢献がなしうるものか」という課題を実現するために、「根拠地＝共同体・コミューン」建設の可能性を小説世界の中で探ってきた。それは、「絶望のうちに生きるということがなしがたい」が故の様々な試行として、『万延元年のフットボール』以降、より具体的には『同時代ゲーム』、『懐かしい年への手紙』などの長編において顕著に露頭してきていたと言うことができる。しかし、それらの試みは、大江のこの時代や社会に対する絶望が自身で思っていたより深かったためなのか、それともペシミスティックな性向のためなのか、はたまた戦後の時空を民主主義時代からバブル経済崩壊後の現在まで、同時代体験をしてきてこの国の変革を期待できないためなのか、大江が小説世界で試みた「根拠地」建設は、ことごとく最後は予定調和的に崩壊・壊滅するようになっていた。そして、そのような「根拠地」建設のプログラムが劇的に変化するのは、ノーベル文学賞受賞後四年半ほどの「休筆」を経て発表された『宙返り』（九九年）まで待たなければならないが、そのことについては後に詳述するとして、今は大江が「根拠地」についてどのような具体的イメージを抱いていたのか、「近未来ＳＦ」と副題された大江初のＳＦ小説『治療塔』（九〇年）と、その続編である『治療塔惑星』（九一年）から考えてみよう。

時は二十一世紀の前半、未来のエネルギーを保証するとしてもてはやされていた原子力発電は相次いで大事故を起こし、局地的な戦争で核兵器が使用され、環境汚染は人類が生存するのにギリギリの状態になっている。重ねて、地球の汚染が解消されるまで「新しい地球＝火星」へ、「選ばれた者・百万人」が出発した後の混乱から蔓延するようになったエイズによって、地球に残された人類は滅亡の時を迎えようとしている。「新しい地球」への「選ばれた者」の移住は、人類の希望を担ってのことであった。しかし、十年後、「新しい地球」へ行った人々はそこで傷を治し生命まで再生してしまう「治療塔」をめぐって内部抗争を起こし、大多数が帰還する。「新しい地球」からの帰還者たちは「選ばれた者＝エリート」として、五十億の残留者たちを管理しようとする。そして、「治療塔」によって再生し地球に帰還した「選ばれた者」と「落ちこぼれ」と決めつけられた残留組との、激しい戦いが始まる。これが『治療塔』の大筋である。物語は、汚染された地球に残留した娘と、彼女の親戚で「選ばれた者」として「新しい地球」へ行った若者との恋愛を軸に展開する。

一方『治療塔惑星』のほうは、さらに話が進んで、語り手の娘と帰還した若者は結婚し、子供もつくるが、地球を更に破壊するようなカルト集団に対抗するため「選ばれた者」と残留組との和解が成り、地球の環境が一向に改善されないことから指導者たちは再び「スターシップ計画」を練り直し、若者は再び宇宙（土星）探索へと飛び立っていく。そして、「新しい地球」に存在していた「治療塔」は何であったのかの疑問に対して、「新しい地球」で「治療塔」をめぐって核戦争が起こったことなどから、それは地球と人類の「死と再生」を象徴する広島の原爆ドームではなかったか、と思い至る。

「近未来ＳＦ」と副題にあるように、原発事故、局地的核戦争、エイズ、スターシップ計画、地球外生物、宇宙の意志、等々、それがＳＦ小説の一つの特徴であるリアリズムの制約を受けない何でもありを最大限に利用して、この二つの近未来小説は書かれている。しかし、その基底にあるのは、作品に登場する原爆ドームや核戦争が象徴するように、この地球・人類の未来を保証するのは何であるのか、人類が滅亡するかも知れないほど地球環境の悪化が進んでいる時、「救い」はどこにあるのか、といった核状況下の世界を生きる大江の自問である。そして、物語の中では最終的に、最先端近代科学の粋を一身に担う「選ばれた者」と、汚染された地球に残された人々が和解し、「宇宙の意志」で建設されたと思われる魂と肉体を再生する「治療塔」はこの地球にもあり、それは広島の「原爆ドーム」なのではないか、ということで締め括られる。

しかし、先端科学とアナログ的生活様式によって生き延びている人たちの知恵を統合して、この地球と人類の未来を「救う」という発想は、世界の現実を踏まえて小説の構想を練り上げる大江の方法に相応しいものと言えるが、それを「近未来ＳＦ」という形で実作した大江の心底を考えると、大江が真に未来のあるべき姿と考えているのは、肥大化し先鋭化した近代科学の彼方ではなく、以下に示すようなエコロジカルな生活方式なのではないか、と思われる。

（考え方として）

高度なものは、より高度でない方へ、

難しいものは、易しい方へ
複雑なものは、単純な方へ
不要不急の設備や装飾のついているものは、ノッペラボーにリファインは、敵
（基本的態度として）
目標――原始的な有用性
将来の希望――規模な町工場への分散化

（『治療塔惑星』）

このような近代初頭に似た生産方式に基づくライフ・スタイルが、『同時代ゲーム』で「壊す人」に率いられた村＝国家＝小宇宙の人々が自然な形で身に付けていたことであり、『懐かしい年への手紙』でギー兄さんが建設しようとしていた根拠地での実践であることは、すぐに理解できるだろう。このような生産方式では、決して「核」は生み出せないし、スターシップ（宇宙ロケット）など製造できない。『治療塔』及び『治療塔惑星』で、大江が敢えて汚染された地球に残った人々の生産方式・ライフ・スタイルとして、このような近代初頭に似た「技術」を選ばせているのも、人間の本質から離れて発展する科学は決して人間を幸福にしない、というメッセージをそこに秘めていたからではなかったか。言葉を換えれば、クローン人間や精密誘導ミサイルや遺伝子組み替え食品などを生み出すハイ・テクノロジーは、果たして本当に人間を幸せにするのか、という疑問を大江はこれらの「近未来ＳＦ」小説で投げかけているということである。このように書くと、八〇年代初めに大江も参加した文学者の反核運動で、原発から出される高濃度放射能廃棄物が問題であるという議論に対して、そんなものはロケットに乗せて宇宙空間に廃棄すればいいのだなどと素朴極まりない科学万能神話を振りかざした吉本隆明あたりに、「原始主義者」のレッテルを貼られるかも知れないが、ユマニスム（人間尊重主義）の立場に立てば、異常なまでの科学主義に疑問を呈するのは自然の成り行きである。それは、科学万能主義への警告であって、「原始主義」ではない。

それは、どんなにハイ・テク技術が進んでも人間は地球以外の星に生きることはできないという現実に目を向ければ、考えるまでもないことである。『治療塔惑星』で、広島の原爆ドームが「魂の治療塔」とされているのも、ここから二十世紀後半以後の「不幸」は始まっているのだから、それ以後を生きる人々は何度でも、「原爆ドーム＝治療塔」によって繰り返し「魂の再生」を行わなければならない、ということを大江は言いたかったからだろう。真摯に「原爆ドーム」が象徴するものを考

えるならば、廃炉のことや高濃度放射能廃棄物のことを考慮せずに原発を次々に建設したり、より精密で強力な核兵器を製造したりしないのではないか。「人間」のことを考えないから、あるいは「魂」のことを蔑ろにしているから、平気で劣化ウラン弾などを作り、それを使用することができるのである。そのことを考えると、『治療塔』及び『治療塔惑星』で、汚染された地球に残留した人々が採用した生産方式は、彼らのライフ・スタイルにも深く関係し、それはまさに劣化ウラン弾を生み出すものとは対極にあるものであった。

物語の語り手である「私」と結婚相手の「選ばれた者」の若者は、地球外惑星への移住計画を進める支配者に抵抗する組織と接触したことから公安当局に追われ、抵抗組織（武力対決も辞さない）が送り込んでくれたコミューンで潜伏生活をするようになるが、このコミューンの在り方にこそ、作者大江の原理的思想が表れていると見なしていいのではないだろうか。

――この農場はね、コムニタスをめざしているんです。上下関係とか、定まった役割とかいったものは、つまり構造的な関係・仕組みといったものはないんですよ。みんな平等。男女の差別もないし、自分だけの財産や地位を持っている人もいない。おなじような立場の者たちが自然に集まって来て、自発的に生産したり加工したりして、できたもので暮しているのよ。

原始共産制というのは、このような共同体のことを言うのだろうが、近代文明が「構造的な関係・仕組み」をより精密にすることで成り立っていることを考えると、ここに示された共同体の在り方は、人間が原点（原理）に戻ることの必要を示唆しているように思われる。そんなことは「夢だ」と言われれば、確かにその通りかも知れない。しかし、「ユートピア」というのは、元々「夢」であることによって現実を照らし出すから意味があるので、それ以上でも以下でもない。

だが、考えてみると、地球外惑星に移住することが可能であるぐらい科学が発達した時代に、「原始共産制」的コミューンによってそのような科学万能社会に対抗するというのは、いかにも脆弱すぎるような気がしないでもない。しかし、他に人間らしい（ヒューマニスティックな）生活を獲得する方法があるのかを考えれば、ギリギリこれしかないのかも知れない。大江の「根拠地＝新しい共同体」思想は、そのようなある意味では追いつめられた場所から発想されていたのである。

〈二〉「最後の小説」――『燃えあがる緑の木』三部作

大江は、『燃えあがる緑の木』三部作（第一部「『救い主』が殴られるまで」、第二部「揺れ動く（ヴァシレーション）」、第三部「大いなる日に」）を完成させる前から、繰り返し「最後の小説」に言及してきた。特に八〇年代の終わり近くに書かれた「最後の小説」（八八年一月）は、「最後の小説」＝『燃えあがる緑の木』三部作の構想（モチーフ）を予感させて余りある内容になっている。まず大江は、世界各地で核実験が行われるたびに原爆の慰霊碑前で抗議の座り込みをする広島の老哲学者（森滝市郎）と心理学者ユングの核状況に対する態度――心の内に対立意見を抱く緊張度を持続しうることにのみ、核権力に対して方向転換を促す力が実在すると考える態度――に「祈り」があるとし、自分はそれに与したいと決意を述べ、次のように書く。

それは、ともあれ祈りの力を信じよう、ということであろう。祈りの声を発するほかには、ただ嘆き苦しむよりほかのなにごともなしえぬことを認識して、その上で人が祈る。その時、世界の全体が道に復して、人間の祈りに共鳴音を発しはじめるとするならば……《三日間は音沙汰がなかったが、その後、豪雨の音で村人たちは誰もが目を覚まされた。雪さえ降ったが、一年のそのころには未だかつて知られてはいなかったことである》（『ユング評伝』〈バーバラ・ハナー著〉に書かれている、中国で経験した雨乞い祈禱師が行ったこと―引用者注）（傍点原文）

どのような権力も持たない者ができうることは、「祈り」とも言うべき「心の内に対立意見を抱く緊張度を持続しうること」であり、そのようなことの結果として「奇蹟」のような出来事、例えば核廃絶が現実のものとなるのではないか、ということである。合理主義者から見れば、全くの観念論（唯心論）に過ぎないかも知れないが、ユングの「評伝」から「能動的想像力」――自我が空想の中に沈潜して意識的決定を下し、それに続く展開において能動的な役割を果たすような想像力のこと――に関心を示した大江にとって、このような「祈り」は作家としてなしうる最大限のことであった、と言うべきだろう。そのことを考えると、「祈り」が「最後の小説」において重要な位置を占めることの意味が理解できるだろう。つまり、『燃えあがる緑の木』で「ギー兄さん」と根拠地に集まった人々が魂のことをする「教会」において、「集中」（「祈り」と同義）を行い、そのことが根拠地活動の中心になっていること、あるいはギー兄さんが「集中＝祈り」の結果、つまり現実を転換する精神的な力を象徴する「治癒能力（ヒーリング・パワー）」を身に着けているということなどからも分かるように、「祈り」は「最後の小説」を貫流する通奏低音になっている。

そして、「祈り」は「回心」につながる。大江が「最後の小説」論でもう一つ重要視したのは「回心」である。大江は「最後の小説」論の中で本来は宗教用語である「回心（コンヴァージョン）」に、中野重治の転向小説『村の家』の記号論的分析を重ねることで、もう少し幅の広い概念として捉え直し、根拠地で生活する人間にとって「回心」がいかに大切な心的動機になっているか、そしてこの「回心」をめぐっていかに自分の文学的営為が展開されてきたかを説く。特定の宗教を持たない大江が説く「回心」は、異常児が生まれた時に体験した次のようなものであった。

ある日、僕はたまたまひとりで特児室前の廊下に立っていた。しかも僕は、頭に大きい瘤をつけた赤らんだ顔とまっすぐ向いあう具合になった。その時、僕をなにものかが強く一撃したのである。僕は足がモツレル具合に蹌踉と医師の研究室に急いで、手術をお願いした。その時、特児室の前に立つ自分に起ったことについて、それを言葉にして理解しえるように思うまでに、時が必要だった。あの日、あの時、特児室の前に立つ自分に起ったことについて、それを言葉にして理解しえるように思うまでに、時が必要だった。僕はすでにこの経験をめぐって小説を書いてさえいたのに。その日から二十年たって、はじめてその言葉はやって来た。（中略―アメリカに届いた二十歳になった長男からの手紙について書いた後）

僕は滅入った気分で横たわり、エリアーデの日記の英訳を読んだ。そのうちエリアーデが青年時に愛読したバーベリオンの文章を再読するところにいたり、ある深い理解が僕をおとずれたのである。（中略）

僕が特児室の赤んぼうに感じとったのも、顕現としての人間存在の破壊されえぬことだった。言葉にするとことごとしくなるが、たとえ一週間にしても存在した赤んぼうの生命に意味がないとするならば、二十八年間生きてきた自分の生命にも意味がないのではないか？　自分としてはその逆を選ぼうと、特児室の前に立っていた、まだ青年だった僕は、直覚するようにして考えたのだ。それを、中年にいたって鬱屈している自分がはじめて言葉として理解したのである。（傍点原文）

これを読めば、「回心」が突然インスピレーションのようにやってくるものであり、それは「顕現として人間存在の破壊されえぬこと」、つまりユマニスム＝人間尊重の思想と深い関係にあることが分かる。いかにして人間疎外が隅々まで浸透した二十世紀後半から二十一世紀に至る現代社会の中で、人は「生命」を大事にする思想及びそれを保証する場を確保することができるのか。『燃えあがる緑の木』で、根拠地に集まってきた人たちが何らかの形で心と体に「傷」を負っており、そのことを契機に「回心」した人々、あるいは「回心」を待っている者であったことは、多くの示唆を与えてくれる。語り手であり両性具有という特異な性をもつ「私（サッチャン）」、大学時代過激派に身を置いたことのある「救い主」のギー兄さん（隆）、癌を患っているギー兄さんの父（総領事）、障害児の長男を持つ村出身の作家K伯父、小児癌にかかっている十四歳のカジ、てんかんの持病を持つザッカリー・K・高安、大学を休学してギー兄さんを助ける伊能三兄弟、片腕を失った亀井、K伯父の長男で障害を持つ音楽家のヒカリさん、等々、あるいはK伯父の作家活動を好ましく思っていない中央紙の記者花田も含めて、ということはこの時代を生きるほとんどの人間と言っていいのだが、彼らは誰もが何らかの「傷」を負っている。

だからこそ、「森のなかの谷間の村」に建設されつつあった「根拠地」では、誰もが対等・平等な関係にあり、上下関係や定まった役割といった「構造的な関係・仕組み」は排除されていたのである。しかし、ギー兄さんの治癒能力や「根拠地」の在り方に心を揺り動かされて集まった人が、若者を中心に二〇〇人を超すようになると、共通理解を図ったり協議するための場が必要となり、文化ホールを兼ねる「教会」を建て、「祈りの言葉」を制定することが求められるようになる。特定の宗教を持たない人間の集団が必要とする「祈りの言葉」は、聖書、原始仏教、チベットの『死者の書』、ワーグナーのアリアの最終部分、『神曲』の終わりの四行詩などから採ったものとなる。ここで急いで注記したいのは、このような「祈りの言葉」に対する概括が実際の内容を十分に伝えるものではなく、ある種の新興宗教、例えば「幸福の科学」や「オウム真理教」などの教義と類似なものとして受け取られるのではないか、ということである。しかし、古今東西の宗教や思想からそのエッセンスを抜き出して縫合し教義とする「カルト集団」と、大江の「祈りの言葉」を中心に置く「根拠地」との違いは、「教義＝教主」を絶対的なものとせず、上下関係や定まった役割を排除していることにある。『燃えあがる緑の木』では、「救い主」としてのギー兄さんが中心になっているように見えるが、ギー兄さんは「魂のこと」をする人たちの象徴であって、自らの存在を絶対的なものと見なすことも、カリスマ的に振る舞うこともない。常に宮澤賢治の「世界がぜんたい幸福にならないうちは個人の幸福はあり得ない」を考えている人でもある。

それに、『燃えあがる緑の木』三部作は「最後の小説」にふさわしく、物語の流れの中で大江の過去の「根拠地」建設に関わる作品に対する自己批評、最近流行の哲学用語を使えば「脱構築」が随所で行われているという特徴も持っている。例えば、第二部「揺れ動く」の「第四章　気象のフィードバック」に、K伯父（大江）が書いた『治療塔』の第三部「治療塔の子ら」をK伯父の草稿に基づいて書くことを期待されている総領事が、『治療塔』を批判する部分がある。

――もともとね、私はKちゃんの近未来小説と称しているものに不満だったんだ。SFという以上、サイエンスとテクノロジーが幾らかは導入されていないとね。物神崇拝的にまではやらないにしても……

もっともさ、こちらにも先端科学については知識も経験もないわけで、その点については、SFをよく読んできた者としての不満をいうにすぎない。それと別に、私がもっと本気で苛立つのはね、近未来の世界情勢を背景にしながら、Kちゃんが経済と外交について具体的になにも構想していないことなんだよ。確かにね、ソヴィエト圏の崩壊を予想していなかった点についていうならば、滑稽だが仕方がない。日本の知識人はおおむね鎖国的だしね、大体、カフェに出かければ東欧から亡命してきた百戦錬磨の連中が手ぐすねひいているという環境じゃないから。

それでもかれは少なくともひとつ、情報のルートを持ってたんだよ。私という確実なのを。オフレコということではあっても、私はかれにずいぶんいろいろと話してきたんだぜ。それがこれまでの二部作にまったく反映していない。

これなど、筒井康隆のSF小説などをたくさん読んできた大江の正直な自己批評、ということが言えるだろう。他にも『同時代ゲーム』や『懐かしい年への手紙』の内容も随所で批評的に引かれている。

そして、何よりもこの三部作が「最後の小説」として構想されたと思われるのは、うまくいくかと思われた「根拠地」建設が、集団の肥大化に伴い「内部分裂」の危機に陥り、中心にいたギー兄さんが根拠地から離れて「世界伝道の行進」を始めようとした矢先、かつて革命党派に属していた時に敵対していたセクトによって殺害されるということもあって、頓挫するところに表れている。つまり、この「最後の小説」においても、大江は「根拠地」建設の頓挫、ギー兄さんの死による「魂のこと」をすることの中断、というアンハッピーな形でしか小説の大筋を終わりにすることができず、そこに自分のこの時代や社会に対する思いを託さなければならなかったということである。このことには、二十世紀が終わろうとしているにもかかわらず、一向に改善されない「核状況」や人間の生命が大事にされないことに象徴される、この現実に対する大江の違和感や絶望の深さが反映されていたと考えていいだろう。

もちろん、この「最後の小説」には、違和感や絶望と同時に微かな「希望」も書き込まれてはいる。例えばそれは、物語の一番最後で、ギー兄さんの葬儀に際して不識寺の住職である「松男さん」が行った説教に見ることができる。

われわれは行進しましょう。さきのギー兄さんがいったように、鉄砲水になって突き出しましょう。黒ぐろとしてまっすぐな線になって！　しかし、愛とはまさに逆の、というのではなく、世界じゅうのあらゆる人びとへの、愛ゆえの批評として！

行進は終点をどこに定めるか？　流れ解散！　みんなひとりひとりになって、またはノアの方舟の獣らのようにふたり一組になって、それぞれの場所へと、バラバラに突き進もう！　そしておのおのが辿りつく場所で、一滴の水のように地面にしみこむことを目指そう！　そのような教会となることにしよう！　それではさようなら、同志諸君、私はさしずめ不識寺に戻りますから、土地者である大方の諸君とは、厳粛な機会にもう一度、お会いすることになるでしょう。その際、私がしっかり仏教のやり方で葬儀をとり行なうことも約束します。

Rejoice!（傍点原文）

「Rejoice・リジョイス」を直訳して、「喜べ」あるいは「喜びを抱け」とするならば、ギー兄さんは死んだが、残った者は「希望」を持って生きよ、というメッセージとして受け取ることができる。現に、この説教を受けて語り手である「私」も、行進する人たちが歌う「大いなる日、義しい者らの行進、大いなる日、神はシオンの壁を打ち建てられる。車が山の上に登った、神の言葉に車は停まる、今日は祝祭の日、神が人びとを解き放たれる日」、「胸当をつけよ、剣を手に。果敢に世界を行進せよ。卑怯者はわれらにいらぬ、善良で果敢な男たちのみ」を聞き、次のように考える。これも微かな「希望」ということだろう。

私たちの行進が、この歌のように勢い盛んな勇ましいものであったかどうかは、それを目撃した証人によって評価は幾様にも分れるはず。しかし私は、K伯父さんに書き方を教えられた仕方で、あの歌のとおりだったと言いはりたい。そのような自分を支える原理として、私は森をふくむこの地域についての分析を学んでいる。そこに表現されている「世界モデル」において、谷間から外に出て行く流れは、生の勾配にそっているはず。さらに私の耳にはいまも私たちみなが未来に向けて唱和した言葉が鳴っているのだ。

―Rejoice!（傍点原文）

なお、作品の中には、K伯父の小説は知恵遅れの子供をメシの種にしていると批判する評論家のE教授（江藤淳）や、K伯父の小説の内容ではなく「処世術」について執拗に批判を繰り広げる「暁新報」の花田記者（本多勝一）が出てくるが、江藤や本多の文学の本筋とは無縁な批判に対してほとんど無視に近い姿勢を貫いていた大江が、「最後の小説」であったからというわけではないだろうが、彼らに対してユーモラスにかつからかい気味に描き出しているということもある。が、それらのことも含めてまとめてみれば、要するに、大江の「最後の小説」は、この現実を丸ごと反映した「絶望」と「希望」が等身大に盛り込まれた、先鋭な長編だったということである。

〈三〉 小説再開──『宙返り』の意味

一年と四ヶ月の間に「最後の小説」である『燃えあがる緑の木』を完成させた大江は、その間にノーベル文学賞を受賞する（一九九四年十月十三日、本人通達）するが、文化勲章辞退騒ぎなどを経て、第三部「大いなる日に」が発表された（九五年三月）後、一九九九年六月に『宙返り』（上・下）を出すまで、公言したとおり小説に関しては四年半の「休筆」状態に入る。もちろん、この間、文学者として全ての仕事まで休んでいたわけではない。妻ゆかりの挿し絵が入ったエッセイ集『恢復する家族』（九五年二月）、『ゆるやかな絆』（九六年四月）をはじめ、『日本の「私」からの手紙』（九六年一月　岩波新書）、『大江健三郎小説』（全一〇巻　九六年五月〜九七年三月）、『私という小説家の作り方』（九八年四月）を刊行したり、外国文学者との往復書簡を続け、韓国、アメリカ（九六年九月から翌年五月までプリンストン大学客員教授）、イタリア、ドイツ、メキシコ、スペイン、ポーランド、等へ出掛け、国内各地でも講演をする、といった活発な活動を続けていた。ノーベル文学賞を受賞したことで、以前より多忙な日々を過ごすことになったと言えるかも知れない。

しかし、四年半もの間小説を一つも発表しないというのは、これまで一度も経験したことのないことであった。『奇妙な仕事』で文壇デビューしてからそれまでで一番長い小説未発表期間は、『個人的な体験』（六四年八月）から『万延元年のフットボール』（六七年一月）までの二年半余りであった。それとても「休筆」宣言したわけではなく、『個人的な体験』以降試行錯誤を繰り返していた結果であったことを考えると、「最後の小説」を宣言してから『宙返り』までの四年半の間に大江に何が起こったのかを思わざるを得ない。そんな思いを持って大江の「年譜」（篠原茂作成）を眺めると、一九九六年の二月二十日に最も信頼し尊敬していた作曲家の武満徹が死去したという出来事があり、その葬儀の際の弔辞で大江は新しい長編を武満に捧げる旨の発言をしている。息子光の作曲の才能を認めてくれた（発見してくれた）ばかりでなく、音と言葉の違いはあっても同じ芸術に従事する者として、武満徹は大江の「師匠」でもあった。その武満徹が、全てをやり終えたというのではなく亡くなってしまったこと、これは早々と「最後の小説」を宣言してしまった大江に反省を強いるものだった、と思われる。特に死病に冒されているというわけでもないのに、創作から手を引くという宣言は、芸術に対するある種の冒瀆と思われたのかも知れない。自身も、「創造の媒介者」と見なしていた武満徹の死に際して、小説執筆を再開すると発言したことに対して、「私は、自分の生の晩年の図としてずっと考え、具体的に準備してきたのとは違うものへと、あらためて生を様変わりさせたのだから、小さいものであれ、ひとつ宙返りをうったわけなのだ」（エッセイ『宙返り』九六年九月）と、書いている。

ともあれ、武満徹の死去から三年、大江は大作『宙返り』を発表する。そして、その内容はと言えば、全く装いを新たにした部分もあるが、全体の構造からは『万延元年のフットボール』から『燃えあがる緑の木』三部作に至る「根拠地」建設の可能性を探るものと同じ、と思われるようなものであった。それにしても、四年半の空白を置いて、しかも再出発とも言うべき小説再開を果したというのに、なぜ大江は全体の構造をそれまでのものと変えることをしなかったのか。理由は、三つ考えられる。

一つは、大江がノーベル賞を受賞した年の翌年に「オウム真理教」事件が発覚し、大江は自分がこれまで小説において試みてきた「根拠地」建設が、オウム真理教などのカルト教団が考えていることと同一視されることを恨れたのではないか、ということである。すでに指摘してきたことだが、大江の「根拠地」思想は、上下関係や定まった役割を排除した「ユートピア」願望に繋がるものであり、カルト教団のような「閉じられた千年王国」ではない。つまり、そのことの確認のために、さらには「閉じられた集団」であるカルト的宗教組織を批判するために、この長編は構想されたと考えられるということである。『宙返り』では、「師匠（パトロン）」が突然の転向を宣言する直前に過激化した教団員の一部が原発を占拠したり、要人を誘拐して体制変革を迫るという計画があった、とされている。「師匠」の転向は、それが引き金になっていた。「宗教的な想像力と文学的想像力」（九七年）を始めとする講演録を集めた『鎖国してはならない』（〇一年十一月）には、オウム真理教と『燃えあがる緑の木』や『宙返り』との関係が繰り返し出てくる。

しかし、実際に起った事件と、私の文学的な想像力の作り出した物語の間には、はっきりした差異もありました。私が自分の小説において構想し、書きすすめながら模索していたのは、この宗教集団のつきあたらざるをえない壁と、そこを突破しようとしての悲劇的な事件の後、当事者たちに、その経験に根ざし、新しい出発へと乗り越えてゆくことが、どのように可能か、という課題でした。

ところがオウム真理教の事件には、かれらのおちいる危機を越えての構想というものが、最初からなかったと感じられるのです。（中略）

それはつまり宗教的想像力からも、文学的想像力からも、ともに無縁な、恐しいほど不毛な事件であり、（中略）私がそこにつないで考えているのはこういうことです。自分の構想していた小説、実際に書きあげもした小説には、若い宗教者たちの集団の内部抗争、そのあげくの分裂、そして崩壊は考えられていましたが、かれらによる徹底して攻撃的な無差別テロが外部に向けられる、という要素は欠落していた。しかしオウム真理教の事件がまさにそのモデルを提出した以上、これから若い日本人の宗教集団について考えるにあたっては、その要素を無視することはできない、ということです。

（「宗教的な想像力と文学的想像力」）

二つ目は、人間の困難な生き方を象徴する「回心―転向」の問題を、人生の締めくくりの時期にあたってもう一度本気で考えてみようと思ったのではないか、ということである。大江は若い時から、「転向」後の苦しい時期を乗り越えていぶし銀のような輝きを放ち続けた中野重治に惹かれ続け、折に触れて中野の生き方と文学について言及してきたが、五十歳代になると、例えば『生き方の定義』（八五年）で中野の「ある楽しさ」について論じたり、先にも触れた「最後の小説」論において中野の『村の家』における「転向」と宗教的な「回心」を結びつける試みをしたりして、「転向」した後の文学者（人間）の生き方に強い関心を見せるようになった。あるいは、『燃えあがる緑の木・第三部　大いなる日に』で語り手である両性具有の「私」が、「どんな宗教であってもいいんですが、ひとりの人間がそこへまっしぐらに向かってゆく過程を書いた、というような本を教えていただけませんか？・」と頼んだことに応じて、K伯父がアウグスチヌスの「回心」について書かれた矢内原忠雄の『アウグスチヌス「告白」講義』をくれたことに示されているように、「回心」問題は大江自身にとって大きな主題の一つであった。『宙返り』における「師匠」の「再転向」は、この「回心」問題と深く関係している。

三つ目の理由、これが大江の小説執筆再開の一番大きな理由だと思われるが、「根拠地＝共同体・コミューン」思想の再構築の必要を迫られたのではないか、ということである。そのことに関して、特別な出来事があってということではなく、内省的に自己批評を続けてきた大江が、「最後の小説」である『燃えあがる緑の木』を書く過程で、あるいは「休筆」宣言を契機に、自らの文学的根幹である「根拠地」思想について、見直しを迫られたということであったのだろう。具体的に言えば、『大江健三郎小説』（全一〇巻）の「月報」に付した『私という小説家の作り方』（単行本　九八年四月）で、作家としての歩みを辿り直したことによって、改めて「根拠地」思想の重要性を認識した結果だったのではないか、ということである。しかし、描かれた世界は、物語の最初に「師匠」の転向に関わる出来事と、教団が解散した後いくつかのグループに分かれた信者たちのグループ（地域）ごとの活動が描かれている以外、いくらかのズレはありながら、その大筋は『燃えあがる緑の木』を「最後の小説」とする根拠地建設の可能性を探った作品群と非常に似通ったものになっている。

しかし、ただ一つだけ違った点がある。それは、それまでの「根拠地」を描いた作品の場合、指導者（中心人物：ギー兄さんのような人）がいなくなると、その根拠地は崩壊する構造になっていたのが、『宙返り』では中心人物の「師匠」が亡くなっても、次の中心になる人物がすでに活動を始めているということがあって、「根拠地」は持続的に運営されることになっていることである。『宙返り』を発表した後のインタビュー（九九年六月二十一日『読売新聞』）の中で次のように語っている。

小説で僕は、自分のなかに閉じこもり、犠牲者になることを「敗北主義」と書いています。（中略）僕の小説の主人公は最初から社会に敗北し、挫折することを予想していたように思う。（が）昨年、母の一周忌に行く途中、突然、生き延びた者たちのことを書こうと猛烈に感じ、終章を書いた。この章に、僕の新しい出発点が現れている。敗北主義は乗り越えたと思う。

確かに、『宙返り』は全体の読後感も悲劇的ではなく、大江作品にしては珍しく明るいものになっている。もちろん、崩壊の中に「再生」を見るという視点は、萌芽的にではあるが『燃えあがる緑の木』の最後にある。中年の過激派に襲われて死亡したギー兄さんの子供をお腹に宿した「私」が、「次の救い主」を生むことになっており、そのことを含めて「Rejoice!（喜べ）」という歓喜の言葉で物語が終わっている点である。しかし、考えてみれば、それはまた一からのやり直しを意味し、『宙返り』のようにこれまで築いてきたものの上にさらに「根拠地」が持続的に発展させられる、というものとは異なっていた。ということは、『宙返り』以前の作品群が根拠地建設の過程を描くことに重点が置かれ、根拠地のある「森のなかの谷間の村」という周縁が、「中心＝都市」の文化を相対化するという視点、つまり「中央＝天皇制」文化とは異なる独自な文化を持った根拠地に対する大江の確信が希薄だったことの現れだったように思われる。

それが、『宙返り』では、確かな形で次の世代に「根拠地」建設が受け継がれるような物語の進み行きになっている。これまでの作品と『宙返り』とが異なる所以である。では何故再開した小説がそのような進み行きになったのか。その理由もはっきりしているように思う。大江は、自分の人生および文学の仕事を本格的に締め括る時期を迎えて、状況の変化に即応しない「敗北主義を乗り越え」、後から来る「新しい人」へ期待を込めて自らが積み重ねてきた思想や方法を託そうとしたのである。かつてこのようなことはなかったことであるが、『宙返り』を発表した後、テレビに出演して新作について語ったり、週刊誌（『週刊現代』九九年八月二十一・二十八日合併号）で積極的に自作をアピールしたのも、「新しい人」へ期待する気持の表れだったと見ることができる。『週刊現代』のインタビュー「僕が『宙返り』に込めた〝新しい日本人〟へのメッセージ」の最後は、次のような言葉で締め括られている。

僕の人生のキーワードを、といわれたなら、この〝恢復〟という言葉です。若い頃、中江兆民の『恢復的な民権』という言葉から学びました。

いま、『戦後民主主義はアメリカから与えられたものだ』という声が目立ちます。憲法改正を、社論として押し出している読売新聞も、それを前提にしていました。

僕も（民主主義が与えられたものだというのは）その通りだと思う。大切なのはそれからです。アメリカも、民主主義をフランスから与えられた。これは普遍的な思想です。確かに与えられたものですが、それを日本人の手で、本当に自分のものにして、次の世代につなぐことができるかどうかが問題なんです。

これまでお前の書いてきた小説は、敗北主義じゃないか、と言われます。しかし、敗北主義ではない。僕は光という息子と生きてきたことで、そこを乗り越えたように思います。『宙返り』には、それを書いた。

〝新しい人〟に伝えたいのは、つまり、戦後民主主義を恢復してもらいたいということです。それを言い続けるために、僕はどんなにみっともなくても生き続けようと思っています。

大江は、二〇〇一年の十一月に同じ日付で講演録の『鎖国してはならない』とエッセイ集の『言い難き嘆きもて』を出すが、「九月の大転換期の始まる前に編集したため、あいも変わらぬ小説家の後知恵の悔いはあります。同時に、ある種の予感もひそんでいたように感じます」の文言を含む、贈呈の挨拶文に添えた署名の下の判子に刻（ほ）られた文字は、「with groanings」となっている。「groan」の訳を「うめく・苦しむ」とすれば、「with groaning」は「うめきつつ・苦しみながら」となる。戦後民主主義が輝いていた時代から半世紀以上が過ぎ、民主主義思想が「ネオ・ナショナリズム」とも言うべき日本主義に回収されるような状況下にあって、大江はそのような傾向に抗する「最後の一兵卒」のような気持で『宙返り』を書き、その後のインタビューやエッセイ執筆、等の依頼に応じたのかも知れない。何かが吹っ切れたような、しかし悲壮感もまた感じられる大江のテレビ出演やインタビューの裏側に秘められた決意、これはまさに民主主義者(デモクラット)のそれであったと言っていいだろう。

伝説十四　そして、現代(いま)

〈一〉『取り替え子』と『憂い顔の童子』の意味するもの

大江は『宙返り』を書き上げた直後のカリフォルニア大学バークレイ校での『「新しい人」に向かって』と題する講演で（九九年四月）、「次の百年を生きる人々に対して礼儀正しくあろうとするなら、この百年を生きたわれわれは、勇気を失ったままでいるわけにはゆきません。われわれは、自分らと同時代を生きた具体的な人間のことを手がかりにして、頽勢(たいせい)を盛りかえすべくつとめねばなりません」と、残りの人生において何をなすべきかを述べた後、最後に「新しい人」に向けた次のような言葉を記している。

私が自分の生涯の最後のもののひとつに違いない、この長編（『宙返り』のこと―引用者注）において語っている「新しい人」への期待も、まさに同じ希いからきています。それは個人的な感情ですが、しかし日本の社会と文学が、明治維新以来百三十年の、また戦後五十年の経験のあとで、負の遺産の復活になんとか対抗し、わずかなものであれプラスの遺産を守りとおしてゆくためには、新しい世代に期待をかけるほかはない。私がいま心からそのように考えているのは、単に個人的な感情によってのみではないのです。それはもっと一般的な、危機の認識からきています。

この「新しい人」「新しい世代」という言葉の中には、当然「新しい文学世代」も含まれているはずであるが、大江の「危機の認識」(裏返せば「絶望」)が相当深いものだと思われるのは、現在の文学傾向もまた同じような「危機」的状況にあるとの大江の認識がそこに読みとれるからである。つまり、大江が継承をめざしてきた「戦後文学」が、その方法と世界の「多様性」および作家たちの「能動的姿勢」によって、「実社会にモラリティーに関わる影響力をそなえていた」のに対して、現代文学の作家たちの「受動的な姿勢」に立ち「書く技術のみが大切」と考える傾向(『戦後文学から今日の窮境まで――それを経験してきた者として』八六年)は、現在ますます強まることはあっても一向に変わっていない、と大江は思っているのではないかということである。

では、このような状況認識と決意は、『宙返り』以後どのような形で具体化したか。基本的な考え方は変わらないとして、方法的にはもう一度「原点」に帰って自らの生きてきた歴史と同時代を点検し直すという形を大江は取った、と考えていいだろう。『宙返り』以後の小説、『取り替え子　チェンジリング』(二〇〇〇年十二月)と『憂い顔の童子』(〇二年九月)の二作は、如実にそのことを物語っている。

まず、『取り替え子』であるが、これは最初のほうで少し触れたが、高校時代からの親友であり妻ゆかりの兄である伊丹十三の死をきっかけに、大江が彼と知り合った高校時代と現在とを自在に行き来する方法で書かれたものである。考えてみると、エッセイは別として松山東高校時代というのは大江の長い作家生活の中で、これまで唯一素材として取り上げられてこなかった時代である。それを、『取り替え子』では扱っている。その理由は明確である。表面的には、確かに松山東高校時代というのは伊丹十三と出会った時期であり、その伊丹が今は亡き人になってしまったということから、彼との関係を捉え直すことが動機になっていると見ることができる。しかし、大江は、ここでも確認しておくが「私小説作家」ではない。その大江が親友であり義兄であった伊丹十三との関係を捉え直す、そこには別な動機がなければならないのではないか。そう思うと、先の『「新しい人」に向かって』の中で、「次の百年を生きる人々に対して礼儀正しくあろうとするなら、この百年を生きたわれわれは、勇気を失ったままでいるわけにはゆきません。われわれは、自分らと同時代を生きた具体的な人間のことを手がかりにして、頽勢を盛りかえすべくつとめねばなりません」、あるいは「戦後五十年の経験のあとで、負の遺産の復活になんとか対抗し、わずかなものであれプラスの遺産を守りとおしてゆく」という決意と、『取り替え子』の主題は深く関係しているのではないかと思わざるを得ない。

つまり、思想的にも倫理的(モラリティー)にも戦後の民主主義に負うところの多かった大江や伊丹十三が、松山東高校で過ごした時代というのは、前にも書いたが、戦後民主主義が朝鮮戦争の勃発をメルクマールとして「曲がり角」に差しかかった時代でもあった。そんな時代に「青春」を送った大江や伊丹十三たちの世代が、いかに「負の遺産の復活になんとか対抗」してきたか、そのことの軌跡を描くことに『取り替え子』の真の主題があった、ということである。言葉を換えれば、戦後の映画史に燦然と輝くような佳品を数多く残した伊丹十三が、何故追いつめられて自ら死を選ばなければならなかったのか、伊丹十三でなく自分であった可能性はなかったのか、自分たち世代の思想とモラリティーは本当に正しく有効なのか、といった自問の数々に答えるべく書かれたのが、『取り替え子』だったということである。

『憂い顔の童子』も、基本的には同じモチーフで書かれたものである。大江はかねがね人生の締めくくりにあっては、生まれ故郷の「森のなかの谷間の村」で静かに過ごしたい旨の発言を繰り返していたが、この長編では音楽家で知的障害のある息子アカリを伴って故郷の「谷間の村」に帰ってきた作家の「古義人」(この名前は『取り替え子』でも使われている：大江自身と見なしていいだろう)が、主人公として設定されている。また、ここでは『取り替え子』で「吾良」(伊丹十三)の果たした役割を、アメリカ人女性で十年ほど前から古義人の小説を研究している「ローズさん」が引き受けている。古義人は「谷間の村」に移住する際にセルバンテスの『ドン・キホーテ』を携えており、その古義人の解読と共に物語が進行する仕組みになっている。古義人＝大江が何故この時期『ドン・キホーテ』に魅入られていたかは、『憂い顔の童子』の目次裏に『わしは自分が何者であるか、よく存じておる』と、ドン・キホーテは答えた」をプロローグ風に書き付けていることから理解できるだろう。

「わしは自分が何者であるか、よく存じておる」というのは、大江自身の自負と受け取っていいのではないかと思う。自省的と言うか、常に自作の脱構築を試みてきた作家であるからか、大江ほど自らの作品や発言について熟知している書き手はいない、と言っても過言ではない。その大江が「わしは自分が何者であるか、よく存じておる」ということを前面に掲げて、自分の過ぎ来し方を見直す、その根底にあるのは、もちろん戦後民主主義の思想とモラリティーである。作家である自分にとって、戦後民主主義の最大の危機と言われた「六〇年安保闘争」において自分も参加した「若い日本の会」は、この日本の現実に何をもたらしたのか、もたらしているのか。

「森のなかの谷間の村」(及びそこで一生を終えた母親や村の人々、つまり「周縁」)はどのような意味を持っているのか、あるいは

物語の終わり近く、「我が青春のジグザグデモ」を再現したいと願った「若い日本の会」変じて今や「老いたるニホンの会」——この命名が、『憂い顔の童子』の中で伴走させられている「ドン・キホーテ」に対応しているところに、大江の批判精神の表れを見ることができる——となった昔の仲間が企画した「六〇年・七〇年安保闘争」の再現劇で、機動隊に扮した若者との衝突によって古義人は頭に重傷を負う。周りの関係者による必死の看護にもかかわらず古義人は、意識が戻らないまま涙を

流し、次のような中野重治の『軍楽』（四九年一月発表）の一節を思い浮かべる。『軍楽』は、社会主義者であることを認めるように官憲から強要されながら拒否し続け、兵隊にとられた男が、敗戦で東京郊外の家に帰り、久しぶりに東京に出て「変わったこと・変わらないもの」を観察しながら街を歩いているうち、占領軍の軍楽隊による思いがけない「静かな」演奏にでくわし、そこで引用のような想念を得る、という短編である。それを重篤な病床にある古義人が思い浮かべるというわけである。ここに、晩年を迎えた大江の願望（祈念）があると言えないだろうか。

もう一度あたらしい音楽がおこった。（中略）それは、男に西洋的なものでも東洋的なものでもなかった。民族的なものでさえなかった。それは、人のたましいを水のようなもので浄めて、諸国家・諸民族にかかわりなく、何ひとつ容赦せず、しかし非常にいたわりぶかく整理するような性質のものに見えた。

……………………

殺しあったもの、殺されあったものたち、ゆるせよ。殺され合うものを持たねばならなかった生き残ったものたち、ゆるせよ……はじめて血のなかから、あれだけの血をながして、ただそのことで曲のこの静かさが生まれたかのようであった。二度とそれはないであろう……諸国家・諸民族にかかわりなく、何ひとつ容赦せず、しかし非常にいたわりぶかく……

（『軍楽』）

「平和」というものが、何であるのか。本当の意味での「和解」とは、どういうことなのか。そして、それらの「平和（和解）」がもたらしたはずの「民主主義」が、今やどんどんねじ曲げられ、戦後民主主義の時代には「負の遺産」と言われていたものが、日々復活し続けている。大江が『宙返り』以後、「原点」に戻って、自らと同時代を点検し直そうと思い至ったのも、そのような「危険な兆候」に対するデモクラットとしての責務を感じたからに他ならないだろう。『取り替え子』、『憂い顔の童子』は、そんな問題意識によって書かれたものであったと言っていい。

〈二〉「なにかをやめる日」に向かって

先に記した中野重治の『軍楽』が入っている薄い短編集（『話四つ、つけたり一つ』四九年二月刊）は、『憂い顔の童子』によれば、

「古義人が小説家になることを決めた時……大学院への願書を取り下げる報告をしなければならなくて……六隅先生のお宅にうかがって戴いた本です。先生あての中野重治の署名があって、古義人には特別な本なのです」ということになっている。「六隅先生」が渡辺一夫であることは、言うまでもない。そしてその本は、「小説家でやってゆくことにした日の記念だから、小説家をやめる日にも読むんだ」と、古義人は常日頃口にしていたというのである。「小説家をやめる」ということが、「最後の小説」ということと関係するのかどうか、これまで見てきたようにそれは即断できないが、――というのも、件の渡辺一夫から貰った中野重治の本は、二〇〇二年八月に中野の生地福井県丸岡町で「中野重治生誕一〇〇年記念」の講演をした際に、中野重治記念町民図書館に大江の手から寄贈されたからである。――そのこととは別に直ぐというわけではないだろうが、大江が「なにかをやめる日＝小説家をやめる日」は確実に来るはずである。

そのことを思う時、大江が歩んできた「小説家としての道」の確かさを考えないわけにはゆかない。長編小説だけでも『芽むしり仔撃ち』に始まって『憂い顔の童子』まで二十編を超え、短編はその何倍かの数を書き、「小説」論から時事的なものまで評論・エッセイ集の類も数多く刊行し、まさに戦後の文学を代表する作家に相応しい仕事を続けてきた。もちろん、数や四十年以上にわたる作家生活の長さだけが問題なのではない。その内容も様々な国内における文学賞の受賞や海外でのノーベル文学賞受賞を代表とする数々の文学賞受賞が如実に示すように、この時代を生きる人間と社会・世界との関係を視野に入れ、文字通り「過去と未来をふくみこんだ同時代と、そこに生きる人間のモデルをつくり出す」(『戦後文学から新しい文化の理論を通過して』八六年)という「文学の役割」を十全に果たすものであったと言っていいだろう。

特に、「戦後文学」を受け継ぐ者に相応しく、大江ほど自覚的に「方法論＝文学論」にこだわり、かつ民主主義者としての節操を守って社会的な発言を続けてきた作家はいないのではないだろうか。学生時代に学んだサルトルの文学と実存主義哲学に始まって、大江が書き記してきた先学や思想・哲学を列記すれば、ノーマン・メイラー、ブレイク、シェークスピア、キーツ、スピノザ、ダンテの『神曲』、柳田國男の民俗学、バフチンらのロシア・フォルマリズム、構造主義哲学、脱構築理論、そして文化人類学者山口昌男の「中心と周縁」理論、等々がその時々の大江の作品に反映され、時には「難解」などと言われてきたが、この国の近代文学史に根強い「自然主義・私小説」の伝統から自由な方法を提示し続けてきたことは、高く評価できるのではないだろうか。そして、中上健次や立松和平といった団塊の世代＝全共闘世代の作家がみな大江から出発していることを考えると、二十世紀後半から現在に至るこの国の文学の伝統は大江によって作られてきた面もある、と言っても過言ではないのではないか。もちろん、大江が戦後文学の伝統とは切れた作家と見なしている村上春樹や吉本ばなな等も、現代文学の書き手として存在していることを承知で、しかし、九〇年代以降の村上春樹が「ディタッチメントからコミットメントへ」その作風を変えたように、作家がこの社会や歴史に対して「受動的な姿勢」のままでいられないのも、「能動的な姿勢」に立つ大江健三郎（戦後文学）的方法と思想こそ文学の王道だからではないだろうか。

様々な方法が提唱されては消え、また生まれる。しかし人間いかに生きるべきかを問う文学の根本命題は、人間社会が続く限り変わりなくあらゆる言語表現の基底に在り続けるのではないだろうか。大江健三郎という作家及び彼の文学は、そのような根本原理を照らし続けて止まないものとして、われわれの前に現前し続けるだろう。

（『作家はこのようにして生まれ、大きくなった――大江健三郎伝説』二〇〇三年九月　河出書房新社刊）

大江健三郎の「反核」論

第一章

前史——戦後文学者の「核」論

一　荒正人・野間宏・武田泰淳

かつて世界が米ソを軸に東西冷戦構造によって二分され、核軍拡競争に明け暮れるようになった時代、ヒロシマ・ナガサキを経験したこの国の基本的には「反戦」の立場に立っていたはずの戦後の文学者が、ヒロシマ・ナガサキで実証された「原子力エネルギー」——必ずしも原発を想定していたわけではなく、原爆で証明されたとてつもなく大きな核エネルギー総体を指す——に未来を託し、「革命」を眺望しつつソ連や中国の「核＝原水爆」を容認するということがあった。例えば、ヒロシマ・ナガサキから一年後の一九四六年八月に、戦後批評をリードした「近代文学」派の論客であった荒正人は、「原子核エネルギイ（火）」という論文の中で次のように書いていた。

原子核エネルギイの発見、創造はどんな意味をもってくるのであろうか。わたくしはそれを星の人工とよびたい。『旧約』の義人ヨブは、エホバから、汝は星の世界をいかんともすることができぬであろう、ときめつけられ、神の摂理のまえにひれふしてしまったが、こんにち人類は、星のエネルギイをも獲得したのである。この無限大のエネルギイもいつかは工業化されるであろう。かくして、人類の胸を——『旧約』の記者を、空想社会主義者を、科学的社会主義者を掠めていった、あの終局の希望も実現されるであろう。それは、各人がその力量に従って働き、各人がその必要に応じて享ける、というユートピアである。

この荒正人の文章は、「核」についての知識が不十分なまま書かれたものだとは言え、「原子核エネルギイ」を得たことによって「ユートピア」の実現が早まると考えたのは、アジア太平洋戦争の敗戦によって「平和」と「民主主義」を手にした戦後の文学者たちが、いかに楽観的に「核＝原子核エネルギー」に捉えていたかの見本のようなものであった。もっとも、「近代文学」派の中でも炯眼で知られていた荒正人ならではの考えが、この「原子核エネルギィ（火）」の中では示されており、それは「この地球を、アクロポリス（世界市）にするか、ネクロポリス（大墓地）にするか――この課題を解きうるものは政治あるのみ。それは少数者の手による政治ではなく、人民の手による政治なのだ」というものであった。荒は、「核」は使い方によって暴走する可能性があることも指摘していたのである。

また、「戦争・戦時下」体験に固執し続けた戦後派文学を代表する作家の一人野間宏が次のように言っていたことも、世界の在り方＝冷戦構造がいかに一人の文学者の言説に大きな影響を与えていたかを如実に物語るものとして、記憶されていいだろう。「文学」が時代の動向や社会の在り方と密接な関係にあることの証左でもあるのだが、野間宏は「水爆と人間――新しい人間の結びつき」（五四年）の中で、相次ぐアメリカによる原水爆（核）実験がいかにこの世界に「ニヒリズム」の影を落としているかと怒りを込めて嘆きながら、東京都杉並区の主婦たちの呼びかけで始まった原水爆禁止運動がそのような「ニヒリズム」を打破するのではないかと言いつつ、次のように「ソ連の核＝原発」を歓迎する文章を書いた。

このようなとき（原水爆禁止運動がニヒリズムを克服しつつある時―引用者注）、世界最初の原子力発電所がソヴェトで完成されたということは、この人類の立場にこの上ない希望と力をあたえたのだ。発電所は六月二十七日（一九五四年―同）はじめて送電を開始し、原子力を平和的に利用する上に画期的な道をひらいたのである。このニュースが新聞紙上にあらわれたとき、涼しい凰が生々と肌にふれたような感じが私たちにおとずれた。未来の空はぐっと一きわ近よったかのように思われた。

（中略）

同じ原子力であるが、一方は人類を滅亡にみちびき、一方は人類の無限の発展に通じる。この矛盾のなかをつらぬいていま私たちは自分の生きる道を見出して行かなければならない。（中略）人類を滅亡にみちびく水爆を禁止しようと全力をつくして互いに結び合いつながり合って行くなかで、私たちははじめて原子力のこの二つの側面、人類滅亡と無限の幸福との対立、この矛盾を克服して、人類の無限の幸福の方へ前進する立場がどこにあるかを、生生と実感をもってさぐりとることができる。私たちはそれがソヴェトにあるということを、自分の身体で、自分の五官にかんじとる。

この後も、次々とアメリカ批判とソ連の原発礼賛が続くのだが、このような野間宏の世界認識（思想）こそ時代の制約を受けた思想の典型と言うことができるだろう。しかし、だからと言って、当時の人々（文学者）が村上春樹の言うように「我々日本人は核に対して『ノー』を叫んでこなかった」（二〇一一年六月　カタルーニャ国際賞受賞記念講演での言葉）ということではなく、野間宏もまた杉並の主婦たちによる署名運動から始まった原水禁運動を高く評価していたのである。しかし、野間もまた原子力（核）には「悪い核＝原水爆」と「良い核＝原子力発電」があるという二元的な認識によって「核」を捉えており、その意味では野間の「反核」思想も限界を持つものであった。もちろん、そのような野間宏の「反核」思想の限界は、その時代を覆う思想の限界でもあり、野間一人を責めることはできない。

つまり、この野間宏の場合が典型と言っていいのだが、「原子力＝核」についての思想は、常に時の政治状況や世界の在り方に強い影響を受け続けてきた、ということである。またそのことは、「反核」運動や「反原発・脱原発」運動が深く「政治」と関係してきたということでもあるのだが、それはそもそも「原子力の平和利用＝原発」の我が国における建設・推進が、「核保有国」アメリカの要請を受けた日本の政財界によって推し進められたことと対の関係、あるいは表裏一体の関係にあったことを意味していたのである。原子力＝核問題は、まさにそのようなこの国の戦後史の在り方を根源から問うことなしに成り立たないものだったのである。

もう一人、戦後文学を代表する作家武田泰淳の場合を見てみる。武田泰淳には、ヒロシマ・ナガサキの経験を基に、「核爆弾」によって四〇年後（一九九〇年代）の世界がいかに「絶滅」の危機にさらされたものになっているか、という問題意識によって書かれた『第一のボタン』（五三年）というSF小説がある。しかし、そのような「未来の核（原水爆）状況」を憂えていた武田泰淳さえもまた、「原子力の平和利用＝原発」については「楽観」的であったこと、この事実もまた核＝原発問題の複雑さ・アポリアを如実に現すものとして存在した。武田泰淳は、「五月二十七日、中央公論社のKさんに連れられて、東海村へ」建設中の原子力発電所（原子力研究所）を見学するために出かけるが、「一週間ほど前に『ルポに行ってくれませんか』と話があるまで、自分が一生のうちに東海村へ行くようになるであろうとは、夢にも思っていなかった」、という文章で始まる「東海村見物記」（五七年）を書き、その最後に次のような言葉を記していた。

もちろん心配は、原子力研究所の側にだけあるのではない。原子力委員会にも、原子力局にも、頭のはちわれそうな心配があるにちがいない。また民間にも識者にも、大心配をしている人々がいることは、上述の会議録（「第二十六回、国会衆議院、科学技術振興対策特別委員会会議録　第三十五号」のこと—引用者注）における、岡良一、武谷三男の両氏の発言を読めば明らかだ。去年よりは今年、今年よりは来年と、原研をとりまく心配は、次第に増大するのではなかろうか。ねがわくば、これらもろもろの心配が、公平、かつ冷静に検討され、国民の利益になる「心配」にまで、統一され、高められんことを。そして、成功と幸福を祈るがための心配が、不幸と失敗にみちびくニセ心配を打ちやぶり、絶望と破滅の影をきれいに消しさって下さらんことを。

未だ建設途中の東海村原子力研究所（実験用原発を含む）について、このような形で文学者が建設推進に「動員」されていたことに、ある種の歴史を感じる。しかし、それはそれとして、この武田泰淳の「東海村見物記」もまた文学者が「核＝原発」問題に正対していたことの証の一つであり、決して「核」に対して蔑ろにしていたのではないことの表れでもあった。しかし、先の野間宏と同じように、この武田泰淳の場合も「核＝原発」に関して楽観的な見方をしており、その意味で一九五〇年代にあっては、ほとんどの文学者が「原発＝核」に対していささかも疑問を持っていなかったということになる。

この原発に対する楽観論は、例えば広島と長崎の被爆地において一九四九年一〇月に「平和擁護広島大会」「（同）長崎大会」が開かれ、翌一九五〇年には日本ペンクラブ（会長川端康成）主催の「広島の会」で、「世界平和擁護のためペンマンとして純粋誠実なる努力を果たさんことをわれわれ自らに誓う」と宣言し、文学者の「反核・反戦」の意思を明らかにするようになったことの「裏返し」だった、とも言える。つまり、当時の「反核」思想は核兵器＝原水爆を対象としており、一九六八年にノーベル文学賞作家となる川端康成はもちろん、「広島の会」に参加した文学者の誰一人、その「反核」思想の中に「反原発」を組み込んでいた者はいなかった、ということである。

このような戦後文学者たちの原発への対応は、まさに庶民（国民）の意を体現したものであった、と言うこともできる。が、それとは別に、この国の「原水禁（反核兵器）」運動は地元の広島や長崎では戦後直ぐに、そして全国的な規模では先にも記したように一九五四年から、ずっと今日まで――核兵器＝原水爆に関しては、と限定してもいいが、中断することなく――日本人は「核に対する『ノー』を叫び続けて」きたのである。

なお、先の荒正人にはじまって野間宏や武田泰淳が、あるいは原民喜の『夏の花』（四七年）や大田洋子の『屍の街』（一部四八年）等の文学作品、及び荒正人の「原子核エネルギイ（火）」等の評論を収録した『原子力と文学』（五五年）を編んだ小田切秀雄をはじめ多くの戦後文学者が、状況の変化、それは一九七九年のアメリカ・スリーマイル島原発の事故や、一九八六年の旧ソ連・チェルノブイリ原発の大事故を目の当たりにした結果と言ってもいいが、原子力の平和利用＝原発容認から「反原発」の立場を鮮明にするようになったこと、これは是非とも記憶しておかなければならない。

日本の戦後文学者たちは、ヒロシマ・ナガサキの経験を基点に、それ以降、時代的制約の下で時には原発容認の発言もないわけではなかったが、『「反核」異論』以降顕著になった吉本隆明のような「科学神話＝原発容認論」の信者以外、大方は「反核＝反核兵器・反原発」の立場を取り続けてきたということである。それは、「核＝原子力エネルギー」の問題がひとえに人間の生命と「未来」に深く関わるものとして、多くの文学者に意識されていたからに他ならなかった。

二　大江健三郎「反核」思想の変遷

以上、足早に戦後まもなくの文学者の「核＝原発」への対応を見てきたわけだが、確かに「原子力発電」という「核」について、戦後の文学者（日本人）は現在考えられるような形で対応（批判・反対）してこなかった。野間宏の先の文章からもわかるように、原発が人間存在にとってどのようなものであるか、その真の姿を誰もよくわからなかったのである。このことは、今や「反原発」運動の最先端を行くノーベル文学賞受賞作家大江健三郎の軌跡を見れば、よくわかる。

周知のように、大江が「核（原水爆）」と具体的な形で正面から向き合うきっかけになったのは、一九五八年に刊行された土門拳の写真集『ヒロシマ』に出会ったことによるが、具体的には一九六〇年代に入ってからであった。新進気鋭の作家として多方面で活動していた当時の大江は、一九六一年一月から一〇月まで『毎日グラフ』で「われら純アプレゲール」と題する連続インタビューを行ったが、その中の一回で大江と同世代の広島と長崎の被爆者に出会う（この連続インタビューは後に『世界の若者たち』と題して、新潮社より六二年に刊行される）。そのインタビューを記した文章の「会う前に」で、大江はヒロシマ・ナガサキに関して次のように書いていた。

土門拳の写真集『ヒロシマ』は日本人の悲惨と勇気とを感動的にえがきだしていた。それは実に感動的だった。それがなぜ感動的なのかは、それが生きている人間をとらえているからだと思う。原爆をこの今日に生きている人間の悲惨と勇気を写しだしているからだと思う。

原爆投下の直後に写された写真群も、決して感動的でなかったとはいえない。そこには数しれない死者たちと数しれない瀕死のものたちがカメラにとらえられていた。そして感動はいまにも死につつある人間たちの死との闘いという形をとってもっとも直接に心をうつのだった。土門拳の『ヒロシマ』は、この今日、この時刻、なお原爆と戦うことで生きている人間たちをあきらかにえがきだしたのである。

> われわれはこの人々にたいして、ほとんどなすところがない。この人々は孤りぼっちで、すべての人間の責任を背おいながら生きている。

「感動的」などという言葉をいとも簡単に使ってしまうところに、いかにも二十六歳の若き作家の気負いを感じるが、それとは別にさすがと思うのは、ヒロシマ・ナガサキの死者と土門拳の写真集『ヒロシマ』に写された被爆者を、「今日を生きる人間」の問題として捉えていることである。また、大江は「われわれはこの人々にたいして、ほとんどなすところがない。この人々は孤りぼっちで、すべての人間の責任を背おいながら生きている」という言い方で、被爆者がいかに過酷な状況の下に置かれてきたか、さらには非被爆者の日本人と「政府＝政治」が彼らの存在をいかに放置してきたか、と怒りを込めて告発していた。このようなヒロシマ・ナガサキの犠牲者（死者・被爆者）に対する姿勢があったからこそ、あの不朽のルポルタージュ『ヒロシマ・ノート』（六五年）が生まれた、と言っていいだろう。

大江は、雑誌「世界」の要請で一九六三年と六四年に二回続けて原水禁世界大会を取材するため広島に行くが、そこで繰り広げられていた「政争」――原水禁運動もまた、当時の「社会主義国」を代表する中国・ソ連の対立を反映して、社会党系と共産党系で激しく主導権争いを行っていた――に絶望して、重藤文夫が院長を務める原爆病院を訪れ、そこで重藤院長を初めとして「真に広島的な人間たる特質をそなえた人々に出会」う。「真に広島的な人間」とは、「モラリスト」であり、「威厳をそなえ」「正統的」であり、「屈服しない人々」のことであった。大江が今日にあってフクシマやヒロシマ・ナガサキについて触れるとき、「倫理的（モラリスティック）」であることを強調するのも、この『ヒロシマ・ノート』で「モラル（倫理的な生き方）」とは何かを考え、「モラリスト」であることの難しさを心の底から知ったからであった、と思われる。

大江の「核＝核兵器（後に原発も含む）」への基本的な態度（原点）は、次のような『ヒロシマ・ノート』の言葉に集約されている。

> 僕は広島の、まさに広島の人間らしい人々の生き方と思想とに深い印象をうけていた。僕は直接かれらに勇気づけられたし、逆に、いま僕自身が、ガラス箱のなかの自分の息子との相関においておちこみつつある一種の神経症の種子、頽廃の根を、深奥からえぐりだされる痛みの感覚をもあじわっていた。そして僕は、広島とこれらの真に広島的なる人々をヤスリと

して、自分自身の内部の硬度を点検してみたいとねがいはじめていたのである。僕は戦後の民主主義時代に中等教育をうけ、大学ではフランス現代文学を中心に語学と文学の勉強をし、そして仕事をはじめたばかりの小説家としては、日本およびアメリカの戦後文学の影のもとに活動している、そういう短い内部の歴史をもつ人間であった。僕は、そうした自分が所持しているはずの自分自身の感覚とモラルと思想とを、すべて単一に広島のヤスリにかけ、広島のレンズをとおして再検討することを望んだのであった。

（「プロローグ　広島へ……」）

大江は、この『ヒロシマ・ノート』と、広島へ取材に行く直前に産まれた長男が障害を持っていたことを基に書いた『個人的な体験』（六四年）とによって、「核状況下の世界」と「弱者（障害児など）との共生」というその後の作家生活を貫く二つの大きなテーマを手にする。そのことは、『ヒロシマ・ノート』と同時期に「核戦争」への恐怖を主題とした中編の『アトミック・エイジの守護神』（六四年）を書き、また七〇年代に入ってこの「核状況下の世界」と「障害児との共生」という二つのテーマを融合させた「洪水はわが魂に及び」（七三年）及び『ピンチランナー調書』（七六年）を書いたことで明確になった、と言っていいだろう。大江が思想的にはいかに「反核（反原水爆）」立場に立って自らの表現、つまり創作及び批評活動を行っていたか、講演「力としての想像力」（七三年）の次のような言葉が如実にそれを物語っている。

われわれは原水爆について常に受け身でした。われわれの現在の存在のしかたというものは、核大国の人質にとられた状態にあるというほかありません。われわれは全面的に核体制のもとにある。核兵器はすでに人類全体をみな殺しにし、世界を破壊しつくしうるほどの大規模なものが貯蔵されてしまっている。しかもわれわれは積極的に核体制の態度決定に参加することはできぬ。ただその被害をこうむるもの、その被害の恐怖の内に生きるものとして、核戦略の人質の役をにないながら、受け身のまま核体制に巻き込まれて生きてきたわけであります。
われわれは、このような状況からどのようにして脱出することができるのか。どのように生き延びる方途を探しうるのか？すくなくともその根底に、想像力の力の回復がなければならぬと、私は考えるのであります。いまさら想像力が何になる、想像力の回復などといったところで、終末の嘆きの歌を歌うようなことを出ないのではないか、という声はあるでしょう。しかし、そういう声を聞いた上で、私は作家として、すなわち想像力の技術者と呼ばれるべき人間として、そうでないといいたいのです。作家という想像力の技術者と呼ばれるべき人間として、自分は想像力こそ根幹において、このような状況を逆転してゆく力を見つけ出そうとするのだと、私はいいたいのであります。

ここには、大江が土門拳の写真集『ヒロシマ』に出会って以来培ってきた「反核」思想の集大成がある、と言えるだろう。大江は、自分が「作家」であることを前提に、「想像力」を最大の武器にして、戦後世界を掣肘してきた「核状況」にどのようにしたら立ち向かっていけるのか、そのような状況を打破するためには如何なることが今必要とされているのか、を問うているのである。言葉を換えれば、大江はここで「核状況」をその全身で受けとめ、その上でこの時代を生き抜いていくことの大切さを訴えているのである。

さらに、大江がいかにヒロシマ・ナガサキの体験＝被爆体験——それは日本人全体の「体験」と言うこともできるものであった——にこだわって発言を続けてきたか。それは、原民喜や林京子といった被爆作家の作品への強い関心となって現れているのだが、原民喜の『夏の花・心願の国』（七三年　新潮文庫）の「解説」の中にそれは示されている。

核兵器が人間にもたらした脅威、悲惨は、そのおおもとの核兵器が全廃されるまで、つぐなわれ、ぬぐいさられることはない。われわれは、原民喜がわれわれを置きざりにして出発した地球に、核兵器についてなにひとつその脅威、悲惨を乗り超える契機をもたぬまま、赤裸で立っているのである。破滅か、救済か、なんとも知れぬ未来を遠望しつつ。僕はなぜ原民喜の作品群を若い人々へ橋わたしすることに、やはり人間一般につらなるような個人的希求をいだいているか、それを僕がこれ以上語る必要があるであろうか？

この引用を含む『夏の花・心願の国』の解説で、大江は「若い人々への橋わたし」をしようと考える理由として、二つあげている。一つは、「現代日本文学の、もっとも美しい散文家のひとりが原民喜」だからであり、二つめは「原民喜が原子爆弾の経験を描いて、現代日本文学のもっとも秀れた作家である」から、だという。いずれにしろ、大江が原民喜らの「原爆文学」を後世に伝えることによって、核廃絶を「遠望」していたことがわかる。

大江が「文学者の反核運動」の結果として『日本の原爆文学』（全一五巻）の刊行が企画された際に、編集委員として積極的にその刊行に尽力したこと、及びその余波の一部と言っていい一九八三年に東京で開かれた国際ペン大会向けの帯文に、「原爆小説名作選——未曾有の衝撃をはらむ作品群」と書かれた『何とも知れない未来に』（八三年　集英社文庫）という短編原爆小説を選・編集して刊行したこと、これらのことが象徴している原爆文学への根強い関心は、大江の「反核」思想が尋常ならざるものであったことを物語っていた。

大江は、「生命（いのち）＝人間」の在り方と関係する原爆文学に対して、以上のように強い関心を持ち続けたのだが、原爆文学＝核への関心ということでもう一つ付け加えるならば、障害を持った長男（光）を中心とした「家族」の物語でもある短編連作集『新しい人よ眼ざめよ』（八三年）の中の、次のような部分にこそそれは現われていたと考えられる。

障害児は、核兵器をつくりだし行使する側に立たぬ者らである。かれらの手が核兵器について汚れていないことはあきらかである。しかもかれらの住む都市が核攻撃にさらされる時、もっとも被害に斃れやすい者らでもあろう。かれらには核兵器に反対する権利が正当にある。僕は現に広島での反・核の集会に車椅子に乗った身障者たちが参加しているのを見て、かれらを助ける学生のヴォランティアに対してともども、深い印象を受けた。

その上でのことではあるのだが、と僕はイーヨー（障害を持つ息子のあだ名―引用者注）個人に思いを戻してみたのだった。一発の核爆弾で都市がひとつ焼きつくされ、その瞬間と数箇月の間に十数万人が死に、さらにより多くが傷ついたという悲惨を、死について敏感なイーヨーは理解するかもしれない。死者や傷ついた人びとの写真が、かれにショックをあたえもしよう。自分のうちにある死への恐怖と連動させてイーヨーが大きな死の影のもとに追いつめられている自分を見出すことも、おおいにあるだろう。そしてイーヨーが変化する。しかしその変化は、父親にも決して回復させてやれぬ傷を、つまり肉体の一部が壊死するような経験をこうむることであるかも知れない。
（「魂が星のように降って、跗骨（あし）のところへ」）

一般的な言い方をして、障害者は社会的弱者である。大江は、自分の長男がそのような社会的弱者＝障害者であることの深い自覚から、そのような社会的弱者＝障害者（児）の「生命」を一番分かりやすい形で蔑ろにする核攻撃（核存在）に対して、反意を表明していたのである。これは、『ヒロシマ・ノート』に明らかな、中・ソの論争に明け暮れる原水禁大会に愛想をつかし、広島原爆病院を訪れ被爆者の生命に深い関心を寄せた大江の心情に通底するものだった、と言っていいだろう。大江の「反核」思想（意識）は、「生命」に関わって表現に従事する作家らしく、まず何よりも人間＝生命を根源から蔑ろにする「核」という存在への嫌悪・忌避から発したものに他ならなかったのである。

しかし、こと「反原発」に関しては、原発の技術者であり被曝者である人間が重要な役割を果たす『ピンチランナー調書』

を書くまで、大江の原発認識は先にも触れた戦後文学者たちの多くと同じように、「肯定・容認」する立場にあった。大江は、「文学とはなにか？（2）――客観性の問題をめぐって」という講演（六七年七月　連続講演集『核時代の想像力』七〇年、所収）の中で、核兵器を「科学の進歩」という観点から容認すると共に、日本人が持つ「核アレルギー」を放棄して、世界の核大国と同じように「核エネルギーの開発に参加しなければならない」とする保守派＝タカ派――核武装論者の石原慎太郎たちを念頭に置いていたと考えられる――の論理に対抗しつつ、次のように言っていた。

核エネルギーを開発することにぼくは不賛成ではありません。わが国でもじつは核エネルギーは現に開発されています。日本人が核アレルギーで萎縮している、と主張する連中は意識してそのことに触れないけれども、東海村では核エネルギーが開発されていますし、東海村で開発された電力はいま町を流れています。それにぼくは反対しません。しかし、なぜぼくが自民党の核開発の主張に疑問を抱き、警戒心をもっているかといいますと、それは核兵器と核エネルギーとをすっかり切りはなしたかたちで開発することが現におこなわれているのかというとそうではない。今後はますます核兵器と結びつけたかたちで核エネルギーの開発がおこなわれるであろうという具体的、現実的な危惧をぼくが抱くからであります。（中略）すなわち核エネルギーを開発することを、ある日本人が望むならば、それはまず広島・長崎の悲惨な経験を継承することを前提としたうえで、オットー・ハーン教授（ヒットラーの原爆製造計画に対して生命を賭して反対した物理学者―引用者注）にまなぶところの態度をとらなければならないはずでしょう。核エネルギーの開発が核兵器の製造に結びつくことは、日本の産業界において絶対にありえない、ということを確実に見きわめたうえで、それを繰りかえしたしかめつつ核エネルギーを開発してゆくのでなければならない。（傍点引用者）

どのような言説も「時代の制約」を受ける側面を持つが、この大江の一九六八年における「核エネルギー＝原発」容認発言こそ、そのような言説の典型と言っていいだろう――この「文学とはなにか？（2）――客観性の問題をめぐって」における発言は、現在もなお原発容認・推進派やネット右翼たちによって、「大江だってかつては原発容認派だった。現在の反原発は欺瞞的だ」と非難される原因になっている――。しかし、それはそれとして、このような考えから、いつ、どこで、大江は「反原発」に転じたのだろうか。その具体については不明だが、『ピンチランナー調書』の最後の方に反原発運動の参加者たちが重要な役割を持って登場していることを考えると、少なくともこの長編の執筆時にはすでに大江は「反原発」の立場に立っていた、と言える。

大江の一九六七年から一九七六年までの約一〇年間に何があったかは定かではないが、明確に核戦争を忌避する意思を示した『洪水はわが魂に及び』（七三年）などを経て、確実に「反原発」の思想を育んできたことは、確かである。なお、この『ピンチランナー調書』と同時期に韓国の軍事政権に詩＝表現でもって「異議申し立て」を行い続けてきた「抵抗詩人＝反戦詩人」金芝河（キム・ジハ）について書いた「風刺、哄笑の想像力」（七六年）の中で、「文学の言葉」の対極にあるマスコミ世界における「広告の言葉」の典型として、「原子力発電の宣伝広告」を取り上げて次のような批判を書いていたことも記憶されるべきだろう。

> そのもっとも端的に今日の状況に根ざしている実例は、政府や電力会社が最近つづけさまに打ち出している原子力発電の宣伝広告である。この場合、許容されねばならぬものとしてそのようにあるままに呈示されるのは一個の人間ではなく、原子力発電という人間支配の一構造であるけれども。原子力発電が人間支配の一構造である、という言葉に説明を附すならば、僕はそれが人間生活にあたえるものの規模の大きさ（ついには原子力発電によって厖大な量の電力を補給されていた都市生活が、その突然の電力供給の停止によってパニックをおこすほどにも原子力発電に大きく依存することになろうが、われわれはいまそれよりほかにない唯一のものとして原子力発電を選ぶことから始めるのではない）、またそれが放射能汚染や温排水をつうじての海洋の温度のバランスの破壊による、人間への死の根源となりうる可能性の大きさを考えることによって、それを人間支配の一構造だとみなす。（傍点原文）

この引用文は、大江が七〇年代半ばから「反核兵器」はもちろん「反原発」の立場を明確にするようになったことの一つの証左である。そしてそれは、またようやく原発＝核の平和利用の「危険性」が世間的にも知られるようになった時代が到来したということでもあるが、この引用文からもう一つ透けて見えてくることがある。それは、この時代にあって、「3・11フクシマ」が起こる前に雑誌や新聞、テレビで多くの芸能人や文化人が原発推進に動員されていたのと同じように——その現実については、佐高信の『原発文化人50人斬り』に詳しい——、多くの文化人（文学者や俳優、学者、等）が政府や電力会社の「原発推進・容認キャンペーン」に動員されていた、ということである。大江がこの「風刺、哄笑の想像力」の中で言う「この原子力発電のために広告に参加する、わが国の文筆業者」について具体的な名前を挙げているわけではないが、記憶する限りでは「核武装論者」で作家兼保守政治家の石原慎太郎やＳＦ作家の小松左京、評論家の竹村健一らを想定しての言葉だったのではないか、と思われる。

その後も大江は、講演集『核の大火と「人間」の声』（八二年）や評論『ヒロシマの「生命の木」』（九一年）等々において、「核（原水爆・原発）」の反人間性やその未曾有の破壊性を指摘し、併せて「反核」の志を明らかにしてきた。例えば、大江の作品としては珍しい近未来小説『治療塔』（九〇年）とその続編『治療塔惑星』（九一年）は、作品世界をエイズの蔓延と局地的核戦争の勃発、及び老朽化した原発の事故による放射能汚染で人間が住めなくなった地球に設定しており、「核」の存在に脅かされている現在の世界を鮮やかに反映したものになっている。大江の「反核」への思いが、この作品に具現していると言っていい。

また、ノーベル文学賞の受賞を間に挟んだ「最後の小説」と称する『燃えあがる緑の木』（「第一部『「救い主」が殴られるまで』九三年、第二部『揺れ動く〈ヴァシレーション〉』九四年、第三部『大いなる日に』九五年）から四年後の「再出発」を告げる『宙返り』（九九年）においても、原子力の平和利用＝原発の存在がヒロシマ・ナガサキ（核兵器による被害）の経験を否定するものであり、人類絶滅の可能性がある、つまり人類の「未来」を閉ざすものであると訴えていた。

なお、ここで大江のノーベル文学賞受賞について言っておけば、大江がノーベル文学賞を受賞したのは、もちろんその文学が「時代と人間との関係」を真摯に問うものであったからに他ならなかったが、大江が問題にした「時代」はまさに「核状況下の現代」であり、そのような「核状況下の現代」における人間の在り様を常に問うていたが故に、大江の文学は「世界性」を獲得していた、というのが受賞理由だったと考えられる。

また、大江の「反核」思想をより強固なものにしたものとして、局地的核戦争が勃発したり、あるいは原発が大爆発を起こすことによって、大量の「塵・灰・煙」が大気圏に巻き上げられ、その「塵・灰・煙」によって太陽の光が遮られることから生起する「核の冬」現象が生じることに対する「恐怖」があることも、また指摘しておかなければならない。

「核の冬（Nuclear Winter）」は、アメリカの天文学者であり作家でもあったカール・セーガンらによって一九八三年に提唱され、原子力＝核存在が人類にもたらす新たな問題として注目されたものである。核の爆発によって地球の自然環境が損なわれ、人類は元より多くの動植物が絶滅の危機に瀕するというシミュレーションを基にした「核の冬」は、まさに原子力＝核と人類とは共存できないことを知らしめるものであった。その作家としての出発時からユマニスム（ヒューマニズム＝人間主義）の立場を明らかにしてきた大江が、人間存在をスポイルする「核の冬」に恐怖し、是が非でもそのような事態の到来は避けるべきだと考え、そのことをことある毎に言い続けてきたのは、その意味で必然的なことだったのである。

第二章 「フクシマ」と大江健三郎

一 「さようなら原発集会」におけるスピーチ

これまで述べたように二〇代の後半から今日まで、一貫して「核」問題を人間の生存（生命）に関わる問題としてその在り様に関する思想を深め、かつ表現＝作品の主題にもしてきた大江健三郎であるが、「3・11」の東日本大震災と同時に起こったフクシマについて、どのような思いを抱いたのだろうか。特に、フクシマについては、自ら「反核＝反原発」の立場を公言すると共に、八〇年代に入って本格化した反原発運動とも意識的に伴走してきたと思われる大江のことを考えると、おそらく、刻々と深刻な事態が進行しつつあったフクシマの現実を知って、まず自らの「無力」を痛感したものと思われる。と同時に、多くの人たちによる「反核＝反原発」の訴えを無視して、「経済＝金儲け」を最優先させてきた政界・財界・官僚・原子力御用学者、つまり「原子力ムラ」に対して言い知れぬ「怒り」も感じたはずである。齢七五を超えた大江のフクシマに関わっての「絶望」と「怒り」は、想像を遙かに超えるものだったのではないかと推測される。

というのも、これまでになく、大江は明らかに現実政治（リアル・ポリティックス）そのものである「反原発」運動へコミットしており、その大江の関わり方は尋常ならざるものと思われるからである。例えば、一七万人が集まったとされる二〇一二年七月十六日の「さようなら原発集会」におけるスピーチにおいて、大江は「私らは侮辱の中に生きています。政府のもくろみを打ち倒さなければならないし、それは確実に打ち倒しうる。原発の恐怖と侮辱の外に出て自由に生きることを皆さんを前にして心から信じる。しっかりやり続けましょう」といった主旨の発言を行い、フクシマ以降私たちがどのような政治的・倫理的状況の中で生きているかを訴え、反原発運動の「正義」が自分たちの手の内にあることを主張した。この集会での大江の発言は、大江が現在どのような切迫感を抱いて反原発に向かっているかが如実に伝わってくるものであった。

周知のように、この「私らは侮辱の中に生きています」というフレーズは、中野重治の最初期の短編『春さきの風』（一九二八年八月「戦旗」掲載）から借用したものである。引用を多用することで自分の主張を強化する傾向の強い大江とは言え、何故八〇年以上前に書かれた小説の「私らは侮辱の中に生きている」というフレーズを、反原発集会におけるスピーチで使ったのか。ここにこそ、反原発運動にコミットする大江の執心（真意）が隠れていたと言える。

周知のように、この『春さきの風』は社会主義者・活動家を約一六〇〇人も検挙するという革命運動及び労働運動に対する大弾圧であった一九二八年に起こった「3・15事件」を素材としたものであり、この短編は人間としての「正統＝正当」な行為に対する権力の暴力を一労働者の妻の目を通して告発するものであった。そして、この短編『春さきの風』の最後に置かれた「私らは侮辱のなかに生きています」というフレーズは、まさにプロレタリア文学運動――それは「革命運動」であると同時に「人間解放」運動でもあった――の最前線にいた中野重治の心底からの叫びであり、当時に「理不尽」な権力の在り方に対する根源からの「怒り」を表明するものでもあった。大江がこの短編のテーマをよく現している「私らは侮辱のなかに生きています」を、反原発集会のスピーチで使ったことの真意は、まさにそこにあったと言わねばならない。

大江は、この反原発集会に先立って、自らも代表の一人である「さようなら原発一〇〇〇万人アクション」の署名約七六〇人分を他の代表らと一緒に政府に届けたが、その翌日（二〇一二年六月十六日）に民主党野田政権は、経済界の「電力不足」という圧力に屈して、大飯原発の「再稼働」を認めるという、何とも言いようがない「国民の声」を無視する政治的判断を行った。このような政治の在り方に対して、大江は固い決意を持って「私らは侮辱のなかに生きています」という言葉を使ったのである。つまり、時の民主党政権が大飯原発の再稼働を認め、また開発途上国への「原発輸出」を断行しようとしたことからも分かるように、「脱原発・反原発」という国民（市民）の願いをいとも簡単に踏みにじった「政治」の在り方に、大江は怒りを込めて「私らは侮辱のなかに生きています」という言葉を対置したのである。

形式的には世論に押されて「脱原発」を掲げたが、実は自分たちの真意が「原発容認・推進」にあることを明らかにした強権――民主党政権及び衆院選の勝利を受けて「原発容認・推進」や「原発輸出」を公言している自民党ネオ・ナショナリスト政権――に対して、大江が「私らは侮辱の中に生きています」と声を大にして言わざるを得なかったのは、まさに強権が「反原発」を願う国民の意向を欺くものだと思ったからに他ならなかった。

ところが、そのような大江の「私らは侮辱のなかに生きています」という言葉には、実はもう一つの意味を込めていたのではないか、と思われる節がある。大江は、「朝日新聞」に二〇〇六年四月から月一回連載していた「定義集」を一冊にまとめた『定義集』（一二年七月）の「これからも沖縄で続くこと」（一〇年六月）という文章で、「侮辱」という言葉について次のように書いていた。

> 私は日米共同声明前後の鳩山首相のテレビ映像を見るたび、この人のいっていることは昨年十一月十三日、米国大統領へのTrust me！の退屈な続編だと思いました。加えて、自分の言葉を守れなかったこと、それ以上に沖縄の皆様方を結果的に傷つけてしまうことになったことにおわびを申しあげるという表現に、悪しきセンチメンタリズムを感じました。
> Trust me！以来、前首相のやってみせたすべては、沖縄の皆様方を傷つけてしまうことじゃなかった。その現場で、沖縄の島民を侮辱することでした。侮辱への、正当に人間的な対応は怒りです。（傍点原文、・点は引用者）

この部分は、戦後も六〇年以上が過ぎ、先のアジア太平洋戦争の記憶（反省）も「風化」し始め、社会のあらゆる面で右翼的・ファシズム的、つまり国粋主義的な傾向が強くなってきた状況を背景に、大江の『沖縄ノート』（七〇年）の「集団自決」に関わる記述が、沖縄慶良間島で「集団自決」を強制した守備隊長の遺族らによって、「記述が間違っている」として二〇〇五年八月大阪地裁に訴えられ、裁判になったことを踏まえての発言である。

所謂「沖縄『集団自決』裁判」といわれるこの裁判は、それから二〇一一年四月まで約六年間、大阪高裁、最高裁と続き、結果的には大江側（『沖縄ノート』の版元岩波書店も著者の大江と共に被告とされていた）の「全面勝訴」で終結したが、大江はこの「沖縄『集団自決』裁判」を自分たちは元より、先の沖縄戦で多くの犠牲者を出した沖縄人に対する「侮辱」と受けとめていたのである。換言すれば、住民に「集団自決」を強制したアジア太平洋戦争末期の沖縄戦を戦った日本人将兵の根っこに「沖縄差別」があり、それはまた現在までも続く日本（人）＝ヤマトによる沖縄（人）に対する「侮辱」として顕現している、と大江は考えていたということである。

ここには、大江の独特といってもいい「倫理」意識が働いていると思われる。つまり、沖縄人ならずとも「生きること」「生きたいという思い」を心底に日々を過ごしていたはずの住民（民衆・市民）が、強権者（この場合、日本軍）の「強制」がなければ絶対「集団自決」などするはずがない、という現実的な「確信」――それは必然的にそのような確信を持った人間の「倫理」へと転化する――が大江にはあったということである。そうであるが故に、大江は現今の反民主主義的動向を象徴する「沖縄『集団自決』裁判」を正面から受けとめ戦ったのである。

そのような大江の沖縄への認識を前提とするならば、引用にある「侮辱への、正当な人間的対応は怒りです」という言葉は、まさに「歴史」をねじ曲げても強権（国家）の正当性を主張し、人々の生活（現実）からますます乖離しつつある国家に身をすり寄せる者たちの論理・倫理への、大江の断固たる戦闘宣言でもあった。「対等・平等」を基本とする「民主主義＝国民主権」を基底として、「平和主義」を唱え、基本的人権の尊重を謳った日本国憲法に象徴される戦後民主主義の「申し子」を自認する大江は、かつて「強権に確執をかもす志」（六一年）というエッセイの中で、「六〇年安保闘争」を一市民として闘った経験を踏まえて次のように発言したことがあった。

ぼく個人にかぎっていえば、ぼくは強権に確執をかもす志が、ぼくにとって現実生活にも文学にも最も重要であると、実感をこめてさとったということができると思う。文学において、抵抗精神、反逆精神がもっとも苛烈なモティーフになっているのは、おそらく現代のアメリカ黒人文学であろうが、ぼくは去年の五、六月をさかいにして、たとえばリチャード・ライトからの刺激のうけかたがことなってきたのを感じる。

ぼくはニュース映画でみた絶望的に勇敢な学生や電車にたちむかった悲しみに憤激した若い父親のイメージを頭にうかべるたびに、自分の文学的関心のもっとも本質的なモティーフは、強権に確執をかもす志だと考えるのである。ぼくは小説の形で、あるいは戯曲の形でそれを具体化し、それを現実にあらしめねばならない。ぼくの現実生活にとってそれはすでに文学的野心だというべきかもしれない。

ここで言う「抵抗精神・反逆精神」は、『定義集』の中の言葉で代替すれば「批判精神・批評精神」ということになる。ならば、大江の確かな「批判精神・批評精神」に裏打ちされたフクシマに関する発言は、決して「にわか仕立て」のものではないということを、改めて確認する必要がある。大江の「反核（反核兵器・反原発）」思想は、土門拳の写真集『ヒロシマ』（五八年）と衝撃的な出会いをしてから今日まで一貫しており――すでに触れているが、大江はある時期（六〇年代後半）まで原発を容認する発言をしていたが、そのような原発認識が間違いであったと分かると、すぐに「反原発」の正当性に立脚した思想を手に入れ、小説は元より多くのエッセイや評論でも「反原発」の発言を繰り返してきた。大江には、原発が反人間の極北にある存在だとの確かな認識があると言える――、その意味で大江は希有な文学者であると言わねばならない。

繰り返すが、大江がフクシマが全く収束していないにもかかわらず、野田民主党政権が経済界の要請を受けて「大飯原発再稼働」を認めてしまったことに対して、「私らは侮辱の中に生きています」と言わざるを得なかったのも、これまで一貫してこの国の強権（政権）がヒロシマ・ナガサキの体験を蔑ろにする「核」政策を取り続け、その揚げ句にフクシマを引き起こしてしまったことへの押さえきれない「憤怒」と、そのような状況を変えることができなかった自分たちの「悲しみ」があったからではなかったか。

二 『定義集』の意味

大江は、フクシマが起こってから様々なメディアを通じて「反原発」発言を行ってきたが、ここでは先に挙げた『定義集』の中の言葉を手懸かりに、大江の一過性ではない「反核＝反原発」論の根源性を考えてみたいと思う。

大江が『定義集』の中で、最初に二〇一一年三月十一日に起こったフクシマについて触れているのは、翌四月十九日の「現地の外から耳を欹てて」である。その中で、三月十五日にフランスのル・モンド紙のインタビューに、「いま東日本を覆いつつある福島原発からの放射能の脅威が、日本人にとってアメリカの核抑止への絶対的な信頼（それと原発の安全性への確信とはつながっていないでしょうか?）を打ち壊すなら、広島・長崎の死者たちを裏切るまいとした、戦後すぐの日本人の信条の回復をもたらすことはありえる。その期待を持ちます」と応じたと報告したあと、長男と病院へ行った時のことも交えて、次のように書いていた。

誰もが見ていたはずのテレビ広告、みんなでがんばろう日本！　の呼び掛けとは別の、もっと個人の深みに根ざしている、しかもこの国・この国びとの「喪」の感情、それに重なっている色濃い不安、そしてよく自制している静けさ。

以前より言葉少なくなりましたが、周りの空気には敏感な長男が落ち着き、私も先生（渡辺一夫―引用者注）の日記の希望を表す強い言葉に共感して行ったのでした。《負けてはならない。さう思ふ。己の精神・思想を生きつくすのだ。（中略）封建的なもの、狂信的なもの、排外主義は、皆敗ける。自然の、人類の理法は必ず勝つ。Vive l'humanite》私の訳なら、人間らしさ万歳。

私はあの憂わしく沈黙した待合コーナーの人たちを思うたび、フクシマを生き延びた日本人が、現在の五十四基に十四基以上の原発を加えようとする勢力に、市民規模の抵抗をおこす日を考えます。

フクシマがチェルノブイリ原発の事故と同じ「レベル7」に達する深刻かつ大規模な事故であったと判明するのは、この「現地の外から耳を敧てて」が朝日新聞に掲載されるちょうど一週間前の、フクシマが起こってから一ヶ月後の四月十二日である。すでに高木仁三郎の『チェルノブイリ　最後の警告』（八六年）などを読み、「レベル7」の原発事故がどれ程のものか知っていた大江にとって、フクシマが「レベル7」の事故であったと知ることは、渡辺一夫の「封建的なもの、狂信的なもの、排外主義は、皆敗ける。自然の、人類の理法は必ず勝つ」に促されてであったかも知れないが、自分もその内の一人となって「市民規模の抵抗をおこす」ことの決意表明でもあった。

その後の大江は、よく知られるように、「3・11フクシマ」の衝撃をモチーフとして、「核」に関わってきた今までの自分の生き方を問い直す長編小説『晩年様式集』（二〇一三年二月現在「群像」に連載中）を書き続けながら、反・脱原発の署名運動や反原発集会などにコミットメントしてきた。このような大江の作家としての在り様は、村上春樹の「我々日本人は核に対する『ノー』を叫び続けるべきだった」というような、およそ他人事としか思えないような発言とは本質的に異なっている、と言わねばならない。それは、村上春樹が初期の「鼠三部作」（『風の歌を聴け』七九年、『1973年のピンボール』八〇年、『羊をめぐる冒険』八二年）の成功によってベストセラー作家として認知され始めた頃、大江が講演録「戦後文学から今日の窮境まで」（八六年）で喝破していたことに通底するものである。

村上春樹の文学の特質は、社会に対して、あるいは個人生活のもっとも身近な環境に対してすらも、いっさい能動的な姿勢をとらぬという覚悟からなりたっています。その上で、風俗的な環境からの影響は抵抗せず受身で受けいれ、それもバック・グラウンド・ミュージックを聴きとるようにしてそうしながら、自分の内的な夢想の世界を破綻なくつむぎだす、それがかれの方法です。戦後文学者たちの能動的な姿勢に立つそれぞれの仕事から、ほぼ三十年をへだてて、それとはまったく対照的に受動的な姿勢に立つ作家が、今日の文学状況を端的に表現しているのです。さきにあげた戦後文学者たちの、多様な、しかも同時代の問題点をすくいあげる主題性の明確さに対して、この世代を代表する作家は、自分には主題というものに関心はない、ただ、よく書く技術のみが大切なのだとも語っています。（傍点原文）

もちろん、村上春樹が『村上春樹、河合隼雄に会いにいく』（九六年）において、自分は一九九五年に起こった阪神淡路大震災とオウム真理教による地下鉄サリン事件を経験することでデタッチメント（社会的無関心）からコミットメント（社会や時代との関係に力点を置く）へ転じるようになった、と言っていたことは重々承知している。しかし、第三部で詳しく見ていく村上春樹の「反核スピーチ」（カタルーニャ国際賞受賞記念講演）からも透けて見えてくることだが、村上春樹は表面的には「反核」や東日本大震災からの「復興」を口にし、いかにもデタッチメントからコミットメントへ「変換」したことを実証しているかのように見せていたが、実際は大江が先の引用で言うような、本質的な部分では都市生活者の「孤独感」や「喪失感」を描く作風と同じような世界に本卦還りしてしまっていた（戻ってしまっていた）のである。

大江は、一時期（『大江健三郎　作家自身を語る』〇七年五月）、村上春樹の「口語体」の文章とそのポスト・モダンの世界を評価するということがあったが、彼の「反核スピーチ」を読めば、「反核」運動の歴史や現実から何も学ばない態度は、デビュー以来の大江が言う「主題というものに関心はない、ただ、よく書く技術のみが大切なのだ」というまさにデタッチメントな姿勢とほぼ同じものと思われたのではないだろうか。つまり、大江は彼の「反核」論に対して表面を飾るパフォーマンスに過ぎない、と思ったのではないだろうかということである。

さらに、「3・11フクシマ」以降の大江の『定義集』に見る言説で重要だと思うのは、毎月何らかの形でフクシマや「核」問題に触れている中でも、二〇一二年一月の「私らに倫理的な根拠がある」である。大江は、「世界」（一一年五月号）の東北大学名誉教授の宮田光雄の「いま人間であること」から、「電力消費の問題一つとってみても、いわゆる豊かさを追い求めるのではなく、たとえ貧しくなろうとも、日常生活の不便さを忍んでも、人間らしく生きるとはどういうことか、真に生きることの意味を、いまこそ深く問いつづけなければなりません。そのことなくしては、〈いま人間であること〉そのものが成り立たなくなっているのです」を引きながら、次のように書いていた。

3・11で私らの直面したのはまさに「倫理的根拠」に立つ課題であり、世論でそれはいまこそ経済的、政治的根拠の上位に置かれているが、一年たたぬうちに、実業界、政界の先導により、十数万の避難者たちはそのままに、倫理的根拠という言葉の方が消滅していないか？　そう私は惧（おそ）れたのです。それまでに、ドイツの報告書（「ドイツにおけるエネルギー転換——未来のための共同事業」ドイツ倫理委員会—引用者注）は私らにも届き、教育してくれているだろうか？

先の総選挙で、「二〇三〇年代には原発ゼロ」を掲げた民主党政権から「原発再稼働・新増設」を容認し、「原発輸出」も積極的に進めようとする自民党政権に代わって、大江の引用に見るような「予言（予測）」は残念ながら当たってしまった。

しかし、「世界」（二〇一二年一月号）に載った「原発利用に倫理的根拠はない――ドイツ『倫理委員会』の報告書より」が、「環境や経済や社会と適合する度合いを考慮しながら、原発の能力をリスクの低いエネルギーで置き換えうる程度に応じて、原発の利用をできるだけはやく終結させるべきである」としていたのを受けて、大江は「私ら市民の運動において、それが（原発を終結させること―筆者注）未来に向けての人間の生の、つまり倫理的なおおもとにすえられることを熱望します」（傍点原文）と書いた。その出発時からデモクラシーとユマニスム（ヒューマニズム・人間主義）を思想と表現（創作）の中心に据えてきた大江らしい言い方だが、これらの言葉からは、原発が人類と共存できない科学の結果であり、反人間性の極致に存在するものである、と言い続けてきた者の「絶望」的なとも言える「怒り」が伝わってくる。

とは言え、ここで注記しておかなければいけないのは、「反原発」とか「脱原発」とか言うと、この国の論壇や文壇、マスコミの一部では、必ず「左翼」とか「反体制・反権力」の言動とか、「平和主義者」の戯れ言とかいうような批判・揶揄が飛び交い、そして必ず大江がその「親玉・リーダー」であるかの如く扱われる、ということである。しかし、『定義集』を注意深く読めば分かるように、大江の「反核」に関わる言説は、決して「政治」を前面に押し出したものではなく、文学者としてできる限りリアル・ポリティックスの世界＝政治的言語から遠いところに立とうとしていることがわかる。「反核」は、あくまでも「人間の生命」、あるいは「人類の未来」に関わる問題、つまり「倫理的」なものである、としている点に大江「反核」思想の特徴がある。二〇一二年七月十六日の「さようなら原発集会」で、大江が「私らは侮辱の中に生きています」と言ったのも、「原発再稼働」という反人間の極致を地で行くまさにリアル・ポリティックスの世界が、「反・脱原発」という人間的な叫びを踏みにじったからであり、この「私らは侮辱の中に生きています」という言葉ほど大江の立場（思想）を如実に表しているものはないのではないか。

大江は、今からちょうど四十七年前、『ヒロシマ・ノート』の「エピローグ　広島から……」の末尾に次のように書いたが、「広島」を「フクシマ」に、「被爆者」を「被曝者」に換えれば、それはまさに大江の「フクシマ論」になる。そのように大江は、「持続の志」を持ち続けてきたのである。少し長くなるが、大江の「反核」思想が付け焼き刃ではないことの証なので、該当箇所を引く。

しかし、放射能によって細胞を破壊され、それが遺伝子を左右するとき、明日の人類は、すでに人間でない、なにか異様なものでありうるはずである。それこそが、もっとも暗黒な、もっとも恐しい世界の終焉の光景ではないか。そして広島で二十年前におこなわれたのは、現実に、われわれの文明が、もう人類と呼ぶことのできないまでに血と細胞の荒廃した種族によってしか継承されない、真の世界の終焉の最初の兆候であるかもしれないところの、絶対的な恐怖に満ちた大殺戮だったのである。広島の暗闇にひそむ、もっとも恐ろしい巨大なものとは、すなわちその可能性にほかならないだろう。僕は原爆資料館でオオイヌノフグリやハコベの葉を見て心底おびやかされたことをもまた、五年前にはじめて広島を訪れた時の文章に書いた。原爆後の広島の土に芽生えた、あの愛らしい二種の越年生草本にもたらされた、じつに本質的な破壊の印象は、いまもなお僕を圧迫する。あのように荒廃したものを、十分に恢復させることは、もう決してできない。もし人間の血と細胞があのように荒廃するなら、それはすなわち世界の終焉であろう。われわれがこの世界の終焉の光景への正当な想像力をもつ時、金井論説委員（金井利博・中国新聞論説委員『核権力』七〇年六月刊の著書を持つ—引用者注）のいわゆる《被爆者の同志》たることは、すでに任意の選択ではない。われわれには《被爆者の同志》であるよりほかに、正気の人間としての生き様がない。

（「エピローグ　広島から……」）

なお、『定義集』には、村上春樹の「我々日本人は核に対する『ノー』を叫び続けてこなかった」（所謂「反核スピーチ」）とする認識がいかに間違ったものであるかを示す、一つのエピソードが書き込まれている。村上春樹の「反核スピーチ」に遡ること五年、大江が南フランスのエク＝サン＝プロヴァンスで開かれた「本の祭り」に呼ばれて出かけたとき、北朝鮮の核実験のニュースが入り、その北朝鮮の核実験に対抗して日本も核武装すべきだと言う論陣を張る人物に関わって、フランスの青年から「日本人はこれまで核の問題について議論することがなかったのですか」と問われ、大江は次のように答えたというのである。

——そういうことはありません（と私は答えました）。とくに広島・長崎の被爆者が体験を語り続けてきた。それがどうして、核の問題でないだろう？　その積み重ねのなかで、被爆者たちは、被害者としてのみでなく、アジア全体を巻き込んだ戦争の加害者としても、過去と将来を語るようになった。それが核廃絶をもとめる日本人の運動を性格づけている。

核を保有する側からいえば、冷戦の時代に、核抑止は果たして有効かという議論は、おそらく世界の戦後史においてなにより精密に行われた。日本人も国内で、また国際的にそれに参加している。そして、ソヴィエト崩壊の前に、すべての議論は、現実に使用されない兵器という核兵器認識に到達していた。それへの無知あるいは意識しての忘却が、きみのいう日本の右派の核抑止論の再利用に向かわせている。その行く先は決まっているが。

（「日本人が議論するということ」）

この引用でもわかるように、大江の「反核」思想は、何よりも「核」に戦争抑止の役割があると認める者、あるいは「核（核兵器）」をこの地上でもう一度使用しようとする者（勢力）＝核保有国・核武装論者に対して、徹底して「人間＝生命」存在を対置させ、「人間＝生命」の側に理があると主張するところにその特徴があった。フクシマが起こったとき、先にも触れたように、いち早く被害者に思いを馳せ、ル・モンド誌のインタビュー（三月十五日）に次のように答えたのも、大江の「反核」思想を知る者にとっては、納得のいくことであった。

いま東日本を覆いつつある福島原発からの放射能の脅威が、日本人にとってのアメリカの核抑止への絶対的な信頼（それと原発の安全性への確信とはつながっていないでしょうか？）を打ち壊すなら、広島・長崎の死者たちを裏切るまいとした、戦後すぐの日本人の信条の回復をもたらすことはありうる。その期待を待ちます。

繰り返すが、残念ながら先の衆議院選で示された「民意」（現実）は、大江の思惑とは乖離した、原発の新増設を認め、再稼働も辞さないと公言する自民党に圧倒的な勝利をもたらす結果となって現われた。しかし、ただ確実に「反原発・脱原発」派は、一定の勢力としてこれからも存続していくであろうから、その意味では、悲観する必要はないのかも知れない。

大江は、『定義集』の中で、魯迅について二個所の文章で触れているが（「不明不暗の『虚妄』のうちに」〇九年二月、「魯迅の『人をだます言葉』」一一年二月）、大江もその中で書いている「絶望の虚妄なるは、希望の虚妄なるに相同じい」の言葉は、まさに「反核」の意思を貫き通してきた大江にこそ相応しい言葉と言えるだろう。

なお、大江健三郎の「核」存在を主題（主題の一部にしたものも含む）とした小説作品や論考（エッセイ）・発言を列記すると以下のようになるが、このような積み重ねがあってはじめて大江の「反核」（反核兵器・反原発）思想が存在することを、私たちはもう一度考える必要があるのではないだろうか。

〈小説〉

一、『アトミック・エイジの守護神』（「群像」六四年一月号）短編。一〇人の原爆孤児に一人三〇〇万円の保険をかけて、その保険金で「安楽」な生活をしようと目論む男の物語。

二、『核時代の森の隠遁者』（『われらの狂気を生き延びる道を教えよ』所収　六九年四月）短編。核時代に「自由」を求めて森の中で隠遁生活をする「ギー」（以後しばらく、大江の作品において重要な役割を果たす人物）が登場する。

三、『ピンチランナー調書』（七六年一〇月）長編。放射能被曝者の元原発技師の「森・父」とその息子の「森」が、それぞれ二〇歳年齢を「転換」して、原爆を保有してクーデターを起こそうとたくらむ「大物A氏」と戦う物語。

四、『新しい人よ眼ざめよ』（八三年七月）短編連作集。本論でも触れたように、「核戦争」が起こった場合、社会的弱者（障害者・老人・子ども、など）は真っ先にその被害を受ける存在であることを、長男「光」の成長史と重ねて描いた作品群。

五、『サンタクルスの「広島週間」』（「へるめす」八五年九月号）短編。アメリカの大学構内のゲストハウスで生活している「僕」は、「広島週間」を企画し、各地で被爆者や「核の冬」について語るが、その時、昔知っていた女性に会う。

六、『夢の師匠』（「群像」八八年一〇月号）短編。二年後の『治療塔』に集約される核戦争及び「核の冬」によって地球の破壊・汚染が進み、宇宙船に乗って人々が脱出することを「夢見る」子どもの話。

七、『治療塔』（九〇年五月）長編。地球の各地で行われた局地的核戦争や原発の爆発による放射能汚染、そしてエイズの蔓延で地球に住めなくなったと判断した「選ばれた人々」が「第二の地球」を建設すべく「火星」へ脱出していき、そこで奇妙な「治療塔」にであう物語。

八、『治療塔惑星』（九一年十一月）長編。『治療塔』の続編で。「火星＝第二の地球」に住めなくなった人々が、地球に帰還し、そこでもう一度地球の「再生」を試みるという物語。

九、「治療塔」（戯曲「新潮」九一年一月号）。長編の『治療塔』とその続編である『治療塔惑星』の内容を五〇枚ほどの短い戯曲にまとめたもの。

一〇、『宙返り』（九九年六月）長編。四国の「谷間の村」に建設された「根拠地」で自給自足の生活を送る人の中に、かつて原子力発電所を破壊しようと計画していた「過激派＝テロリスト」が存在しており、それは「根拠地」の思想と原発の存在とが「共生」できないという考えに基づくものであった。

（以下のエッセイ集、対談集、講演録の内容については、それぞれ必要な場合、本文において触れているので、説明は省く）

一、『ヒロシマ・ノート』（六五年六月）

二、『核時代の想像力』（講演集　七〇年七月）

三、『対話　原爆後の人間』（対談・重藤文夫広島原爆病院長　七一年七月）

四、『ヒロシマの光』（『大江健三郎同時代論集2』八〇年十二月）

五、『核の大火と「人間」の声』（講演集　八二年五月）

六、『ヒロシマの「生命の木」』（九一年十二月）

七、『鎖国してはならない』（講演集　〇一年十一月）

八、『定義集』（一二年七月）

（『文学者の「核・フクシマ論」――吉本隆明・大江健三郎・村上春樹』二〇一三年三月　彩流社刊所収）

林京子論

林京子論

――「ナガサキ」・上海・アメリカ

第一章 原点――三〇年目の原爆

一 反語としての「祭り」

柳田国男の『日本の祭』（一九四二年）によれば、「祭り」とは本来「神のお側にいる、神に奉仕すること」を意味し、その「神」とは『日本書紀』や『古事記』の登場する神々を底辺で構造的に支えていた全国に散在する幾万という「産土神（うぶすながみ）」であったという。その意味で、「神」の頂点に天皇が君臨するようになったのは、幕末の平田（篤胤）学派の国学者の影響を受けた明治新政府による「国家神道」の提唱によるもの、と考えていいだろう。因みに、『大辞林』（三省堂 一刷 八八年）によれば、「祭（り）」の意味は、「①神や祖先の霊をまつること。ア 祭祀（さいし）。祭儀。イ 特に、毎年きまった日に人々が神社に集まって行う神をまつる儀式と、それにともなって催される神楽（かぐら）などの諸行事をいう。祭礼。おまつり。②記念・祝賀・宣伝などのために催される行事。③……（以下省略）」であるとされている。

林京子の群像新人文学賞と芥川賞をダブル受賞した『祭りの場』（七五年）は、一九四五年八月九日に起こった未曾有の惨劇である「ナガサキ」の体験＝被爆体験を基に書かれた作品であるにもかかわらず、そのタイトルになぜか「祭り」という言葉が使われている。瞬時にして七万人余の死者を出し、その数と同じぐらいの被爆者を出現させた「ナガサキ＝被爆」と本質的に喜びと楽しさを伴う「祭り」は、どのような意味合いにおいてもそぐわない。だが、林京子はそのような本質的に相容れない言葉をあえて被爆体験を基にした小説のタイトルに使用した。それは、すでに多くの批評家が指摘しているように、作中に次のような場面があるからだろうか。

広場で、高等学校の学徒が円陣をつくって踊っていた。仲間が出陣するのだ。踊りは出陣学徒を戦場に送る送別の踊りである。その頃連日、学徒たちが出陣していった。コンクリートの殺伐な工場広場は彼等の祭りの場になっていた。

確かに、表面的直接的にはこの場面からタイトルは付けられたと考えられるだろう。しかし、アジア・太平洋戦争末期における学徒の出陣が「死」を前提としたものであることを考えると、動員された高等学校の学生たちが工場（三菱兵器製作所大橋工場）の広場で踊る「送別の踊り」を、字義通り「祭り」と受け取っていいかどうか。言い方を換えれば、当時の動員学徒たちは果たして祭るべき「神」を持っていたのか。まさか、教えられてきたように「天皇」を神として崇めているように見えたから、あるいは彼らが「英霊＝神」となって靖国神社に祀られるが故に、「送別の踊り」が踊られている工場の広場を「祭りの場」と言ったのではないだろう。その証拠に、作者の分身と考えていい「私」は、被爆直前に自分が働いていた職場から目撃していた「送別の踊り」について、「踊りの輪は白日の広場で無言劇のように続いている」との感想を抱いている。華やぎや高揚感が全く感じられず、ただ悲壮感だけが漂ってくる「送別の踊り」、これを「祭り」と言うには、皮肉でなければ葬送の「祀り」を含意するものであったと言わねばならない。

にもかかわらず、繰り返すが、林京子は文壇デビュー作のタイトルを『祭りの場』とした。そこには、林京子の「被爆体験」及び「死」への特別な思い、あるいは「戦争」への彼女固有の考え方があるように思えてならない。林京子は、芥川賞受賞直後の野呂邦暢との対談「昭和二〇年八月九日――芥川賞受賞作『祭りの場』をめぐって」（『文学界』七五年九月号）の中で、このタイトル名に関わって次のような発言をしている。

林　東京オリンピックを見ていまして、〝青年の広場〟というのが、最後にあったんです。各国の青年たちが集まってダンスかなにか踊っていたと思うんですけれども、それと『祭りの場』の学徒出陣の場面がダブリまして、とてもカラフルなものと、私が記憶していた昔のものとがダブって、つくづく平和だな、という感慨と同時に、学徒たちの死の意味はなんだったんだろう、ということで書き出しを始めたいと思ったんです。（傍点引用者）

「平和」の祭典と言われるオリンピックのフィナーレを飾る青年たちの踊り＝生の讃歌と、死へと旅立っていく学徒たちの「送別の踊り」を、相似の中に真逆があるというパラドキシカルな発想によって捉える林京子の独特な発想＝被爆論が、ここにはある。これこそ彼女と原民喜や大田洋子を始めとする他の被爆作家たちとの違いを際立たせる最大の要因と言っていい。だが、それとは別に東京オリンピックの開催が一九六四年であったことを想起する時、『祭りの場』が着想を得てから一〇年間の長きにわたって心底にわだかまり続けてきた「死と生」の対比によって構想されてきた作品であったことは記憶されていいだろう。と同時に、それが林京子の原爆小説に「新しさ」をもたらしたということも忘れてはならない。林京子の「新しさ」、それは他の被爆作家たちが「体験」に拘泥することで作品を書いてきたことと一線を画している点にある。つまり、原民喜たちが「ドキュメンタリー」の方法でしか描き出せなかった被爆体験について、林京子はある一定の距離を置いて対象化＝表現しているということである。もちろん、林京子が被爆時に一五歳であったこと、それに対して原民喜や大田洋子が当時すでに一人前の作家として活躍していた、ということも考慮しなければならない。しかし、被爆者として生きてきた戦後の時空こそが、一九四五年八月九日・長崎の出来事を客観的に捉えることを林京子に強いたこと、そこに「新しさ」の理由があったと考えるべきである。

もう一つ、林京子がなぜ処女作のタイトルに「祭り」の言葉を使ったかについて、これは今まで誰も指摘してこなかったことだが、作品の最後にある授業の再開された長崎高女で行われた追悼会で歌われた歌の歌詞「あわれあわれ　我が師よ　我が友　聞けよ今日のみまつりを」（傍点引用者）とも関係しているのではないか、と思われる。先に「祭り」は「葬送の祀り」なのではないかと書いたが、この追悼歌を作中に挿入する前に、「私は時々追悼歌を口ずさむ」という文章がある。だとすると、動員先の工場広場で「送別の踊り」に送られて死地へと赴いた学徒たち、及び同じ工場で被爆し亡くなった師や友人たち（生き残って被爆者となった自分たちも、当然含む）に対する「追悼＝みまつり」の場、という意味も「祭りの場」には加味されていたと考えられる。「祭り」の動詞形「祭る」の意味が「飲食物や品物を供えたりして儀式を行い、神仏や祖先の霊、また死者の霊などをなぐさめる」（傍点引用者　『大辞林』）、つまり「鎮魂する」ことであると考えれば、余計そのように思われてならない。

さて、さらに林京子の「新しさ」についてであるが、それは現在では『林京子全集』（二〇〇五年　日本図書センター刊）の第六巻に収録されている『文芸首都』発表作品、つまり「習作」時代の諸作品と較べてみても歴然とする。林京子が保高徳蔵が主宰する全国的にも著名な同人雑誌『文芸首都』に参加するのは、一九六二（昭和三七）年からである。それから同誌が終刊になる一九六九年一二月（終刊記念号は、一九七〇年一月に刊行された）まで、六八年五月からは編集委員を務めながら、「小野京」の筆名で七編の小説と三編のエッセイ、五編の「短編選評」等の雑文を書いている。以下、小説とエッセイの一覧を掲げる。

＊小説

(一)『青い道』(短編)　一九六三年一〇月
(二)『閃光の夏』(同)　一九六四年五月
(三)『その時』(同)　一九六五年七月
(四)『伏見の布袋さま』(同)　一九六六年一月
(五)『山吹』(同)　一九六七年一月
(六)『曇り日の行進』(同)　一九六七年一〇月
(七)『ビクトリアの箱』(同)　一九六九年一二月

＊エッセイ

(一)「黄色い流れ」　一九六九年二月
(二)「感銘をうけそこねた本たちについて」　一九六九年一一月
(三)「原爆と首都」　一九七〇年一月

これらの「習作」のうち、『その時』は、芥川賞の受賞後大幅に改稿され、かつ『二人の墓標』と改題され、「受賞第一作」として『群像』の一九七六年八月号に掲載されている。また、『曇り日の行進』も相当部分手が入れられ、『祭りの場』が単行本化される際(七六年八月)に収録された。改稿されたこの『その時』(『二人の墓標』)と『曇り日の行進』を、初出(『文芸首都』掲載の作品)と較べてみるとより明確になるのだが、『祭りの場』以降の林京子は自らの被爆体験を小説化する時、それが結果的に彼女の原爆小説の「新しさ」に繋がると言っていいのだが、現在の「生」と自分も彼らの仲間に入っていたかも知れない被爆による「死者」との関係を、隔たった時空を十分考慮しながら対比させ、意識的に等距離から捉えようとしてきた。別な言い方をすれば、先にも簡単に触れておいたが、林京子は決して自らの体験を特権化することなく、被爆死した者と生き残った者の生と死を客観的に描き出している、と言うことができる。

この林京子の方法は、被爆体験にもたれかかることなく、被爆者として生きてきた「現在」に発語＝表現の基底を置き、そこから「八月九日・ナガサキ」や「原爆・核」の問題を考えるという言い方に換えてもいい。『祭りの場』では、次のような場面にそれが端的に表れている。

一九七〇年十月十日の朝日新聞に〝被爆者の怪獣マンガ小学館の「小学二年生」に掲載、「残酷」と中学生が指摘〟の記事がのっている。「原爆の被爆者を怪獣にみたてるなんて、被爆者がかわいそう」女子中学生が指摘し問題になった。怪獣特集四十五怪獣の中の、人間の格好をした「スペル星人」が「ひばくせい人」で全身にケロイド状の模様が描いてある。真意をただされた雑誌側は調べてからでないと何ともいえません、と答え、原爆文献を読む会の会員は絶対に許せない、と抗議の姿勢をとった。事件が印象強く残ったのは確かである。「忘却」という時の残酷さを味わったが、原爆には感傷はいらない。

これはこれでいい。漫画であれピエロであれ誰かが何かを感じてくれる。三十年経ったいま原爆をありのまま伝えるのはむずかしくなっている。

被爆者を「怪獣」扱いすることに対して、「原爆文献を読む会」のようにストレートに「怒り」をぶつけるのではなく、『祭りの場』の語り手＝私（林京子）は、「『忘却』という時の残酷さを味わったが、原爆には感傷はいらない」「漫画であれピエロであれ誰かが何かを感じてくれる」と冷静かつ一見突き放したような考えを示す。ここには、「八月九日・長崎」を「祭り」と反語的に捉えるメンタリティーと同じものがある。つまり、林京子は原爆がこの地上＝長崎にもたらした出来事について、「祭り」が「共同体」内部でハレ＝非日常的なものとして記憶・再生され続けているのと同じように、日本中の人々、世界中の人々が記憶すべきであり、何度も再生させなければならないのだ、という確信をここでは示していると言える。

この『祭りの場』からしばらく経って刊行された三冊目の単行本である長編『無きが如き』（八一年）において、林京子は自らを「八月九日の語り部」と規定（宣言）するが、古来から共同体内部で「語り部」や「長老」と称される人々が果たした役割、就中「祭り」とそれを精神的に民衆レベルで支えた「語り部・長老」との関係を考えると、「八月九日の語り部」を自認する林京子の戦後の在り方が、まさに『祭りの場』には集約されていると考えられる。このことをより具体的に言えば、林京子は、この芥川賞受賞作品において、多くの人の生命を奪い傷つけ、また自らの生命をも奪ったかも知れない原爆に対して、「反」の意思を明確に示すと同時に、戦後世界を規定する核状況に対して被爆者である自らの表現によって対峙し続ける決意を示した、ということになる。本質的に「祭り」とは最も遠い位置にある悲惨や惨劇は、生命の尊厳を根源から損ねるものと言っていいが、そのことを表現＝言葉によって私たちに伝える意図を持って林京子の原爆小説は存在しているのである。

二　「ナガサキ＝被爆」を捉える多様な視点

当然なことに、一九七五年に始まり今日まで続いている林京子の文学活動を支え続けている創作方法の「原点」は、「作家は処女作に向かって成熟する」という言葉を証明するように、やはり『祭りの場』にあると言える。その方法に関してまず第一に指摘しなければならないのは、すでにオリンピックにおける青年たちの踊りと学徒の「送別の踊り」のところでも少し触れたことであるが、林京子の小説の特徴が「八月九日・長崎」という過去の時間と被爆者として生きている「現在」の時間とを自在に行き来する点にあるということである。言葉を換えれば、林京子は「八月九日・長崎」を過去の出来事として限定する、つまり被爆体験に固執してそこから言葉＝物語を紡ぎ出すのではなく、被爆者として生きている現実＝日常と「八月九日・長崎」とを結んで原爆＝核や被爆体験の意味を考えているということである。例えば、先に引用した「ひばくせい人」問題にその典型を見ることができるのであるが、その他にも次のような部分にそれはよく表れている。

最近アンデス山脈で遭難した航空機事故生還者の記録を読んだ。彼らは七十日間雪のアンデスに閉じこめられ、うち十六人が奇跡的生還をした。三十歳前後の若者で敬虔なクリスチャンであり有識者であり、上流社会に属する。人肉を食っての生還で問題になった事件である。彼らは始め遭難した仲間の肉を食うのを拒否する。仲間の幾人かが、遭難死した仲間は生存者に生きるかてとして神がお与え下さったのだと説得する。そして食べる。数日のうちに全員が人肉を食う。最後頃になると遭難時の遺体が――途中春になったアンデスで雪崩があり生存者中何名かが遭難死する――栄養的に高い、と遺体を探す。救援隊に発見された折、彼らの幾人かは仲間の頭蓋骨を半分に切り、食事が快適であるように食器に使用していた。骨でスプーンもつくった。慣れていく心の推移が如実で、道徳社会で好まれる「人間の尊厳」という高見の言葉が浮かぶ。（傍点原文）

この「道徳社会で好まれる『人間の尊厳』という高見の言葉」（傍点引用者）という言い方からは、ヒロシマ・ナガサキの出来事や被爆者に対して、「お涙頂戴」式、言い換えれば情緒的な捉え方をする人々やその人たちによる安易な「同情心」に対する皮肉、あるいはそれらの言説を断固峻拒する姿勢を窺うことができる。この林京子の峻厳な精神の在り様は、ヒロシマ・

ナガサキを自分たちが生きるこの日本で経験しながら、アメリカの核の傘の下で安住していることを暗黙の了解として、「非核三原則」を金科玉条のごとくお題目としてきた政治指導者やある種の平和運動家などに対する根源的な批判、でもあると言っていいだろう。もちろん、安易に「核武装論」を持ち出す政治家や学者に対する痛烈な批判でもある。古来よりタブーとされてきた「人肉食」と「核」による大量死を最終的には容認してしまうこの現代社会に対する批判、と言えばいいだろうか。「人肉食」に対してもあるいは「核」存在に対しても、「慣れ」や追いつめられれば何でもしてしまう人間社会の脆弱さを、高見から批難するのではなく、本質的に「人間の尊厳（ヒューマニズム）」を基底とする近代社会への冒瀆、と林京子は考えているように見える。

また、このような林京子の原爆小説における批評性は、一部の被爆体験を表現の根拠とする文学者や被爆者に根強い「被爆者の苦しみは体験したものでなければ理解できない」という俗流体験主義者に対する批判にもなっている。これは、『祭りの場』が語り手である「私」の視点の他に、母親を始め姉妹たちを含む親戚の人たちの視点によって成立していたり、救援隊の記録（手記など）や「被害報告書」の類を援用して多角的・客観的に八月九日の被爆について捉えようとしている点からも言える。

> 九日の夕刻諫早海軍病院救護隊五十名、大村海軍救護班三名、諫早医師会十名が長崎に救援に向かった。（ヒロシマナガサキ原爆展より）救援隊は火災のため長崎市内に入れず、被爆地を目前にしながら郊外に運び出された負傷者の手あてで一夜を明かした。長崎近郊からこれだけ多数の医師団を迎えながら、救護の手はたりなかった。
>
> 被爆直後焼跡で救護活動をしている医師をみかけた。ただ一人で、焼けた人家のカマドを椅子代用に坐り被爆者を診ていた。薬はアルマイトの鍋一杯の赤チンである。被爆者たちは列をなしていた。しかしこれは軽傷者ばかりで、列の足もとには身動きできぬ重傷者が転がっていた。医師自身も頭に怪我をしていた。タオルではちまきしていたが血がたれていた。医師の家族はどうなっているのか、開業医のようだから死亡か重傷だろう。医師を立派だと思う。一方、原爆の想像を絶する極限の中で、医師は医師の分野から、軍人はあくまで軍人であろうとする意識から脱け出せぬ人間を哀れに感じる。切れた片腕を持って走り去った軍人を見たが、本部に報告しなければ、と手あてを受ける時間をおしんだ。
>
> 総てをかなぐり捨てて個人的であった人間と、あくまで社会的であった人達と、戦争は人間ドラマのすぐれた演出家である。（傍点引用者）

自分の体験に「他者」の視点を絡ませることによって、個別的・具体的な出来事を普遍化せんとする意識が感受されるが、それとの関係で傍点部の「個人的であった人間」と「あくまで社会的であった人達」という言い方にも注意を喚起しなければならない。「個人的」「社会的」という言い方にいくらかの混濁も感じられるが、なけなしの薬品を使って被爆者の治療に当たる医師の在り方や、片腕を失いながら「本部に報告しなければ」と自分の生命より「任務」を重視する兵士と、自分のことしか考えない人間とを比較しながら、「戦争は人間ドラマのすぐれた演出家」と言い切る林京子のスタンスこそ、あくまでも冷静に人間の在り方に注目する彼女の原爆文学を他のそれとは違った水準へと導くものに他ならない。

さらに言えば、治療法もままならぬまま いつ死ぬかもわからない被爆者を抱えた家族が、被爆者に対してどのような対応を行ったかを描くことで、「被爆」という未曾有の体験を客観的に捉えようとしている点も忘れてはならない。例えば、次のような場面。

シラミがわいた。頭を走るのがわかる。ズズズ、と絹糸を引きつる細い感触がある。数が増えて首筋にまではい出して来る。たまりかねた姉が強制的にゴム紐を切った。

髪が抜ける――泣いて母にうったえた。

「ぬける時は抜けるし、死ぬときは死ぬの」姉は容赦しない。一ヵ月ふんふん、と私の我がままにつきあい、そろそろ痺れをきらしていた。

「止しなさい。この子は死ぬかも知れんとよ」不用意に母は本心を言ってしまった。姉はすかさず言った。

「そうよ、死ぬかも知れない、だけどいつ？　いつかならあたしも死ぬわ。この人の我がままにつき合うのはもう沢山」

襖のかげから妹がのぞいていた。一番の被害者は彼女だ。体が大儀なまま、手足のようにこき使った。

情景を想像すると、三〇年後だからこのような客観的な書き方を可能にしたとも言えるが、ここに示されている深刻であるはずの「私＝被爆者」（ここでは林京子自身と見ていいだろう）と家族の関係には、どこか温かいユーモアのようなものが存在するように感じられる。そして、このような文体＝言葉の使い方こそ林京子文学の特徴に他ならない。が、それと同時に外地＝上海で中国人と交じり合いながら育った家族（母・姉妹）の経験がそのような文体＝表現を可能にしたとも考えられる。

これは、繰り返しになるが、一九四五年八月九日から始まる戦後の混乱期を経て今日まで、ずっと被爆者として生きてきた林京子の経験が成した技と言っていいだろう。被爆者としての長年の経験は、次のような場面にもよく現れている。

その日から終戦の日まで、伯父は自分の部屋から出てこなかった。八月十五日、終戦のラジオ放送を聞いたときの伯父の言葉は、忘れられない。震える唇をかんでラジオに聞きいっていた伯父は「なして、もっと早う言うてくれん」と声の主に恨みを言った。

終戦後、その人が諫早にやって来た。「見にいくう」家を飛び出した妹の衿を、伯父がつかんだ。

「行たてみろ（いってみろ）家には入れんとじゃっけん。ほかの者もよう聞いとけっ」

昼ひなか、雨戸を全部閉めさせた。その頃私たちは伯父の家に、一緒に住んでいた。

無力な伯父の精一杯の抵抗である。

長崎医科大学の学生だった息子を原爆で亡くした「伯父」の言動をこのように描写する林京子の底意には、もちろん被爆者とその家族に対する同類意識と同情もあるが、それ以上に理不尽な戦争とそれを引き起こした者たち、及びそのことによってもたらされた被爆＝原爆に対する根源的な「怒り」があるように思われる。小田実流に言うならば、「タダの人＝庶民」の抑えようのない憤怒がここにはある、と言っていい。被爆者やその家族ならば当然そのように思うであろう感情を、声高にではなく辛苦に耐える「伯父」の言動を通して伝えようとするところに、林京子の文学＝『祭りの場』の真骨頂は存在する。被爆者である林京子の「怒り」や「無念」に集約される感情や思想がどのようなものであったか、作品の最後にはそれが最もわかりやすい形で現れている。

追悼会（長崎高女で一九四五年一〇月に行われた―引用者注）に列席した生徒の幾人かが、その後死亡した。結婚し子供を生み、ある朝突然原爆症で死んだ友人もいる。私は時々追悼歌を口ずさむ。学徒らの青春の追悼歌である。

春の花　秋の紅葉年ごとに　またも匂うべし。みまかりし人はいずこ　呼べど呼べど再びかえらず。あわれあわれ　我が師よ　我が友　聞けよ今日のみまつり。

アメリカ側が取材編集した原爆記録映画のしめくくりに、美事なセリフがある。

――かくて破壊は終わりました――

原爆で理不尽な死を強いられた者や生き残って被爆者としての生を引き受けた者（その家族を含む）と、原爆を戦争の道具＝兵器としか認識しない人たちとの、踏み越えることのできないまでに開いている距離、この絶望的な落差はどこから来るのか。破壊が「終わった」のは長崎という都市であって、それは表面的なものでしかない。身体の内外を破壊＝傷付けられたまま生きながらえた者（被爆者）の破壊は決して終わることなく、これからも長く続く。その意味で、「かくて破壊は終わりました」の言葉を最後に置いた林京子の心底には、原爆攻撃によって生き残った者、すなわち被爆者の存在に全く想像力を働かせないアメリカ（言外に被爆体験を持たない多くの人たちも想定されていると見るべきだろう）に対する遣り場のない憤怒、あるいはそのような状況を放置し続けてきた私たちへの絶望や苛立ち、あきらめが込められていることになる。

さらに、「かくて破壊は終わりました」に関して大状況的に言えば、彼女が『祭りの場』を発表した当時、米ソの冷戦構造を象徴する核軍拡競争が際限ない方向に進んでいく様相を呈しており、アメリカ、ソ連、イギリス、フランス、中国といった核保有国は競って核兵器の威力と性能を高めるための実験を繰り返していた。そして、政治指導者や関係者たちはひた隠しにしていたが、核実験場周辺の住民に原爆症と同じような症状を呈する者が現れ、癌や白血病に罹る人が他の地域の数倍になることが明らかになりつつあった。核による「破壊」は終わるどころか、まさに拡大・進行し続けていたのである。「被爆者の現在」を発語の根拠とする林京子にしてみれば、進行する「新たな破壊」を見過ごすことができず、「かくて破壊は終わりました」という欺瞞に満ちた衝撃的な言葉で処女作を締め括らざるを得なかったのだろう。

なお、『アメリカはなぜ日本に原爆を投下したのか』（ロナルド・タカキ著　一九九五年　草思社刊）によれば、広島・長崎への原爆投下を最終的に決断したアメリカ大統領ハリー・トルーマンには、根強い「人種差別＝アジア人蔑視」があり、それが原爆投下の決断に少なからず影響していたという。一人の政治指導者による「人種差別」意識によって三〇万人にも及ぶ死者が生み出されたと思うと、何ともやりきれない。『祭りの場』は、そのような偏見に対して果たしてどのような位置にあるのか。

三　「死」を凝視

被爆体験を基にした作品だから当たり前なのだが、『祭りの場』の全編を覆っているのは、「死」である。まず冒頭に、被爆死したと思われる「アメリカ人捕虜」のことが出てくる。被爆以来、この国の政治指導者たちもマスコミも、また多くの人々も「日本は唯一の被爆国」という言葉を何の疑いを持つことなく使ってきたが、実は「ヒロシマ・ナガサキ」の惨劇によって日本人以外の外国人（アメリカ人、イギリス人、オーストラリア人、マレーシア人、インドネシア人、中国人、朝鮮人、等）が多数犠牲になっていた。それぞれ実数は正確な「記録」が消滅しているので明らかではないが、朝鮮人・韓国人の数万人を筆頭に何十人、何百人の単位で外国人の犠牲者が存在したのである。この事実は、『祭りの場』が発表された時代にはもうすでに明らかにされていたことであったが、この作品がそれまでの原爆小説と異なっていたのは、この厳然たる事実を作品の冒頭に置くことで、原水爆＝核が人種や民族、国境を越えて全ての人間に被害をもたらす存在であるということ（作者の考えと言っていいだろう）を、さりげなく断固として盛り込んでいた点にあった。しかも別な角度からこの作品を考えた場合、被爆死したアメリカ人捕虜の話を冒頭に置いたということは、この小説が「死」をめぐって展開するとの作者の密かな宣言でもあったということでもある。

実際『祭りの場』は、兵器工場の「くず紙再生」を専門とする木造建物で勤労動員に従事していた「私」が、奇跡的に生命を失うことのなかった自分の僥倖に比して、レンガ造りの建物の下敷きになって被爆死した友人三人の話に始まって、同じ建物にいて死亡した「山口」のこと、恩師の死、避難する途中で目撃した小川に顔を突っ込んで死んでいた人やその他の夥しい死者の様子を、これでもかこれでもかという具合に描写する。そしてそのことに加えて、嘔吐や下痢を繰り返し、身体のだるさに苦しめられる典型的な原爆症を経験して「死の淵」に立たされた「私」のことや、長崎医科大学の学生であった従兄弟の死、等々が描き出され、『祭りの場』はそれこそ全編「死の記録」と言っていい様相を呈する小説になっている。もちろん、このように作品の全体が「死」に覆われているというのは、何も『祭りの場』だけに特有なものではなく、原民喜の『夏の花』や大田洋子の『屍の街』を嚆矢として、林京子と同じように被爆時に少年や少女であった石田耕治の『雲の記憶』（五九年）や中山士朗の『死の影』（六五年）、あるいは後藤みな子の『刻を曳く』（七一年）や亀沢深雪の『広島巡礼』（八二年）、等々の原爆文学に共通な特徴と言える。例えば、人口に膾炙した峠三吉の「ちちをかえせ　ははをかえせ／としよりをかえせ／こどもをかえせ／わたしをかえせ　わたしにつながる／にんげんをかえせ／にんげんの　にんげんのよのあるかぎり／くずれぬへいわを／へいわをかえせ」（『原爆詩集』「序」　五二年）から想像されるのは、詩語の裏側に張り付いた夥しい無辜の民の「死」である。

とは言え、そんな「死」に覆われた原爆文学とその特徴を共有しながら、林京子の『祭りの場』にはこの作家特有な「死」の捉え方があるように思われてならない。例えばそれは、次のような「死」の書き方にある。

その頃一通の封書が届いた。褐色の粗末な封筒である。ペン先が二つに割れてひっかかり、インク玉を飛ばしている。宛名は私になっている。裏を返すと、動員した工場のゴム印が押してあった。

中にはタイプ印刷の四、五行の挨拶状と郵便為替が入っている。動員三ヵ月分の手当である。額面は一、金十八円也。

「死んだ女学生さんも十八円じゃろうか」西陽が射しはじめた台所から母が言う。

当時N高女の月謝が七円か八円。動員中でも月謝は納める。賃金より高い月謝を払いながらお国につくす。損得計算はどうなるのか。ともあれ十八円あれば私が死んでも葬式の花代にはなる。（中略）

被爆死した学徒に五十二円支払われた噂を聞いた。工場側か国家か、生命の代償は誰が支払い主なのか。いずれにしても生命が金銭に換算されるのはいい。自分の値うちがわかって評価相応にふるまう。（傍点原文）

と、原爆症で苦しんでいるときの一挿話として「死」について記したかと思うと、一転して、

現在私が死亡すれば国から葬祭料が出る。金額は一万六千円。これは特別被爆者と明記してある。但し死にさえすれば何でももらえるのではない。原爆症の認定が必要である。

特別被爆者とは特別原爆者健康手帖を持っている者だ。交付の対象は原爆医療法施行令の第六条一号から五号までに該当する者。（中略）

一万六千円を受けとる手続きは、葬祭料支給申請書と死亡診断書と死亡削除された住民票と特別被爆者健康手帖と印鑑と

――持参すればいい。

私は、一万六千円で花を買って下さい、と遺言するつもりだ。チューリップなら一本二百円の冬場でも八十本も買える。華麗な葬式になる。不相応なら大根でいい。やはり八十本も買える。書いているうちに価があがり大根五十三本になった。

と書く。被爆者も確実に戦争犠牲者であることを考えると、元兵士であった人々に支払われる年金に比して「一万六千円」（三〇年以上経った現在は、その一〇倍近くになっている）は、いかにも少額としか言えないが、即物的な「数字」によって被爆者の死や生命を浮き出させる林京子の手法は、彼女特有のものである。数字が明瞭に示す生命の軽さ、あるいはできれば被爆（者）

を認めたくない権力の底意、そこには被爆によって理不尽な死を強いられ、生き残ってもなお差別的な扱いを受け続けてきた被爆者の「無念」と同時に、そのように被爆者＝人間の生命を軽視する存在に対する「怒り」が同時に込められていると言っていいだろう。「生命が金銭に換算されるのはいい。自分の値うちがわかって評価相応にふるまう」という、自虐的な言い方の裏側に隠された密かな「怒り」と言い換えることもできる。そして、このように自虐的・皮肉な表現でしか被爆者の無念や怒りを伝えられないもどかしさの底にあるものは、林京子が被爆者として戦後三〇年片時も忘れることなく「死」を凝視（みつ）め続けてきた時空に他ならない。

林京子の原爆＝被爆を扱った作品が、作家が意図していたか否かとは別に、この社会とそこに生きる人間の暗部、言い換えれば人間が絶対的に避けることのできない「死」という出来事に関する「影」（マイナス）の部分を色濃く滲ませているのも、この作家の創作方法を考えれば必然であったと言えるかも知れない。

……明子も当然認定被爆者であるべきだが手続の段階でくたびれ果てる。病人が動くのは困難だし、私が特別手帖の申請をする時もそうだったように、体力的に参ってしまう。

全く馬鹿気ているが被爆地にいた事を証言する三人の印鑑が必要なのだ。いた事を証明するには同じ職場の人間か一緒に動員していた同級生しかない。三人探すのは、生存者を——大変な難事である。現在は緩和されたのだろうか。手帖があれば医療の給付が受けられるから金銭的に助かる。だからといって三人もの証人をたてて不正を取りしまる事はない。被爆者、の前歴は名誉なことではないのだ。遺伝因子の問題までからんで、出来ればかくしたい問題である。明子や私たちの痛みは年々私たちだけの問題になりつつある。

さりげなく形式的かつ非人間的としか言いようのない典型的な「お役所仕事」（当時厚生省）の実態を紹介することで、被爆という事実が「風化」している現実と共に、「生命」や「死」がこの社会で軽く扱われている事実を伝えようとしているように思える。このことを普遍化して言えば、あくまでも「私」的なものであった被爆体験を抱えて生きてきた被爆者としての生、あるいは死が、被爆者であることによって必然的に社会制度の内部に取り込まれ、「公」的なものにならざるを得ないということを意味しているということである。林京子の処女作『祭りの場』、そしてそれ以後に書かれた彼女の原爆文学は、作家自らの体験に基づいてそのことを明らかにするものであった。

第二章　消えない「傷」の在処（ありどころ）――『ギヤマン　ビードロ』の意味

戦後文学は、絶対主義天皇制の圧政とそれを利用した軍国主義の過酷としか言いようのない戦時下から「解放」され、他国の軍隊に占領されていたとは言え、それまでとは全く異なる「平和と民主主義」の社会を迎えて花開いたが、その正統な後継者として自他共に認める大江健三郎の戦後派作家を論じた『同時代としての戦後』（七三年）の序「われわれの時代そのものが戦後文学者という言葉をつくった」に、次のような言葉がある。

一　「壊れもの」としての人間

新しい「戦前」が、重く、制禦しがたく、苦しく、時代によって懐胎されていると告げる声がおこっている。しかし、よく「戦後」を記憶し、それをみずからの存在のなかに生かしつづけている者のみが、もっともよく新しい「戦前」を感知するであろう。そして、戦争を、また「軍国」を。被爆二世たちは、原爆経験について、あの朝、広島に核爆発の閃光がきらめく瞬間まで、そこは「平和」な市街だったのだ、とする思い出のかたちをうち崩すことを、かれらの運動の出発点のひとつとした。たしかに、よく現実と歴史にそくして、そこを見つめる者らの眼に、原爆直前の広島は、「軍国」の一地方都市であったのだ。その視点に立って、いわば、核爆弾をおとす、空中にある者と、それをおとされる、地上にある者とを、ともに撃つようにして、かれらは、ついには白血病をふくむ、すべての原爆症から、人間をとりかえす、すべての核兵器体制から、人間をとりかえすべき運動にむかっている。原爆症によって死んだ、被爆二世について報告する時、かれらは、自分たちがこの人間を白血病からとりかえせなかったのは、と強い憤りを自分たち自身にこそ向けながらいう。かれらは世界最終戦争であるかもしれぬ、新しい戦争にむかう「戦前」を、いまもっとも敏感に認識している者らであろう。かれらの血の遺伝子のなかには、「戦後」すらもなお、おとずれていないのであるが。

ここで大江の言う「新しい戦争にむかう『戦前』」を敏感に認識し、かつ「『戦後』すらもなお、おとずれていない」と感受している者、つまり核軍拡競争が象徴する第三次世界大戦（世界最終戦争）の可能性を肌で感知し、そのような状況に抗する反戦・反核意識を胸内深く刻み込んでいる者は、紛れもなく「被爆者」に他ならない。大江がここで問題にしているのは「被爆二世」の否が応でも意識ぜざるを得ない核意識・戦争意識についてである。とは言え、被爆者の核意識・戦争意識についてその深層を探るならば、被爆後に数多く書かれた「手記・記録」類（その多くは、『日本の原爆記録』〈全二〇巻　一九九一年　日本図書センター刊〉に収められている）のほとんどは、どうしても拭い去ることのできない「被害者」意識に絡め取られるが故に、なぜ原爆が広島・長崎に落とされたのか、その歴史的意味を捨象しがちになるという傾向にある。何人もの家族や友人、知人を原爆で失った事実がそうさせるのであろうが、八月六日・九日の「ヒロシマ・ナガサキ」が十五年戦争＝アジア・太平洋戦争の帰結の一つであること、及び第一章でも触れたが戦後の冷戦構造を予測してのアメリカによる原爆投下であったことなどについて、被爆者は冷厳に受け止めることができていないという現実がある。特に、先のアジア・太平洋戦争における日本の「加害者」性については、長い間等閑視されてきた。広島で被爆した詩人の栗原貞子が「ヒロシマというとき」を書いたのは、先の大江の「序」に先立つ一年前の一九七二年であった。

〈ヒロシマ〉というとき
〈ああ　ヒロシマ〉と
やさしくこたえてくれるだろうか

〈ヒロシマ〉といえば〈パール・ハーバー〉
〈ヒロシマ〉といえば〈南京虐殺〉
〈ヒロシマ〉といえば　女や子供を
壕のなかにとじこめ
ガソリンをかけて焼いたマニラの火刑
〈ヒロシマ〉といえば

皿と炎のこだまが　返って来るのだ
〈ヒロシマ〉といえば
〈ああ　ヒロシマ〉とやさしくは
返ってこない
アジアの国々の死者たちや無辜の民が
いっせいに犯されたものの怒りを
噴き出すのだ
（後略）

（詩集『ヒロシマというとき』七六年刊）

この詩は、一九七〇年代に入って被爆者がなぜ自分たちが戦争の犠牲者として未だにその後遺症に苦しまなければならないのか、それは自分たちの国がアジア・太平洋戦争においてさまざまな「罪」を犯した結果ではないのか、と戦争におけるその「加害者」性について明確に認識するようになった記念碑的作品である。

そんな先の戦争に関わる被爆者―加害者意識の現状を鑑みる時、林京子の連作集『ギヤマン　ビードロ』（七八年）は、原爆文学の枠を越えて貴重な一書と言うことができる。この連作集は、「ヒロシマ・ナガサキ」の出来事がアジア・太平洋戦争の過程で起きた出来事だとの認識に基づいて書かれた、と確かに思われるからである。例えば、林京子が上海において国民学校五年生の時に経験した太平洋戦争の勃発時のことを回想した『響』に、次のような一節がある。

十二月八日の朝、三時か四時頃である。上海の街は、砲声によって揺り起こされた。（中略）
小雨が降る校庭で、朝礼が行われた。私たち生徒は、震えながら雨の中に立っていた。鼻の下に髭をたくわえた校長が、今朝の砲声を聞いて、あなたたちも既に承知の事と思うが、と前置きを言って、出雲（日本海軍の支那方面艦隊の旗艦―引用者注）の戦果を私たちに伝えた。それから、今朝の砲声は、あなたたちの生涯にとって記念すべき響になるだろう、祖国日本の、最重大な戦いの開幕の砲声を、あなたたちは自分の耳で、確かに聞いたのである、戦いに参加したのである、と訓辞した。最後に、校長は、大日本帝国万歳！　と叫んで、小雨が降る天に向かって両手をあげた。ばんざい！　私たちも両手をあげて叫んだ。万歳！　ばんざい！　と両手を上下しているうちに私の体は熱くなり、興奮していった。

軍艦マーチが鳴って、私たちは運動場を行進した。行進しながら、私は未明の砲声を思い出していた。ずずっ——と腹に響く轟音をあげて炸裂した出雲の砲声が、どのような記念すべき響になって私の生涯に残るのだろうか、と私は思った。校長の訓辞のように、戦いに参加した意識が私にもあった。それは、戦いの開幕にいあわせた重大さのせいもあったのだろうが、砲声は、私の柔らかい内臓の胃や腸の粘膜に付着して、私を揺さぶりはじめていたのである。

ここには、アジア・太平洋戦争に国民（子供も含んだ）がどのように対応したか、言葉を換えれば、如何にして戦争に巻き込まれていったのかの一端がよく伝えられている。つまり、「五族協和」、「国民精神総動員」、「鬼畜米英」、「八紘一宇」、等のスローガンに象徴される総動員体制に、小学生を含めた誰もが唯々諾々と従った結果が「ヒロシマ・ナガサキ」に他ならなかったのだということを、林京子はここで明らかにしているのである。別な言い方をすれば、この『響』における「戦地・上海」の思い出は、八月九日に被爆した「私」を疎開先の諫早まで連れて帰る母親の心情と共に語られる構造になっているが、これは「ヒロシマ・ナガサキ」が突然天から降ってきた災忌ではなく、アジア・太平洋戦争の結末の一つであったことを作家が深く認識していたことを物語っていたのである。広島で被爆した大田洋子は、その最初の原爆小説『屍の街』（四八年）の第二章「無慾顔貌」の中で、「原子爆弾は、それが広島であってもどこであっても、つまりは終っていた戦争のあとの、醜い余韻であったとしか思えない。戦争は硫黄島から沖縄へくる波のうえですでに終っていた。だから、私の心には倒錯があるのだ。原子爆弾をわれわれの頭上に落したのは、アメリカであると同時に、日本の軍閥政治そのものによって落されたのだという風にである」と書いていたが、林京子にとって「ヒロシマ・ナガサキ」は、上海で聞いた軍艦（出雲）の砲声の延長線上にあるものだったのである。

戦争は、そのような「弱い」人間をも巻き込んで、多くの犠牲者を出す。まさに戦争、そして「ヒロシマ・ナガサキ」こそ「壊れ物としての人間」を余すところなくこの現実に引きずりだす残酷な出来事だったのである。

二　生き続ける

林京子が自らの被爆体験と被爆者として生きている「現在」を巧みに交差させながら描き出したのが『祭りの場』であると

するならば、前記したように連作集『ギヤマン　ビードロ』は被爆者が「壊れもの」でありながら、それがまた紛れもなく「人間」であることを多様な角度から証するものであった。つまり、『ギヤマン　ビードロ』は、被爆者はおのれの被った不幸＝悲劇を背負いつつ生きてきたことを証す以外に、人間としての証＝尊厳を取り戻すことができない、との固い底意を秘めて書き綴られた連作集に他ならなかったのである。『空罐』『金毘羅山』『ギヤマン　ビードロ』『青年たち』『黄砂』『響』『帰る』『記録』『友よ』『影』『無明』『野に』の十二編から成るこの連作集は、被爆者の生命（いのち）、一般化して言えば人間の生命（いのち）を凝視したところから作品の言葉が紡ぎ出される点にその特徴を持っていた。被爆体験を持つ者も持たない者も女学校の同級生として久し振りに長崎で集まった者たちが、被爆の思い出と現在の生活とを語り合い確認し合うことを基底にしたこの連作集は、総じて言えば幾多の歴史や認識を越えてなお生き続けてきた被爆者の「現在（いま）」がどのような状況にあるのか、についてさまざまな角度から捉え直そうとした作品群でもあった。

……私はアウシュビッツの展示場での、私の感慨を思い出してみた。同性の髪の毛で織られた膝かけ、つぎの上につぎを当てた、ぼろぼろの囚人服、靴底がすれてなくなってしまっているのに、なお靴として愛着を持って着用されていた靴。人間の骨を削って作った食器とペイパーナイフ。私も幾度となく吐気に襲われた。貧血状態になって会場の隅にしゃがみ込んだ。途中で会場を抜け出そうと、何回も思ったが、私は、逃げてはいけない、と自分に言い聞かせた。

生理的な嘔吐も貧血も、会場の底に流れている人間の生命を問う訴えが、見ている者の胸をうつからである。それにもまして、骨と皮になるまでに痩せ、死の寸前に立ちながら、なお生きていようとする人間たちの、生命への渇望が胸をうつのだ。生きていたい願望は、加えられる残虐さの比ではない。

（『青年たち』）

ここでの「私＝被爆者」は、全くアウシュビッツの被害者と自分とを同化させている。「死の寸前に立ちながら、なお生きていようとする人間」は、まさに自分たち被爆者のことであり、「生きていたい願望」も自分たち被爆者の切実な思いに他ならなかったと言っていいだろう。このような被爆者の自己認識や思いの底に、人間の「生命」を踏みにじり蔑ろ（ないがしろ）にする戦争への嫌悪と怒りが存在することは、改めて言うまでもない。しかし振り返ってみれば、「戦時」という理由でナチス・ドイツが行った残虐行為＝ユダヤ人ホロコーストは、決して他人事ではなかった。林京子が幼児期から少女期を過ごした上海も含まれる中国大陸で行われた日本軍の残虐行為の総称である「三光作戦（焼き・殺し・奪う）」は、その一端を発表後ただちに発禁処分を受け裁判にもかけられた石川達三の『生きてゐる兵隊』（三七年）が伝えるように、アウシュビッツに匹敵するものであった。そして、何よりもアメリカ軍による原爆投下もまた戦争における残虐行為の最たるものであった。

そもそも何故「私＝被爆者」は、アウシュビッツの遺品が展示してある会場で「嘔吐と貧血」を起こしたのか。それは、一四歳の林京子が八月九日の長崎で体験（目撃）した光景と、アウシュビッツにおける人間を人間として扱わない行為が重なったからではなかったか。人間が人間でなく「物」のように扱われていた点で、ヒロシマ・ナガサキもアウシュビッツも同じであった。どちらも「壊れもの」としての人間が、まさに「もの」と化さざるを得なかった出来事だったのである。

連作集『ギヤマン　ビードロ』がなぜ現在（いま）を生きる多様な被爆者を描いているのか、という問題も、このような「生命」の在り様を根源から問う作者の姿勢を考えれば、自ずから明らかになる。被爆者は決して「物（モノ）」ではなく「人間」であり、だからこそ現在まで死の恐怖と戦いながら必死に生きてきたのだ、との強い思い＝思想が作者の内部にはあったからこそ、『ギヤマン　ビードロ』は書かれたのである。

被爆死した同級生の三三回忌に出席するため母や姉妹のいる長崎にやってきた「私」は、母たちとの会話から次のような感慨を吐露するが、この感慨の裏側にあるすさまじいとしか思えない被爆者の生を想像すると、改めて原爆が一個の人間にもたらした「罪」の深さを思わないわけにはいかない。

> 罰のあたるよ、と母が言った。そばにいた姉が、――ちゃんの話は、いつも、らしいらしいなのね、と笑った。言われてみると、その通りかもしれない。被爆者は、そのうちみんなが死んでしまうらしい、と囁かれながら、一向に死なないで、三十二年も生きてしまった。十四歳で被爆死した友人たちの、三倍以上の年齢に私はなっている。長く生きすぎて、死んだ五十一名の同期生たちに、申しわけないと思っている。この感情は、同期生たちに共通した思いである。特に、子供たちが成長して育てるものがなくなると、余分に生きているようで申しわけのなさは一入（ひとしお）である。生きすぎた後ろめたさから、誰からともなく三十三回忌の供養をしよう、ということになった。
>
> （傍点引用者　『野に』）

老人が自嘲的に「長く生きすぎた」と嘆息することはあっても、普通の人間が長く生き続けることに「罪」を感じるような生を強いられるということは、どう考えても正常なものとは言えない。しかし、『野に』に従えば、現実として被爆者の心には被爆死した者へのこの「後ろめたさ」が存在すると言う。何故被爆者の生がすさまじいかの理由がここにはある。世間では、どれほど長生きするかがその人間の価値や幸福に関係するかのような俗説が流布している。それは、「幸福論」と称するような書物や近頃流行りの「自分史」の類を繙いてみれば、一目瞭然である。それらには、誰もが現在を精一杯に生き、そして楽しみ、天寿を全うすることを願って日々を過ごすことにこそ「幸福」の源がある、との前提が疑いもなく綴られている。ところが、被爆者の生は、それらとは全く正反対の感情に支配されている。これが何に起因するかについては、言うまでもないだろう。被爆者は、核＝放射能によってその後の人生を掣肘され、そこから逃れられなくなった生を生きてきた人たちなのである。「死の恐怖」と闘い続け、長生きすればするほど「罪」の意識を深くするという被爆者の現実を、『ギヤマン　ビードロ』の各編はその感情の襞襞を点検するようにして書かれたものだったのである。

だが、果たしてこんな理不尽なことがこの世にあっていいのか。核の存在が何故非人間的なのか、その最大の理由がここにある。繰り返すが、『ギヤマン　ビードロ』はこのような「死を前提とした生を生きる」という被爆者のパラドキシカルな生の在り様を、余すところなく伝える連作集なのである。

三　「八月九日」に呪縛され……

惨劇の「八月六日・九日（ヒロシマ・ナガサキ）」に被爆者のその後の生がいかに呪縛されてきたか、『記録』にその一端が書かれている。

……離島行きを懸念して、あの日、母校の講堂で私たちに心のうちを話したとき、予定が組まれたら進まなきゃならない、それが生きるってことじゃない？　と西田と私は、断定的なことを言った。立っている現在が、常に出発点だと思う、とも言った。大木が離島赴任を案じている心の内には、原爆症への不安がある。赴任するかもしれない島にも、医師はいるだろう。しかし原爆病院はない。心細かっさ、と大木は考えこんでいたが、別れぎわに、うちは決心した、辞令が出たら行くよ、と言った。

大木は、あの時に西田や私に話した決心どおりに、行動しているかもしれない。大木の赴任の話を男にしながら、私は、一抹の動揺を感じていた。あの時、私たちが言った言葉は、あれでよかったのだろうか。離島へ行く最後の決心は、大木が決めることだが、私たちの言葉に、多少でも左右されるようなことがあるならば、私は責任を感じる。それに西田はとにかく、私が立っている現在は、昭和五十年を過ぎた今日ではない。昭和二十年八月九日が現在なのだ。目の前の、鉄梯子に片足をかけている男も、八月九日が現在でしかない。男も私も、そこから一歩も踏み出してはいない。踏み出したつもりでも、気がつくと八月九日に立っている。大木も同じだ。（傍点引用者）

「昭和二十年八月九日が現在なのだ」、「そこから一歩も踏み出してはいない」とは、どういうことなのか。これまでにも繰り返し記してきたように、被爆体験を基にした林京子文学の特徴は、他の原爆文学の作家と違って被爆者として生きてきた現在（いま）を描くところにあった。だとすれば、林京子自身と重なるところの多い『ギヤマン　ビードロ』の「私」が言う「昭和二十年八月九日が現在なのだ」とは、どういう意味なのか。被爆者として生きてきた現在とどのような関係にあるのか。この問いにこそ、林京子文学の独自な位相がある。つまり、林京子の文学は、彼女の内部で日常生活の積み重ねとして日々実感する「時間」の裡側に、被爆者として八月九日に呪縛された自分が存在し、そのことの認識抜きに「被爆者として生きてきた現在」はあり得ないということに他ならない。それ故、被爆者である林京子の精神は、日常生活の隅々においておのれの思考・感覚の原点とも言うべき「八月九日」から離れて発動することなく、そのような精神の在り様は何十年経とうが変わらないのである。『ギヤマン　ビードロ』に次いで書かれた長編『無きが如き』（八一年）の終わりの方、及び『雨名月』（八四年『三界の家』所収）という短編に、被爆者である主人公の「私」が離婚に際して夫であった男から「君との結婚生活は被爆者との二十年に他ならなかった」と言われた、という部分がある。おそらく林京子自身が別れた夫にそう言われたと想像される、この残酷と言ってもいい「夫の言葉」が紹介される直前の記述は、以下のようになっていた。

十四歳の夏から被爆者であった私は、「生存と種の存続」という、闘争のためのスローガンじみた生き方を今日までしてきた。娘時代は、今日明日にでも友人たちのように、原爆症で死んでしまうのではないかと毎日が不安だった。結婚して子供が生まれると、今度は子供の死を怖れるようになった。心豊かな結婚生活の時期に、私の関心はほぼ全面的に、子供と自分の生命を保ち続ける「生存」に費やされた。そのあげくいつの間にか精神的な男女の愛から出発したはずの性は、精神から剝離してしまった。生活を楽しむ心の余裕はなく、合体は生殖のためにあり、母胎の役目を終えたとき、独り立ちしてしまった性をどう処理すればよいか、私は迷った。（中略）生命を宿したことで生命を怖れ、理想は偏重し、結婚生活は離別で終わった。失敗だろうが、それもよしと、一区切りをなして私の内にある。そして現在につながる余地はない。そう考えられるのも、子供の成長が現在につながっているからだろうか。残念だが、私の過去の人生の裏打ちをしているのは、八月九日である。この一日があるために、親と子が今日を生きるのにこの日に立ち戻り、そこから改めて一歩を進めるのに何年もの歳月を戻る。結婚生活は反芻の年月だった。

（『雨名月』）

このような心理描写に出会うと、改めて書くこと＝表現することが自己省察に大きな役割を果たすとの思いを強くするが、それはともかくとして、ここには被爆体験を持たない者がどのように想像力を働かせても、ついに理解し得ない被爆者の深淵がある。『影』に、同期会の知らせや同級生たちの動向を知らせる手紙を何度出しても、決して返事をよこさない同級生の話が出てくるが、彼女は三〇年前に女学校を卒業すると、その翌日長崎を発って関西で暮らすようになり、結婚もして三人の子供をもうけ、そして自分から過去＝被爆の事実を抹消し、以後同級生たちとは消息を絶つ決意でその後を生きてきたという。おそらく親しかった同級生からの手紙（同窓会への参加を促す手紙）を懐かしく思い、返事も書きたかったことだろう。しかし、彼女の場合、何らかの事情があって被爆者であることを隠さなければならなかった。だとしたら、彼女もまた「私」と同じように八月九日の「ナガサキ」に呪縛された日々を送ってきたことになる。同期会に出席して親しかった友と「懐かしさ」に浸るよりも、平穏無事な（？）「現在」を守ることに心を傾けている被爆者、これも核＝ヒロシマ・ナガサキがもたらした悲劇の一つに他ならない。「私」の友人大木は、「あんなんは帰って来んばさ、忘れとらんもん」と言ったが、いつになったら彼女は同期会に出席できるのだろうか。

林京子は、表立って「被爆者差別」のことは書いていないが、井上光晴の『地の群れ』（六三年）や井伏鱒二の『黒い雨』（六六年）、あるいは深沢深雪の『傷む八月』（七六年）などの原爆小説を読めば、この国の社会が被爆者を差別的に扱ってきたことは歴然とした事実である。多くの被爆者はそのような「差別」に抗い、そのような社会に対して反意（叛意）をもって今日まで生きてきたと言っていいが、林京子の小説に登場する多くの被爆者たちも、何らかの形で被爆者を「弱者」と見なすそんな狭隘な戦後日本社会と緊張関係を持って、一九四五年八月九日から今日まで過ごしてきたように思える。それ故『ギヤマン ビードロ』には、同期会に出席した者も、出席したくとも出席できない被爆者も、この社会の偏狭さ、歪（いびつ）さ、差別的な構造を現実的に照らし出す存在として登場していると考えられる。その意味では、先の引用中にある「私の過去の人生の裏打ちをしているのは、八月九日である」という言葉の重みを、どのように受け止めるか、被爆者でない私たち一人一人が問いかけられていると言っていいだろう。連作集『ギヤマン ビードロ』の真髄は、紛れもなくそこにある。

なお、『ギヤマン　ビードロ』の中で『黄砂』を除く十一編のすべてが、「被爆者の現在」を描こうとしながら、その「被爆者の現在」が必然に導かれるように「八月九日」の体験へと遡行し、現在と「八月九日」との懸隔を推し量るところに言葉が紡ぎ出されている点も、この連作集の特徴としてある。『ギヤマン　ビードロ』が被爆者でもある作家の自己批評的な側面をたぶんに持っているのも、そのことと関係していると言えるだろう。例えば、『無明』の一節に次のような激しい言葉がある。

二十年の歳月が過ぎると、息子に遺伝してゆくかもしれない八月九日を怖れながら、一方では、世俗的な垢を一ぱい身につけて、ふくらんでいた。改めて、浦上の焼け跡から出なおしてみる必要が、私にはあった。私は一人で、被爆後はじめて式典に参加した。そこに行けば粉飾のない九日がある、と思っていた。実際に式場に立ってみると、そこにも二十年の歳月は、手垢をつけていた。

式場は花輪と生花で整えられて、黒と白の忌みごとの幕が張ってある。にもかかわらず、華やいだ八月九日になっている。浮きたって、来賓席の立札があるテントの席には、花飾りを胸につけてもらった人たちが坐っている。紀元節、天長節、運動会、と小学生の頃の祭りの度にみかけた来賓たちと、同じ表情をして坐っていた。

遺族席もあった。テントの内には、大勢の人たちが椅子に坐っていた。私は無蓋の広場に立って、それらの人たちを、やはり眺めていた。そして私は、心のなかで、違う、違う、とつぶやいていた。来賓たちはとにかく、遺族席には、私のような生き残りの者がいるはずだ。あの日の熱さを、忘れたのだろうか。あの熱さに比べれば、太陽の熱さなど問題ではない。涼しい日陰の式場にいて、追悼になどなるものか、と腹をたてていた。

二十年経って、自分たち被爆者も、またそうでない人たちも「八月九日」から遠く離れてしまった現実に苛立ちを隠さない作者の素顔が、ここにはある。公式の行事などというものは、例えそれが原爆犠牲者の追悼式であったとしても概してそんなものである、と言ってしまえばそれまでである。だが、「八月六日・九日」の平和式典で、アメリカの核戦略を支持し、核兵器を搭載した原子力潜水艦や原子力空母の日本寄港を許している国の責任者が、空洞化した「非核三原則」の堅持を誓い、「核廃絶」を願う茶番を毎年見せつけられていることを考えれば、この被爆者である「私」の苛立ちや憤りは理解できる。おそらく「私」は、追悼式の来賓席に座っている人たちが、被爆をもたらしたアジア・太平洋戦争の最高責任者であった天皇を寿ぐ紀元節や天長節の時と「同じ表情」をしていることに、また「八月九日」の「熱さ」を忘れてしまったかのように見える被爆たちの「無力」を改めて思い知り、苛立ちや憤りを覚えたのだろう。

そのような苛立ちや憤りを覚えた追悼式典であったが、そんな式典に参加しようとした理由であった「二十年の歳月が過ぎると……世俗的な垢を一ぱい身につけて」「改めて、浦上の焼け跡から出なおしてみる必要が、私にはあった」、という厳しい自己省察に関して言えば、このことと林京子が保高徳蔵の主宰する戦前から続く有数な同人誌『文芸首都』に参加したこととと何らかの関係があるのではないか、と推測される。彼女が『文芸首都』に加わったのは一九六二年、同年一〇月に最初の作品『青い道』が同誌に掲載され、初めての原爆小説『閃光の夏』は六四年五月に発表されている。被爆二〇周年の追悼式典に参加したのは、『閃光の夏』の翌年である。「書くこと」、つまり自分の内部や社会・時代などについて改めて表現する者として考えることを生活の一部に組み込んだことが、追悼式典への「批判」につながっていたのではないか。煎じ詰めて言えば、林京子は書くこと＝表現することを手に入れたことで、自己批評から文明・社会批評に至る方法を身につけることができたということになる。あるいは、被爆者として生きてきた日常を凝視することから、この決して正常とは思えない社会への批判を持つようになり、そのことを何らかの形で表現したと思うようになったことから『文芸首都』へ参加するようになった、とも考えられる。

因みに、林京子が『文芸首都』に参加した時、そこには若き中上健次や津島佑子、勝目梓、小林美代子らがいた。『文芸首都』は、保高徳蔵の厳しい批評はもちろん、同人たちによる合評会での厳しい相互批評でよく知られた同人誌であった。故に、そこで林京子の批評精神が鍛えられたことは、想像に難くない。

第三章

八月九日の「語り部」

一　「語り部」に

一九八〇年一月から一年間『群像』に連載された初の長編『無きが如き』（八一年六月刊）は、林京子が自分の表現行為の原点に「八月九日の体験」を置くと改めて決意し直した作品として記憶されるべきものである。『祭りの場』から五年、この間に連作集『ギヤマン　ビードロ』があり、一四歳まで育った上海での体験を素材とした連作集『ミッシェルの口紅』（八〇年刊）を書き継ぎ、短編集『三界の家』（八四年刊）に収録された『家』（七七年）や『煙』（七八年）、同じく短編集『道』（八五年刊）に収録された『道』（七六年）、『同期会』（七七年）、『昭和二十年の夏』（七八年）を発表し、他に単行本未収録の「なんじゃもんじゃの面」（七六年）や『雨』（同）、『大人のメルヘン　永住権』（七七年）を林京子は書いていた。それらの作品のほとんどは、それぞれ「被爆体験」と「上海体験」を基にした必死と言っていいモチーフに支えられ、しかもそれらは「現在の視点」から描かれるという方法をとったものであった。しかし、中には『雨』や『大人のメルヘン　永住権』のように被爆体験や上海生活とは直接関係ない作品もあった。もちろん、すぐあとで触れる『雨』のように後に林京子の生き様や個人史に関わる短編にその一部が生かされていくという作品もないわけではなかった。その意味で、自らを「八月九日の語り部」であると宣言した『無きが如き』の位置は、林京子の文学全体を見渡す時、ことのほか重要であると言わねばならない。

この「八月九日の語り部」宣言がいかに重要であるか、それをこれまでに書かれた作品との関係で言えば、例えば『雨』のような、一見被爆体験とは関係ないように見える作品をどう考えればいいのか、ということに繋がっている。この『雨』には、前妻の娘と夫との「近親相姦」を疑ったことから本格的に夫婦の危機を迎えるようになった話が書かれている。この短編と第二章でも触れた「君との結婚生活は被爆者との二十年に他ならなかった」と言って別れていった夫が登場する『雨名月』（八四年『無きが如き』にも同じような話が出てくるが）とは、内容的には一続きの物語として読むことができる。つまり、夫の「近親相姦」を描いた『雨』は、「被爆＝八月九日」のことを一切登場させない代わりに、林京子の「現在」が被爆に掣肘されたものであることを暗示するものだったのである。ここにこそ、『雨』の存在する意味があった。林京子は、『ギヤマン　ビードロ』において被爆者の「私」に「私が立っている現在は、昭和五十年を過ぎた今日ではない。昭和二十年八月九日が現在なのだ」（『記録』）といった主旨の発言を繰り返させていたが、この連作集が書かれた時期とあまり変わらない時に書かれた『雨』に、被爆や被爆者のことが全く登場しないのは、当時の林京子が「書くこと＝小説世界」で被爆を含めて自分に関わるすべてを、「現在（いま）」から総括しようとしていたと思われるからに他ならない。「年譜」によれば、林京子の離婚は『祭りの場』が群像新人賞を受賞する前年の一九七四年一一月である。被爆者にとって、「離婚」もまたその深奥で「被爆」と関係するものだったのかも知れない。『雨』と同じ年に被爆者と結婚した「冷たい夫」の登場する「なんじゃもんじゃの面」が書かれていること、その翌年にまさに「メルヘン」としか呼べない「おとぎ話」風の『大人のメルヘン　永住権』が書かれていることを併せ考えると、余計にそのように思われてならない。

被爆者が被爆後に「差別」的な扱いを受けてきたことや、被爆者自身が「血」の問題に関わる「死の恐怖」に呪縛された日常生活を送ってきたことについてはすでに述べたが、被爆者であることが「負（マイナス）」であるかのように認識させられる生活の酷薄さは、林京子の作品では例えば次のような「冷たい夫」の描き方に反映している、と言っていいだろう。

> 「いつの間にか、僕までがあなたの原爆病にまきこまれて、被害者意識で、生まれ出るべき我が子さえを見ていた。理性の脆さを、はっきり見せつけられた。みじめな気持ちですね、電車の中の白衣の軍人も沢山なら、あなたの原爆病も、もう沢山だ」と部屋を出て行った。
>
> 見合いの席で、戦争の傷跡は日本人全部が持っている、と言った夫の言葉を、高子は思い出した。逃げたくなれば、戦争の傷跡からさっさと夫は逃げ出せる。高子の両親だって、高子に夫をあてがって逃げだした。高子だけはいつでも取り残される。八月九日から引き続く生傷の中に取り残された。
>
> 高子たちは離婚した。結婚四年目である。
>
> （傍点原文「なんじゃもんじゃの面」）

林京子は、「年譜」によれば、一九五一年一〇月に二一歳で結婚し、五三年の三月に長男をもうけ、先にも記したように七四年一一月に四四歳で離婚している。『雨名月』の「君との結婚生活は被爆者との二十年に他ならなかった」と言った夫や、引用に見られるような「なんじゃもんじゃの面」の高子の夫、あるいは同じ作品に出てくる夜中に産気づいた「私」が病院に連れて行って欲しいと頼んだ時、「あした、僕は勤めがあるんですよ」と言って蒲団をかぶって寝てしまった夫と、林京子の夫であった男とは半ば重なると考えていいだろう。被爆者であるが故にせっかく実現させた結婚生活も、「離婚」という形で終止符を打たなければならない現実を容赦のない目で描かざるを得ない林京子という作家の在り様を、私たちは何と考えればいいのか。

その意味で、林京子が「八月九日の語り部」たらんと決意する（自覚する）までには、例えば以上述べてきたような被爆者の結婚―離婚に関わる修羅のような生活を冷厳に総括＝試行錯誤する日々や、『ミッシェルの口紅』に結実するような上海体験の対象化＝表現の経験が必要だった、ということになる。被爆者の現実―現在を被爆体験だけに集約するのではなく、もっと広げて日常生活に及ぶ被爆の影響を自分の体験に即して書く、それが林京子が創作に向かうときの姿勢だったのではないか。「八月九日の語り部」を決意するということは、まさにそのような生活の全てを作品において曝け出すことでもあった、と言うこともできる。

二　『無きが如き』

林京子の初めての長編『無きが如き』（『群像』八〇年一月～一二月）は、「一九四五年八月九日」から三〇年以上経った現在を生きる被爆者を主人公＝語り手とした作品である。主人公の「女」は、何年かぶりに原爆犠牲者の慰霊祭と平和祈念式典に参加するために長崎に帰ってきたのであるが、それらの行事を明日に控えた長崎で何とも言えぬ不安や感動、あるいは疑問、総じて言えば慰霊祭や平和式典に象徴される「八月九日」の長崎に違和感を抱く。物語は、そのことに対する「女」の告白から始まる。

女は考えながら石段を登っている。さっき街で出逢った若者たちの熱気に、女は衝撃を受けている。なぜだか、女にはわからない。（中略）

女が向かっている街とは反対の方向、北には、平和公園がある。オートバイの集団は、平和公園がある、原子爆弾が投下された爆心地に向かっている。明日八月九日には、平和公園で原爆犠牲者の慰霊祭と、平和祈念式典が行われる。若者たちは明日の祈念式典に参加するために、県の内外からオートバイでやってきたのだ。７５０の尻に原水爆禁止、核兵器全面禁止の白布の幟をたてて、男同士で相乗りしているオートバイもある。（中略）

不安に思いながら、女は若者たちの熱気に感動していた。体ごとぶつかっていく若者たちの行動をみて、女は、自分がとってきた八月九日への処しかたに、生ぬるさと疑問を抱きはじめていた。女は、八月九日の語り部でありたいと願っている。女は被爆者である。だから八月九日を、可能な範囲で忠実に語り伝えたいと思っている。そのために、余分な感情を押さえてきた。

物語は、「女」がこのあと女学校の同級生で朝鮮戦争時に脱走したアメリカ兵と結婚した「春子」――彼女の夫である元アメリカ兵のバァブは、現在長崎で犬猫病院を経営している――宅を訪れ、「女」と春子の親しい友人であった「花子」が遺した一郎を待つ間に交わされた被爆に関する論議を中心に展開する。被爆時に妻と子供全部を失い現在は再婚している老医師、戦後長崎に移り住んだブルドッグを家族のように扱っている中年女性、被爆体験を持つ老女、それに「女」と春子、バァブ、彼らはそれぞれの「被爆」体験や現在の核状況＝政治状況などについて議論を繰り広げる。そして、その談論の合間に「女」によってこれまでに亡くなった花子や同級生の「属」や「下田」のことが回想される。この『無きが如き』の構造は、基本的には『祭りの場』や『ギヤマン　ビードロ』と変わっていない。つまり、「被爆者の現在」に起点を置き、被爆体験とは何であったのか、被爆者は戦後をどのように生きてきたのか、を確固たる方法で林京子は描いているのである。

そんな粗筋を持つこの『無きが如き』を読んで、おやっと思うのは、この長編において改めて林京子が自分は「八月九日の語り部」である、と宣言している点である。彼女が現代文学の作家であるということ、と同時にナガサキの原爆＝被爆の「語り部」であることは、宣言せずとも『祭りの場』が群像新人賞と芥川賞を受賞したときから、多くの関係者・読者が承知していたことである。現に『祭りの場』が群像新人賞を受賞した当時の『群像』編集者で後に編集長となった橋中雄二も、『林京子全集』第一巻の「解説」で当時を回想して、『祭りの場』について「文学的に破格のレベルであり、作者が、どうしても書いておきたいという意欲と、どうしても書かねばならないという必然も、はっきり読みとれて」、とその「語り部」的要素について指摘している。『ギヤマン　ビードロ』など、見方によっては高度に洗練された被爆の「語り部」による連作と言ってもいい内容を持っていた。

にもかかわらず、なぜ『無きが如き』において林京子は「八月九日の語り部」を宣言したのか。よく知られているように、広島で被爆した原民喜や大田洋子、あるいは歌人の正田篠枝、詩人の栗原貞子らは、『夏の花』（四七年）や『屍の街』（四八年）、『さんげ』（同）、『黒い卵』（四七年）などによって、自らが目撃した八月六日の悲惨な出来事について「記録しなければならない」（『夏の花』）、「書き残さなければならない」（『屍の街』）といった必死のモチーフによって、数々の原爆文学を書き残してきた。いつ訪れるかわからない「死への恐怖」と闘いながら、彼らは何よりも被爆の実態を知らせなければという強い使命感を持って、表現し続けたのである。原爆＝被爆の現実を多くの人に伝えたい、という意味では、林京子も原民喜らと同じ思いを共有していたと言っていいだろう。

しかし、林京子の「八月九日の語り部」宣言は、もちろん原や大田らの思いと幾分かは重なるとは言いながら、基本的な部分で違っていたように思える。その理由の第一は、被爆時に林京子が一〇代半ばの少女で、自分の体験を創作＝小説や詩・短歌などの形で伝えるという方法を知らず（それだけの技術を持っておらず）、被爆時から相当の時間が経ってから創作の世界に入ったということである。そのため、被爆体験よりも被爆者として生きてきた戦後の時間の方が長く、必然的に「戦後の時空」が作品の内部に反映されざるを得なかった。二番目としては、一番目とも関係するが、林京子は「八月九日」が一九四五年の八月九日に固定されるものではなく、被爆者として生きている「現在」がまさに「八月九日」そのものであると考え、そこからこの長編を始めとする原爆文学の言葉を紡ぎだしているということである。言葉を換えれば、「八月九日」が現在を生きる自分の生活総体に関わる最重要な問題であるということから、「八月九日」を慰霊祭や平和祈念式典によって「一日だけの平和を祈る日」、あるいは年中行事化＝マンネリ化した行事に貶めるような風潮に対する根源的(ラジカル)な異議申し立てを、林京子の原爆文学は期せずして実現し、そのような林京子の創作態度や思想を意識化したのがこの長編だったということである。さらに言えば、被爆体験の「風化」に対する怒りや嘆き、哀しみを裡に秘め、改めてそれらのことに異議申し立てを行うべく「八月九日の語り部」宣言を行った、と考えられる。そしてそれは、林京子にとって文学が本来的に持っている「いかに生きるべきか」と同義でもあったのである。その点にこそ、『無きが如き』の独自性があったと言わねばならない。

このことは、この長編の技法にも表れている。注意して読むとすぐわかることであるが、被爆三十数周年の慰霊祭に出席するため長崎を訪れた主人公＝語り手は、同級生やその知人たちと歓談（議論）する時は「女」と表記され、自分の被爆体験や同級生との交わりの歴史について書くときは、「私」と表記されている。工夫の跡が明白なこの林京子のナラティヴについて具体的に言うならば、被爆した長崎高女の三年生に戻る時、語り手は「私」となり、核状況下の現在もなお生き続けている被爆者である自分の考えなどを書くときは「女」となっている、ということである。林京子は、いかに自分の被爆体験及び被爆者として生きてきた歴史を客観的・一般的な言葉で表現するか、を考えてきた作家である。また、彼女は、いかにして「核」の非人間性・暴力性を小説という表現形式をもって伝えることができるか、の一点に小説家としての自分を賭けてきた作家でもある。「八月九日の語り部」という言葉も、被爆者だからということだけではなく、このナラティヴを含めた技法及びその内容から解釈しなければならない。

ただそうは言いながら、タイトルに『無きが如き』と付けた林京子の深意を憶測するとき、そこには戦後の時空を被爆者として生きてきた彼女の「無念」も思わないわけにはいかない。

しかし女だって、他人からみれば被爆者以外の何者でもないのだ。普通人並み、と考えているのは、本人だけである。女と二十年近い年月を生活してきた男は、別れる際に、僕の結婚生活は、被爆者との生活以外の何ものでもなかった、君が語り部になるつもりでいるのなら、今日までの毎日を、ありのままに話せばいい、一さいの粉飾はいらない、そっくりそのままの毎日が、被爆者の生活以外の何ものでもない、と重ねていった。

男の一言は、女の二十年の歳月を、見事に打ち砕いてしまった。被爆者の名を怖れ、被爆者健康手帳を無視し、ひたすら普通の人になりたいと願って生きてきた二十年が、皮肉にも、被爆者の生涯を築きあげていたのである。いわれるまでもなく、女は被爆者である。だから子の生命を必死で守り、自分も生きたいと望んだ。被爆者であるからこそ、普通人でありたかった。そしてその日も、あったはずだ。そんな日々さえ、認められないのだろうか。これほど貴重な無駄があるだろうか、と女は思った。（傍点引用者）

作品の最終近く、被爆者が子供を産むことについて春子たちと議論したあと主人公が内白する場面であるが、「被爆者であるからこそ、普通人でありたかった……そんな日々さえ、認められないのだろうか」、「これほど貴重な無駄があるだろうか」、という「女」の言葉に林京子の無念・慚愧の一切が凝縮されていると言えるかも知れない。

「普通人」であることの証を求めて――もちろん、結婚に至る過程には「愛＝恋愛」があったはずで、そこには「普通人」であるか「被爆者」であるかの意識も、女と男の間にありがちな障壁もなかったであろう。その意味で「普通人としての証を求めて」というのは、無意識裡の心理的欲求であったと言える。結婚、つまり男との共同生活を二三年間も続けてきたにもかかわらず、その時間と生活の全てを夫から「僕の結婚生活は、被爆者との生活以外の何ものでもなかった」と言われたことの衝撃、それがタイトルの「無きが如き」に結びついていったのだろうが、恋愛時代から続いていたであろう「愛」が結婚生活のどこで消滅したのか、そのことについては不明としか言いようがない。しかし、本当に別れた夫が最初から「僕の結婚生活は、被爆者との生活以外の何ものでもなかった」、と考えていたとは思えないが、「愛」によって支えられていたと思っていた自分たちの生活に、実はその「愛」が不在だったのだと宣告されたということは、おのれの二〇年にも及ぶ「生=生活」を否定された、つまり「無きが如き」と判定されたことと同義であった、と林京子が思っても何の不思議はない。

また、林京子はさりげなく「女だって、他人からみれば被爆者以外の何者でもないのだ」（傍点引用者）と書いているが、先にも指摘したように、「なんじゃもんじゃの面」にも『無きが如き』と同じように、「僕の結婚生活は、被爆者との生活以外の何ものでもなかった」と夫に宣告される同じような被爆者が出てくることを併せ考えると、「無きが如き」という思いは、世間=戦後社会もまたずっと被爆者に対してそのように対処してきたのではないか、という林京子の怒りを裡に秘めた疑念の表明でもあったと言える。

林京子の原爆小説は、過去の被爆体験を持つ表現者たちの多くがそうであったのとは違って、決して「告発」的ではない。その意味では「八月九日の語り部」たることを宣言した『無きが如き』も、「（被爆体験の）語り部」という言葉から想起されるような勇ましさや義務感を感じさせることはない——被爆地の広島と長崎を始めとして各地に「被爆の語り部」がいるが、彼らと林京子の「語り部」は半ば共通項を持ち、半ば異なっている。同じ「語り部」という言葉が使われても、「話す」ことと「書く」ことの違いは歴然として存在するということだろう——。しかし、ある意味「淡々」と被爆体験及び被爆者の生活を語る彼女の作風は、淡々としているが故に被爆者の悲痛な思いがその作品を読む者の胸奥に届くという結果をもたらしている、とも言える。どうしても「政治的」な方向に流れがちな被爆者の表現を自己規制してきた林京子の思いと作風が、かえって被爆や被爆者の現実をより切実に伝えることになっている、と言ったら言い過ぎか。「八月九日の語り部」を宣言した『無きが如き』は、あくまでもそのような文脈で読まなければならない作品なのである。

三 「語り部」のその後

林京子の渡米（一九八五年六月）前後の体験を基にした『生存者たち』（『すばる』八七年七月号）に、次のような渡米に反対を表明した「恩師からの手紙」をめぐってどのように「私=林京子」が対応したかを記した個所がある。

日本を出発する寸前、女学校時代の恩師から手紙をもらっていた。息子の赴任について暫くの期間アメリカに移り住む、と私が出した挨拶状への返事である。先生は八十歳を越え、白内障の手術を受けている。視力は落ちて、手紙は太書きの黒のサインペンで、かつての敵国であったことを忘れないように、と書いてあった。遠廻しに書いてあるが、文面からも大きな文字からも怒りがひしひしと伝わってくる。かつての敵国であったことを忘れないように、そうあるが、先生は被爆者であることを忘れるな、あるいはもっとはっきり、九日をあなたは忘れたのか、と被爆者の私にいいたいのであろう。（中略）

八月九日にみた原子爆弾の恐怖は、敵も味方もない戦争への嫌悪を、私にもたせた。年を追って明らかになっていった、原子爆弾が私たち被爆者と子供、そして孫と、ヒトに与えた恐怖は、つきつめていけば再び戦うか殺すかそれしか解消のしようのない「敵国」への怨念の情を、掻き消してしまっていた。考えた末に、わたしは被爆者なのです、と先生に電話をした。それ以外に、気持ちの伝えようはなかった。先生は、わかっています、それさえ忘れなければいい、そして友だちが悲惨に死んでいった事実は忘れないでください、といった。（傍点引用者）

林京子の三年間に及ぶアメリカ生活がどのようなものであったかについては、別な個所（第Ⅲ部第九章・第一〇章など）で詳述するが、結論的に言えば、「かつての敵国」であるアメリカでも彼女は「八月九日の語り部」であることを片時も忘れなかった。忘れなかったと言うより、忘れることができなかった、あるいは被爆者であることを原点として自らの身体に刻印されていた「語り部」としての自覚がアメリカ生活でも消えることがなかった、と言った方が適切だろう。彼女は、アメリカで生まれた息子夫婦の子供を交えた日々の生活にあって、「ヒロシマ・デー」が催されていた教会に出かけたり、求められていくつかの大学で被爆体験の持つ意味を語ったり、日本ではほとんどそのような行動を自粛しているように見えたのと違って、むしろアメリカでは積極的とも思えるほど行動的であった。

そこには、『ギヤマン　ビードロ』などの作品にも登場するアメリカ軍関係者と結婚して渡米したり、『無きが如き』のようにアメリカ軍兵士と結婚した同級生（被爆者）の思いを代弁する、あるいは共有したいとする意思が働いていたのかも知れない。言い換えれば、「敵も味方もない戦争への嫌悪」を元基に、人間の問題として「八月九日」のことも「核」のことも考えようとする彼女の思いは、アメリカ生活においても不変であったということである。『生存者たち』に、アメリカに着いた被爆者の「私」が迎えに来た息子と車からの景色を眺めながら、原爆が最初に炸裂したニューメキシコ州アラモゴードや核実験が繰り返し行われたネバダ砂漠へ行きたい思いを語る場面が登場するが、被爆＝核時代の「原点」への意識がアメリカにおいて、より鮮明になった証と考えられる。

このことはまた、恩師の「かつての敵国であったことを忘れないように」に代表される被爆者の情緒的なアメリカ観を、たぶん自分の内部にも共有していたであろう林京子が、そのような感情をあえて封殺して渡米した真の理由が、実はこの「原点」確認にあったのではないかという推測を可能にする。林京子がアメリカの地にあっても、「八月九日の語り部」＝被爆者であることを片時も忘れることがなかったと言えるのは、彼女のアメリカ生活三年間が常にニューメキシコ州アラモゴードの最初の原爆実験地に繋がるものであったと考えられるからに他ならなかった。つまり、「ヒロシマ・ナガサキ」をこの世に現出せしめたアメリカという国の真実の姿を知りたいという欲求を、アメリカで生活する間ずっと持ち続けてきたということである。それが被爆者であることを起点として表現に取り組んできた林京子の宿命かも知れないが、何とも残酷な思いをぬぐい去ることができない。

一九八五年から八八年までのアメリカ生活にあっても、「八月九日の語り部」であることを一時も忘れることのなかった林京子は、帰国してから現在まで自分が被爆者であることの自覚をさらに深め、創作に意欲を示すようになったことは、その後の作品群、例えば『輪舞』（八九年）、『やすらかに今はねむり給え』（九〇年）、『樫の木のテーブル』（九六年）、『おさきに』（同）、『予定時間』（九八年）、『長い時間をかけた人間の経験』（二〇〇〇年）、『希望』（〇五年）、等が雄弁に語っている。

第四章　母と子・夫婦・そして家族

一　母と子I――「産む性」を持った被爆者

林京子の文学を論じる際に、彼女が「被爆体験を持つ女性」であることの意味は決して小さくない。それは、彼女が「産む性」を持った人間として存在し、被爆という事実がその「産む性」に大きな影を落としている現実＝生活の総体を、彼女の文学はその中核の一部にしていると思われるからに他ならない。戦後、女性の被爆者がどのような社会のもとで生き続けてこなければならなかったか。『無きが如き』の中に次のような語り手＝「女」の考えが示された部分がある。少し長くなるが、端的に被爆女性の置かれた状況を語っていると思うので、全文引く。

……八月六日、九日を、「広島、長崎の人びとには気の毒であるが、あのときはやむを得なかった[註]」と、歴史の中に組み込んで片付けられる時代になりつつある。六日と九日が、戦争の歯止めになったのは事実なのだから、と肯定した見方をする者もいる。そんな言葉を聞くと、単純な女はむきになって反論する。だが、やむを得なかった、と考えている人は大勢いる。極端な例だと思うが、昭和五十一年の七月二日の毎日新聞の記事に、〝被爆二世への医療費助成制度などを審議中の一日の東京都議会で、議員の一人から、「被爆者の絶滅の方法はないのか」ととんでもない放言が飛び出した。（略）同議員に改めて真意をただすと、「（原爆症は）遺伝の傾向があるので、優生保護法を適用するか、子供を産まないよう都が行政指導すべきだ。国や都の財政上もその方が……」との主張。（略）さらに、「遺伝の問題があるので、被爆者の絶滅の方法はないか」〟と発言した議員の言葉が掲載されていた。記事を読んだ瞬間、女は何も考えられなかった。考えられない頭のなかに、死んだばかりの花子の顔が浮かび、自殺した、と噂が立ちはじめている下田の顔が浮かんだ。重なって、同級生たちの子供たちの、元気な顔が吹きこぼれた。女の息子の顔もあった。世のなかの一般の子供たちと同じように、将来に希望を持って生きている、生きようとしている子供たちに対して、親たちが被爆者であるのが申しわけなく、女は歯をくいしばった。（後略）

女は、議員のような発言が出来る世のなかが、怖いと思った。やむを得なかった、と発言出来るようになった時代が、怖いと思った。そしてこれらの発言で、少しずつ少しずつ、時代の舵が一方に片寄って、とられてきつつあるように思える。なし崩しに、片寄った時代に押し流されるのが女は怖い。巻き込まれたら、流れはみさかいなく膨らんでいく。そして女はまたすぐに、流れに巻き込まれて流されてしまうだろう。逆らって泳ぎ切る勇気と知恵が、女にはない。

〈註〉一九七五年一〇月三一日、訪米を終えた昭和天皇が帰国の際の記者会見で発言した内容。

「女」は、都議会議員の発言について「議員も、核兵器が人類に及ぼす怖さを、十分に知って」いるが、「被爆者の絶滅の方法はないか」と言ったのは「都の財政面を通した部分でしか」見ていない、とその近視眼的核認識を批判し憤りを隠そうとしない。だが、ことは都議会議員や昭和天皇の発言だけの問題ではない。これらの無責任極まりない発言を許してしまう社会と

「女」の被爆者に対する思い、あるいはその子や孫への放射能の影響を考えざるを得ない心的状況を考えた時、戦後社会がいかに「ヒロシマ・ナガサキ」の出来事を風化させてきたか、言い方を変えれば戦後社会がいかに被爆者を「無きが如き」状態にして放置してきたか、またそのような状態に対して被爆者がどれほどの無念を胸に抱いて過ごしてきたか、林京子の読者はそこまで思いを馳せる必要がある。被爆体験及び核意識の風化は、被爆者とその子どもたち（被爆二世）にも襲いかかり、「産む性」を持った被爆者に、「将来に希望を持って生きている、生きようとしている子供たちに対して」「申しわけなく」思うとまで追い詰めるものになっていた。自分の産んだ子供に対して「申しわけなく」思う被爆者の気持ちは、まさに被爆者に対して原爆病の治療以外ほとんど何もしないような状態――「国家保障」の文言を盛り込まない被爆者援護法が施行されたのは、被爆後五〇年近く経った一九九四年であった――で放置してきたと言っていい時の政府や社会の在り様の裏返しである。被爆者の子供や孫が安心して暮らせるような社会をつくってこなかった自分たち被爆者の「責任」を、そこには込めていると言っていい。

しかし、先の引用部分が私たちに示しているのは、そのような「自責」の思いだけではない。林京子は、決して声高にではないが、万感の思いを込めてそのような被爆者放置を促すような昭和天皇や都議会議員の発言を超えて、人間の生命(いのち)に敵対する核の存在そのものへの根源的批判を放っているのである。もっとも、「ヒロシマ・ナガサキ」が風化し続ける状況に対して、「逆らって泳ぎ切る勇気と知恵が、女にはない」と、本音とも言える弱気の言葉を林京子は漏らしてもいる。この「弱気」もまた、林京子文学を重層的なものにするものの一つであるとも言える。

この「弱気」と先の「八月九日の語り部」たることを宣言したこととのアンビバレンスな関係、そこにこそ「産む性」を持った被爆女性の複雑な心境が潜んでいると言っていいかも知れない。この複雑な心境には、現実的には少女であった林京子に何かができたとは思わないが、流れに巻き込まれて、結果的にはアジア・太平洋戦争に加担してしまった「過去」に対する苦い思いが重ねられている、と見るべきである。このような内省的な態度は、広島で被爆した詩人栗原貞子の昭和天皇発言に対する反応と較べてみると、いかに林京子独特のものであるかがよく分かる。栗原貞子は、「戦後三十年めの天皇の発言」（七六年八月『核・天皇・被爆者』所収）の中で、「原爆はやむを得なかった」と発言した天皇について、次のように当時の政治状況との関係を踏まえて断じていた。

記者会見の席で天皇が、戦争責任を回避し、米国の原爆投下を肯定し、彼我の国民性の相違と断定して、天皇の民主的あり方を否定したことは、朕の股肱が多数戦犯として処刑された後も、まぬがれてその地位にとどまった天皇の戦後三十年の総括なのである。天皇のこの総括は、この国の再軍備・経済侵略・被爆者見ごろし政策とともに、主権在民の憲法が否定されようとしている事情とぴったり重なっているのである。

ところで、林京子は被爆者の女性が子供を産むことに関わって生じる普通ではない心理や生活について、折に触れいくつかの短編に書いているが、最も直截に書いているのは、芥川賞を受賞した『祭りの場』が単行本となる際に改稿して収録した『文芸首都』の一九六七年一〇月号に載った『曇り日の行進』と言っていいだろう。この短編は、反核＝原水禁運動の一環として広島まで平和行進する一行を目撃した被爆者の女性が、その平和運動と自分の現実とがあまりにかけ離れていることを感じ取り、被爆者がいかなる現実を抱えて生きているかを描き出したものである。子供をもうけた被爆者の現実は、次のように書かれている。

結婚当初、私は毎日のようにその恐怖（原爆症の発症―引用者注）を夫にぶっつけていた。被爆時から年月が経っていないせいもあったが、目まいがしたり、抜歯すると四日間も、歯ぐきから血が流れたりしていた。

息子が生まれると、原爆症の恐怖は息子の健康状態にむけられた。

男の子供は成長の一つ、一つの区切りで鼻血を出すものらしい。息子もよく鼻血を流した。ちり紙にスポイトで一滴たらした程度の血でも、私は大さわぎした。止まった？　ね本当に止まったの？　とついてまわる。

小さな子供の鼻腔に、ソラ豆大の脱脂綿を固くまるめてつめる。パッキングがゆるんだ水道の蛇口のように、止まらなくなるのではないか、とそればかりが心配だった。（中略）

被爆者一代で終わる不幸なら、私は身の不運だとあきらめる。しかしあの閃光は人間の遺伝因子を奇形にして二世、三世にまで不幸を及ぼす。無垢であるべき子供らの生命へ親と同じ苦しみの種を植えつけた罪を、私たちは子に詫びるのである。

この短編に登場する家族を林京子のそれとほぼ同じと見なした場合、「年譜」に拠れば林京子は一九五三（昭和二八）年三月長男を出産している。母親の被爆について恐らく何も知らされていなかったであろう息子にしてみれば、「教育ママ」などという言葉がまだ一般化していなかったこの時代に、このような過剰とも思える母親の愛情は、「迷惑」あるいは「うざったい」

としか感じられなかったのではないか。別な言い方をすれば、子供にしても、友達の母親の在り様とは違った母の自分への処し方が過度に神経質であることに、不可解な思いを抱いたのではないか、ということである。しかし、そのような「迷惑」や「不思議」な処し方しか我が子にできないのが「産む性」を持った女性被爆者特有の在り様であったとするならば、そこにこそ核問題(被害)の真の恐ろしさが潜んでいると言わなければならない。林京子も書いているように、「遺伝因子を奇形にして二世、三世にまで不幸を及ぼす」のが核存在だからである。

林京子の原爆小説が、他の作家が描いた原爆や被爆を主題とした作品と決定的に異なるのは、改稿された『曇り日の行進』が如実に示すように、被爆者の生や生活が生み出す心理や感情の襞に一つ一つ分け入りながら、同時に体験や内部に拘泥することなく作品の中に「核」に対する政治＝政策や科学的(客観的)事実を大胆に取り入れ、被爆体験＝「私」的なものと核問題＝「公」的なものとをリンクさせている点にある。ただここで断っておきたいのは、この林京子文学の特徴は必ずしも小野京の名前で『文芸首都』に最初の原爆小説を発表した時(『閃光の夏』六四年五月)から備わっていたものではなく、一〇年近くの習作時代を経た『祭りの場』以降顕著に見られるようになった、ということである。このことについて、例えば、『文芸首都』掲載の『曇り日の行進』と芥川賞受賞後に改稿して単行本『祭りの場』に収録した作品とを較べてみれば、『文芸首都』掲載作は、説明過多で話の運びももたしており、平和行進をしている反核団体と被爆者(主人公)の内面をつなぐものが、行進に参加している「ケロイドを持つ青年」に一元化され、外面的・図式的すぎる傾向を持つものになっているのに対して、改稿作は被爆に関する余分な説明部分を削ぎ落とし、一定の距離を持って主人公の被爆者と平和行進の団体との関係が叙述されている点に、その大きな違いがある。「被爆」を私的にとらえるか、それとも核状況全体との関係でとらえるか、の違いと言ったらわかり易いか。

ところで、林京子の原爆小説には、『ギヤマン　ビードロ』を始めとして多くの作品に「産む性」を拒まれた被爆者、あるいは自ら「産むこと」を断念した被爆者が登場する。原爆病は遺伝するという根拠のない風説が生み出した「差別」がその原因だったのだが、このことを繰り返し作品で取り上げた点も、林京子の文学を特徴づける一つの要素であったと言っていいだろう。「産む性」を拒まれるという「ヒロシマ・ナガサキ」がもたらした悲劇＝不幸を象徴する現実に対する厳しい目を林京子は持っていたのである。おそらく、そのような「核」を巡る現実を批判する彼女の目は、自らの「性(ジェンダー)」を掘り下げることから発せられたのだろう。それはまた「ヒロシマ・ナガサキ」あるいは「核」の存在が人間の自然性＝生殖を切断することへの告発でもあった。「産む性」を拒絶される、あるいは断念させられることが、いかに人間性を無視したものであるか、それは冒頭に引用した東京都議会議員の「正論」を装った反人間的な発言をみれば歴然とする。

決意して出産した被爆者のその後の子育てがいかに大変なものであったか、別な言い方をすれば「八月九日・ナガサキ」（あるいは「八月六日・ヒロシマ」）に呪縛された被爆者の日常がどれほど死について敏感にならざるを得なかったかということになるが、例えば『残照』（八五年）がその一端を伝えてくれる。

二　母と子II――「子育て」

夏休みに入っていた。いつものように、海岸でキャッチボールをして帰ってきた桂は、新聞を読みはじめた。夕食の用意をするために、私は、座敷の真ん中に坐っている桂の後ろを通って、台所に立った。背後を通り抜けるとき桂が、慌てて開いていた頁を閉じようとした。不自然な動作だった。どうしたの、と私はいって、桂の前に坐った。桂は、閉じた頁を手で押さえていた。手を払って、どの記事を読んでいたのか、と私は聞いた。なんにも、と桂は頬をふくらませて俯いている。桂が読んでいる頁は、社会面である。社会面の隅に、その年一年間に死亡した被爆者の人数が記載されていたのを、私は朝読んでいた。私は記事をさして、なぜ隠すのか、隠れて読むのか、といった。桂は黙っていた。繰り返し尋ねる私に、だって、といった。こそこそ読むのは止めなさい、と私はいった。桂は私を睨んで、読んだら怒るじゃないか、と反抗した。

誰のために記事を読んでいたのか、私は考えなかった。桂自身の死におびえているのか、母親の私の死を怖れているのか。記事とのかかわりが誰にあるのか、考える前に私は腹を立てていた。密かに桂が怖れている死は、クロの死に感じた外面の怖れとは異なってきている。八月九日を媒体にした内側の、現実の死に変わってきている。それが無性に腹立たしく、男の子ではないか、と意味のない叱り方をして、新聞を取り上げた。桂が、他のクラスメートたちと同じように健康であること、母親が被爆者であっても桂には関係がないことなど、くどくど説いた。桂は唇を尖らせて、わかった、といった。

被爆者の母親が感情を剝き出しに息子を叱っている場面だが、母親のことを気遣って新聞記事を読んでいた小学生の息子にしてみれば、被爆者であることに起因する理不尽としか思えない母親の叱責には戸惑うしかなかったのではないか。一般的に普通の家庭は「死」とは無縁な生活を日々繰り広げている。そのことを考えると、「死」に敏感な日常が繰り返される被爆者の家庭は特殊と言っていいだろう。そこにこそ被爆者の業(ごう)がある、と言ってしまえばそれまでであるが、何ともやりきれないそんな現実を林京子は繰り返し描きだしている。もちろん、この『残照』の家庭と林京子の実生活が全て重なるというわけではないだろう。しかし、この作品からも浮かび上がる「死」に呪縛されざるを得ない被爆者の業については、林京子は自らの経験に基づいて被爆者の現実＝生活をよく掬い上げているのではないか。

そのことは、被爆二世の息子が母親や自分の死とどのように向き合ってきたかを伝える、次のようなエッセイにもよく示されている。

去年の五月、横浜にある「被爆者の会」に一年分の会費納入かたがた、被爆者たちの近況も知りたく、息子の運転で出かけた。

そこでこんな話を聞いた。「被爆者の会」の近くに被爆者たちの指定病院がある。そこに一人の青年が入院した。病名は急性白血病。両親は被爆者だが本人は戦後生まれの二十歳、被爆二世になる。入院して間もなく、青年は死んだ。両親の放射能障害を、その青年が受けているのは明らか、という。青年の兄も二年ほど前に、やはり白血病で突然死亡している。(中略)

帰りの車の中で、息子は黙っていた。フロントガラスの前方を見つめて、黙々とハンドルをきる。何を考えているのか、息子の気持ちは手にとるように、私に伝わる。たまりかねて、ごめんね、と私はあやまった。(中略)

ぼくも、そうなるのかな、と息子が言った。

私は答えようがなく、首を垂れた。「だけどひどすぎると思う。いきなり理由もないぼくたちまで殺されるなんて、死ぬにしても、せめて指名手配の栄誉ぐらいは欲しいな」と被爆二世の死に、青年らしい理屈を欲しがった。

(「アルミの容器〈原題「原爆被爆者としての不安の日々」〉」七五年)

被爆者も心の内に生と死をめぐる修羅を抱えているが、その子供たち＝被爆二世もまた彼らなりに母親と同じような修羅を抱え込んで生きている。それが、被爆者の子育てとそうでない人のそれとを分かつ最大の要因であるが、林京子の原爆文学が多くの人々に受け入れられているのも、どの作品も「産む性」を持った被爆者の在り様とこの子育てを中心とする母―子の関係を内在させているから、と考えられる。また、彼女の文学が非人間的なものの極致である核の存在や被爆という未曾有の出来事を告発・非難して（静かなかたちで）説得力があるのも、この被爆者の母子関係が非被爆者も抱え込んでいる決して容易でない現代の親子関係（家族）の問題と通底しているから、とも考えられる。

およそ普遍的とも言える母子関係や家族関係がもたらすさまざまな問題は、極言すれば現代世界が抱えている根源的問題、例えば富める「北＝先進国」と飢える「南＝第三世界」の対立がなくなり、この地上に真の「平和」は訪れるのか、あるいは果たして人類（緑の地球）は永久に存続し得るのか、といったような難題（アポリア）とどこかで繋がっているはずである。特に、それらと個人＝私とを結ぶ媒介項が被爆（体験）である場合、核の存在が私たちの現在と未来に深く関係することになり、その意味では林京子の描く被爆者の親と被爆二世の子供との関係は「世界大」の問題と直結するものだった、と言うこともできる。

四十歳も後半になって、私は、今日までの毎日は何だったろう、と考えてみる。家事や育児に追われながら、私のうちに一貫してあった思い、願いは、生きていたい、願望だったように思う。それにも増した願いが。子どもの健康である。私は、自身が被爆者だという不幸は我慢する。しかし、その時にい合わせなかった新しい生命にまで、仮に、私と同じ生命の汚点がつくのならば、何としても我慢がならない。生まれでる生命は、無垢であるべきものなのだ。繰り返して書くが、幸い私の子どもは健康である。同級生たちの子どもたちも、原爆症や、それによる障害の話は聞かない。しかし書きながら、子どもらの健康を力説しなければならない立場にある自分たちを、私は悲しいと思う。友人たちで、原爆症を怖れて子どもを産まなかった者は多い。核の不安は、自分一代でたくさんだ、と言う。そして、その自分一代でたくさんだという生命の根源をおびやかす諸条件は、核時代の現代にこそある。

「人類の消滅か、戦争の廃棄か」の人類への課題は、為政者にのみまかせられるものだろうか。

（傍点原文「すべての人がひとしく」七七年）

三　父と母

一〇〇編を越す林京子の作品を通読してまず最初に気がつくのは、作家自身の被爆体験、上海体験、アメリカ生活、家族を基にしたその多様な世界が、実は周到な配慮のもとに統御されているのではないか、と思わせられることである。もちろん、作品世界と林京子自身の生活を重ねて読むような皮相・浅薄な見方からすれば、あくまで林京子の作品は日本近・現代文学の伝統ともなっている私小説の方法を踏襲しているとして、被爆体験→上海生活→家族→アメリカ生活→老境に入った現在、という風に、「私」のこと、「身辺」のことを次々と書いていったら、現在のような文学世界が構成されたという結論になってしまうことも十分に承知している。しかしこれは、林京子が被爆という想像を絶する特別な体験を持つが故に導かれる評価なのだろうが、そのような批評では私小説的枠組みを超えたところに成り立っている林京子の文学世界を十全には捉えきることができないはずである。従来の「林京子論」の類がおしなべてこのような私小説の枠組みで読まれてきたことを鑑みると、このことは特に強調しておきたいと思う。

と言うのも、先の周到な配慮による文学世界の統御ということに関わり、後に詳述するが、被爆体験とは別に上海体験が林京子文学の原点になっているということがあるからに他ならない。このことについて、簡単に言えば、林京子の被爆体験を基にした小説が、原民喜や大田洋子、栗原貞子、正田篠枝らに始まって非被爆作家の井伏鱒二や堀田善衞、井上光晴（『地の群れ』時代の）、あるいは『樹影』の佐多稲子らに引き継がれた原爆文学の歴史に画期を成すことになったのも、十五年戦争下の上海で一歳にならない幼児期から一四歳まで過ごすという経験が陰に陽に影響していたからに他ならない。つまり、林京子は中国の人々にとって「侵略者」である日本人の子供として異国＝上海に育つことによって、自ずから自己（の体験）との間に距離＝違いのあることをその身体性において覚知することができ、そのことが彼女の原爆文学作品に影を落としているということでもある。具体的に言えば、日本近代文学の伝統ともなっている私小説が基底にしていると言っていい「情緒的・浪花節的」な人間関係を、林京子の文学は峻拒しているということである。これは、すでに繰り返し指摘してきたように、被爆という「私」的な体験を、「八月九日の語り部」としてあくまでも現在の核状況の中で捉えようとする姿勢に通底するものである。

そして、この表層的には「私小説」の方法を踏襲しているように見えながら、実際はその枠組みを超えてしまう林京子の作風は、「自伝」的な要素が強い「父」や「母」を描いた作品においても変わらないということである。死にゆく父及び残された母と娘たちのことを描いた連作『谷間の家』（八一年『三界の家』所収）、『父のいる谷』（八二年 同）、『家』（七七年 同）、『煙』（七八年 同）や、年老いた「母」を見送る前後のことをさまざまな角度から描いた『おさきに』（九六年）を読むと、林京子が「父」あるいは「母」という存在をいかに捉えていたかが、よく分かる。例えば、『家』には死の床についた「私」の父親を見守る母親と四人の姉妹のことが描かれているが、話は上海時代の思い出、「私」の被爆、そして病院の場面を中心とした現在が複雑に絡み合って展開し、そのような構造から父と母の彼らにしか分からない長い年月を経た、これぞ「夫婦」という関係が浮かび上がってくる仕掛けになっている。

優しくすれば、いっそう、とうさんは哀れに落ちぶれていく、と母は言った。それだけの思いがあるのならば、自分一人が、哀れさの中から抜け出したいと思うこと自体が、虫がよすぎるように思えて、私は、夫婦だからあたりまえではないか、と言った。母は首を振った。「あんたには、まだ判らんやろうね、四十何年、一緒に生活してごらん、夫婦のつながりには余分な想いがあって、気弱にからみついてくればくるほど、恐ろしゅうなって逃げとうなる」と母は言った。

「恨みごとが、お互いにあるわけね」と私は皮肉を言った。母は身震いをした。私の顔を見すえて、「あんたは、いつでも批判ばっかりする、とうさんが失業した時はとうさんを、今度はあたし？　あんたのごたる娘は情の無うして好かん」と荒々しく言って、病室に帰っていった。

私は一人、階段に坐っていた。半世紀に近い夫婦の生活には、母が言うように、得体の知れない余分な想いがあるのだろう。それが、父の死を目の前にして、いっそう強く、母を父にしばりつけてしまう。母は、自分までが父の死に引きずり込まれそうで怖ろしい。だから、父の死の前に、そんな感情を断ち切ってしまいたいのだろう。（傍点原文）

「父」や「母」はもちろん、語り手である「私」をも突き放して、ここには夫婦にしか分からない微妙な心理が浮き彫りにされている。娘（私）が放つ訳知り顔の推測に基づく「批判」など物ともしない、清濁併せ飲んだような夫の全てを知り尽くした妻（母）の揺るぎない自信＝心情がここにはある、と言っていいかも知れない。夫婦とは微妙としか言いようのない関係である。全く別々な環境で育ってきた男と女が夫婦になることによって、共に生きることを決意し、長い時間を共有する。そこには他人はもちろん血を分けた子供でさえ理解できない男と女の関係がある。林京子は、自分の父と母の関係に、そのような不思議な関係を見ていたのかもしれない。だからこそ、『家』といくぶん重なる内容を持つ『父のいる谷』で、母が死の床にある父からの呼びかけに応えないことについて、「なぜ母が、父の呼び声に答え、父の思いに優しく応えられないのか。父と母の四十数年の結婚生活に何があったのか」、と疑問を呈せざるを得なかったのだろう。たぶん、父と母との間には「私」が推測するようなことは、何もなかった。「言葉」によってお互いを理解しようとするのは、夫婦といえども人間関係が希薄になってきている現代人の不安の現われに他ならない。またあるいは、この「言葉」を必要としない両親の在り方に、林京子は自分が離婚した際に「君との結婚生活は被爆者との二十年に他ならなかった」と言葉によって傷つけられたことと全く別な世界を見る思いだったのではないだろうか。『父のいる谷』は、そのような途惑いがあって書かれた作品と思われる。

「年譜」によれば、林京子の父親は一九七〇（昭和四五）年二月七日に七一歳を目前に亡くなっている。林京子は、その時四十四歳、『文芸首都』の同人となって年に一作ほどは作品を発表していたが、作家としては全く「無名」で、まだ海のものとも山のものともつかぬ状態にあった。父の死から四年九ヵ月後に正式離婚することになる林俊夫と、林京子が当時どのような夫婦関係にあったのかは明らかではないが、『父のいる谷』に語り手の「私」と夫との微妙な関係を書いた次のような部分がある。

……父の病状を知らせるために、長崎から電話をかけたときにも、女が電話口に出た。私だとわかると、お待ちください、と落ち着いた声で、女は応対して、男と替わった。電話口に出た男は、仕事に手違いがあってね、きてもらっている、といった。事実らしかった。だが、全部が全部、事実ではない。男は、嘘のなかに、一つ事実を、いつも加えていう。それも証明可能な事実である。説明する男の言葉を打ち切って、電話を切った。女のことは、念頭になかった。男のことも考えなかった。大事に看てあげてくれ、と男がいった。私は頷いて、電話を切った。女のことは、念頭になかった。父の余命が二、三日だそうです、と私は、父の病状をいった。しか、私の頭にはなかった。父の余命が二、三日後で終ろうとしているときに、男と女の仲を、詮索する気持ちはなかった。肉親の死を目前にして、男と女の情事は、汚かった。それに訊ねれば、何もありゃあしません、だから電話にも出られるのです、と男はいうだろう。その通りなのだ。

客布団に眠る客が、電話口に出た女であるのは、見当がついた。

このようなことを自分たち夫婦が経験していたが故に、父と母の四十数年にわたる生活の重みを語り手の「私」＝林京子は理解することができず、そのことをまた『父のいる谷』や『家』で正直に書かざるを得なかったのだろう。自分が全うできなかった夫婦生活、それを父と母は最後までやり通した。この事実は、人間の本当の在り方とは何かを常に問い続けてきた作家である林京子にとって、重い現実として目の前に立ちはだかっていたのではなかったか。息子のアメリカ赴任に伴って渡米した被爆者の「私」が、息子の嫁と彼らの間に生まれた娘を見守る視線の柔らかかったのも、林京子が自らの夫婦生活の「失敗」（離婚）と、そして最後まで関係を全うした両親の在り方から多くのことを学んだ結果であったと思われる。

それもこれも、林京子が被爆者であるという特異な立場にあったことと決して無関係ではないだろう。前章でも触れたが、林京子夫婦の離婚には明らかに「被爆＝原爆」が影を落としていたのである。

第五章　被爆者の「現在（いま）」――「鎮魂」と「老い」

一　「鎮魂」

たぶん、このことは「小説」という形で自らの被爆体験を捉え直そうと思ったときから常に意識し続けてきたことの一つになっていたと思われるのだが、林京子は被爆体験を基にした作品の全てにおいて意図的に被爆死した同級生や恩師、あるいは「ヒロシマ・ナガサキ」の犠牲者への「魂鎮（たましず）め＝鎮魂」を行ってきた。それは、一五歳やそれを少し上回る程度の年齢で、あるいはそれ以上の成人であっても原爆によって未来を閉ざされた者の無念を、表現者として作品の内部に底流させ代弁しようとする試みでもあった。もちろん、自制心の強い（謙虚な）林京子であるから、そうは言っても彼女の「鎮魂」は「ヒロシマ・ナガサキ」の犠牲者が抱いたであろう無念の総体を代弁するなどという大袈裟なことを意図したものではなく、あくまでもその中心になるものは同級生や恩師の死に対する心を通じてであった。もっとも、文壇デビュー作のタイトルが『祭りの場』であり、それが学徒出陣していく同年配の学生たちの「別れの儀式」あるいは被爆死した者への追悼歌の歌詞から採られたものであったことを考えると、自らの意図を超えて林京子の「鎮魂」意識は被爆死した全ての人に波及するものでもあった、と言うこともできる。

広場で出陣の踊りを踊っていた学徒らは即死、火傷の重傷者は一、二時間生きた。爆圧でコンクリートに叩きつけられて腸が出た学徒がいた。若者だけにうめき声がすさまじかった。逃げる途中声を聞いた友人は、今でも話すとき両手で耳をおおう。（中略）

無言のうちにおたがいの心を噛みしめた踊りの後は俄かに陽気になった。女学校通のリーダーがまず女学校名を一つ、あげる。輪の学徒で、その女学校に関心を持つ者が幾人か拍手する。リーダーは出陣学徒を見る。学徒は左右の人さし指だけでお義理の拍手を返す。好きな女学生はその女学校ではありません――の意思表示だ。次つぎとリーダーは近在の女学校名を呼ぶ。長崎県外の場合もある。出陣学徒は該当する校名に柏手のようにはではでしい拍手をする。輪全員が奇声をあげ、肩を組みなおし踊り出す。同じ踊りである。こんどは歌を唄う。出陣学徒の校歌を全員で唄う。唄いながら踊る。徐々にテンポを早め最後は狂ったように回り、踊りは止まる。

ありがとう――出陣学徒が敬礼する。

また逢おう――送る学徒が礼を返す。粗末な、心のかよう青春の哀悼の祭りである。

最後にみた送別の踊りの輪は、送る者送られる者、みんな死んだ。

（傍点原文 『祭りの場』）

一九四五年八月九日に長崎を襲った原爆は、「ありがとう」と言い、「また逢おう」と言い合って青春を「哀悼」する「祭」に参加した学徒たちを、みな「死」へと追いやった。男子学徒であるが故に、戦中派であることを自らの文学観の一部に組み込んでいた井上光晴や吉本隆明が、折あるごとに「自分は二〇歳までは生きられないと思っていた」と告白したように、出陣学徒たちは青春に別れを告げ、死地へと旅立っていったのである。しかも、八月九日の午前一一時〇二分に「祭りの場」で踊っていた学徒たちは、「お国のため」や「家族のため」に戦地に赴く以前に、ことごとく死ななければならなかったのである。死を当たり前のように予期していた学徒たちには、ある程度の覚悟（観念的な）があったとは思うが、彼らが改めて覚悟する間もなく死を迎えなければならなかった「八月九日」とは、今さら言うまでもないことだが、何とも残酷な出来事であった。この学徒たちを襲った一瞬の死は、アジア・太平洋戦争の末期には戦場＝前線も「銃後」の区別もなくなっていたことを、期せずして明らかにするものであった。と同時に、もし核戦争が起こった場合、人間を含む全ての生き物が覚悟する間もなく一瞬にして死滅する可能性のあることを暗に示唆している。

「八月九日の語り部」たることを決意した林京子が、原爆から生き残った者＝被爆者の現在に焦点を当てながらも、同時にまた書く行為を通して「ヒロシマ・ナガサキ」の死者たちの鎮魂に心を傾けざるを得なかったのも、三菱兵器大橋工場の広場で繰り広げられていた束の間の「哀悼の祭り」がいかにも悲しく、理不尽なものとして心に刻み込まれていたからではなかったか。自分たちだけでなく、学徒動員で被爆した旧制高校生（七高生）や動員先の兵器工場で働いていた人たちへの「鎮魂歌」と言っていい『やすらかに今はねむり給え』（九〇年）が書かれなければならなかった理由も、まさにそこにあった。恩師（無田先生）の「工場日記」と同級生「妙子」の「日記」——ここで林京子の作品を「私小説」的に読みがちな研究者や読者に対して注記しておけば、恩師の「工場日記」も同級生の「日記」もその「原型」となるものは存在していたのだろうが、いずれも基本的には作家が想像力を駆使して作中に取り入れたもの＝創作の一部であることに変わりはない。これは、井伏鱒二の『黒い雨』が重松静馬の「被爆日誌」や「佐竹医師の手記」などを基に、作家の想像力を加えて原爆文学の佳品に仕立て上げたのと似ている——を軸に展開するこの中編は、兵器工場に動員された自分たち及び学徒たちが被爆までの時間を如何に過ごしていたか、をできるだけ「事実」に即して辿り直した作品である。他の作品との関係で言えば、この中編作品は『祭りの場』で描かれた被爆に至るまでの兵器工場での学徒動員体験を基に書かれたものということになる。なお、この作品で言う「事実」には、恩師の「工場日記」や同級生の「日記」に書かれた「事実」と、林京子が兵器工場の紙屑再生工場で体験したことを作中において「再現」したものとの、二通りの意味があるということを明記しておきたい。

広島あるいは長崎における原爆攻撃が非人間的・反人類的なものであったことについては、現在ではすでに常識に属するが、『やすらかに今はねむり給え』を読むと、そのような理不尽な攻撃を招いた責任の一端が日本（の軍部や政府）にもあったことがよく分かる。もちろん、そのことをこの中編が政治的・歴史的に語っているということではない。繰り返すが、林京子は自分たちの学徒動員体験を「事実」に即して対象化しているだけである。にもかかわらず、『やすらかに今はねむり給え』が広島・長崎への原爆攻撃における「日本の責任」を問うものになっているのは、何よりも一五歳の林京子たち女学生を軍需工場に学徒動員せざるを得なかった現実が如実に物語るように、アジア・太平洋戦争の末期（一九四四・昭和一九年の後半から）には日本に全く戦争を遂行するだけの力が残っていなかったことを、「事実」によって明らかにしているからに他ならない。

国民学校初等科以外の授業を一年間停止することを閣議決定したのは一九四五（昭和二〇）年三月一八日であるが、それ以前すでに一九四三（昭和一八）年七月三〇日には女子学徒の動員（半強制的に女学校高学年生を女子挺身隊として各地の職場に動員）を決定し、同じ年の一〇月二日に理工系以外の学徒に対する徴兵猶予を停止する（一〇月二一日の神宮外苑における「雨の学徒壮行会」は余りにも有名である）などからも分かるように、戦争を遂行するために必要な人員（軍需工場における工員、兵士）が戦場でも銃後でも当時圧倒的に不足していたのである。何よりも一九四四（昭和一九）年一〇月二〇日の「神風特別攻撃隊」の編成（同じ頃、海軍では「震洋隊」という特攻部隊を創設した。「震洋隊」については、その小隊長をしていた島尾敏雄の『震洋発進』〈八七年〉などに詳しい）が、如実に日本の追いつめられた状況を物語っていた。命中率一八・六パーセントという低い確率の攻撃によって若い命と飛行機を失う絶望的な「神風特攻作戦」は、どう考えても「勝利」を目指してのものでなかった。

また、『やすらかに今はねむり給え』の中にも記されているが、先にも記した本来は勉学に勤しむはずの中学生や女学生たちが一年間その勉学を休んで工場で労働者の代わりをするというのは、いかにも戦争が末期的症状にあったかを物語っていた。林京子はその状況について、次のように書いている。

報国隊と命名された大東亜戦争の初期には、食糧増産に重点がおかれた。作業日数も、一年を通じて三十日以内、としてある。それが一年の三分の一になり、「教育実践の一環」に勤労が組まれると、一年間、学業停止の戦時教育令が発令されたのである。

登校した私たちは、結成式の分列行進を行った。モンペの膝を直角にあげて、芋畑に化けた校庭の畦道を、下駄履きの少女たちが行進した。（中略）結成式は忘却の彼方にあるが、一月ぶりに嗅いだ埃り臭い教室の匂いは、鮮烈に残っている。教室にいるだけで嬉しく、私は自分の座席に坐って、机の蓋を開けたり閉めたりした。（中略）誰もが工場の油臭さを洗い落として、一ヵ月前の女学生に還っていた。目立たない色のリボンで、三つ編みの髪を結んでいる者もいた。

足を踏み入れたときよそよそしかった教室は、すぐに動員前の騒騒しさを取り戻していた。しかし教室の雰囲気は、微妙に変化していた。頭を突き合わせて、代数や幾何を解いた熱気は失われて、ひそひそ話で満足していた異性への思いを、いまは教室の真ん中で、頬も赤らめないで話している。

生徒は勉強していればいいのだ、といった、数学の教師が希望する生徒は、いなくなりつつあった。

戦争が人間の「日常」的な生き方・暮らし方を変えてしまうものであることを、この引用部分はよく伝えている。林京子は、淡々と自分が観察し感じた「事実＝実際にあったこと・感じたこと」に基づいて、この戦争がもたらした変化について記述している。ただ、本当に「淡々と」書いているのかと言えば、「頭を突き合わせて、代数や幾何を解いた熱気は失われて、ひそひそ話で満足していた異性への思いを、いまは教室の真ん中で、頬も赤らめないで話している」などという言い方の裏側に、戦前の女学生が持っていた倫理観＝恥じらいさえ奪ってしまった戦争へのやりきれなさを潜め、と同時に女学生からそのような羞恥心さえ奪ってしまった戦争への告発も滲ませている。

この「やりきれなさ」や戦争への告発は、当然ながら原爆で若き生命を奪われたり傷ついた同級生や恩師はもちろん、束の間の「祭り」を経て戦場へと送り出された男子学徒への「哀悼＝鎮魂」の根っこに存在するものであった。林京子は、単に同情を引こうとして学徒動員中の体験＝「事実」を書こうとしたのではない。久しぶりに帰った教室で荒んだ倫理観を曝してしまう同級生たちもまた、おしなべて原爆の被害を受けなければならなかった事実を、彼女は後世に伝えることの責任・義務を感じていたのである。そうであるが故に、『やすらかに今はねむり給え』を書かざるを得なかったのである。かつて『文芸首都』時代の仲間であった中上健次は、林京子の原爆小説に対して、自分にはそのような小説は書けないという無念さを滲ませながら、その基調は被爆者＝被害者の「お涙頂戴」である旨の発言をしたことがあったが、今この中編を読めば、自分の林京子評が表層的で浅薄なものでしかなかったと自己批判しなければならないのではないか。

林京子は、『道』を併録した講談社文芸文庫版の『やすらかに今はねむり給え』の「便り――著者から読者へ」の中で、次のように書いている。

「祭りの場」が肉体への影響を追ったカルテなら、「やすらかに……」は心のカルテ、とでもいいましょうか。八月九日を書いたことで、沢山の友人の、八月九日を知りました。当時は口を閉ざしていた友人たちも、ぼつぼつと工場時代のこと、九日のこと、原爆症の話、不安、そして差別、結婚出産など、話してくれるようになりました。どれも、九日を避けては通れないことばかりです。友人も私も、二十世紀の悲劇のヒロインを演じようとしているのではありません。相手のほうから、問題はやってくるのです。

そんな人生のなかで、心安らぐ話もあります。戦争一色のなかにあって、抑えようにも抑えられない青春。誰にも封じることができない青春です。目耳口、すべてが塞がれた時代に、自分で考えようと努め、見ようとし、伝えようとした青年たちがいたこと。友人から、これらの動員学徒の話を聞いて、一握りの人たちであっても、自分の頭で考え、判断できる知性が生きていた事実に、驚きました。「やすらかに……」では、私たち女学生より三つ四つ年上の知的エリートたちの、時代にささやかな杭をたてた姿勢を、書きたいと思ったのです。

この一文を読むと、同じ文庫版に「解説」を寄せた川西政明が『やすらかに今はねむり給え』を含む林京子の原爆文学に底流しているのは「大いなる嘆き」であるとするのは、いささか情緒的（感傷的）な解釈だと思わないわけにはいかない。そこに底流しているのは、「嘆き」ではなく「怒り」を裡に秘めた「鎮魂」の情だと思うからである。だが、それとは別に、この「便り」を読むと作品に底流しているやりきれなさや怒りといった感情が、健気に生きようとしていた動員学徒たちの「青春」を断ち切った原爆＝戦争への根源的な叛意を込めたものになっていることが分かる。そうであるが故に、林京子はあの時代にあっても「時代にささやかな杭をたてた姿勢」を示した青春への挽歌＝鎮魂歌として、『やすらかに今はねむり給え』を書かなければならなかったのである。

二 「老い」

『やすらかに今はねむり給え』が、はかなくも消滅させられた「青春」を鎮魂するものであったとするならば、『長い時間をかけた人間の経験』（九九年）は自分と共に被爆し、戦後を被爆者として生き亡くなった人たち、及び今日まで被爆者として生きてきた自分自身への「鎮魂譜」であると言えるだろう。それ故、この世界で最初に原爆実験が行われたトリニティ・サイトを訪れた体験を基にした『トリニティからトリニティへ』（二〇〇〇年）を併収した単行本をひもといて気がつくのは、扉裏に「一九九九年・世紀末の春に」という文字が刻印されていることである。これは初出の掲載誌『群像』にも附されていた言葉であるが、どのような思いで林京子がこの作品を書こうとしたかを如実に物語っていると思われる。

思いついた遍路の旅は、松山町から出発した人生の、しめくくりでもあった。山の裾野にひしめく、被爆死した十四、五歳のクラスメートたち。峠に向かう道のそこ、ここには、途中で斃れた香子やミエたちがいる。そして行方も名前も知らない一人の娼婦。この人たちみんなを誘って、寺寺を巡るのだ。先頭には勿論カナがいる。（中略）体の内から送られてきた老化の知らせは、否応がなかった。私は震えた。目尻のしわも、鶏の皮のようにたるんだあごも認めよう。が、いつか歩けなくなる日がくる恐怖。生活の範囲は狭められ、万が一の希望も許されない、確実に進んでゆく機能の老いである。

歩けるうちにお遍路に出よう。いつか、だった願望は、早いうちに、と変わった。

（『長い時間をかけた人間の経験』）

二一世紀へと引き継いでしまった二〇世紀最大の「負の遺産＝核」は、人々がその存在の非人間性・反人間性を十分に知りながら、ついにはコントロールできないまま放置されてしまっている。利潤の追求を至上命題とする資本制社会だからと言ってしまえばそれまでであるが、「覇権」や「豊かさ・便利さ」こそ自分たちが求めていたものであると錯覚した人々は、自分たちの未来をも掣肘するかのように存在する核に対して、あまりにも無防備過ぎるのではないか。林京子が「一九九九年・世紀末の春」にあって、迫り来る自分の「老い」に重ねながら、核の存在に対して余りに不感症になっているように見える二〇世紀の人々（人類）の精神を問うとしたものこそ、この『長い時間をかけた人間の経験』だったのである。

この『長い時間をかけた人間の経験』の作品構造が、文壇的処女作であった『祭りの場』とほとんど変わらない理由も、まさにそこにある。「お遍路」に出た八月九日の被爆者である「私」の胸奥（脳裏）に去来する幾多の被爆者たち、それは八月九日に犠牲となった同級生であり、名も知らない者であり、そして平和公園で逢った娼婦をしながらも戦後の混乱期を生き抜いてきた者であった。この中編において、「お遍路」の場面と八月九日を起点とする被爆者の五〇年間が交互に登場するのも（繰り返すが、このような作品構造は基本的に『祭りの場』と同じである）、『祭りの場』から始まった原爆文学作家のある種の総括がそこに込められていたから、と考えていいだろう。作中に『祭りの場』の冒頭部分——長崎原爆に使用された観測用ゾンデの中に入っていた東大嵯峨根（実際は、仁科）教授宛の「降伏勧告書」の写し——がそのまま引用されていることは、その意味で示唆的である。今や「老い」を感じるようになった「私」の後には、被爆者の死屍が累々と積み重なっている。そうであるが故に、「老い」を実感するようになった「私」の魂はいつまで経っても癒されることがない。「お遍路」を思いつくきっかけになったのは、同級生であった「カナ」の死であったが、この「カナ」の死もまた、「私」に寂寥感を募らせる何ものでもなかった。

だが考えてみると、「私」も含めて被爆者が存在したからこそ、二〇世紀は四発目（一発目はニューメキシコ州アラモゴード郊外の砂漠地帯で爆発した。二発目、三発目が「ヒロシマ・ナガサキ」を引き起こした）の核爆弾を破裂させることなく、何度となく核戦争の危機をはらみながらも二一世紀を迎えることができた、と言うこともできる。このパラドクスこそ、林京子が「遍路」を思い立ち、『長い時間をかけた人間の経験』を書こうとした真の動機であったかもしれない。

ただ、七〇歳を目前にした林京子にとって、絶えず「死」を見据えながら被爆者として生きてきた半世紀以上の歳月は、また言いようのない虚しさや絶望を感じさせる時間でもあった。

爆心地から二キロ以内で直接被爆した人と、胎児だった者には、保健手当が支給されている。月額一万七一三〇円である。四年前の一九九五年に、私も申請した。現実に、この国に、半世紀前に終わった戦争が生んだ被爆者が、存在しているのを、お上に知って欲しかったからである。

だが被爆者が求めてきたのは、金銭ではない。戦争のない平和な世界と——何と空疎な響きだろう——地球から核兵器をなくすことにあった。

おおちたちはこすかよ（ずるいよ）手当をもろうて、羨ましかあって、いいなる人のおっとです。いやあ、うちは気にしとらんです、こすかって思う人もおんなるでしょう、ばってん、被爆者にはならんほうがよかよ、そういうとです。あんまり羨ましがんなる人には、そのうち原爆の落っちゃゆるさ、待っとかんね。そんときは、おおちももらゆるさ。女がそういった。（傍点原文）

このすぐ後の記述。

……一九九八年、インド、パキスタンが前後して核爆発実験を行ったときのことである。テレビニュースで報道される現地の、一般の人びとが喜ぶ表情をみて、私は絶望した。核実験はインド、パキスタンだけではない。五つの核保有国も当たり前のこととして、実験を続けている。空には放射性物質が飛び交っているのだが、見上げる空は青く晴れている。そして原子爆弾は、自分やその子供たちの頭上には落ちてこないと、保有国の人びともインドやパキスタンの人たちも、信じているのだろう。

踊り上がって喜ぶ人たちをみて、被爆者運動の在り方に、疑問を投げる人もいた。問題なのは、核時代に生きていながら、人びとは、あきれるほどのんきなことだ。日本の場合も似たような感覚で、戦後流行の消去法で考えるので、相対的な答えしか出てこないのだろう。（傍点引用者）

これらを読むと、林京子が感じている虚しさや絶望の裏側には、先にも記したような「やりきれなさ」や「怒り」が張り付いていることが分かる。地球上の人類を七回半も殺し尽くすだけの核兵器を保有しながら、他国には「非核化」を要求し、その要求が通らない時には「世界平和のため」と称して武力介入し政権を転覆する核強大国（アメリカ）と、例えばそのような世界政治に率先して同調する「非核三原則」を持つ国（日本）の現在の在り様は、被爆者でなくとも嘆息せざるを得ない。なぜ、世界はこのようになってしまっているのか。どうして「世界（人類）の破滅」が予兆されるというのに、核廃棄への道は絶望的なのか。それは、ひとえに「ヒロシマ・ナガサキ」が余りに核の破壊力を証明してしまったからではないのか。林京子のやりきれなさや怒りの内側で渦巻くこのパラドキシカルな感情こそ、現代世界が抱えたジレンマと言うこともできる。林京子の原爆文学は、出発から二五年経ってこのような広さと深さを獲得するようになっていたのである。このような核に対する深い洞察、そして何度も言うが、彼女の原爆文学が他の原爆文学作品と決定的に違うのは、このような内側に湧出する逆説的な感情を余すことなく伝える点にある。

さらに、この「鎮魂」を目的として書かれた『長い時間をかけた人間の経験』が『祭りの場』以来の林京子文学と方法的に異なる点を指摘するならば、それは彼女がかたくなに守り通してきた「事実しか書かない」（彼女は、各種のエッセイやインタビューで繰り返しこの言葉を発している）ことから飛翔して、この小説に「幻想」の場面と言うか「空想の会話」を取り入れたことである。具体的には、目的の札所を探しあぐねてあちこち歩き回っているときの、同級生「カナ」や「名前も行方も知らない、ゆきずりの女」との会話である。もちろん、林京子＝作者にしてみれば、「カナ」との対話に出てくる内容は、「かつて、どこかで話したこと＝事実」としか言い様のないものであったかも知れないが、それを読む者からみれば明らかに「架空の対話」に他ならない。

カナと話している私をみて、すれ違った女が、道をよけた。畑仕事の帰りらしく、くわをもっている。みえない相手と話すほっかむりの私に、気味が悪かったようである。私は、気にかけなかった。これから先に続く札所巡りは、ありのままの姿であろう。笑いたいときに笑い、カナや友人たちと話したいときには、架空の姿に向かって語りかける。常の人であるために、心と肉体にはめてきた枠をはずして、気持ちに素直になろう。溜まっている体内の毒を吐きながら、道が続く限り歩こう。そこで行き倒れになれば、本望である。遍路の末の到達点は、消え去ること。消えることによってしか、私の救われる道は無いのではないか。

この場面を想像すると、思わず笑みがこぼれる。ぶつぶつ独り言を言っているほっかむりの老女を見れば、誰だって訝しく思うだろう。林京子にこのようなユーモアのセンス＝余裕があったとは驚きだが、それはそれとして「自然体」を貫こうとする境地に至った被爆者の姿を描こうとしたことの意味を考えないわけにはいかない。これは、決して「老い」を迎えることによってたどり着いた「解脱」の類ではない。苛酷な言い方になることを承知で言えば、余りにも多くの死と悲惨を目撃＝体験してしまった被爆者には、最期まで「解脱」などという境地になれないのではないか。林京子もそのことを充分に自覚していたからこそ、「消えることによってしか、私の救われる道は無いのではないか」と、悲しいというか絶望的というか、そのような言い方でしか自分の思いを表すことができなかったのだろう。

なお、『長い時間をかけた人間の経験』は、全体として遍路の旅に出た被爆者の「私」がそれまでの人生で出会った人々を「思い出」として呼び出し、遍路旅を続ける理由付けにするという構造を持っている。また、それとは別に、およそ小説に似つかわしくない数字や文章が作品中で重要な役割を果たしている点も無視できない。例えば、『祭りの場』の冒頭でも使われた「嵯峨根遼吉教授へ　米国原子爆弾司令本部　一九四五年八月九日」から始まる「観測用ゾンデの中に入っていた降伏勧告書」全文もその一つであるが、「体内被曝」についての調査報告書『内部の敵』（J・M・グールド他著、肥田舜太郎他訳　九七年二月刊私家版）に基づく数字の羅列は、被爆者である「私」の半世紀にも及ぶ核存在への思いを、それこそ「数字＝事実」によって伝えようとしたもの、と考えることができる。

――一九五〇〜八九年のニューメキシコにおける白人女性の乳癌死亡率、女性十万人対死亡――の統計数字が〝サンディア、ロスアラモスから五〇マイル以内〟〝一九四五年のトリニティ実験に被曝した郡〟〝その他のニューメキシコの郡〟と三部に分けて、挙げてある。〝一九四五年のトリニティ実験に被曝した郡〟の図表の説明によると、「トリニティ爆発の影響は、表八―一を見れば一目瞭然のように見える。ここでは、ニューメキシコ州南東部の角にある十郡のうち九郡までが、一九五〇から五四年と一九八〇〜八四年の期間の乳癌死亡率を、平均で七十二パーセント増加させている。この同じ期間にロスアラモス、サンディア、そしてトリニティからの放射物による被害を免れた十一の郡では、死亡率平均十六パーセントも改善している。」とある。表八―一によると五十マイル以内十一郡の合計平均死亡率（乳癌）三十五パーセント。その他のニューメキシコの十一の郡は、マイナス十六パーセントである。

このような記述（数字）から浮かび上がってくるものは何か。それは、日常生活に忍び寄る核による「被曝」の恐ろしさと言っていいだろう。そして、このような被曝に関する調査報告書が出ているにもかかわらず、核大国アメリカを始めとする核保有国は核の開発を止めようとしない。なぜなのか。人間はそれほどまでに愚かなのか。林京子は、この小説の中で『内部の敵』がいかに説得力のある書物であるかを、共同通信外信部記者の春名幹男が書いた『ヒバクシャ・イン・USA』（八五年岩波新書）の記事を紹介しながら力説しているが、その声が核保有国の人々やその政策に同調する国の人々、例えば「被爆国」日本の人々に届いていないことに、もどかしさを感じているように思える。林京子がやりきれなさや虚しさ・絶望を感じるのは、まさにそのような「被曝＝核汚染」実態があるにもかかわらず、多くの人がそのような事実を無視し、放射能に冒され苦しみ悩みながら五〇年以上の歳月を生きてきた自分たち被爆者の生を、「無きが如き」のように扱う現実を思い知らされる時に他ならなかった。執拗なまでに「数字」にこだわる林京子の心情を思うと、そこから被爆者を置き去りにしてきた戦後の歴史と為政者への怒りが立ち上ってくるように思われて仕方がない。

なお、いかに世界が核に汚染（被曝）されているか、『ヒバクシャ・イン・USA』からその一端を窺うと、この書には、最初の原爆実験地（ニューメキシコ州アラモゴード郊外）に隣接する各所の他、核兵器産業に関わる工場の周辺、繰り返し核実験が行われたネバダ砂漠の風下に位置する各所、インディアンの居留地に多数存在するウラン鉱山の周辺、「核の墓場」と言われる核廃棄物の最終処分場周辺、等々、全米の至るところ、例えばニューヨークから高速道路で一時間余りのニュージャージー州ミドルセックスなど、都市のど真ん中も核に汚染されている事実が報告されている。当然「ヒバクシャ」も多数出ている。特に衝撃的なのは、「アトミック・ソルジャー」とも「原爆復員軍人（アトミック・ベテランズ）」とも呼ばれるマーシャル諸島やネバダで行われた核実験に参加した数十万人の兵士＝ヒバクシャについての報告である。彼らは冷戦構造のもとで行われた核軍拡競争の犠牲者であり、その被害の実態は「ヒロシマ・ナガサキ」と全く変わらないものだと報告されている。アメリカ政府は、彼らに対して莫大な補償金や治療費を支払っているというが、「ヒロシマ・ナガサキ」の被爆者たちが半世紀以上の間に被った被害のことを考えれば、保償金や治療費の問題で片付けられることではないだろう。

「ヒロシマ・ナガサキ」を経験している日本だけでなく、広島・長崎の両市に原爆を落とした核大国のアメリカ（だけでなく、恐らく他の核保有国も）さえも「核」の恐ろしさを認識していながら、核開発を止めないその虚しさ・やりきれなさ。しかし、林京子は書くこと・伝えることを止めない。なぜなら、『内部の敵』の翻訳者であり、自身もヒロシマの被爆者であるS医師が「私」に語った言葉を、林京子は実感として受け止めざるを得なかったからである。

人は、宗教を産み出してきた原始に還ることです、あの謙虚な魂で考えれば、科学も併せてですね、滅亡は救えるでしょう、宗教の真髄は、死をどう考えるか、裏返せば生をどう考えるかでしょう、といった。

なお、林京子がこの『長い時間をかけた人生の経験』を書くきっかけとなった「老い」について言えば、その避けることのできない宿命については、最後に残った第三二番札所の朱印をもらった後に、海岸の岩場で得た心境に象徴されているのではないかと思われる。

金冠で縁どられた入道雲が、海の彼方に湧いている。子供のころに雷を恐れて見上げた、積乱雲と同じだ。青い空の色も、波頭のきらめきも茂る木の緑も、自然は子供のころと変わっていない。

浜には沢山の親子連れが遊んでいた。寄せてくる波に子供たちは脛まで濡れながら、叫んでいる。私が子供のころ幸せだったように、浜辺で遊ぶ子供たちも、親たちに見守られて、幸せなのだ。

どの子の目も風と波を追って、絶え間なく動いていた。

昔と何も変わらない「自然」と「子供」、振り返って自分の身と心は、果たして「鎮魂」によって癒すことができたのか。果たして、五十年以上も内部でくすぶり続けてきた被爆に起因する内部の「修羅」は、札所巡りを終えることで治まったのか。ただ、この『長い時間をかけた人間の経験』の最終場面の穏やかさ・静かさは、まさに「長い時間」を生きてきた被爆者が充足の時を迎えたことの証でもある。ならば、読者（私たち）も生きながらえてきた被爆者と共に、その胸中を共有すべきなのかも知れない。

第六章　もう一つの原点・上海

一　「路地」の少女

周知のように、林京子は生まれて一年にも満たない幼子の時に家族と共に「上海」に住むようになり、戦局が厳しくなった一九四五年三月に父母の故郷長崎（諫早）に引き揚げてくるまで、その間二度戦火の激しくなった上海から長崎に「疎開」しているが、約一四年間彼の地で幼少女期を過ごしている。「上海」を舞台にした連作集『ミッシェルの口紅』（八〇年）が、『祭りの場』や『ギヤマン　ビードロ』の次という早い時期に書かなければならなかったのも、この一四年間の「上海時代」がいかに彼女の生きてきた歴史にとって重要であったかを物語っているのだが、では林京子にとってその「上海」とはどのような場所であったのか。他にもさまざまなエッセイで似たようなことを書いているが、社会文学会の一九八七年度秋季大会で講演した「上海と八月九日と私」（『瞬間の記憶』所収）が、林京子にとっての上海がいかなる場所であったのかを端的に伝えている。

まず私の命の根ですけれど、一つは私が父と母から貰いました母を母体とした生命を一つの命と考えております。これは零歳から十四歳まで、長崎の被爆の時までになります。この間ずっと十四年間、ほとんど上海で生活をしておりましたので上海時代ということになります。これは、両親ときょうだいたちと、中国の方には申し訳ありませんけれども、私個人としては平穏で楽しい上海時代でした。あと一つの命の根は申すまでもありませんが、八月九日の被爆を母体にした命の根です。これはもちろん、長崎と切っても切れない関係にあります。上海時代は、私の人生の中心にあった陽の当たる場所といたします。すなわちプラスの時代ということが言えますけれども、八月九日以降の私の命はプラスに対してマイナスの時代ということになります。私の人生の中心にあるのを上海時代とすると、その端っこにある時代ということができます。作品も必然的に、上海時代と長崎の八月九日からの時代に分かれてしまいます。（傍点引用者）

この引用から分かることは、林京子にとって上海時代は「人生の中心にあった陽の当たる場所」であって、「八月九日・ナガサキ」以降は「マイナスの時代」、「端っこにある時代」に他ならないということである。だが、同時に八月九日の体験を上海と同じように「命の根」と言っているのは、「八月九日・ナガサキ」の体験が林京子の内部でいかに大きな痼りになっているか、またその痼りと同じ大きさで生の原点になっているかを証すものだと言うことができる。その意味では、一九四五年八月九日以降の人生は「マイナス」、と被爆者である林京子に言わしめる被爆＝核の存在について、今更ながらその反人間性を思わないわけにはいかない。しかも、林京子にとってこの「マイナスの時代」としか言えないような「八月九日・ナガサキ」の体験は、それまでの上海における「平穏で楽しい」生活を完全に切断する未曾有の出来事であった。それ故、一四歳までの人生とそれ以降とで全く異なる生を送らなければならなかった林京子＝被爆者の生き様は、いかに「八月六日・ヒロシマ」「八月九日・ナガサキ」が人間という存在にとって決定的な体験だったかを如実に示すものであり、そのことを明らかにするということだけでも林京子の文学は存在意義があったのである。

上海時代と「八月九日・ナガサキ」との関係を、林京子は先の引用部分からさらに続けて、次のように言っている。

上海時代の作品を書きます時には、上海時代の私自身の心のあり方もそうでしたけれども、生きることに全然疑問を持っておりませんでした。生きることが当たり前だと思って生きておりました。八月九日以後になりますとこれは生と死が逆転しまして、死が前に押してた人生になっております。これは、決して意識的ではありませんけれども、八月九日を機に、私の人生は逆転したような気がいたします。

ところで、林京子はなぜ「平穏で楽しい上海時代」と言い、「（上海時代は）私の人生の中心にあった陽が当たる場所」という言い方をしたのだろうか。日本の近現代史を繙けば明らかなように、林京子の上海時代は一貫して「戦争の時代」であった。林京子が五歳の時に起こった一九三一（昭和六）年の満州事変に続いて、翌年には第一次上海事変が起こり、林京子が上海居留民団立中部日本尋常小学校へ入学した一九三七年の七月七日には第二次上海事変（日中戦争）が勃発し、国民学校四年生になった一九四一（昭和一六）年一二月八日には太平洋戦争が始まっている。アジア・太平洋戦争が泥沼化し、かつ敗北へと向かう時期を一貫して林京子（の家族）は、上海＝外国で過ごしていたのである。にもかかわらず、繰り返すがなぜ林京子は上海で過ごした日々を「平穏で楽しい」時代であったと言い、「陽が当たる場所」であったと言うのか。上海は、父母と姉妹四人で構成された「家族」とその生活が存在し、直接的には戦争とは無関係な一四年間だったからか。それとも、上海が生まれた場所ではないとしても、物心ついたときから記憶に刻まれた「故郷」と呼ぶべき場所であったからか。

上海体験を基にした短編連作『ミッシェルの口紅』（八〇年）は、『老太婆（ローターブ）の路地』『群がる街』『はなのなかの道』『黄浦江』『耕地』『ミッシェルの口紅』『映写幕』の七作から成っているが、その中の冒頭に置かれた『老太婆の路地』に、日中戦争の勃発に伴って疎開していた長崎から上海に帰ってきた時のことが、次のように描かれている。

私たちは、約十ヵ月間留守にしていた家に入った。砲撃の震動で、家の内は外見よりも荒れていた。（中略）
私たち姉妹は靴をはいたまま階段を駈け上がった。ガラスに注意して、と母が階段の下から言った。長女が三階の子供部屋のドアを開けた。床に、私と妹の陶器のままごと道具が散らばっている。物盗りが、ままごと道具を取り散らすとも思えないし、逃げなかった近所の子供たちが遊んだ様子もない。説明かつかない部屋の乱れは、いかにも、戦いの跡を思わせた。
私は、河に面した窓をあけた。春先の、水気を含んだ柔らかい風が吹き込んで、窓一面に黄色い水をたたえた黄浦江が広がった。駈け寄って来た妹が、うあ、と河を見て叫んだ。窓からみおろす黄浦江は、ワソポゥツォの上から見た時より雄大で、うねって迫ってくる。それに反し河を上っていくジャンクは、河の上で小さく見える。帰ってきた、と私は思った。やっぱり上海はいいわね、と長女が言った。

ここで注意しなければならないのは、上海に対して長女が「やっぱり上海はいいわね」と言い、「私」が「帰ってきた」と思うような「家郷」意識が林京子たち家族にあったということである。このことは、林京子が上海でどのような子供時代を過ごしたのかと深く関係している。連作中の『群がる街』には、その一端が示されている。

私は、雨で濡れた芝生の庭を斜めに横切って、消火栓まで歩いていった。中国人の子供たちに、役がらを割りあてている二人の姉に、まぜて、と頼んだ。私のすぐ上の姉、次女が、鬼の子よ、と背中を向けて言った。鬼の子？　と私が不服を言った。いやなら見てていいのよ、と次女は言って振り返り、またあっぺにはいている、と私の靴をさした。遊びの仲間に早く加わりたいために、慌てて靴をはいたので、私は左右を取り違えてはいていた。しかし、左右をさかさまにはいたほうが、親指の先が押さえられて、早く走れる気がするのである。はき換えなさい、と次女が言った。いい、と私は頭を振った。（中略）

明静か私の肩をつついて、自分も鬼の子だ、と嬉しそうに鼻の頭をさした。遊びを支配する鬼と親の役は、二人の姉が受け持っている。私たち姉妹三人だけが日本人で、遊びの仲間はみんな中国人の子供たちである。二人の姉は消火栓から離れて、黄浦江に沿った並木道に向きあって立った。（傍点原文）

子供にとって大切なのは、生活しているその場、その時であって、大人たちが気にするような「人種」や「民族」、「伝統」、「習俗」など全く問題にならない。林京子たち姉妹は、まさにそのような子供らしさをいかんなく発揮して上海の「路地」での生活を送っていたものと思われる。この「鬼ごっこ」の場面は、そのことをよく表わしている。

ところで、中国人の子供ともわけ隔てなく遊び続ける少女であった林京子にとって、「老太婆の路地」の日常がどのようなものであったか、「上海と八月九日」（『叢書　文化の現在　第四巻　中心と周縁』所収　八一年三月）に次のようにまとめられている。

私は、路地の中国人の子供たちと仲好しだった。学校から帰ってくると、近所に日本人の子供がいないせいもあって、中国人の子供たちと遊んだ。あんたがたどこさ、と日本の手まり唄を歌って遊んだ。イッツァ、リャンツァ、と数を数え、足の甲で羽根をついて遊んだ。中国の子供の遊びをするとき、中国人の子供が主導権をとった。私は路地の子供たちの、完全な仲間だった。

いたずらが過ぎて、彼女たちの母親につかまり、お尻を叩かれることもあった。纏足の母親たちは、可愛らしい足に不釣合いの速さで私を追いかけ、つかまえて尻を叩く。叩かれると私は、オイヨーと中国人の子供のように叫び、上海語で悪態をついた。路地の子供たちが母親に口答えする言葉を、知っているだけ並べた。なかには、聞くに耐えない言葉もあるらしかった。母親たちは、女の子のいうべき言葉ではない、といって、私の尻を叩いた。路地の母親たちからみても、私は、路地の子供だったようである。

中国人の子供と同様に彼らの母親たちも、林京子たち日本人の子供も自分の子供と同じように遇したということは、普通の暮らしをする中国の民衆にとって日本人も生活のレベルでは「仲間＝同じ人間」と認識していたということであり、そのような環境のもとで育った林京子のメンタリティーこそ彼女の文学を底で支えるものであった。この「老太婆の路地」で日々生起していたことは、かつての日本でも「共同体（ムラ）」が解体する以前はどこでも見ることのできる風景でもあった。その意味で、林京子にとって子供時代の上海は「古き良き日本の社会」と同質のものであった、と言うこともできる。彼女が上海を「陽の当たる場所」と言ったのも、まさに「老太婆の路地」が上海にあったからに他ならない。林京子は、そこで人間＝民衆の生きる本質的な姿に接し、人間観・社会観の基底を養ってきたのである。

二 「異国」にて

ところで、社宅も完備していた財閥系の一流商社M物産（三井物産）の上海支店に勤務していた林京子の父親は、なぜほとんど日本人が住んでいなかった「老太婆の路地」に居を構えたのか。その点について、林京子は明確に書いていないが、生家が外国人（の船乗り。中国人や朝鮮人も含んでいたか？）用の飲食店を経営し、英語が堪能だった父親の見識がそこには働いていたと考えるべきだろう。あるいは、社宅という、どうしても隠微で閉鎖的になりやすい共同体に自分たちは馴染めない、と判断した両親の感覚がそうさせたのだと言えるかも知れない。ともあれ、「老太婆の路地」に居を構えた林京子の両親は、どこへ行っても「日本」にかかわり、「日本人村」を形成する傾向のある日本人には珍しい見識を持った人たちであったと言わねばならない。それは、「郷に入ったら郷に従え」という見識（思想）を超えた母親の「対等・平等」意識に象徴されている。そのことは、『ミッシェルの口紅』に余すところ無く描かれている。

母親の上海での生活態度は、「老太婆は母がトンヤンニン（日本人）とかツンコニン（中国人）とかの区別をしないで付き合ってくれるから、好きだ、と言い、ニャンニャン（奥さん）がツンコニン、中国人に好意的だから、あたしもあんたたちを追い出すような真似はさせない、と言った」（『老太婆の路地』）というようなものであった。もちろん、外国（異国）で暮らす上での配慮から、中国人と親しく付き合うという「生活の知恵」の結果であったということも考えなければならない。しかし、とは言え、支配者（占領者）の側に身を置きながら、決して支配者然としなかった母親（と父親）の姿を見て育った林京子たち姉妹も、当然のように中国人に対して「対等・平等」感を持って接していた、と考えられる。先に引用した「鬼ごっこ」の場面を読めば、そのことは歴然とする。

だからこそ、林京子たちの家族が長崎から上海に帰ってきた際、「貧乏ではないが金持ちでもない路地の人たちは、みんな、（第二次上海事変勃発に伴って）逃げた田舎から帰って来ていた。彼らは玄関から顔を出して、ニャンニャンと笑顔で挨拶をする。母も、ただいまと日本語で答え、みんな元気でよかった、と頭をさげる」（同）という関係を築くことができたのであろう。このような林京子一家の生活スタイルが当時も今も一般的でないことは、少しでも海外（特にアジアなどの第三世界）で生活する日本人の商社員たちの在り方を見てみれば、よくわかる。大邸宅に運転手やら門番やらお手伝いさんやらを何人も抱えて高級車を乗り回している日本人家族に対して、現地の人たちがどのように見ているか――何年か前にフィリピンである商社の支店長が誘拐され身代金を要求されるという事件があったが、特に第三世界においていかにも「金持ち」然として暮らしている日本人がいかに現地の人たちの反感を買っているか、この事件はそのことをつまびらかにするものであった――。「安全」ということを最後先に考えてのことだろうが、彼らの姿を見ていると、現地の人たちへの配慮（想像力）が全く欠如しているとしか思えない。戦前の上海において、ほとんどの日本人が「共同租界」（日本の占領地区）に住んでいたことを思うと、昔も今も日本人の外国暮らしは変わっていない、と思わざるを得ない。

そんな今も変わらない日本人の開発途上国（アジア・アフリカなど）での暮らしのことを知ると、日本人が多く住む場所を避けて「老太婆の路地」に居を構えた林京子の両親は、何と高い見識（「対等・平等」意識）を持っていたことか。子供は親の姿から多くのことを学ぶ。林京子が上海時代を「平穏で楽しい」と表現し、「人生の中心にあった陽が当たる場所」と言えたのも、その根っ子に「老太婆の路地」の生活で養われた人間を民族や肌の色で判断しない「対等・平等」感が存在したからと思われる。林京子の人間観が、この上海時代に形成されたと言われる所以である。

私の家では、日曜日の朝はパン食に決まっていた。パンは、マーケットの入口にある白系ロシヤ人の店で買った。主人はロシヤ人なのだが、フランスパンで評判をとっている店である。夕方四時頃になると、焼きたてのフランスパンを売り出す。土曜日の夕方、フランスパンを買いにいくのは私の役目だった。（中略）パン屋と並んで、ソーセージばかりを売っている店があった。この店の主人はドイツ人だった。天井から弓なりに曲がったサラミソーセージや、ニンニクが効いたソーセージがさげてあった。（中略）飲み物は、ハーシイのココアである。ハーシイのココアもマーケットに売ってあった。私たち一家の洋食は、フランスパンとドイツソーセージと、一つ覚えのハーシイから進歩することはなかったが、マーケットには、世界各国の食べ物があった。

（『老太婆の路地』）

生活そのものの中に、あるいはその横に「外国」があるという一家の暮らし方は、林京子をしてごくごく自然に人間をその外見ではなく、「個人＝人間」として見る習慣を付けたものと思われる。しかし、外国にあってこのような人間観を養うことは、自然のように思えても案外難しいものである。人は、特に外国にある時は、無意識のうちに「祖国」や「民族」を背負った言動をしてしまいがちだからである。このことは、占領時代の連合軍（アメリカ軍）兵士の言動や、現在もなお続く沖縄におけるアメリカ兵の振る舞いを見れば、よく分かるだろう。さらに言えば、林京子が幼少女期を送った、その外国中の「外国」であった上海の街はと言えば、イギリス租界、フランス租界の他、太平洋戦争が始まる前は日本やアメリカ、イタリアなどが支配していた「共同租界」があり、数え上げれば五〇以上の外国人が住む「国際都市」であった。否が応でも、「外国」は幼い林京子の生活や考え方に滲入せざるを得なかった。

また、小学校へ上がるようになってからは、校門のところに学校が雇った警備のインド人（林京子たちは、彼のことを「インドマン」と言っていたという）がいたということも、林京子が上海では当たり前のように外国人と接する生活をしていたということを意味していた。上海でインド人が日本人学校の警備をするというのは、革命で追われた白系ロシア人が多数上海に移り住んでいたのと同じように、当時インドがイギリスの植民地であるというような帝国主義が支配する国際情勢を直接反映した結果であった。しかし、林京子たちはそのような緊張した国際情勢とは直接関係なく、日常的に外国人と接し、外国人に助けられたり助けたりの生活をしていたのである。

しかも、その外国＝異国で生活するということで言えば、日中戦争（第二次上海事変）以後の上海は、決して「平穏」な街ではなかった。

老太婆たちが帰って来て、路地の生活は落ち着きを取り戻した。上海の街も表面上は落ち着き、陸戦隊による治安は支障なく行われているかに思えた。しかしそれはあくまで、表面的な平穏である。中国側は抗日戦争の総動員令を発令して、抗日運動の徹底を呼びかけていた。なかでも学生の抗日運動は激しく、上海に住む有産階級の子弟たちの多くが抗日派にまわった感すらあった。もともと上海は、街自体がどちらかといえば欧米的な風潮の色濃い街である。華やかな、自由な彼らの文化の中で教育を受けた学生たちには、対するものとしての日本があるのは当然のことだったかもしれない。だが彼らの運動は単に、侵入者に対する反撥ばかりではなく、歴史を持つ民族の自尊心が、排日への思いをたかめているようでもあった。街の壁には、赤い紙の抗日ビラが目立って多くなった。「抗日」「排日」「東洋鬼」のアジビラは電柱よりも間近に貼られ、私は、はいにち、こうにち、トンヤンキ、と東洋鬼のビラだけを中国語で読んで、登校下校の道を歩いた。（『老太婆の路地』）

繰り返すが、林京子が上海にいたのは、一歳になる年から一四歳になった翌年の一九四五年二月まで、である。正直に言って、「抗日」「排日」「東洋鬼」の歴史的意味やその背景について林京子が十分に知っていたとは思われない。その意味では、外国で暮らす者の皮膚感覚のようなもので、林京子は自身も「侵略者＝支配者」の一員であることを認識せざるを得ない、「排日」や「抗日」思想・感情に接していたと考えられる。このような林京子の上海での日々をまとめれば、客観的には日本人に対する爆弾テロや銃撃事件が頻繁に起こる「危険」極まりない街で、主観的・日常的には「平穏」な日々を林京子は送っていたということである。この落差の中で、林京子の強靭な「個人主義思想＝批評精神」は培われたのではないか。そのように思えてならない。

戦前に『司馬遷』（一九四三年　日本評論社）を刊行し、戦後派を代表する作家の一人武田泰淳の戦前の文章に『土民の顔』（三八年一一月）というのがある。その中で、武田泰淳は「日本軍がいかにやさしく近づいたとしても戦線では支那の人民はなかなかついてくるものではありません。武装した我々に支那人たちが近寄るとしてもその時はもはや或る種の心構えをととのえて来ているに違いありません」と冒頭に書いた後、次のように「土民＝中国人」との真の関係構築について書いている。

土民の顔は黒く日焼けし素朴に見えますが彼らの心は青黒く深い潭のようです。子供でさえ何という鋭い智慧のはたらきを蔵していることでしょう。我々兵士が交際するのはかかる心を持った貧困な土民ばかりです。これらの住民はおそらく大部分の支那研究者、支那旅行者の眼にとまらなかったやからでありましょう。しかしアジア的なるもの、東方文化の一つの源流をなす支那を形づくっているものは彼らなのであって、日本の漢学者と古書の発見についてペチャクチャ高等な北京語をはなす二、三の学者ではありません。立派な東亜研究所や東亜文化協会が出来るのはもとより喜ぶべきことであります。しかしその首脳者が大地に群がるこの無数の土民の顔を念頭におかずしていたずらに東方文化建設を論ずるならば、戦線にあって自ら土民の鋤をとって道路を構築する工兵や、土民の鍋で彼らと共に食事を炊いでいる警備兵はその施設の無力を笑うに違いありません。

ここで武田泰淳が言う「土民」は、都市で言えば最下層に属するクーリーやワンポゥツォ（人力車）を牽く車夫に近い農夫であり、その意味では林京子の家族が日常的に接していた中国人たちは、大家の老太婆に代表されるようにそれより少し上の階層に属する人々であった。しかし、その人々が住む街はまた「軒が低い、迷路のように入り組んだ街は、抗日分子たちが自由に活躍できる、クーリーたちに守られた治外法権的な街」（『老太婆の路地』）でもあった。『ミッシェルの口紅』に収められた諸編には、随所に日本軍の陸戦隊や警邏隊に追われた反日分子と思われる中国人が林京子たちの住む路地に逃げ込んでくる場面が描かれている。そして、彼ら「反日分子」はそこに住む人々に助けられて易々と逃げることができたとも書かれている。

そんな街（路地・上海）で、林京子は日々暮らしていたのである。林京子の感覚がそこでどのように育まれたか、彼女は面白いエピソードを語っている。

今、こうして私は日本語を話していますが、私が話します日本語の概念は中国大陸の風土の上にあります。たとえば、小学校唱歌に「春の小川はさらさらゆくよ」という歌がありますが、これを上海の教室で歌いながら私がイメージしている「かわ」は、さらさら流れる「川」ではなくて、どっぷりと水のある、外国航路の客船が往き交う黄浦江であり、その先にある揚子江です。ですから、私の日本語は四季のある、俳句の世界の日本語とは違っております。非常に即物的でおおざっぱで、日本に帰ってきて同級生たちと話していて、どうもしっくりいかないんです。「あなたの言葉は大袈裟ね」と言われたことがあります。土台が違っていますので。

（「わたしと上海」二〇〇三年）

おそらく、「私の日本語は四季のある、俳句の世界の日本語と違っております」というのは、単に「言葉」の問題を言っているのではなく、良いとか悪いとかの問題を抜きにした、上海時代に培われた物事の見方・考え方から発する日本や日本人への拭いきれない「違和感」の正直な表明、ということだろう。「かわ」を「川」ではなく「河」として感受する感性は、「大袈裟」ということではなく、そのような感覚が身体化していたと考えるべきである。その意味では、現在でも帰国子女の多くが母国に抱くと言われている「違和感」を、林京子は先取りしていたと言える。「言葉」が「文化」を代表するものであるとするならば、林京子はまさに上海＝中国文化を身体の一部に保持したまま現在に至っているということになる。当然、このことは大江健三郎が『林京子全集』（全八巻　日本図書センター刊）の刊行に際して寄せた推薦文「比類のない人」が象徴するように、彼女の文学を特徴づけるものの一つになっている。

いま、小説の文章と人物作りと細部のたくみさで、この人は比類がない。生き生きした少女として中国で暮らし、長崎に帰って原爆に逢う。その偶然を、意志にみちた沈黙のなかで必然に変えた人は、その生涯をつうじて、全作品と彼女自身を、さらに比類のないものとして、私たちの文化に屹立している。私は若い人たちに「林京子」を示すことで、文学は現在なお、また未来にかけて、なによりも人間の上等な所産だといえるのを喜ぶ。

（大江健三郎「比類のない人」全）

「大陸」的な感性という意味であれば、『ミッシェルの口紅』の諸編には、何度も黄浦江を流れる死体やランチに牽かれていく死体、あるいは雨中に横たわる死体が出てくるが、それらを日常的に目撃することによって育まれてきた感覚は、例えば死を「聖なるもの」としがちな内地＝日本の人間とは明らかに異質なものであったと言えるかも知れない。林京子が「八月九日・ナガサキ」によって犠牲となった死者に対して、もちろん哀しみと悼みの気持ちを持ちながら、あくまでも「情緒的」であることを避け、渇いた感じ＝客観的にそれを「公」の問題として考えようとしてきたのも、上海で育ったからであったと考えることもできる。

三　戦火＝戦下の上海

林京子が一四年間過ごした上海は、先にも記したように、「国際都市」であると同時に、また常態として「戦争」を抱え込んだ都市でもあった。繰り返すことになるが、一九三二（昭和七）年の第一次上海事変以前から三七年の第二次上海事変（日中戦争）を経て一九四五年八月一五日に「太平洋戦争」が終結するまで、上海はずっと戦時下にあったと言っても過言ではない。第一次上海事変当時、共同租界に日本人は約二万五六〇〇人余りが居留していたというが（林京子もその内の一人）、上海における「戦争」がどのようなものであったのか、『昭和の歴史　4（十五年戦争の開幕）』（八二年　小学館刊）を執筆した江口圭一によれば、以下のようなものであった。

日中両軍の衝突　日本は中国にたいする列強の半植民地的な支配体制にあずかって、すでに早くから、さかのぼれば一八八四年（明治一七）の清仏戦争当時から、中国沿岸や揚子江（長江）流域に軍艦を派遣していた。一九二七年（昭和二）には従来の第一遣外艦隊のほか第二遣外艦隊が新編成され、前者が揚子江流域および同以南中国沿岸を、後者が揚子江以北の中国・関東州沿海の警備を担当した。（中略）

事態はさらに切迫した。上海周辺に配置されていた中国の第一九路軍約三万一〇〇〇名は臨戦態勢を固めた。第一九路軍は広東派系の精鋭で、抗日意識のたかい軍隊であった。上海は一触即発の状態となり、二八日午後四時、租界には戒厳令が敷かれた。（中略）塩沢司令官は午後八時になって、戒厳令施行により警備陸戦隊に出動命令を下した。陸戦隊は、前年一二月共同租界防備委員会に要請して日本の警備地域に編入させた北四川路西側の閘北へ出動した。しかし閘北は租界外の純然たる中国の領域で、日本に警備権はなく、また日本軍の警備地域に勝手に編入したことも中国側に通告していなかった。その閘北には第一九路軍がバリケードを築いている。そこへ深夜に陸戦隊が進出しようというのだから、もう戦闘がおこらないわけはなかった。一月二八日深更から上海は激烈な市街戦の巷と化した。

この第一次上海事変の時、林京子の一家はM物産勤務の父親を残して、事前に戦闘を避けて長崎に帰っている。林京子によると、上海では大きな出来事（例えば戦闘）が起こりそうだと、そのことに関する「情報」がかなり早い時期にどこからともなく洩れてきて、それで商社員たちは事前に家族を内地に帰すようにしていたという。第二次上海事変＝日中戦争の時も、林京子の一家は父親だけを上海に残して長崎に避難している。そんなことを考えると、林京子の上海時代は、「平穏」で「人生の中心にあった陽が当たる場所」でもあった日常生活の場に異常な出来事＝戦乱が突発的に出来するというより、恒常的な「危険＝戦乱」状態の合間に平穏な日々が挟まれていたと言った方が適切な言い方になるのかも知れない。

例えば、『耕地』という作品に「陸戦隊の二台のサイドカーに護衛された、小学生にしては遠出の遠足」の体験が書かれているが、そのような遠足は内地では決してあり得ないかたちのものであった。

草原のいたる処に、螺旋に巻いた、錆びた鉄条網があった。日本軍、中国軍、どっちが布設した防禦柵なのか、数珠玉や犬蓼の枯草とからみあった鉄条網は、合唱しながら歩いていた私たちを緊張させた。草原は八方を見透せる。草のなかに中国兵が生き残っていて、狙撃してくるかもしれない。勇猛をはせた共産側の八路兵が、撃ってくる可能性もある。危険と安全は五分五分である。わざわざ危険な戦跡に踏み入る必要はないのだが、まわりの諸外国人への示威もあった。（中略）

曠野の秋の日は早く暮れる。太陽は正午を廻りきっていないのに、枯草の葉先に、夕暮れのわびしさが漂っている。帰りは、陽が明るいうちに八字橋を発たなければ、危険である。（傍点引用者）

小学生の遠足をも占領・侵略行為の正当性に利用する。「まわりの諸外国人への示威」のために「危険と安全は五分五分」の地域へ、遠足を挙行する。これだけでも、林京子が幼少女期を過ごしていた上海がいかに危険な一触即発の戦争への危機を孕んだ都市であったかが分かるが、そのような都市で育った子供たちはどのような精神を育んでいったか。林京子の筆は、遠足先で白骨化した頭蓋骨をボール代わりにして遊ぶ男の同級生たちに及び、次のように記す。

落下地点の草むらを、靴先でさぐっていた男の子が、ほら、といって球状の物を探し出し、捧げてみせた。それは人間の頭蓋骨だった。はちろぐんのだ、と群れのなかの男の子が叫んだ。遊んでいた男の子たちが集まってきて、はちろぐんのだ、はちろぐんのだ、と口々に囃す。野ざらしになった白骨が、八路兵の頭蓋骨か日本兵の頭蓋骨か、判るはずはない。しかし子供たちは決めてかかって、はちろぐんのだ、と叫ぶ。空高く投げた兵隊も、日本兵の頭蓋骨とは考えていないようだった。

死の尊厳はどこへ行ったのか、また多くの日本人が持つ死に対する「情緒」はどこに忘れてきたのかとも思いたくなるが、林京子はあえてそのような場面を描くことで、戦争が子供からも平時における日常的感覚を奪ってしまう事実を浮かび上がらせようとした、と思われる。あるいは、「かわ」から「川」ではなく「河」を想起する感性が、死をも死と感じさせない子供の世界を構築していたということになるのだろうか。また、深読みすれば、林京子は戦時下の上海は「平穏で楽しい」反面、子供たちの間でさえ「死」も「戦争」もまた日常化していた現実を明らかにしたかったのかも知れない。ともあれ、林京子の子供時代に戦争がその生活の細部にまで浸透していたという事実は、林京子がどのような作品を書こうとして作家になったのかを考える上で、大きな意味を持っていた。なぜなら、『ミッシェルの口紅』に収められた諸編は、読む角度を変えれば世に言う「戦争文学」の側面を多分に内包する短編群だからに他ならない。

例えば、林京子は上海でも行われていた中国侵略を象徴する「三光作戦（焼き・殺し・奪う）」について次のように記しているが、それは上海において自分たちを含めて日本人総体が中国に対して、意識的であったか無意識的であったかを問わず、「加害者」であったことを十分に認識した上での筆運びになっている。

目隠しをされた中国人たちは、黄浦江を背にして碼頭の岸に一列に坐らされ、処刑されたという。若い将校たちは、日本刀の試し斬りにころ合いと言って、中国人たちを斬り捨てていったという。罪状による処刑だそうで、処刑された人たちは、岸壁から河に落ちる。眺めている梶山（林京子の家に寄寓していた同県人―引用者注）に、斬ってみるか、と将校の二人が、刃こぼれした日本刀を渡した。梶山は、渡された日本刀を無造作に受け取って、構えた。相手は三十歳前後の、農夫の身なりをした頑丈な男だった。刀の扱いを知らない梶山に、将校は刀の振りおろしかたから教えてくれた。梶山は、将校に言われる通りに、農夫らしい男を斬った。男の体が河に落ち、岸壁に明るい空間が出来てはじめて、人を斬った意識を持ったという。

梶山が、人を殺した恐怖にかられたのは、翌日である。（中略）しかし、その日の死体のなかには、梶山が斬った男の遺体があった。見覚えのある継ぎがあたった服の背をふくらませて、遺体は、水中に首を垂れて伏せている。朝の陽のなかで揺れている遺体をみて、梶山は岸壁に釘付けになった。継ぎのあたった服は、生前の男の日常を、如実に語っている。犬や猫と同等にみようとしても、丹念にあてられた継ぎは、ごみのなかから浮き出てくる。梶山は、思わず手を合わせたという。

（『はなのなかの道』）

林京子はこの残虐な行為について、「伝聞」という形で書いているが、林家に寄寓していた「梶山」は、恐らく「人を斬る」という初めての経験を半ば困惑気味に、半ば自慢げに林京子の家族に話したのではないかと想像される。少女であった林京子は、この「梶山」の残虐行為をどのような気持ちで聞いていたのか。「梶山」の行為が、自分たちが遠足に行った時、白骨化した頭蓋骨を「はちろぐんのだ」と言ってボール遊びをしたことに通底するものであったと、果たして当時の林京子が理解していたか。多分、否だろう。戦争は、戦場で戦っている兵士だけでなく、銃後の男も女も、そして子供たちをも巻き込んで「狂気＝非日常」を常態化してしまうからこそ、非人間的行為の極致と言われるのである。そんな観点から『ミッシェルの口紅』を読む時、この短編連作の世界には「人間の日常を受け入れて一緒に生きてくれる自然があって、父と母の子供として無垢な『私』がいた。無垢とは壊してはならないものを暗示する。そのように生きた場所が上海だったのである。林京子にとって、上海は壊してはならない生を刻んだ場所なのだ」という川西政明の評価（『林京子全集』第二巻「解説」）は、その位置づけが余りに情緒的＝美的に傾きすぎているのではないか、と思われる。確かに、上海時代における林京子は子供であったが故に、「無垢」だったかも知れないが、反面したたかに戦争という現実に対してその身体性において正対していたと思われるからである。日本が太平洋戦争に突入した真珠湾攻撃と同時に上海で起こった出来事を、林京子は次のように回想している。

老朽艦である。（中略）

虹口（ホンキユー）側の出雲桟橋には、切れ切れの軍旗を掲げて、「出雲」が停泊していた。「出雲」は日本海海戦に活躍したという、

その「出雲」がある日、突然、動いた。真黒い煙をムックムック吐いて、黄浦江を河口に向かって走り、また戻ってきた。帰ってきた「出雲」は、艦首を税関に向けた。（中略）

その年の十二月八日未明、「出雲」は黄浦江上の、英米両国軍艦を砲撃し、アマの予言通り、戦争は始まった。砲声に耳を澄ましていた母は、撃ち返しはないようね、と言って、私たち姉妹に外出着を着せた。そして外出用の革靴をはかせた。ランドセルを背負わせると、ベッドに入ってなさい、と様子を窺いに屋上に上がって行った。私は、撃ち返しはいつ来るだろう、と震えながら、身内に広がって行く開戦の轟きを聞いていた。

（エッセイ「街の眺め」七六年）

そして、なお短編連作集『ミッシェルの口紅』について言うならば、林京子はこの連作集を書くにあたって、「子供の目で、ありのまま」を心懸けることで、「戦火に明け暮れた上海と、外国人と、中国の人の位置関係が現れる、と考えました」（講談社文芸文庫『上海　ミッシェルの口紅』「著者から読者へ」〇一年）と言っているが、この時の林京子には、「戦火に明け暮れた上海」を描くことが、一九四五年八月九日のナガサキに繋がっているという認識があった、と考えられる。つまり、「八月九日・ナガサキ」の被害は日清戦争から太平洋戦争へと続く中国大陸への侵略意図＝加害の結果であるとの認識があって、『ミッシェルの口紅』は書かれたということである。

第七章　三六年目の上海

一　「上海は、そんなに遠くない」

一九八一年八月九日、林京子は奇しくも自分が被爆した長崎の原爆記念日に上海への旅に出る。一九四五年三月に戦火の激しくなる彼の地を脱出して長崎に帰ってきて以来、三六年ぶりの上海であった。

> いよいよ上海に行く。パスポートはとった。コレラの予防接種も済ませた。種痘は化膿した。あとは八月九日、日曜日、十八時成田発上海行きのパンアメリカン航空機に乗ればいい。途中、墜ちなければ、八月九日の二十時すぎは上海だ。飛行機のドアが開く。タラップに立つ。上海の夜の空気が、全身を包む――。張りのない私の髪は、上海特有の夏の夜の湿気を吸って、伸びきってしまうだろう。子供のころが、そうだったように。
>
> 具体的に上海行きがきまると、三十六年間の上海との隔たりが、一挙に縮まった。上海は、そんなに遠くなかった。
>
> （「出発まで」）

この三六年ぶりの「上海行き」で得た経験は、単行本『上海』（八三年）にまとめられ、第二二回の女流文学賞を受賞するが、林京子が学んだ国民学校五、六年生用の副読本に書かれていたという詩の一節「上海は、そんなに遠くない」は、この作品において独特な色合いを持つ通奏低音として鳴り響くことになる。しかし、林京子にとって果たして上海は本当に「そんなに遠くない」場所だったのだろうか。

確かに、林京子も書いているように航空機の発達によって世界が狭くなった現在、単純に地理的な観点から言えば、上海は飛行機に乗れば二時間余りで到着してしまう「そんなに遠くない」外国である。戦前においても、「上海―長崎間は、定期連絡船で――上海丸・長崎丸、時速二〇・九ノット――二十四、五時間」、つまり約一日の船旅で到着する外国であった。さらに林京子の意識に即して言えば、戦前の上海は、『老太婆の路地』（『ミッシェルの口紅』所収）にも上海事変＝日中戦争を事前に予感して長崎に避難していた家族が上海に戻ってきた時、「帰ってきた、いいわね、と私は思った。やっぱり上海はいいわね、と長女が言った。」（傍点引用者）とあるように、生活の場であり、懐かしい「故郷」に擬せられるような土地でもあった。周知のように、林京子にとって戸籍上の故郷は長崎ということになっていたが、上海は「心」の問題や生活史的には「そんなに遠くない」場所＝生活に密着した場に他ならなかった。その意味で、幼少女期の一四年間を過ごした上海は、林京子にとって「故郷は遠きに在りて思うもの」（佐藤春夫）とは逆の位相にあるものであったとも言える。

しかし、上海から日本に引き揚げてきてからの三六年間という時空が林京子にとってどのような意味を持っていたかは、また別な問題である。果たして、三六年後の上海は変わらず「そんなに遠くない」故郷であったか。そこには微妙な心理が介在していたのではないか。具体的には、上海時代から現在にまで続く林京子の人生には、林京子の父が敗戦後上海を引き上げる際に帰国船が浮遊機雷に触れて沈没したことで何もかも失ったのと同じように、決定的とも思える「八月九日・ナガサキ」の体験が存在していた。つまり、先にも触れたように、林京子の戦前と戦後は「八月九日・ナガサキ」によって切断されていたのである。これは、林京子がこの間に「死」（に等しい被爆という事実）を一度経験しているということを意味していた。この「死を一度体験」しているというのは、一体、どういうことか。それは、「八月九日・ナガサキ」が先のアジア・太平洋戦争における日本の加害＝侵略行為の結果として出現したものと認識してしまった林京子にとって、戦前の上海と戦後のそれは一続きのものではなく、全く別な次元に属するものになってしまっていたということでもある。

ぼくの人生はおしまいだ、と父はいった。だけど生きているし、生きていかなければならないではないか。しかし口に出していう気力は、私にもなかった。私のなかでも、何かが、十四歳の八月九日で終わっていた。終わったのは、屈託がなかった上海時代の、母の胎内から生まれた私の生命と人生に思えた。それは終わったとしても、私は生きている。それ以後の生命と人生が、何から生まれ、何を根に伸びていくのか、見当はつかない。だが、終わったことだけは、私にもわかった。

（傍点引用者　「出発まで」）

それに加えて、大人になって、かつて上海が日本に占領されていた地であったことを改めて明確に認識するようになった、ということがある。一九七八年八月一二日に調印された日中平和友好条約を喜んで万歳を叫ぶ商社マンたちの姿をテレビで見て、「私」＝林京子は「こんなに明るく、あっけらかんと万歳を叫んでいいものだろうか。どうも違うような気がするし、何が万歳で何がよかったのか。彼らは友好条約の調印式の先に、何を期待しているのだろう」と思い、次のように書く。

桑の葉をはむ、おびただしい蚕たちの密かなざわめきが、私の体の芯を、はい上ってきた。画面と関連のないざわめきは、上海の街を行進して行った、日本軍の軍靴の音に似ていた。学校の帰り道、転戦していく兵隊たちの行進に、再三出逢った。

（中略）

私は、テレビの画面の日本人たちに、上海や中国を、むかしのように踏み荒らさないでください、といった。そして、日本在住の中国の人たちの慎み深い笑顔に、よかったですね、といった。（中略）テレビを観ていたときの感想を、後日、私は友人に話した。軍靴の話になると、はじめから唇の端に皮肉な笑いを浮かべて聞いていた友人は、桑の葉をはんだお蚕さんは、あなたたち外地にいた日本人じゃないの？　といった。私は首を垂れた。外地で栄耀栄華をつくしたのも、外地にいた日本人たちで、万歳を叫んでいるあの人たちに罪はないでしょう、といった。友人がいうとおりに違いない。私は、上海の街角に捨てられていた中国人の赤児の死体を、みている。突きつめていけば、あれも外地の日本人がむさぼり食った、桑の葉のためだろう。友人に責められると、私の上海行きのいつかは、いっそう遠のいていった。

（「出発まで」）

上海時代にはほとんど意識することがなかったであろう「加害者」意識が、素直に日中国交正常化を喜べない意識となって、上海（中国）を「遠い」場所へと追いやってしまう、そんな複雑な心境をここでは吐露していると言っていいだろう。「子供の私には、罪はないではないか」と思いつつ、である。だが、ここで確認しておかなければならないのは、中国への加害者意識を根底に持つ複雑な心境に翻弄されているのは、共に上海時代を過ごした親姉妹の中で、「八月九日・ナガサキ」を経験した林京子一人だけだったということである。「上海には、母娘五人で行こう」と思いながら、行動力のある次女には「上海は汚くなったっていうじゃないの、わたしはむかしの上海で結構」と言って断られ、長女には「いってどうするの」と開き直り的な言い方をされ、いくらか心動かされた節のある母からも「（船ならいいが）ひこう機、わたしは止めとこう」と断られる。林京子は、結局一人で上海を再訪しなければならなかった。「八月九日・ナガサキ」を経験するとは、まさに家郷＝上海への意識をこのように複雑なものにすることでもあったのである。

そして、林京子はすでに強制ではなくなっていた渡航前の種痘（天然痘）とコレラの予防接種を受け、右腕を化膿させながら「規則としてあげてあれば、私は守ろうとする。規則は守るように躾けられた。（中略）十四歳までに方向づけられた思考は、八月九日で断ち切ったつもりでいても、まだ、五十歳になった私を、支配している。戦時中のごろ寝スタイルの旅仕度も、腕の化膿も、母の躾の枠を破れないでいる自分も、私はいまいましかった」、と思いながら、上海へ飛び立っていったのである。だが、考えてみると、自分が幼少女期の一四年間を過ごした場所を、このような複雑な思いで捉え返さなければならないというのは、決して幸福なことではない。日中関係（＝歴史）や「八月九日・ナガサキ」に掣肘されていたからとは言え、素直に故郷を思う時の懐かしさの感情に浸れない林京子の心情を思うとき、そのような心情を強いた根っこにある「戦争」について改めて考えざるを得ない。林京子は、『上海』を書く上で十分にその複雑さを自覚していたと言える。そうであるからこそ、『上海』の第一章「――出発するまで」に相当な紙幅を費やさなければならなかったのである。「遠くになってしまった」上海を、「上海は、そんなに遠くない」と思えるようにするために、である。この点が『上海』と『ミッシェルの口紅』との最大の相違点であった。『ミッシェルの口紅』は、幼少女期の「体験・思い出」を基に書いたものであるから、「上海は、そんなに遠くない」という気持ちを素直に表現できたが、『上海』の場合は、「八月九日・ナガサキ」の体験があり、その後被爆者として生き続けてきた現実があるが故に、複雑な心境を吐露しないままでは単純に再訪を基にした作品を書くことができなかったのである。

二　「上海」

……私はタラップに出た。水気の多い空気が、じっとりと体を包んだ。私は慎重に最初の息を吸った。空気に、匂いがあった。（中略）これが人口千百万の人たちが呼吸する、上海の匂いなのか。（中略）むかしも、上海独特の匂いがあった。しかしタラップの下から湧いてくる匂いは、私の記憶にない、上海の匂いである。（中略）

人びとから離れて、降りたタラップのわきに、私は立った。そして建物に背を向けて、立った。建物の灯が徐々に薄くなり、光が届かない先に、闇が広がっている。背後に七十五万平方マイルを有する上海の、広漠とした闇である。古い上海の地図によると、共同租界と仏租界の外、はるかな西のはずれに、虹橋飛行場はある。私たちが乗ってきたパンアメリカン航空機が着陸した飛行場が、その虹橋飛行場である。地図は、日本軍が占領した中国大陸の都市の上に、日章旗が捺してある、昭和十五年頃の、戦争中の地図である。（中略）

古い地図から得た想像は、果てのない闇に葦の葉がそよぐ湿地と、そこに潜む便衣隊の、日本人をねらう幾つかの目を、私に連想させた。危険をはらんだ闇は、まぎれもない上海の、夏の夜の肌ざわりであった。

その身に迫る危機感が、私の上海を、呼び起こしてくれた。動悸が早くなっていた。（「プラタナスの並木と四角い電柱」）

これ以後、上海（中国）に滞在している間ずっと、林京子はここにも示されている戦時中の体験を想い出すことになる。それは、いかに彼女が「上海＝過去・戦争」に呪縛されていたかということでもあるが、別な言い方をすれば、林京子はそれだけ戦時や戦後の歴史と真摯に向き合い、八月九日のナガサキを中心とする体験から発した歴史観に基づいて上海＝中国と日本の関係を考え直してきたということでもあった。繰り返しになるが、この引用における「虹橋飛行場」に降り立った場面が如実に示すように、林京子の歴史観の根底にあるものは、「八月九日・ナガサキ」に集約されるように、先のアジア・太平洋戦争の全体においては「被害者」であるが、中国（上海）に対しては「加害者」である、というものであった。もちろん、このような歴史観は戦後においては常識のレベルに属すると言っていいかも知れない。しかし、「ヒロシマ・ナガサキ」の体験を持つ作家や詩人たちのアジア・太平洋戦争への「加害」意識が、先に記したように栗原貞子の詩「〈ヒロシマ〉というとき／〈ああ　ヒロシマ〉と／やさしくこたえてくれるだろうか／〈ヒロシマ〉といえば〈パール・ハーバー〉／〈ヒロシマ〉といえば〈南京虐殺〉／〈ヒロシマ〉といえば、女や子供を／壕のなかにとじこめ／ガソリンをかけて焼いたマニラの火刑（後略）」（「ヒロシマというとき」七二年）まで待たなければならなかったことを考えると、栗原貞子とは別な文脈から出てきたとは言え、林京子の確かな歴史観は高く評価されていいだろう。

しかも、ついでに言っておけば、林京子の歴史観には狭隘な排外主義的＝ナショナリズムに帰結しがちな「民族」の回路が初めから排除されていることである。つまり、林京子の歴史観の特徴は、「大和民族（にほん）」の優秀性とか、正統性をことさらに主張するようなものではなく、多くの民族・人種が集まっていた「国際都市・上海」で育まれた平等意識に基づく、あくまでも全ての人間は対等・平等であるとする人間観によって支えられたものであったということである。彼女は、被爆体験を基にした作品やエッセイの中で、理不尽な政治や社会の在り方について鋭い批判を顕わにしながら、それがリアルな政治、例えばある特定な「政党」やその政策に直接的に関わることを慎重に避けてきたが、その歴史認識も同じように、基底はあくまでも一人一人の人間の在り方を凝視（みつ）めることから形成されてきたものだった、ということである。

例えばそれは、三六年ぶりの中国人との「出逢い」について、次のように書く点などによく表れている。

出迎えの中国人たちの間を通り抜けながら、私は、次第に肩をすぼめていた。中国の人たちは、私たち日本人をみていた。みているが、関心はもっていない。ちらっ、とみるだけで、すぐ目を離す。三十六年ぶりに逢う生粋の中国人たちの、日本人に対する無関心ぶりに、私は緊張した。私たち日本人を認めていた。彼らの表情のなかに、閩侯のアマの人なつこさは、なかった。高慢だったが、ポポさえ上海に住んでいる仲間として、私たち日本人を認めていた。否応なく、隣人であった。二十数年の国交断絶が続き、年月に空白があったとしても、空港にいる中国の人たちは、私と同年輩に思える人たちである。日本人が上海に住んでいた時代を、知らない人たちではない。見事ともいえる無関心ぶりは、外国を旅する者が一様に感じとる、思いなのだろうか。だが、テレビニュースで報じられる中国の人たちは、いつも笑顔である。日本からの友好使節団を迎える笑顔と、ニイハオ、の好意が、新しい中国の、日本人に対する真意ではないのか。私たちは友好使節団ではない。日本全国から、旅行社が組んだ旅に参加した、まちまちな目的をもった者たちの集団である。待合室にいる中国の人たちも、軍人を除けば、一般の人である。一般の中国人が一般の日本人に向ける顔は、無関心な顔なのだろうか。私たちを意識の端にも留めていない。悠々として、対等である。（傍点引用者「プラタナスの並木と四角い電柱」）

ここで思い出すのが、バブル経済の絶頂期（一九八五年）に埴谷雄高と吉本隆明との間に交わされた日本の資本主義評価をめぐる論争である。この論争は、植民地台湾で子供時代を過ごした埴谷が、日本の繁栄は第三世界（アジアやアフリカ・中南米諸国）からの収奪の上に成り立つものであると主張したのに対して、繁栄の象徴であるブランド・ファッションに身を包んだ吉本が、第三世界の貧困は彼らの責任であって高度に発達した日本の資本主義と直接関係ないと主張し、ついにお互いの主張がすれ違ったまま終わったものであった。だが、戦後文学と戦後の政治状況について、かつて盟友として発言してきた二人の論争は、今にして思えば時代が転換期を迎えていたことを象徴する出来事に他ならなかった。因みに、この論争で吉本は、このまま日本の資本主義が発達していけば「週休三日、四日」も夢ではない旨の発言をしていたが、バブル経済が崩壊した現在、ある一定程度の年収を得ているホワイト・カラーには無限定で労働時間の制約をはずす（つまり、経営者は労働者に制限なしにいくらでも残業を命じることができる）法律が制定されようとしていることに象徴されるように、日本の資本主義がどのような状態にあるかを考えれば、論争の勝者はどちらであったか、火を見るより明らかである。

なお、そのような戦後文学者たちの世界観に転換を迫った論争（埴谷雄高の思想）に通底していると思われる（林京子の立場は、埴谷雄高に近いと言っていいだろう）、この『上海』における林京子の中国人から受けた印象「三十六年ぶりに逢う中国人たちの、日本人に対する無関心ぶりに、私は緊張した」「悠々として、対等である」は、かつて日本が植民地にしていた（支配していた）国で育った者の屈折した心情と共に、それを基にした現在の解釈とももども傾聴に値する国際感覚だと言わねばならない。

かつて林京子が育った上海を抱えた中国は、香港をイギリスに、マカオをポルトガルに、東北部（満州）を日本に、そして上海をフランスやアメリカ、イギリス、日本に租借していたことが象徴するように、混迷を極めていた。それが毛沢東の率いる中国共産党による「革命」を経ることで、かつての支配者＝侵略者に対して「悠々として、対等」に振る舞うほど自信を持つようになった。三六年ぶりに中国（上海）を訪れた林京子の五日間は、三六年前の上海を思い出す旅であると同時に、この歴史が産み出した落差を確認する旅でもあった。

二個目のモードン（室内用便器―引用者注）は、なかなかみつからなかった。あきらめかけたころ、道ばたで、モードンを洗う女をみつけた。井戸の口にしゃがんで、女はモードンを洗っていた。みると、モードンが泡をふいている。まっ白い泡が、うるし塗りの帯状のモードンの内側から、メレンゲのように湧き上がっている。何ということだろう。モードンを洗剤で洗っている。モードンは、むかしのように貝殻と竹箒で洗うものである。素朴で伝統をもつ生活用具は、使い方も素朴でありたい。それに洗剤で洗ったからといって、モードンに付着している雑菌が死滅するわけでもあるまい。衛生面では、水と貝殻と竹箒のころと変わらないだろう。私は、モードンを洗剤で洗うようになった女たちの感覚に、失望した。モードンを洗剤で洗うのは、女たちの日常の、最新流行なのだろう。あれは違う、と私は小村にいった。文化よ、と小村はいい、生活の進歩でしょう、といった。モードンの文化、と私は独り言をいった。蘇州の水の美しさも、ここ暫くに思えた。

（「ブロドウェイマンションとジャズ」）

この「小村」という中国旅行中にホテルで同室となった若い女性の、モードンを洗剤で洗うことが「文化」であり、「生活の進歩」であるとする考えに「私」が疑義を抱き、「蘇州の水の美しさも、ここ暫くに思えた」という書き方にこそ、林京子の文学的特徴がある。つまり、林京子の文学は、主人公（登場人物）の「私」的な視線や思考が、いつの間にかその私的空間を突き抜けて「公」的な問題へと繋がっていくところに特徴を持つが、モードン洗いに対する私的な思い出が、河（水）の汚染という「公＝生活の在り方」の根本を問う問題へと連関していくこの場面は、その典型に他ならないということである。

三 「三六年」の歴史

林京子は、三六年ぶりの上海行から帰国して二年ほど経って書いたエッセイ「上海と私」（八三年三月）の中で、この旅で手にしたものが何であったかのかを次のように書いている。

作為のない旅を願ったのは、素直な気持ちで故郷に還りたい思いと同時に、上海を書くためにも、余分な計画は邪魔になった。旅行に計画をたてれば、書く作業の半分は、方向づけられてしまう。それに、書こうと思って素材に向きあうと、素材である事実がもつ、偶然の重なりの完璧さに、驚かされることがしばしばある。事実にそって忠実に書いていけば、事実は「作りごと」に思えるほど、辻褄をあわせてくれる。いわれるように、事実は小説よりも奇、である。いっけん偶然にみえる事々の重なりは、完璧な起承転結を成して、事実としてすでに在るのである。人が事実を創りあげていくのか、それとも、先行してある自然界の仕組みに従って、人がその後を歩いていくのか。いずれにしても、私の身の回りにある事実と、偶然らしき成りゆきによって生じる事々の付合は、欠点のつけようがない。私の作為など、笑止なのだ。そして今回の旅行も、偶然と事実の奇を、私は越えることが出来なかった。

先入観なしで三六年ぶりに訪れた「上海（中国）」で改めて知ることになった「偶然と事実の奇」とは、何であったのか。それは、上海に降り立ってから訪れた先々で「思い出した」三六年前の自分（と家族の生活）と、「八月九日・ナガサキ」以後を被爆者として生きてきた時空とが、実は自分の内部において一繋がりのものとして存在することの覚醒だったのではないか。言葉を換えれば、三六年ぶりの上海への旅は、切断されて存在すると思っていた上海時代と「八月九日・ナガサキ」以後が、決して切断されておらず、連続していることを思い知らされた旅であったということに他ならない。母や父や姉妹たちがこの連続する「時」を自然に受け入れていたように、である。帰国に際して、中国民航機が墜落するのではないかと思った「私」は、（幻想の中で）墜ちるかも知れない揚子江を前にして、次のような思いに陥る。

……父は、被爆した私の生死を確かめるために、帰国を予定より早め、浮遊機雷にふれて沈没する、不運にあっている。同じ場所へ私が墜ちるのも、意味のない終わり方ではない。そうあって欲しいと偶然を願う気持ちもある。八月九日に成田空港を発つ偶然も、出来すぎている。それに私には、死んだ父の魂が、墓地がある長崎の坂の上にはなく、揚子江の上をさまよっているように思えてならないのだ。十三年前に病死した父は、昏睡状態から幾度かさめ、そのたびに天井の隅をさして、水が、みずが入ってくる、と叫んだ。沈没する船の窓から流れ込んできた水を、父は避けている様子だった。

揚子江の水は重いのよ、とも元気なころに父はいった。（中略）揚子江の水の重さは終生、父の体から抜けなかったようである。そこへ私が墜ちていく。運がいいような悪いような父と娘の結末にしては、上出来ではないか。人生がそれほど偶然にこだわるのなら、こっちも偶然を逆手にとって辻褄をあわせてやれば、もう手も足も出ないだろう。父の揚子江への恐怖も、消えてはくれまいか。ついでに、弾けきれずにいる私の八月九日のエネルギーも、揚子江なら吸収してはくれまいか。それで、八月九日が引き起こした父と私の連鎖的な関係も消える。

（「母なる揚子江」）

黄濁した揚子江の流れを前にして亡くなった父との深いところで結ばれた絆を、改めて確認した「私」は、上海を三六年ぶりに訪れようと決意するきっかけになった日中平和条約締結のテレビ報道に映っていた中国人の「ほほえみ」について、上海を旅行する前と後ではその解釈が違ったことを、次のように書く。

これが新しい中国なのだ。そして新しい中国の力なのだ。私は、日中友好の条約が締結された日の、テレビニュースを思い出した。ブラウン管のなかで万歳を叫ぶ日本人とは対照的に、中国の人たちは、にこやかにほほえんでいた。あのほほえみは、この自信から湧き上がったほほえみだったのだ。あのとき私は、過去を忘れてはしゃぎまわる日本人たちの感情に、ついていけなかった。むしろ中国人たちの、友好にひたる穏やかな笑いに、より深い共感をもった。だがこれは、違っていたようだ。私の中国の人への理解は、旧時代から一歩も出ていない者の、友情の情だ。あのときの中国の人たちの笑みは、祖国の力と発展を内包した、罪人を赦す大人のほほえみだったのだ。

（「母なる揚子江」）

ここで言う「この自信」とは、山崎豊子の『大地の子』（九一年　文藝春秋刊）にも描かれた、上海郊外の呉淞に建設中の宝山製鉄所などに象徴される「力と発展」から生じたものを指している。六〇年代後半から始まった文化大革命とその後を引き継いだ七〇年代初めの「四人組」による「復古主義」的政策からの大転換は、鄧小平が主導した「改革開放」政策によって中国に大きな経済発展をもたらしたが、それを象徴するのが日中の合弁によって建設された宝山製鉄所であった。林京子の三六年ぶりの上海行きは、ちょうどその宝山製鉄所建設の時期にあたり、中国の「発展」の現実を目の当たりにするものであった。だからこそ、この長編の最後に「十四年の、上海の生活に加えるつもりで旅発った旅は、過去に加算出来ない五日間になっていた。私は、私の十四年から切り離されてしまった上海の朝を、暫く眺めていた」、と書き付けなければならなかったのである。

一四年間生活した上海と現在の上海との断絶、そしてそれが決して林京子の内部から発せられたものではなく、歴史という「外部」からもたらされたものであるとの覚醒は、この『上海』の最後が冒頭部分の緊張感溢れる書きぶりから落ち着いた穏やかなものへと変化していることからも分かる。それもまた、三六年間という歴史の重さについて改めて認識し直した結果ではなかったか。別な言い方をすれば、一四年間の上海生活を思い出すとき、『ミッシェルの口紅』を読めば分かるように、子供には何の責任がないとは言え、その想い出の襞襞に見え隠れする日本という国家が中国に対して行った「加害＝侵略行為」への罪障感が、この度の上海行きで相当部分払拭できたのではないか、ということに他ならない。

この上海に対する林京子の心境・意識の変化は、上海第一高女時代の友人三人とこの時から一五年経った一九九六年七月、再び訪れた上海での経験を基にした『仮面』（『群像』九七年七月号）に明らかにされている。

船に乗ってむかしの通学路を下る――昭和二十年の二月、女学校二年の三学期に上海を引き揚げてから今日まで、私がみつづけてきた夢の一つである。敗戦後二度目の訪問になるが、一回目の上海旅行では、この夢は果たせなかった。母校を訪ねることも、育った路地の訪問も叶わなかった。再訪の旅行には、これらを組み込んでもらった。黄浦江に思い出をもたない友人たちも、計画に参加してくれたのである。私にとって今回の旅は、十四年間暮らした少女期の、「私の上海」を確認する旅行である。（傍点引用者）

三六年ぶりに訪れた敗戦後一回目の上海旅行が、「三十六年」という時空を挟んだ中国とかつての侵略＝加害国日本との彼我の落差を確認する旅であったとするならば、二度目の今回は明確に「十四年間暮らした少女期の、『私の上海』」を確認する旅であったというのである。

では、戦前の上海をよく知る上海第一高女時代の友人たちが同行した今回の上海行きで、「私の上海」は本当に確認されたのだろうか。結論的には、半ば達成され、半ば実現しなかった（出来なかった）、と言える。「十四年間暮らした少女期の、『私の上海』」がどのようなものであったか、その本当の姿を林京子は五〇年以上経ったこの旅行で思い知らされる。友人と現在は化学工場になっている昔の上海第一高女跡を見学して、その隣にあった今は同じく何かの工場になっている上海女子商業の跡地を覗いた時、「私」は守衛室から飛び出してきた男から「ブクィ　駄目だ」、「去、行け」と厳しく追い払われる。

> 男の行動は、かつて私たち日本人が彼らに、中国の人に行った行為だった。そのままそっくり、いま私たちが追い払われているのである。国家的な工場をのぞきみた私たちの行動は、軽率である。これが敗戦前で立場が逆なら、歩哨の銃尻で殴られるところである。だが、門の内に踏み込んだわけではない。（中略）
>
> ワゴン車のなかで、私は震えていた。雨に濡れたブラウスのために、体は冷えている。それ以上に、チイ、と追われたことが悲しかった。誇りを傷つけられたから――それもある。が、男の目に私は、憎しみをみたのである。それ以上に男の目には憎悪があった。私たちと同年輩に思える男は、日本人が街に君臨したむかしを知っているのだろう。厚かましく連綿と訪ねてくる日本人にも、愛想が尽きているのだろう。
>
> 嫌われてますね、と私はいった。陳氏は降り止まない空をみていた。何も答えなかった。（傍点引用者）

敗戦前の上海生活では、ほとんど気付くことのなかった中国人の日本人への消えぬ「憎悪」を、林京子は五一年後の思い出の地で「震える」ほどの「悲しみ」と共に思い知らされる。この場面以外にも、観光ルートになっている玉仏寺で絵はがきを売っていた女たちに囲まれて、中国人に背後から上海語でののしられるということも経験する。それらの経験が『仮面』の核になっているのだが、『ミッシェルの口紅』やその他の上海生活を描いた作品で、「平穏」で「陽の当たる時代」を過ごした土地と思っていた上海＝中国の真の姿を、林京子はこの時初めて知らされる。それは、林京子が旅行前に想定していた「私の上海」とは違うものであったかも知れない。がしかし、この「去、行け」と怒鳴った中国人の言葉にこそ、本当は林京子の「私の上海」を形作る核が潜んでいたとも考えられるのである。

つまり、まだ発展途上にあり、日本からの「援助」を大いに期待しなければならなかったために結んだ日中友好条約締結の時代には、かつての侵略者日本人に対して「無視」と「ほほえみ」で対応したが、「改革開放＝資本主義的高度経済成長」政策が軌道に乗り、世界の先進国が無視できないだけの力を付けてきた「大国・中国」になった状態での二度目の上海行きでは、自信に裏打ちされてか、素直にかつての加害者＝日本人への「憎悪」が剝き出しのまま向けられるようになった現実を経験したということである。そのことから、林京子は「私の上海」の実相を知ることになった。

もちろん、このことについて林京子は充分に自覚的であった。だからこそ、上海に滞在中「かつての日本人を思い出させないように、お世辞笑いをしている」ということも、敢えてし続けていたのである。その根底に、「侵略者だった者の罪悪感」があったからである。そのような林京子たちの思いに関係なく、対等・平等意識を持つようになった中国人は、彼らの内部に少しでも踏み込むと、日本人への「憎悪」を隠そうとしなかった。その意味では、林京子の「私の上海」は、この時は反面教師的にしか確認できないものでもあった、と言える。上海第一高女跡の見学を済ませた後、「私」は一人で通訳に案内を頼んで、かつて家族の生活があった「老太婆の路地」へと向かう。そして、そこで気付かされたのは、次のようなことであった。

路地を目前にして私は、再び迷い、恐れている。たとえ育った上海時代が、一時代の虚構の街であったとしても、私には幸せな土地だった。しかし再訪の旅は、虚構の一つ一つを明白に、さらけ出してみせた。（中略）

路地ニイキマス、と陳氏がいった。運転手がハンドルを切る。

いいです。もういいんです、と私はいった。ドウシテェ、陳氏が目を見開いて、オウチ、スグヨ、といった。

訪ね歩いた旅は、赤錆びた石油タンクへの思いのほかは、過去の喪失につながった。

懐かしいはずの校庭に立っても、還暦をすぎた、骨の折れた傘をさして雨のなかに立つ我が身と、いま在る時を思い知らされただけである。路地もまた踏み込めば、現実を露呈してみせるだろう。そこに明静がいたら、明静は涙を流して、私を迎えてくれるだろうか。幼なじみと慕っているのは私の甘えで、東洋鬼、と唾をかけるかもしれない。もし、路地を訪ねるのなら、私は一人で路地へ入っていきたい。路地は聖地であると同時に、私の恥部でもある。（傍点引用者）

この「覚醒」、何とも厳しく、哀しい。

第八章　「見果てぬ夢」――上海

一　なぜ、再び「上海＝中国」なのか

一九七四年、四四歳で二三年間連れ添った夫と離婚した林京子は、敗戦後二度目の上海行を行った二年後、別れた夫とおぼしき人物をモデルとした長編『予定時間』（『群像』九八年六月号）を発表する。その前年に発表した短編『仮面』で、林京子は「私の上海」を求めて上海旅行を計画しながら、結果的には楽しく豊かであった幼少女期を描いた『ミッシェルの口紅』の延長線上に想定していた「私の上海」とは異なる上海の実相と直面したことを告白していた。しかし、林京子は、この時改めて「私の上海」とは一体何であったのかを、自分が体験から得たものとは異なる視点から考えようとしたと思われる。その結果書かれたのが、『予定時間』であった。

では、『ミッシェルの口紅』の延長線上に想定されていた「私の上海」が、五一年ぶり二度目に訪れた時に覆されたその実際はどのようなものであったのか、帰国直後に書いたと思われる『上海――魔都一〇〇年の興亡』（ハリエット・サージェント著　浅沼昭子訳　新潮社刊）の書評「『上海租界』は誰のものだったのか」（九六年九月）には、次のような言葉が書き付けられている。

さて「国際都市上海」の百年間は、誰のものだったのか。また百年の歴史を、いまなお上海は特質として、持ち続けているのか。

一九四一年、太平洋戦争勃発以後、英米仏租界は消滅、工部局（イギリス、アメリカが統轄権をにぎる工務部、秘書部、会計部、衛生部、警察部、消防部の総称）もフランス総領事の指揮下におかれた公董局も、解散。工部局は上海市政府警察局として、表面的に主権は中国に移り、租界を軸にした「国際都市上海」は死滅した、といわれる。しかし前にも記したように、欧米の風潮を色濃く付けたかにみえた上海は、租界時代も、中国そのものだったのである。脈々と流れる中国大陸の地下水は、

湿地帯から、コンクリートと石の街に化した上海にしみ渡って、忍従を強いられた大地に、命をそそぎ続けてきたのである。魯迅などの知識人、学生、思想家、繁栄の労働力になった苦力たち労働者の、粘り強く繰り返されてきた、抗日をはじめとする外国人排斥の歴史も、上海を中国たらしめた地下水だと、私は思う。

中国の周期は二百年とも、三百年ともいわれる。百年の租借で、中国とその人を変えることはできなかった――。（傍点引用者）

しかし周知のように、太古の昔から文化的にも経済的にも密接な関係にあった中国へは、多くの日本人が深い関心を寄せ続け、またその「夢」を託してきたのも事実である。明治以降の文学者に限っても、紀行文『満韓ところどころ』（一九〇九〈明治四二〉年）を書いた夏目漱石をはじめとして、『南方紀行』（二一年）の佐藤春夫、『支那遊記』（二五年）の芥川龍之介、『上海』（二八年）の横光利一、等、そして十五年戦争下で戦争文学として話題をさらった『生きてゐる兵隊』（三八年）の石川達三、『麦と兵隊』（同年）の火野葦平、等々、その動機や経緯はさまざまであったが、中国へ関心を寄せ、小説や紀行文・エッセイ等を書いた作家は、枚挙にいとまがない。

戦後の文学者にしても、「六〇年安保闘争」の最中（五月）に作家訪中団の一人として革命中国の息吹きに触れ、絶望から立ち直った大江は、安保闘争に象徴される絶望的な状況に悲観し、「二〇年後の自殺者を一人減らそう」ということで子供を作らない意志を妻と確認していたが、中国から帰国して「絶望するには早すぎるかも知れない」との言葉を妻に伝える――をその典型として、やはり多くのものを中国から得るということがあった。特に、戦後派作家を代表する武田泰淳、堀田善衞の「上海」体験を素材とする作品は、武田の『蝮のすゑ』（四七年）や堀田の『歯車』（五一年）など、戦後文学がいかに多様な世界と新しさを持っていたかを証すものであった。とりわけ、先にも触れた『司馬遷』（四三年）を書いた武田泰淳の一九四四年六月から四六年四月までの一年一〇ヵ月に及ぶ二度目の中国（上海）体験と、一度目の日中戦争勃発にともない招集され、兵士として一九三七年一〇月から三九年一〇月まで「武漢作戦」などに参加した経験から得た「滅亡」意識は、敗戦前後を異国（中国・上海）で過ごした者が如何なる精神の持ち主になったかを、如実に表すものであった。武田泰淳は、国際都市・上海で戦勝に沸く中国人やフランス人・イギリス人たち、及び敗戦にうちひしがれるドイツ人と日本人に交じって暮らし、また帰国して二発の原子爆弾で広島と長崎の両都市が壊滅的な打撃を受けたことの意味を考え、次のように書いた。

滅亡は私たちだけの運命ではない。生存するすべてのものにある。世界の国々はかつて滅亡した。世界の人種もかつて滅亡した。これら、多くの国々を滅亡させた国々、多くの人種を滅亡させた人種も、やがては滅亡するだろう。滅亡は決して詠嘆すべき個人的悲惨事ではない。もっと物理的な、もっと世界の空間法則にしたがった正確な事実である。星の運行や、植物の成長と全く同様な、正確きわまりなく、くりかえされる事実にすぎない。世界という、この大きな構成物は、人間の個体が植物や動物の個体たちの生命をうばい、それを噛みくだきのみくだし、消化して自分の栄養を摂るように、ある民族、ある国家を滅亡させては、自分を維持する栄養をとるものである。

（「滅亡について」四八年）

いかにも『司馬遷』の作者を思い起こさせる文章である。そして、これに続けて、武田泰淳は、「ヒロシマ・ナガサキ」を経験した世界は、以後「部分的な滅亡」ではなく「全的消滅」の可能性を持ってしまったと言い、「そのとき、ヒューマニズムは如何なる陣容を以て、これと相対するであろうか。ヒューマニズムに常に新しい内容をあたえ得た文学は、どのような表情で、この滅亡を迎えるであろうか」と書いた。そして文学は、「ヒューマニズム」を根幹に置く文学の徒にとって、何が生き続ける根拠となるのか。ここからは、絶望の淵に身を沈ませながら、しかし戦後の時空を生き抜こうとする武田泰淳の決意のようなものが伝わってくる。なお付け加えておけば、体制に異議を持ち抗した者の一人であった武田にとって、その上海行きは戦時下の国内での生活が困難になった末のことであった。また、その結果として上海で日中文化協会に就職していたことから敗戦に際し中国国民党から協力を求められ、従って武田は帰国を遅らせるしかなかったということがある。

武田泰淳から一年ほど遅れ、敗戦の年の三月に上海へ渡り、二年後の一九四七年一月に帰国した堀田善衞の場合も、また武田と同じように八月一五日を挟んで激動の国際都市・上海で暮らしたこと、また渡航前に始まっていた東京などへのアメリカ軍による空襲によって破壊され疲弊しきった国土での生活をつぶさに経験していたことが、おのれの文学観・人間観の基底を形成することになった。戦時下において国際文化振興会に籍を置いていた堀田は、「まったくの偶然」によって手に入れた一枚の切符で「まるで枯草の、草原のような、反復爆撃によってすでに廃墟となった羽田空港」（「一　その中の人、現し心あらむや」『方丈記私記』七一年　筑摩書房刊）から上海に向けて三月二二日に飛び立つ。そして、敗戦と共に武田と同じように中国国民党宣伝部に徴用され、そこで一年半ほど暮らす。この時の経験を基に、堀田は『祖国喪失』（五〇年）や『歯車』（前出）などの佳品を書くことになるが、そこで主題となったものは、多くの評家が言うように「祖国喪失」の問題であり、「組織と個人」

の関係が生み出す葛藤であった。

この堀田の敗戦前後の東京と上海での経験は、その文学を貫く骨格を作った。そして、例えば先の『方丈記私記』の最終章「阿弥陀仏、両三遍申してやみぬ」の中の次のような文章に、その一端は見ることができる。

戦時中に、私がはじめたわけでもない戦争によって殺されるかもしれぬことを思うとき、私は、それを思うとき、何度も何度もこれらの歌（「かくてのみありてはかなき世の中を憂しとやいはむ哀とやいはむ」や「世の中は鏡にうつる影にあれやあるにもあらず無きにもあらず」などの、堀田が「歴史を放棄した」とする和歌─引用者注）を思い出して口の端にのせたことを告白しなければならないであろう。歴史を捨象する以外に、私に法がなかったのだ。あの戦争をおっぱじめたものは、天皇とそのとりまきであることほどに明らかなことはないであろう。それを人民一般が支持したか否かは別な問題である。そうして、歴史を捨象するとは、自己自らを運命と見做すことであり、おのれ自体をニーチェの言うAMOR FATI運命愛として愛するより他ないということであろう。それは、このAMOR FATIが戦時中においての自己救済の方法であった。おそらく、現在の若者たちからは、そういう自己救済は、汚ならしい、と難ぜられるものであろう。しかしそう言う若者たちもまた、われわれの「日本」の業の深さを知りはしない者である。

唯物弁証法（マルクス主義）的な人間観を持ち出すまでもなく、本質的に歴史的存在である人間がその本質から逸脱して「歴史を放棄・捨象」し、そして「AMOR FATI＝運命愛」の中で生きていかなければならないというのは、いかに堀田の敗戦前後の経験が酷薄なものであったかを物語っている。戦争という歴史に翻弄された経験が言わせた「歴史の放棄」、このパラドクスこそ堀田善衞という戦後文学者の生涯を貫く論理と倫理であった、と言える。

二　もう一つの上海＝鎮魂歌

林京子が一四年間過ごした上海についてどのような思いを持っていたか、またそこから得た人間観、世界観がどのようなものであり、それがいかなる形で小説化されてきたかについては、すでに『ミッシェルの口紅』や『上海』について論じた個所でつぶさに見てきた。がしかし、再訪した上海体験を基にした『上海』から十余年、戦後二度目の上海行きの経験から着想した『仮面』から一年後、なぜ林京子は上海を舞台に、それまでの「私」や「女」を主人公＝語り手としない長編『予定時間』（一九九八年）を書いたのだろうか。あるいは、武田泰淳や堀田善衞と同世代と言っていい「男」の新聞記者を主人公＝語り手（「わたし」）として、なぜ『予定時間』という長編を書かなければならなかったのか。

すでに何度か触れてきたことであるが、林京子の小説は「私」の体験や生活を基点に、そこへ想像力による「虚構」を加えることによって、「私」の生活や世界に収斂することなく、そこを突き抜け、「公」＝社会や世界の在り方を問う構造を特徴としてきた。つまり、長崎の被爆体験を基にした作品では、作品構造全体では戦後の世界構造や核の本質的な問題、あるいは人間の生き方を問うものになっているということであり、幼少女期を過ごした上海時代を描いた作品では、結果として人間を悲惨へと落とし込む戦争を問題にする構造になっている、ということである。装飾的な言葉を削ぎ落とし、事の本質を凝視し続けた結果、そのような特徴を持った作品群が生まれたと言うことができる。そんな林京子文学の常道といっていい方法とは異なって、作家本人と重なる「私」でも「女」でもない人物を主人公＝語り手とした『予定時間』は、彼女の数多ある作品の中で一際異彩を放っている作品である。作品の舞台となった上海の情景や人々の暮らしには、当然林京子自身の体験が反映されていると思われるが、「わたし」の思想や感性に関しては、林京子とは全く別個なものになっている。では、その「わたし」とは何者で、上海で何をした人間であるのか、そしてなぜ林京子はその「わたし」の上海生活を描こうとしたのか。

周知のように、この長編は「わたし」の手記＝回想という形で展開していくが、作品の「前章」冒頭に、「わたし」によるこの「回想記」執筆の動機が次のように語られている。

わたしが日本の敗戦を知ったのは、一九四五年、昭和二十年八月の五日ごろである。上海にある、中国人が経営する中国語新聞社が、ソ連が発表した〝日本ポツダム宣言を受諾〟というニュースを傍受。二日後の七日に中央日報——中国国民党機関紙——が号外を出した。
日本の敗戦を知った一部の中国人たちは街に出て、勝利の歓声をあげ、爆竹を鳴らして乱舞した。（中略）
あのころから半世紀がすぎた。この一万八千余日にわたる時は、わたしの手許から、ほとんどの記録を消失させた。これから記していくことにも、思い違いがあるかもしれない。過ぎ去った時にかかわった友人、知己の多くの者も、この世を去った。訊ね、ただすすべもない。
しかし、こうして机に向かっていると、過ぎた時への記憶が、ふつふつと甦ってくる。多感だった青年期、母国のために、信じてペンをもった血気盛んな三十代の記者生活。
前期は、ほとばしる命の炎のままに、後期は学んだ知識と、わたしが信じた東亜共栄の理想と、わたしの「性根」を求めて。

これまでに書かれた幾つかの作品『無きが如き』や『雨名月』、『父のいる谷』、あるいは「年譜」などを参照すると、この長編の主人公＝語り手「わたし」は、林京子が二一歳で結婚し、二三年後の一九七四年一一月に離婚した相手「林俊夫」をモデルにしたもの、と言っていいだろう。「林俊夫」は、それらの作品から読み取れる範囲で判断すると、『予定時間』の「わたし」のように、ある事件（ゾルゲ事件）への関与を疑われたことから、逃げるようにして新聞社の特派員（新聞記者）として上海に渡り、戦後もしばらくそこに留まっていた人物であり、帰国後しばらくして林京子と結婚（林俊夫にとっては、再婚）するという経験をしていた。

では、「林俊夫」をモデルにしたこの長編を林京子は全くの「虚構」によって書いたのかと言えば、先の引用部分「わたしが日本の敗戦を知ったのは、一九四五年、昭和二十年八月の五日ごろである。云々」を見ればわかるように、その具体的事実に基づくリアルな描写という点を考慮すると、この「回想記（小説）」は基になる「記録・手記」の類があって構想されたのではないかと考えられる。おそらく、「林俊夫」は自分の半生が何であったのかを確認するため備忘録のようなものを残していて、林京子はそれを手にすることによって、この長編を着想したものと思われる。被爆者である自分と二三年間にわたって生活を共にした「林俊夫」という人間は、いかなる過去＝上海生活を経験してきたのか、林京子にしてみれば、そのことはかつての妻として、また作家として関心を寄せざるを得ないことでもあった。さらに、このことに関して林京子自身の深層心理を憶測すれば、何とも不可解不思議な過去＝上海生活を持った人間と結婚した自分の生とは何であったのか、そのことの検証もしたかったのではないか、ということになる。この林京子における好奇心＝関心の寄せ方は、被爆者である自分の生を問うために、『祭りの場』以降次々と被爆体験に関わる小説を書き続けてきたことと、ほとんど相似である。創作の原点でもあった上海、つまり戦争が林京子の内部で癒されない宿痾として存在し続けていたが故に、体験レベルだけではなく、客観的に上海＝戦争を捉えたいという欲求を抑えることができなかったのである。

なぜ、そのように考えられるのか。それは、『予定時間』が一九九八年に書かれたということと決して無関係ではないだろう。「年譜」に明らかなように、林京子は一九九〇年代の終わり頃から、父母のことを中心に描いた短編集『おさきに』（九六年）

をまとめたり、『チチへの挽歌』（九八年）を書いたり、『予定時間』を上梓した翌年には念願だったトリニティ・サイト（ニューメキシコ州アラモゴード郊外・世界で最初の原爆実験地）への旅も行っている。七〇歳を前にして、明らかに作家として「締め括り」を意識した創作を行っている。野間文芸賞を受賞した「鎮魂」を主題にした長編『長い時間をかけた人間の経験』も二〇〇〇年に書いている。そんな「締め括り」と言ってもいい意識を持って作品を書いてきた林京子が、自らの原点である敗戦前後の上海を舞台にそこに生きた日本人の在り方を問う作品を書いても、何ら不思議ではない。ましてや、主人公は自分と同じように上海体験＝過去を引きずって戦後を生きてきた男である。

そのように考えると、『予定時間』の「わたし」が日本の在り方を憂い、「アジア＝中国」の行く末に関心を持ち続けた人物として設定されている理由も、自ずから明らかになると言っていいだろう。武田泰淳や堀田善衞が上海＝中国体験を基底に、人間存在の危うさや儚さを「絶望」や「祖国喪失」という主題に昇華させたように、林京子は『予定時間』で上海生活に可能性＝夢を託した「わたし＝林俊夫」の復権を目論んだ、と言っていいかも知れない。復権という言い方が余りに私的すぎるならば、林京子はこの長編を書くことで「わたし」の鎮魂を図ったと言っていい。武田や堀田のように著名な作家ではなかったが、一ジャーナリストとして「日本」と「中国＝アジア」のことを真剣に考えて生き抜いた日本人が、敗戦前後の上海には「数多（あまた）」いた、ということを林京子は「林俊夫」をモデルにすることで証明したかった、とも考えられる。「林俊夫」が仮にゾルゲ事件の外環にいた人物であったとしても、である。林京子は、「わたし＝林俊夫」という人物を次のような考え方の持ち主として設定している。

英米仏の支配下にある上海。そしてわたしたちの国、日本の侵略。ここは車夫や苦力たちの母国なのである。わたしは愛読した芥川の、『支那遊記』のなかの文章を思い出した。

「日本の乞食では支那のやうに、超自然な不潔さを具へてゐないから……」

わたしがみている風景は、貧しさ以前の中国の人びとの姿だった。わたしは共に栄える「大東亜共栄」の夢を抱いて、従軍の記を書き送るつもりで上海へやってきたのである。が、中国人と日本人との思いの間にある落差は、大きすぎる。残念なことにわたしは、芥川が辿った文学の道を、硝煙と血の臭いを嗅ぎながら侵略者として、辿らなければならないのである。日本内地で報道され、信じてもいた「大東亜共栄」の理想は、どこかですり換えられていた。わたしが二・二六事件の若い兵士たちの国家改造の熱意に打たれたのは、人なき政治と経済と、権威主義軍国化の国情に反撥し、希望を彼らに託したからである。

中国（上海）において、日本人が「侵略者」であると明確に意識した上での、上海における新聞記者生活。心の裡に字義通りの「大東亜共栄」が実現することを願いながら、その夢＝理想が上海到着後すぐに儚い夢でしかなかったという現実を突きつけられて、「わたし＝林俊夫」は、時には軍部の協力者として、またある時には中国国民党の懐に入るような活動を続ける。「わたし」は、「日本人とも中国人ともつかぬ、奇妙な人間になって」動乱の上海で必死に生き抜いてきたのである。そして、この「内部矛盾」を抱えたまま、「わたし」は「侵略者・日本」の先兵として、上海からそう遠くない揚州から蘇州へと、侵略戦争の最前線へ従軍取材にも出かける。そこで「わたし」は、誰かが書いた従軍記事を目にして、次のような感慨を持つ。

時代色豊かな従軍記事がある。蘇州駐屯の各部隊を対象に募集した、「興亜建設」の標語である。応募数は四百数点。

「一等―弘めよ建國大理想、建てよ東亞の新秩序。井上部隊宣傳部

二等―滅ぼせ容共抗日分子、建てよ東亞の新秩序。辻部隊

三等―我らの劍、興亞の基。片倉部隊」

戦跡を巡って、「建てよ東亞の新秩序」理想を見出すことが、わたしにはできなかった。わたしは特派員であり、感情をまじえずに現実を報道する記者である。国を愛する日本人である。そして何より、わたし自身である。戦場の現実は、人間とは、と問うてくる。

この「戦場の現実は、人間とは、と問うてくる」の言葉は、「わたし＝林俊夫」のものであると同時に、この長編を書いた林京子の戦争に対する考え方を集約したもの、と言っていいだろう。果たしてこの「わたし」のような人物が戦時中にどれほどの人数で存在したかどうかは、残念ながら不明である。だが、弁護士をしていた小田実の父親が太平洋戦争が勃発した直後に、日米の国力差を知っていたことから「この戦争は負ける」と断言したというエピソード（小田『私と天皇・人びとのなかの天皇』〈八八年〉）などを知ると、「わたし」のようなジャーナリスト・知識人がいても何ら不思議ではない。その意味では、林京子は「わたし」と同化することによって、戦時中の「良心」を代弁しようとしたと言っていいかもしれない。

三 「戦争」下の上海

『予定時間』を読むと、「国を愛する日本人である」と同時に、「何より、わたし自身である」ことを最も大事にした「わたし＝林俊夫」は、戦場の一部と化していた上海にいる間、一貫して「人間とは？」と問い続けることで「わたし自身」を守ろうとしたことがわかる。この「わたし＝林俊夫」の在り方は、少女であったが故に、いくらかの疑問と緊張感・居心地の悪さは感じたかもしれないが、全体的には「無邪気」に異国＝上海暮らしを送っていた林京子の体験とは、かなり違っていた。それは、「戦争」をその渦中で生きた人間と、それを傍観者の目で見ていた人間の違いと言っていいかもしれない。一つだけ林京子と「わたし＝林俊夫」との間に共通点があるとすれば、「わたし＝林俊夫」が「気がついたのはしかし、ずっと後の語である」と言い、林京子が「私が話します日本語の概念は中国大陸の風土の上にあります」（「わたしと上海」）と言っているように、両者とも上海生活の間に「日本人とも中国人ともつかぬ、奇妙な人間になっていた」ということである。つまり、二人とも上海（中国）の生活において知らず知らずのうちにコスモポリタン＝異邦人としての感覚と考え方を身につけていたのである。今風に言えば、国際感覚の持ち主ということになるのだろうか。もちろん、この国際感覚の根っこには中国人も日本人と同じ人間であるとする平等＝対等感覚・思想があった。

そんなコスモポリタン的な感性と思考を身につけた「わたし」（林京子も同じ）であったが故に、中国大陸における戦争（十五年戦争）への処し方も、また独特なものを獲得できたのではないかと思われる。「わたし」は、新聞記者として「検閲する先輩たちのなかには、母国が唱える東亜共栄の理想と現実に、疑いをもつ者がいた。わたしは『皇軍』の苦労を讃えながら、真珠の輝きに隠された『核』を書くことにした」と決意し、自分の夢＝理想でもあった「真の大東亜共栄」を求めて、例えば次のような形で記事を書いたと述懐する。

先輩たちは〝文学的〟なわたしの記事に隠された批判、あるいは共栄の、亜細亜の民の対等な繁栄の思想を、みてみぬふりをしてくれた。一読して判るものではない。ボクシングのジャブの如き、である。これらの技術は、従軍で得た知恵である。庶民のしたたかさ、中国大陸の農村地帯を廻って、知ったのである。屈したようで、芯は残している。世のなかが◯主義×主義に変わろうと、頭上を吹く風のようなもの。首が折れるほどの強い風なら、首をすくめて通り過ぎるのを待つ。治

まればその時を受け入れて、生きるために働き、食べるために働く。だから、執拗なジャブが必要なのである。（傍点原文）

ここに見られる「私」が捉えた中国の民衆像は、明らかに『ミッシェルの口紅』や『上海』、『仮面』に描かれたものと同じである。林京子の家族が住んでいた路地の大家（おおや）「老太婆」、あるいは空港で出会った人々、さらに言えば同級生と訪れた女学校跡の工場で林京子たちを邪険に追い払った「守衛」、等々の人々のことである。戦前＝幼少女期には目の前の老太婆たち中国人の「したたかさ」しか直感していなかったが、八月九日のナガサキを経験し、そこを基点に戦争の全体や中国と日本の関係を見渡せるようになった林京子にとって、いかに戦前の日本帝国主義が唱えていた「大東亜共栄」が建前＝まやかしでしかなかったかは、身をもって知ることであったし、何よりも日本人と中国人の生き方の違い一つを取っても、それはよく分かることだったのである。中国人やアジアの人々は、「大東亜共栄」などという日本が唱えるスローガンとは無縁に生きていた、と言えばいいいか。

そんな林京子の思いが、この長編を書かせた動機の一つだったと言える。それに加えて、戦争中の知識人やジャーナリストがどのような思いで戦争に対処しようとしていたのか、林京子は「わたし」の生き方を通して具体的にそのことを探ろうとしていた、とも考えられる。もちろん、自分が戦争中に大人であったらどうであったのか、また自分の存命中に戦争が起こったら自分はどのように対応すべきなのか、を想定しながらではあるが。

残された時間を母国のために生きよう、とわたしは考えた。母国が国際社会の隅に追い詰められていく実感は、国の外にいる者にはよく伝わる。肌に感じる痛みと悲しみにおいて、わたしは愛国者になる。ナルたちが帰国した後の上海は、日本人にとって前にも増して危険な街になった。暗躍するテロ団は、政治的目的をもつ集団である。手口はそれぞれ個性的で、時限爆弾や手榴弾で不特定多数の集団を狙うテロリスト。三人、四人と組織を組んで個人を殺害する、惨殺と毒殺を得意とする非情な、組織テロリスト。上海に潜入してくる重慶の要人、工作員を標的とする、汪兆銘の南京政府のテロ。その逆を目的とする重慶政府のテロリスト。日本対重慶、重慶対南京政府と、目的は煩雑をきわめていた。わたしたち特派員（殊に軍報道部嘱託の記者たち）が恐れるのは、ピストルによる「必殺主義テロ団」だった。彼らは三人、四人グループで行動し、事前の調査を綿密に行う。殺害する人物を何週間も尾行して行動範囲を調べ、殺害に失敗のない時と場所で狙うのである。自動車で行動中にわたしも狙われたが、ギャング映画よろしく、並行して走っていた車から数発の弾が発射された。殺害目的の人物とわたしを間違えたのだと思う。

いつの時代でも、戦争やテロリズムがもたらす悲劇はなくならないが、テロリストの標的になってまでも「残された時間は母国のために生きよう」と決意する「わたし」の心情は、一見するとナショナリスト（国家主義者）のものであるかのようにも思えるが、「大東亜建設」の夢が断たれた今、「わたし」には母国＝日本のために生きるしか道がなかったのだろう。この「わたし」の選択した道は、上海で「祖国喪失」を実感した堀田善衞とは裏表の関係にあった、と言える。もちろん、このような「わたし」のアンビバレントな生き方は、上海にいたジャーナリスト・知識人特有なものとは言えないが、苛酷さを増してきた上海の状況を逃れて長崎（諫早）に逃れてきた林京子にしてみれば、自分たちがいなくなった上海で大人たち（父も含む）がどのような生を送っていたのか、大きな関心事だったと思われる。それは、たぶん、自分たち少女がなぜ「八月九日・ナガサキ」の犠牲者にならなければならなかったのか、という疑問と同じぐらい切実な問題であった。

さらに付け加えるならば、自分が一度は愛して結婚した男が戦渦の上海でどのように生きていたのか、それは自分との生活にどのような影を落とすものであったのか、別れる理由にそのことは関係していたのか、といった疑問に自分なりの結着をつけなければならない、ということもあったものと思われる。つまり、被爆体験を基にした作品が、林京子の現在に至る生の全体を検証する目的で書かれたように、「別れた夫」との生活もその夫の精神の在り方に踏み込むことによって、上海を基点とする自分と「別れた夫」との関係を今一度考え直してみようとした、ということである。

そのように考えると、『予定時間』の発表（九八年六月）に先立つアメリカ生活の体験を基にして書かれた諸作品に、「別れた夫」が『雨名月』や『無きが如き』とは違った相貌で何度か登場する意味も理解できる。例えば、『老上海』（九二年）は、かつて上海で新聞記者をしていた男が八〇歳になって思い出深い上海を再訪する話であり、これなど『予定時間』へ至る準備作品と言うこともできる。他にも、作中に「別れた夫」の出てくる作品は、『雛人形』（八七年）、『眠る人びと』（八八年）などがある。

早過ぎたよね六十二歳とちょっとだもの、とゆうこがいった。わたしは頷き、そして突然笑い出した。おかしい？　とゆうこが首をかしげる。別れた人のことをね、ちょっと、とわたしは答える。離婚の理由、聞いていい、とゆうこがいった。キンシンソウカンかな、とわたしはいった。ふーん、とゆうこはいい、いろいろあるよね、といった。別れてみればいきり立つほどの出来ごとでもないように思うけれど、若かったから、と驚いた様子のないゆうこに、わたしはいった。現行犯？とゆうこはいって、別れるとき好きな人いたの、あなたにも、と聞いた。まあね、だけどなぜ、とわたしは聞いた。引き金はそっちだったんじゃない、とゆうこが笑顔でいった。話をわたしは戻して、笑ったのはね、あなたと違って相手の厭な面ばかり思い出すから、生き別れと死に別れの差かなあ、といった。ゆうこは空に向かって、豪快に笑った。愛してましたからね、といった。わたしも愛してましたよ、と対抗していった。ただ唯一最大の欠点がそれ、厭な思いは夾雑物が濾過されて、厭なものだけが純度を高めて残るらしい、とわたしはいった。

（『眠る人びと』）

この『眠る人びと』には、「別れた夫」と結婚することになったいきさつも書かれている。「敗戦後上海から引き揚げてくる叔母を、母親について迎えにいった。（中略）叔母について面会にきたのが、男である。男についてわたしが記憶しているのは、長い足と、歯のない口である。しゃべる男の歯茎に、歯は一本も生えていなかった。口許は赤ん坊のように、あどけなかった。／引き揚げ船を迎えにいった、それがきっかけで、男とわたしは文通をはじめ、結婚した」とある。ここには、別れるいきさつを記したときの厳しさや憤りを胸に秘めた冷たさはない。その代わりに感じられるのは、「懐かしさ」とも言うべき暖かい感情である。「厭な思いは夾雑物が濾過されて、厭なものだけが純度を高めて残る」と言いながら、それらの感情に対して「らしい」と他人事のような言い方をするところに、夫と別れてから相当な時間を経た林京子の心境変化がよく現れている。

そんな心境変化があったからこそ、林京子は戦時下の上海を生きた男の「大東亞共栄圏の建設」「アジアの解放」「五族協和」といったスローガンに集約される、「見果てぬ夢」をテーマとした『予定時間』という長編を書くことができたのだろう。

第九章　アメリカ合衆国へ

一　「かつての敵国」

周知のように、一九八五年六月、林京子は息子夫婦の海外赴任に随行して、自分を被爆者という内部に修羅を抱え続ける存在として運命づけた「かつての敵国」アメリカに渡る。この渡米がいかに複雑な心境を伴ったものであったか、『生存者たち』（八七年）にその一端が記されているので、第三章でも引いた箇所に重なるが、以下に引く。

日本を出発する寸前、女学校時代の恩師から手紙をもらっていた。息子の赴任について暫くの期間アメリカに移り住む、と私が出した挨拶状への返事である。先生は八十歳を越え、白内障の手術を受けている。視力は落ちて、手紙は太書きの黒のサインペンで、かつての敵国であったことを忘れないように、と書いてあった。遠廻しに書いてあるが、文面からも大きな文字からも怒りがひしひしと伝わってくる。かつての敵国であったことを忘れないように、そうあるが、先生は、被爆者であることを忘れるな、あるいはもっとはっきり、九日をあなたは忘れたのか、と被爆者の私にいいたいのであろう。私は、いいかいい文面を読み直し、優しい言葉を探した。いつもの先生に似ず、むかしの生徒に対する教えも、近況の報告もない。（中略）アメリカ行きを決心するまで、九日との関係をどう処理するか迷いはあったが、上海行きを決めるまでの、あの葛藤はなかった。中国には、人にも大地にも負い目ばかりがあった。だがアメリカ人とアメリカ大陸には、負けも勝ちも善し悪しも、私にはなかった。あるのは九日への怨念で、それが先生の手紙にある「敵国」という言葉にふさわしい思いか、どうか。（傍点引用者）

おそらく、息子が妊娠した妻と共にアメリカ生活を何年かしなければならないと決まった時から、「私」＝林京子は自分はアメリカに行くことになるだろう、と確信していたのではないかと思われる。『ギヤマン　ビードロ』などの作品を見れば分かるように、被爆者として「被爆二世」の息子をそれこそ痒いところに手が届くように育ててきた林京子である、いくら成人し一人前の社会人になっているからと言って、息子が慣れない土地で幼子の面倒を見なければならない妻と生活することの大変さを知らんぷりしてやり過ごしてしまうことなどできはしなかったはずである。それが、林京子の母親としての本音だったはずである。それに加えて、戦前の上海＝外国で幼い子供を育てる大変さも、母親の姿を見て十分に知っていたはずである。幼子を抱えることになる息子夫婦を、二人だけで外国暮らしをさせるわけにはいかない、と思うのは自然の感情である。

しかし、そんな母親としての本音とナガサキの被爆者であるという現実がもたらす建前との間で、渡米前の林京子は悩み、その胸中の苦しさを明らかにしなければならなかった。推測するに、林京子の渡米に対して苦言を呈したり、忠告したり、あるいは牽制球を投げたりした人間は、先の引用に登場する「恩師」以外にもいたのではないか。すべての人がということではないが、被爆者のアメリカ嫌いは、被爆体験者の手記や記録などを読めば、相当根が深く、今や消しがたい感情になっていると言っていい。林京子が親しくしている長崎高女の同級生や同窓生にも当然、未だにアメリカを「敵国」だと思い続けている人間がいたはずである。そんな外側からの声に、本音とは別に反応してしまう自分が存在することを、「私」＝林京子は十分に承知していたが故に、恩師の手紙から本音を理解してくれるような「優しい言葉」を探したのだと思われる。

それと、林京子の場合、そのような感情＝迷いを増長するものとして、「人にも大地にも負い目を」感じる上海＝中国という存在があった。幼かったために直接的には戦争には荷担しなかったとは言え、結果的には中国の土地と中国人の心を踏みにじった侵略者＝加害者として自分が存在した事実を、林京子は重く受けとめなければならなかった。すでに第七章でも触れたが、『上海』の「出発まで」には、テレビによって中国のことが報道される度に逡巡し揺れ動く「私」の心について、繰り返し述べられていた。侵略者＝加害者であった過去の自分たち上海在住者が、そのことを十分に謝罪・反省しないまま現在に至っているのも、これまた自分たちと日本（人）の現実である。真摯に対応しようとすればするほど、林京子の足は中国＝上海から遠ざかっていくばかりであった。そのような中国＝上海への林京子の思いがあったからこそ、自身のアメリカ行きに悩み、逡巡せざるを得なかったものと思われる。

そんな林京子の複雑な心情を思うとき、林京子の文学とは直接関係ないが、被害者の気持に全く想像力を働かせることなく

「心の問題だ」とばかりに、先のアジア・太平洋戦争の責任者を合祀している――先の戦争を「大東亜戦争」として肯定している――靖国神社を臆面もなく参拝する政治指導者、あるいはそれに同調する人々の心根を思わないわけにはいかない。その意味では、林京子の上海＝中国へのこだわりは、台頭する狭量なナショナリズムへの反意、と考えることもできる。林京子は、第七章でも触れたように中国人が支配者の日本人によって黄浦江の川縁で無惨に斬り殺されるなどという、まさに「三光作戦（焼き、殺し、奪う）」を地でいくような事件が頻発していた上海＝中国での生活を身をもって経験していた。そのことを考えれば、果たして「心の問題」というような曖昧かつ俗耳に入りやすい歴史的事実を捨象したような言い方で中国との関係は改善するのか、林京子もこのことについて根源的な疑問を持っていたはずである。あるいは、想像力を働かせれば、自分たち戦争体験者がこれほど中国との関係に対して神経を使っているのに、あなた方はなぜいとも簡単に「心の問題」などと言ってしまえるのか、そんな日本人の在り様に憤りを裡に秘めた疑義を林京子は持っていたとも言える。

歴史が権力者（体制側）に改竄される。よくあることとは言え、例えば「南京大虐殺」にしても、石川達三のドキュメンタリーの手法を使った『生きてゐる兵隊』（一九三八年一二月『中央公論』）などを読めば、その事実が存在したことは誰の目にも明らかなのに、「その事実はなかった」と言い張る手合いが、著名な作家を含めて論壇を飾っているこの国の現実。そのような状況に異議申し立てするには、どのような方法があるのか。林京子は、アメリカ・ワシントンD・Cの戦死者を祀るアーリントン墓地を訪れた際の体験を基にした『眠る人びと』を書くことによって、戦死者を媒介としてアメリカと上海＝中国と日本をリンクさせ、戦争がもたらした悲劇・不幸を浮き彫りにしようとしたとも考えられる。もちろん、声高にではなく、今一度先のアジア・太平洋戦争とは何であったのかを私たちに考えてもらいたいとの願いを持って、である。

アメリカでの生活を始めて二ヵ月ほど経って、林京子たちは初めての八月六日・九日を迎える。「ヒロシマカラノ四十年」というテレビ番組を見たあと、『生存者たち』の「私」は、戦争には「勝者」と「敗者」が存在することに気付き、次のような思いにとらわれる。

> 四十年目に浮き上がった勝者と敗者の無意識の区別と二つの目（戦争を勝利した側から見る目と負けた側から見る目―引用者注）は、私にとって発見であり、興味のある出来ごとだった。しかし私の何かが変化したわけではない。敗者の身を知って、いささか卑屈な思いが脳裏をかすめたが、勝利を羨む気持ちはなかった。聖戦といわれて戦ってきた日中戦争で、私は戦う痛みなど知らなかった。またたとえ広島と長崎に原子爆弾が落とされていても、日本が敗戦国でなければ、被爆者たちの傷は

勝利の記録によって塗り込められてしまっていただろう。私たち被爆者も勝利に加担して口を塞ぎ、ヒトと核の問題として六日と九日を追い続ける努力を、しなかったかもしれない。

私は、自分の人生観らしきものが敗者の目でおおわれているのを感じて、それが新鮮に思えた。

戦争を捉えるのに勝者と敗者（の目）という区別があり、その違いによって全く異なった戦争観を持つというのは、戦争を加害者と被害者という立場、つまり「個人（の生命）」の面からのみ捉える考え方とは違った思想、すなわち「国」単位で戦争という出来事を考えることを意味する。言い換えれば、勝者、敗者という考え方に固執する限り、戦争についてどのような美辞麗句や大義を連ねようが、それが反人間的なものの極致であることの本質を明らかにすることができない、ということである。このことに関して、私も林京子と同じような経験をしたことがある。二〇〇〇年に半年ほどアメリカに滞在していた時、トリニティ・サイトを訪れようとして、ニューメキシコ州の州都アルバカーキーに広大な敷地を持つ空軍基地内の「国立原子力博物館」（National Atomic Museum）を見学していたときのことである。核ミサイルや新型核兵器の歴史を展示する部屋に入ってすぐの「ヒロシマ・ナガサキコーナー」で、三〇代か四〇代の父親が小学生と思われる子供に「ヒロシマ」の説明をしていたのだが、聞くともなしに聞いていると、リトルボーイのおかげでアメリカ軍兵士の命が五〇万人も助かった、これと長崎にファットマンを落としたから野蛮な日本は降伏したのだ、ということを繰り返すばかりで、二発の原爆でどれほどの死者が出たとか、現在も心身ともに苦しんでいる被爆者が何十万人もいるなどということは、一言も発しなかったのである。確かに、説明パネルに、そのような「被害」のことが一言も書かれていなかったということもあるが、これが戦勝国民の論理（倫理）か、としたたかに思い知らされた一齣であった。

その意味で、戦争に負けたから「ヒトと核の問題として六日と九日を追い続ける努力」をし続けてきたのだ、という「私」＝林京子の断言は、大江健三郎の言う核状況下の戦後世界を相対化する確かな方法と言えるだろう。敗戦国だったからこそ、被爆者が負った傷も「記録」の中に塗り込められることもなく、被爆者も口を塞ぐ必要がなかったというパラドクス、この核状況がもたらす逆説を林京子はよく認識していた。そんな林京子＝「私」も、請われて話をしたアメリカの大学で、アメリカ人の女性化学者から「被爆が被爆者の遺伝子に無関係であるのを、あなたは知っているか」と訊ねられて、「役所が被爆者の親と、子の因果関係を認めてくれず、死んでいった被爆二世もいる」事実を知りながら、「化学者の机上の研究に」打ちのめされる。

私は、子供たちに伝わるかもしれない遺伝子の異変、肉体的欠陥を怖れて生きてきた。遺伝子無関係説は、待ち望んだ朗報だった。それなのに、すでに日本でも発表されている発言に、虚脱感を覚えている。被爆者の、生みの親の地で聞いた発言だからだろうか。それとも私自身の原爆症を、ヒトの種という大義名分に押し込んで、恐怖を忘れようとしていたのだろうか。またそれとも、原子爆弾の非道を遺伝子無関係説にすり替えようとしている、何ものも怖れない強い人に出逢った、無力感だろうか――

（『亜熱帯』八九年）

女性化学者の発言を聞いて、林京子が打ちのめされたのは、そこでも勝者の論理が罷り通っていたからに他ならない。「化学＝科学」の名のもとに、核兵器を「最も強力な戦争の道具」としか見ようとしない考え方が現在の核状況を作っているとしか思えないのだが、それは被爆者の現実を知らない（知ろうとしない）国家＝勝者の論理であって、「私」が無力感に襲われたのも、女性化学者のような「何ものも怖れない強い人」の後押しで新型核兵器の開発が現在も続けられている事実に思い至ったからだろうと思われる。この科学と核兵器（被爆者）との関係は、イラクでもコソボでも使われたという劣化ウラン弾をめぐるアメリカやイギリスとその他の国との議論を想起させる。現に放射能障害を訴える兵士や住民が多数存在するというのに、アメリカやイギリスは劣化ウラン弾は核兵器ではないと言い張り（日本の政治指導者たちもその考え方に追随している）、国民もまた科学者を含めて核兵器ではない、と主張する。このような黒を白と言い張る考え方は、どこから出てくるのか。勝者の論理（倫理）からとしか思えない。

林京子がアメリカにあっても被爆者である現実から逃れられなかったことを示すエピソードが、『生存者たち』にもう一つある。彼女はアメリカで暮らすようになった最初の八月、息子がアメリカ人の友人からもらってきたという新聞の切り抜きを頼りに、下町の教会で行われる「平和祈念ミサ」に参加する。そこで、林京子は隣に座った白人の母親が小さな娘に『ハダシノゲン』を読んであげている光景を目の当たりにした後、日本から来た「ナショナル・ヒバクシャツアー」の人たちを迎えたミサの最中、次のような思いにとらわれる。

これがヒバクシャといわれる人たちです――見世物をみせられている思いが私の脳裏にひらめいた。私の思いは彼らとは無関係だった。彼らは卑屈でも弱々しくもなかった。会場に集まった人たちが、見世物をみる目で三人をみていたのでもない。背中が立派な母親は、被爆者たちが紹介された一瞬、顔を伏せた。アメリカ婦人が瞬間にみせた申しわけなさそうな背中の硬直に、私は胸が熱くなった。そしてその同情に私は耐えられなかった。堂々と、被爆者以外の人たちが私たちを直視することで、私たちは今世紀最大の見世物の立場から逃れられる。彼らがワシントンまでやってきたのは、同情が欲しいためではない。だからこそ三人は被爆の身をアメリカ人の前にさらしてみせている。新しい被爆者が誕生する可能性はあるのですよ、と。

この「恥」の意識は、まさに林京子固有の感性がもたらしたものと思われるが、そんな独自な被爆者意識と心理の襞を抉り出し、「小説」という形で世に問う点にこそ林京子文学の特徴があった。林京子は、そのような「恥」意識をもたらす「勝者の国＝かつての敵国」の中で、三年間暮らしたのである。

二 「自由な国」で、被爆者は……

林京子のアメリカでの三年間、それは短編集『輪舞』（八九年）や同『樫の木のテーブル』（九六年）に収められた諸編が如実に物語っているが、結論的には、それらの諸編は林京子がいかに「自由」の国・アメリカで戸惑いつつ、「個」でしかない自分を確認していったかの報告集になっている、と言える。このことは、先に『生存者たち』で見たように、林京子の胸底から自分がナガサキの被爆者であるという意識が、アメリカにおいても片時も離れることがなかったことから生じる戸惑いであり、改めて自立することでしか生きられないおのれの確認であった。

とは言え、被爆者であることの現実を引き受けることから、八月九日のナガサキ以後の生を生きてきたと自認し、アメリカで「アメリカ合衆国と人と星条旗に、八月九日の怨念を持ち続けているのではない。そういう感情があったら、私はこの国へなどこなかった」（『周期』八七年）という思いを抱いた林京子は、それでもアメリカで息子の子供が生まれるという現実を目の前にして、当初は「惑う」ことから始めなければならなかった。

妊婦がアメリカで出産すると、赤ん坊は自動的にアメリカ国籍をもつことになる。大使館員などの家族は別にして、桂たち一般サラリーマンの赤ん坊たちは、アメリカ国籍と日本国籍をもつ日本人兼アメリカ人になる。国に固執する気は私にはないが、好んで二重三重の国籍を得る必要もないと思っている。精神の根は一本のほうが迷いがなくていいと、単純に考えるのである。なぜならば、一つの国の枷(かせ)さえ負いかねる時があるからである。いずれ将来、国籍の選択をしなければならないときがくるだろう。併せもつことも可能だろうが、個人にとって国は重すぎる。地球のいたるところ、国籍もいらず国の内外もなく、自由に住めるならそれが一番である。だが、そうはいかない。そしてそんなことより、私はこだわっているのは、私が被爆者であることのようだった。被爆者、被爆二世、その先端に立つアルファ（息子が胎児に付けたあだ名―引用者注）が、被爆者を産み出した国の国籍をもつ。ようだったと曖昧なのは、頭では核と向きあうものは国でも思想でもなく、人その種だと理解しながら、何処かでこだわっているらしい点である。それも身内からアメリカ人を産み出す。

（傍点引用者　『二月の雪』）

傍点を付した「ようだった」とか「らしい」は、自明としてきた被爆者であることをできるだけ客観的に捉えようとしたところから生まれた修辞法、と言っていいだろう。しかし、そのような方法で自分が被爆者であることを、林京子は果たして客体化することができたか。結局、日本にいたときと同じように、自分が被爆者であるという厳然たる事実から、林京子は逃れることができなかった。これは、表層的であろうが、根源的であろうが、世界の枠組みが核によって形作られている以上、致し方ない現実なのだと言うしかない。その証拠に、林京子は被爆者の存在などほとんど脳裏をかすめることがないように見えるアメリカにおいて、ことあるごとに自分が被爆者であることの現実に直面させられる。

被爆者という言葉は、アメリカ人もよく知っている。婦人は、おお、と口をおおった。

さらに日本婦人が、その後、お体の調子は、と聞いた。アメリカ婦人の顔が硬張っていくのをみて、快調です、と私は答え、その話は後ほどゆっくり、と打ち切った。

私はアメリカ人が聞かない限り、自分が被爆者であることを、話さないようにしている。雑談でけりがつく問題ではなく、被爆をたてに同情を得るのも、相手を捩じ伏せる強者になるのも、厭だからだ。

表情を硬張らせていた婦人は、あなた方日本人は原子爆弾が落とされた日のことを、決して忘れてはいけない、しかしここはアメリカ、と塗りのいいルージュの唇を綻ばせていった。私はええ、と答え、しかしここはアメリカですね、といった。

（『周期』）

ここにも原爆を落とした側＝戦勝国と落とされた側＝被爆敗戦国の構図が顔を出している。ここから透けて見えるのは、本来なら人類の絶滅を予測させるような原爆を使用した側こそが「忘れてはいけない」にもかかわらず、勝者の傲りがそうさせるのか、あるいは無知がもたらすのか、被害を受けた側にのみ核時代の幕開けに対する責任を負わせようとする現在の核状況である。確かに、核兵器が生み出した被爆者は大部分日本人である。しかし、先に触れた春名幹夫の『ヒバクシャ・イン・USA』（岩波新書）や『ウラルの核惨事』（八二年　技術と人間刊）、あるいはチェルノブイリの原発事故のその後が伝えるように、被爆者を含めて考えれば、被爆（曝）者は全世界的に広がっている。小田実の長編『HIROSHIMA』（八一年）がウラン鉱石の採掘から原発の高濃度廃棄物処理に至る核エネルギー・サイクルを視野に入れて構想されたのも、ヒバクシャがヒロシマ・ナガサキの生存者に限定されない核時代全体の問題を、「人間」の側から描き出そうとしたからではなかったか。

とは言え、アメリカ・ロシア・イギリス・フランス・中国に次いでインド・パキスタンが核保有を宣言する（一九九八年）――それに加えて、過去にイスラエル・南アフリカが核を保有したことがあると言い、また北朝鮮も「核実験」に成功したと言い張り、イランの核疑惑も依然として存在する――など、世界の核状況は被爆者の切実な核廃絶への思いとは裏腹に、悪化の一途を辿っている。「非核三原則」を国是としているはずの被爆国・日本の中からさえ、核武装論を唱える人が出てくる昨今である。六〇年以上も前の出来事だからということではないだろうが、「ヒロシマ・ナガサキ」の悲惨な出来事（被爆者の存在）は、今や忘れ去られようとしている、と言っていいかも知れない。林京子がアメリカ滞在中、片時も被爆者である現実から離れることができなかったのも、それが背負った運命ということもあったが、核をめぐる状況が一向に好転せず悪化の一途を辿っていることとも全く無関係ではなかったはずである。その存在自体が核状況への異議申し立てになるヒバクシャという核の犠牲者たち、林京子は三年間のアメリカ生活でそのことを嫌と言うほど思い知らされたのではないか。

中でも痛烈なのは、「玲子」というアメリカの大学で「大田洋子、原民喜、峠三吉などの作品を授業に組み入れ、教えている」英文学者の誘いに応じて、北部の田舎町にある大学で講演したときのことである。『ナンシーの居間』（八八年『輪舞』所収）にその具体的な経緯が書かれているが、林京子＝「私」はそこで肺腑をえぐられるような二つの体験をする。一つは、先にも書いた若い女性化学者から「原爆と遺伝子とは無関係」と決めつけられたことであるが、もう一つは、「私」の講演を聴いた在米韓国人の女学生から「日本語を話せる両親は、日本を憎んでいる。あなたはそのことをどう思うか」、と質問されたことである。「私」は彼女に対して、自分たち家族が上海から引き揚げてきたときに受けた「差別」や、八月九日のナガサキにおいて自分の母親やその他の日本人が朝鮮人被爆者に対して日本人と同じように接した事実を話したのだが、そのあとで「私」は次のような思いにとらわれる。

女学生の涙を見て、私はいい気分になっていた。そして、自分の話に私自身が酔っている不快感が、胸に広がっていた。女学生が教室に戻ってきた。のどが渇いたから、といってパンチを飲み、正直に話してくれてありがとう、といった。女学生の簡潔な感謝に自己嫌悪の思いは薄れて、ナンシーに送ってもらって、ホテルに戻ったのだ。

いま、ナンシーやスージーたちに囲まれて、私の心中には、再び感傷的な酔が廻りはじめている。私が不快なことは、八月九日に感傷と涙を持ち込むことだ。八月九日を話すとき、感傷ほどあの日の事実を曇らせるものはない。原子爆弾炸裂の瞬時、その後の被爆者たちの生き方は、感傷が入る隙のない、生きるか死ぬかの現実だった。核時代に生きる今日、被害の度合いはおたがいさまで、聞き手の同情はいらない。

林京子の小説が、ここで言う「感傷」や「同情」を誘う情緒的な表現を極力避け、余分なものを削りに削った文体になっている理由の一端がここに明らかにされている。しかし、この『ナンシーの居間』でかつて日本語で生活することを強いられた朝鮮人や、在日朝鮮人・韓国人被爆者のことを書かなければならなかった意味を考えると、林京子が一国の政治や核存在が国境を越えて「ヒトの生」に大きな影響を与えるという事実を、改めてここで確認したとも言える。そのことを念頭に、数多い林京子の作品を渉猟してみると、この『ナンシーの居間』のように朝鮮半島の植民地支配や朝鮮人・韓国人被爆者について具体的に書かれたものは、これまでほとんどなかった。多人種国家・アメリカで生活することによって、上海で育まれた国際感覚がより研ぎ澄まされるようになった結果として、『ナンシーの居間』のような作品が生まれたのだろうか。「私」は、韓国系アメリカ人の女学生が「日本人であるHさんから当時の日本と韓国人のことを聞きたいのです。両親は日本人が大嫌いです、憎んでいます、理由は話してくれませんが」という言葉を受けて、次のように答える。

判ります、と私はいった。口に出した言葉に私は白々しさを覚え、国土を取り上げられ、日本人のなかに組み込まれ、先祖代々の姓名を日本流に改名させられて、母国語さえ封じられて皇国民という名のもとに、戦場に駆り出されたのですから、憎まれるのは当たり前と思います。個人生活でも朝鮮人だからといって、配給米を削られたり、これは私たち家族も同じ目にあいましたが、といった。

政治的発言を極力抑制してきた林京子＝「私」だからこそ、実際にあったこと＝事実のみを語ったということなのだろうが、最後に「ごめんさい」と女子学生に向かって謝ったことに対して、通訳をしていたナンシーが「Hさんも戦争の被害者ですね、なぜ謝るのです、そうなるとわたしもあなたに、ごめんなさい、といわなければならない、勿論あの戦争のこと、わたしの体験ではありませんが」と言ったことを、果たして「私」＝林京子は了解できたのだろうか。どのように想像力を働かせても、被爆者の内部が絶対的な了解不可能として存在するように、加害と被害の関係もまた、感覚の部分では錯綜して迷路のようになっているとしか思われない。

二　アメリカ―日本（被爆）―上海

ところで、総じて言えば、林京子はアメリカで生活していた三年間、日本にいた時とは違った心の持ち方をしていたように思える。勿論、日本では名の知れた作家として滅多なことはできなかったということもあったのだろうが、例えば、『二月の雪』（八七年）という短編や作品集の表題にもなっている『樫の木のテーブル』（九二年）には、アメリカ在住の日系人女性たちが毎月一回精神病院に軽食を差し入れる慰問に参加した時のことが書かれている。「日本」という枠組みや伝統的なしきたりだとかが取り払われているためなのか、本当にのびのびと心の赴くままに、ボランティア活動をしているといった感がある。それに、実際はどういうことだったのかは不明だが、彼女は日本にいたときと同じように、いつの間にか彼女の周りに友人ができ、それらの友人たちと当たり前のようにボランティアをしたり、旅行をしたりしている。旺盛な好奇心を隠そうとせずに、である。

ただ、アメリカ生活においても林京子の思考は、これまでにも見てきたように、時や所を選ばず、呪縛されているかの如く「日本」＝被爆や「上海」へと繋がっていかざるを得なかった。ある時林京子は、アメリカ人男性と結婚している女性から「(駐在員の妻や子供は) アメリカの国と人の奉仕を受けるだけで、社会福祉に参加しようとしない、利用するだけでお返ししない日本人たちに、同じ日本人として肩身が狭い」と言われ、精神病院への慰問をするようになるのだが、その時の思いをつづった部分に、彼女のアメリカにおける思考回路がどのようなものであったかを窺うことができる。

実際、れいこやはるこのようにアメリカ永住を決めている人たちは、毎日が着実である。彼女たちは地域を支える者として働き、生活し、堅実にアメリカ社会に溶け込んでいる。余計な口出しはしないが、義理に厚い。彼女たちの努力と暖かい思いやりが、アメリカでの日本人の場所を創り上げていた。私たち短期間の滞在者は、れいこたちが築いた土壌で苦労なく、今日生活している。不満はもっともだった。しかし駐在員の妻たちもバザーなど催し、身心障害者たちのために募金をしたりして、何もしないわけではない。ただアメリカ婦人が外国人に労する時間に較べれば、微々たるものである。婦人にいわれるまでもなく、生活しているうちに気になりはじめていた事の指摘だったので、私は滞在期間中の病院訪問を決めたのである。みてみたい興味も強かったが、れいこたちへの返礼の意味もあった。永住を決めている同胞の――多くは女性の――顔を潰す真似はしたくなかった。

（傍点引用者『二月の雪』）

ここで想い出すのが、帰国早々のインタビュー（『異議あり！ 現代文学』九一年 所収）で林京子が、みんなが同じようなスーツを身につけている日本人サラリーマンの群を「薄汚れている感じがする」と言ったことである。彼女は被爆者として自分を厳しく律して生きてきたせいか、批判するときは、言葉は穏やかであるが、相当厳しく本質的なことにしか言及しない。この精神病院への慰問に関しても、「みてみたい興味も強かったが」と言っているが、「永住を決めている同胞の――多くの女性の――顔を潰す真似はしたくなかった」というのが本音で、そのような形で日本人の外国での在り方を批判しようとしたのではないか、と思われる。体験しないこと、あるいは見聞しないことについては発言を控えているという林京子であるが、かつてエコノミック・アニマルと言われた日本人商社員（駐在員―息子やその家族を含む）たちの振る舞いをアメリカ生活で知り、日頃の思いを書かざるを得なかったと言っていいだろう。日本ではつい見過ごしがちなことでも、外国生活を続けていると、より鮮明に問題が浮き彫りにされてくることがある。アメリカでは素の自分で生きようと思っていたらしい林京子である、日本（人）の快く思えない部分が気になって仕方がなかった、と言えばいいか。

林京子のアメリカでの生活が折に触れ四〇年前の「上海」とリンクしてしまうことを証する作品に、『亜熱帯』（八九年）という短編がある。「若い商社マンの夫婦」とフロリダ半島の「K島（キーウエスト島）」まで「私」が旅行したときのことを基にして書かれたものであるが、「私はそのK島と呼ばれる、この地でアメリカ合衆国が終わる、という国の果てに立ってみたかった。海に囲まれた国の果て、陸地の果ての風景は――あれは褐色の黄浦江だったが――ハナという女性につながる、思い出の一つでもあった」という思いを抱きつつ、K島でしばしの時を過ごしたことがこの短編には書かれている。「K島」は、周知のようにヘミングウェイが九年間過ごした場所で、ヘミングウェイが住んでいた家は今「作家の館」として観光名所の一つになっている。「私」はそこで「ハナ」の境涯に似た経歴を持つ「ノシ（POPO・ポォポォ）」という名の日本人老女に出会う。彼女は、日本で貧しさ故に放火の罪を犯し五年間の刑務所暮らしを経験したという。老婆の年齢と放火という罪から、いつしか「私」は「ハナ」と「ノシ」とを重ねてみるようになるが、「故郷はどちら」との問いに答えて「私も被爆者なのです」と告知したことから、次のような経験をする。

大変らしかったですね、と女が同情していった。大変でした、と素直に、私は答えた。ですがこの国にきてからポォポォさんのように、私も今日までの被爆者の枠から解き放されて、いっそう強くなりました、といった。原子爆弾を落としたのはユナイテッド・ステーツでしょう、と不思議そうに女が聞いた。そうだ、と私は答えた。解き放された理由の第一は、この国の個人尊重にある、個人を集団のなかの一つと考えず、あくまで個が優先する。結果として集団が出来ても、個が優先するから行動に責任がもて、従って意志の赴くままに自由である、純粋に被爆者の立場を守ろうとすれば、日本では反核、戦争反対の声さえあげられません、と私はいった。色付けが好きですからねニッポンジンは、と女がいった。私は頷き、女性化学者の発言を女に伝えた。よかったですねえ、と女が温かみのある声でいった。私はまた、そうだ、と答え、但しヒトの遺伝子と被爆との関係は、依然疑問を残している、それはそれとして女性化学者の発言も、ショック療法の役を果たしてくれて、いっそう八月九日の原点に戻ることが出来た、と私は言った。女がいぶかしげな表情をした。

原子爆弾、核兵器は人が生み出したヒトの天敵、命の天敵ということです、これが私がみた被爆直後の浦上の、風景のすべてです、と私はいった。

（『亜熱帯』）

K島（アメリカ）—上海—被爆（日本）、そしてまたK島、と「私」の思考は単純に堂々巡りをしているようにも見えるが、しかし確実に八月九日のナガサキ、あるいはそれ以前の時を過ごした上海へと垂鉛を下ろしていく。

林京子の文学がそれを読む私たちの胸に迫るのも、そのようにしてしか生きることができなかった被爆者の生を、この『亜熱帯』のように、言葉を操る人間として客観的に描き出しているからに他ならない。例えばそれは、アメリカで「原子爆弾＝被爆と遺伝子とは関係ない」と言うような若いアメリカ人女性化学者に出会い、そのことで被爆者として生きてきた自分の半生を「解放」することができたと思いながら、しかしその解放感は同時に「八月九日の原点」である「原子爆弾、核兵器は人が生み出したヒトの天敵、命の天敵」という思いを確認することでもあったという「私」の言い方に、それはよく表れている。読者は、このような「私」の思考に導かれて、時間の流れの中で忘れがちな一九四五年八月六日・九日の広島と長崎に何が起こったのか、その意味は？　そしてそれは人間の歴史にどのような教訓をもたらしたのか、等々を考えざるを得ない状況に追い込まれる。

林京子は、繰り返すが決して声高に反核や反戦を訴える作家ではない。しかし。彼女はアメリカにあってアメリカでの生活を描きながら、より一層八月九日のナガサキ＝被爆やもう一つの「原点」である上海を意識させるような仕掛けを施していた。そうすることによって、林京子は核時代を生きる自分たちの生を、あるいは戦争という生命（いのち）の讃歌とは対極にあるものの姿を、解明に浮き彫りにすることに成功したのである。

第十章　トリニティからトリニティへ

一　「トリニティ」へ

林京子は、一九九九（平成一一年一〇月二日、古希（七〇歳）を目に前にして、念願であった世界で最初に核実験が行われ成功したアメリカ合衆国ニューメキシコ州アラモゴード市郊外（と言っても、市内から二〇〇キロ以上離れている砂漠地帯）のトリニティ・サイトを訪れる。一九八五年六月、アメリカに到着した直後に、空港まで迎えに来た息子と車の中で、「この国が長崎と広島に原子爆弾をおとしたのね」「ネバダにも行けるのねこの道を走っていけば」（『生存者たち』）と会話を交わしてから一五年、三年間のアメリカ滞在中には実現が適わなかったトリニティ・サイトへの訪問が実現したのである。このトリニティ・サイト訪問は、被爆者であると同時に現代文学の作家である林京子に何をもたらすものであったのか。

そのことを考える前に、トリニティ・サイトとはそもそも何であるのか。世界で最初に原爆実験が行われた場所ということは、多くの人が知っている。しかし、そこは当時から現在までずっとアメリカ陸軍が管理する「NATIONAL MONUMENT（国立記念物）」でありながら、普段は誰もが自由に見学できる場所ではないということ、及びその地は未だに残留放射能が高いという理由で、四月と一〇月の第一土曜日だけ一般に公開される場所であるということは、ほとんどの日本人は知らない。だから、その二日間を逃すとトリニティ・サイトを見学することはできないのである。また、一般車両は乗り入れ禁止で、見学者はアラモゴード市内でバスに乗り換え、三〇分だけの見学が許されている。なお、砂漠の真ん中にあるトリニティ・サイトは、ニューメキシコ州の州都アルバカーキーから直線で三五〇キロほど、マンハッタン計画（原爆開発計画）の中心になったロス・アラモスの研究所からは、やはり四〇〇キロほど離れている。この広大な砂漠地帯の全部を軍が管理し、無人の荒野で世界初の原爆実験は挙行されたのである。実際、ロス・アラモスからアルバカーキー、アラモゴード、と延々と続く有刺鉄線に沿ってフリーウェイを走ってみると、途中に国立公園になっている見渡す限り白い砂で覆われた「ホワイト・サンズ」があったり、ミサイルを発射実験する時は砂漠の中のフリーウェイが通行止めになる「ホワイト・サンズ・ミサイル実験場」があったり、世界バルーン大会が開かれる場所があったりする広大な砂漠地帯の真ん中に、トリニティ・サイトは存在している。この核実験が行われた場所の「広さ」という点に関して、余りにも広く「無人」であった砂漠地帯で行われた核実験であったが故なのか、その後に生じた核問題に対するアメリカ人の受け止め方は、先の「国立原子力博物館」で出会った親子のように、被爆体験を持つ日本人のそれとの違いを痛感せざるを得ないものがある。

ところで、林京子のトリニティ・サイトへの旅であるが、なぜ彼女はトリニティ行きにこだわっていたのか、その理由を『トリニティからトリニティへ』（二〇〇〇年）で、次のように書いている。

希望を果たせないで、私は帰国した。あきらめたのではない。トリニティは、私の八月九日の出発点である。被爆者としての、終着の地でもある。トリニティからトリニティへ――。

ひと巡りすれば、その間にはさまっている八月九日を、私の人生の円環に組み込める。縁が切れないのなら、呑み込んで終わらせよう。私は、トリニティいきを実行に移した。一九九九年、秋である。

正直に被爆体験を持たない者から言うと、「トリニティは、私の八月九日の出発点である」というのは理解できても、「被爆者としての、終着の地でもある」というのは、理解しにくい。確かに、世界初の原爆実験地を訪れることで、「私の人生の円環」

は見事に閉じるだろう。しかし、そうだからと言って、世界の核状況がそこで解消され、世界の核兵器が廃絶されるわけではない。否むしろ、二〇世紀末から二一世紀初めにかけて、世界の核状況はインド・パキスタンの核保有宣言を始め、核保有国の「臨界前実験」(実質的な核実験)の続行、そしてアメリカ軍やイギリス軍による劣化ウラン弾の実戦使用など、決して良い方向に進んでいるとは思えない状態にある。そんな状況を考えると、この『トリニティからトリニティへ』で言う「(トリニティは)被爆者としての、終着の地でもある」は、周到に「私の八月九日」「私の人生の円環」と書いているように、それはあくまでも「私」にとってのものである、と考えるべきなのかも知れない。

だが、そのように全てが「私」に収斂していくような発想がこれまでにもあったかというと、これまで繰り返し書いてきたように、『祭りの場』以来ずっと被爆体験を基にした作品は、「私=林京子」的な体験・経験を書いているように見えながら、それは「核」という存在を根底で問題にせざるを得なかったことから、必然的に「私たち」=公が直面する問題へと転化する性質を持っていた。林京子も、自分は「八月九日の語り部」(『無きが如き』)であると言うように、意識的にそのような創作方法をとってきた。それが、『トリニティからトリニティへ』では、一見すると今までの作風と変わらないように見えながら、先に見たように全てが「私」へ収斂していく構造になっている。

何がそうさせたのか。一つは、前作『長い時間をかけた人間の経験』に明らかなように、目前にした「老い」のことがある。先にも触れたが、林京子はこの作品で、被爆者である同級生や知り合いが、老年になって次々と亡くなっていく現実を目の前にして、自宅近くに三三ヵ所ある「観音札所巡り」を敢行する。同行は、「カナ」というもうすでに亡くなった同級生。林京子は、カナと共に同級生や恩師を始めとする原爆被害者の鎮魂を願って、何日もかけて札所巡りを行った。あと残されたのは、被爆者である自分の半生において修羅として生きることを強いた被爆の「原点」を自分の目で確かめ、納得できるかどうか、林京子の「私」へと収斂するトリニティ行きは、そのような心境のもとで挙行されたものと考えるのが妥当だろう。つまり、アイデンティティーの確認ということがあって、林京子はアメリカ(トリニティ・サイト)への旅に出かけていったのである。

さらに、もう一つ、部分的には一つ目の理由と重なるが、林京子は自分の経験した被爆がどのようなものであったのか、原爆を製造し投下した国で考えたかったのではないか。トリニティ・サイトを見学する前に立ち寄ったアルバカーキーの空軍基地に設置してある「ナショナル・アトミック・ミュージアム(国立原子力博物館)」で、広島と長崎の記録映画を三人の白人男性に説明していた老人の視線を感じ、「私=林京子」は次のような思いにとらわれる。

私はすっかり被爆者になっていた。ミュージアムに入るまで私は、日本人意識も被爆者の意識もなかった。むしろ気がかりだったのは、アメリカの生活が長い、月子に対する私の立場だった。しかし老人が席を立ったときから、私は、日本人であり被爆者である自分を意識し、アメリカ人の挙動が気になりはじめていた。見学者が、月子と私を除いて、みな白人という状況も、相対する感情をもたせたようだ。（中略）

老人がみせた視線は、核兵器廃絶は人間の良識、と鵜呑みに信じていた私の神話を崩した。老人の説明を聞きながら男たちも、強い母国に酔っていただろう。私より年上に思える老人は、一九四〇年代を戦ってきた男なのである。アトミック・ミュージアムに展示してある過去は、老人たちの世代が勝ち取った栄光なのである。私は彼らから離れたコーナーに移った。ガラスケースに、日本語のビラと、礼服を着た天皇の写真が展示してあった。噂に聞いていた六日九日の攻撃を暗示したビラで、読む気になれずに、私は通りすぎた。

原爆に対する認識もまた、戦勝国と敗戦国とでは格段の差があることを、「私」はここで十数年前のアメリカ滞在中とは少し違った形で改めて思い知らされる。「ジャップ」は、五〇年経っても「敵」であり、その存在は自分たちアメリカの「栄光」を汚す者でしかない、あたかも老人の視線はそのような思いを具現するものとして「私」の被爆者意識を打ち砕く。その意味で、「核兵器廃絶は人間の良識、と鵜呑みに信じていた私の神話を崩した」というのは、林京子の実感だったと言っていいだろう。それはたぶん、戦勝国・アメリカで三年間暮らし、帰国してからも政治指導者から核武装論が飛び出すような、ヒロシマ・ナガサキから遠く隔たってしまった現在を生きてきた経験がもたらした実感であったと言える。だから、そのことを考えると、林京子は自らの裡に兆し始めた核＝被爆者神話の崩壊を確かめるためにトリニティ行きを敢行せざるを得なかった、とも言えるのである。「私」に収斂せざるを得なかった理由が、ここに存在したのである。

さらに「危機感」の喪失、ということもあったと思われる。「私」はロス・アラモスの原子力研究所を見学して帰ったホテルのテレビで、東海村の原子力施設で起こった臨界事故（一九九九年九月三〇日発生）について知るが、そのことについては直接触れず、同級生（ルイ）への手紙の中で、「平和」に慣れすぎた自分の生活について、次のように書く。

朝を待って、私は庭をみて歩きました。立ちすくみました。（侵入者の―引用者注）遺留品があったのです。警察に電話をかけながら、私は震えました。身の廻りの空間が一挙に狭まって、いまにも襲いかかられそうな危機感。彼の目的は犯すこと。遺留品が物語っています。

狭い庭にセンサーをつけ、防犯灯をともし、雨戸に錠をおろして眠ることにしました。ルイ。この事件で私は、自分自身の危機感の喪失を知りました。日常の平和に守られている、根拠のない安心を抱いていたのです。

蒸し暑い夏の夜は、廊下のガラス戸を細目に開けて風を入れる。鍵をかけ忘れたり。身の危険は、すぐ側にあるのです。家族と自分の命は自分たちで守る。それぐらいのこと、重重承知していたのですが。

この「事件」が本当にあった話であるかどうかは、当面どうでもいいことと言っていいだろう。大事なのは、このような自家への侵入事件を書くことによって、「私＝林京子」が長い間「日常の平和に守られ」て「危機感を喪失」していたことを、ここで改めて確認せざるを得なかったということである。そして、そのような事件を今回のトリニティ行きと重ねることによって、世界の根源的危機を醸成し続ける原爆や原発＝核問題に対するアパシー（無関心）状態に警告を発したのではないか、と思われる。さらに言えば、「私＝林京子」がいつの間にか陥った「危機感の喪失」についてここで触れているのは、この「危機感の喪失」が決して「私」だけのものではなく、私たち一人一人が現在いかに核への無関心を含めて精神の危機に直面しているか、そのような状況に対する自戒を込めた警告でもあったと思われる。

二　「トリニティ」で

ところで、トリニティ行きを実行に移した「私」と友人の「月子」であるが、トリニティ・サイト（グランド・ゼロ）へ行く前に、現在でも原爆開発の中核の一つを担っていると言われている「ロス・アラモス国立研究所」を訪れる。周知のように、ロス・アラモス研究所は「マンハッタン計画＝原爆製造計画」の最終段階で設立されたオッペンハイマー率いる秘密研究所で、オークリッジとハンフォードで生産された濃縮ウランとプルトニウムがここに運ばれ、原子爆弾として組み立てられたのである。観光地サンタフェから五〇キロほど離れた山奥に存在する。「私」は、ロス・アラモスへ向かう途次「メサ」と呼ばれる台状の岩山を見て、サンタフェをこよなく愛しそこで生涯を終えた画家のオキーフ（Georgia O'Keeffe　一八八七〜一九八六年）について思いを巡らす。

……車窓の光景はオキーフの絵のなかに、すべてあった。

オキーフが描くニューメキシコの自然に、私は孤独と、女の肉体を感じるのである。直接人の形を描いた絵は、私の知る範囲では片手に満たないが、オキーフが好んで描く花、山などの自然のなかに、少女や熟した女の肉体がみえてくるのである。それが、彼女が求めた究極の生命なのかもしれない。

少女の乳房のように滑らかに連なる桃色の砂山。女の性器を連想させる渓谷。茜色に染まった砂地と空は、繁殖を了えた初老の女だろうか。

自然は肉体を写し、肉体は自然と混ざりあって、山や花の蜜に姿を変えて命を得る。めぐりめぐるそのなかに、オキーフは自らの骨をまかせた。再生だろうか。

確かに、赤茶けたサンタフェ周辺の大地を想わせるようなパステルカラーを基調とし、自然や花、動物の骨（牛の頭蓋骨）を抽象化したオキーフの絵は、「私」のような感想を喚起すると言っていいだろう。しかし、「私」が「自然は肉体を写し、肉体は自然と混ざりあって、山や花の蜜に姿を変えて命を得る」と想うとき、そこにはそのような自然性からは遠い生を半世紀もの長きにわたって強いられてきた被爆者の思いもまた潜んでいたのではないか、と思わざるを得ない。あるいは、「めぐりめぐるそのなかに、オキーフは自らの骨をまかせた。再生だろうか」には、骨にこだわったオキーフへの思いと共に、決して「再生」を期待されることのない肉体を持った被爆者の、断たれた願望が裏返しとなって表明されている、と読むこともできる。まとめて言ってしまえば、自然を自在に抽象化してそこに自分の思いを込めることのできたオキーフへの羨望が、この「私」のオキーフ論には存在していたのである。

そして、そのようなオキーフ論を世界で最初の原爆実験地であるトリニティ・サイトへの旅を描いたこの作品に配した林京子の心意は、どのようなものであったのか。そのことに示唆を与えてくれるのは、引用のような「明るいオキーフ」とは別に、これもオキーフ絵画の特徴の一つであると言われている「黒い十字架」についても言及せざるを得なかった「私」の在り様である。

影を負った黒い十字架。オキーフが好んで描く題材である。荒野に立つ十字架を、同じ構図で幾枚か描いているが、キャンバスにあるのは画面一杯に立った木の十字架と、ニューメキシコの空間である。空間は夜、夜明けの空、と時を刻んで描き分けてあるが、どの絵も太陽はキャンバスの裏にある。どの十字架も、黒ぐろと塗り潰されていた。太陽とオキーフの間に立てられた、影に沈んだ十字架にどんな思いを込めたのだろう。

私は目を閉じた。荒野の太陽は赤みを加えて、刻々と時を移していた。

たぶん、このキリストの原罪をイメージした「黒々と塗り潰された」十字架の方に、花や山より「私」はシンパシーを感じていたはずである。何故なら、「私」はキリスト者ではないが、被爆者として「人類の原罪」を背負わされたような存在であり、何よりもこの『トリニティからトリニティへ』という作品が、巧みに明と暗、光と影、現在と過去を組み合わせることによって作品に深みを与えている、と思われるからに他ならない。言うまでもなく、被爆者の「私」の心はいつも明や光とは反対の位置にある。だからこそ、明や光をことさら強調しているように思える、ロス・アラモス国立研究所に併設されている科学博物館の原爆開発記録に登場するオッペンハイマーやアインシュタインを見ながら、「私」は彼らの存在や言動をことごとく反論し否定しながら、かつて原爆関係の本で読んだ「世界は汝の実験を必要とせず」の言葉を反芻し続けなければならなかったのである。

ロス・アラモスを訪れた翌日、「私」と「月子」はいよいよ目的のアルバカーキーから約一九〇キロ離れたトリニティ・サイトへと車を走らせる。そして、「デモ、ピケ、座り込み、反対の行進、政治演説、それらに類する活動の禁止」「『グランド・ゼロ』から『トリニティ』を拾ったり持ち帰ってはならない。国立歴史記念碑の『トリニティ』の部分だけでなく、植物もまた放射能をおびている」(「トリニティ」とは、サイト内の石ころ、ガラス片、土、砂、花などを指す)など一三箇条の入場規則の書かれた書類にサインして、「私」と「月子」は高さ三メートルほどのフェンスに囲まれたトリニティ・サイトへと足を運ぶ。そこで、「私」は五〇年余の間封印してきた感情を解放する。

五十余年前の七月、原子爆弾の閃光はこの一点から、曠野の四方へ走ったのである。実験の日は朝から、ニューメキシコには珍しい大雨が降っていたという。実験は豪雨のなかをついて、行われた。閃光は降りしきる雨を煮えたぎらせ、白く泡立ちながら荒野を走り、無防備に立つ山肌を焼き、空に舞い上がったのである。その後の静寂。攻撃の姿勢をとる間もなく沈黙を強いられた、荒野のものたち。

大地の底から、赤い山肌をさらした遠い山脈から、褐色の荒野から、ひたひたと無音の波が寄せてきて、私は身を縮めた。どんなにか熱かっただろう――。

「トリニティ・サイト」に立つこの時まで、私は、地上で最初に核の被害を受けたのは、私たち人間だと思っていた。そうではなかった。被爆者の先輩が、ここにいた。泣くことも叫ぶこともできないで、ここにいた。

私の目に涙があふれた。（傍点引用者）

林京子＝「私」は、トリニティ・サイトを自分の足で歩くことによって、観念や理屈ではなく、実感を基に、改めて「ヒロシマ・ナガサキ」の歴史的・世界的意味、つまり原爆＝被爆という未曾有の悲劇をもたらしたものの持つ意味、被爆の「原点」について思いを巡らしたのである。それはまた、原爆＝核存在が人間だけでなく、この地球上の全ての生物にとって桎梏になっていることを、トリニティ・サイトに立つことで改めて確認したということでもある。このような思いは、かつて一九八二年に起こった文学者の反核運動（「核戦争の危機を訴える文学者の声明」署名運動から反核集会、『日本の原爆文学』全一五巻の編集刊行、等）に対して、中上健次らが「人間中心主義」と言って批判したこととどこか通底する考え方のようにも見える。しかし、林京子のガラガラ蛇を筆頭とする砂漠の生きものたちを最初の被爆者と捉える思想は、あくまでも自らがナガサキの被爆者であるという現実から発想されたもので、ヒューマニズム（人間中心主義）を基底に置いた近代思想の限界を指摘するポスト・モダニズム的思想から出てきたものではない。

その意味では、「私の目に涙があふれた」の一文の内実は何であったのか、ここにこそトリニティ行きから林京子が得た収穫が象徴されていたと考えられる。

係官の誘導に従ってフェンスのなかの細い道を歩き出したときから、あれほど自覚的だった被爆者意識が、私の脳裏から消えていた。「グランド・ゼロ」に向かう私は、被爆する以前の、十四歳の少女に還っていたようだった。八月九日を体験する前の「時」に戻って、「グランド・ゼロ」という未知なる地点へ、歩き出していたのかもしれない。記念碑の前に立ったときに私は、正真正銘の被爆をした。

なぜ五〇年余後のこの時に至って、「私」は「正真正銘の被爆をした」のだろうか。このことは、八月九日の被爆時にも、また「私」を探しに来た母親と三日後に再会した時にも涙を流さなかった「私」が、グランド・ゼロに立って初めて「目に涙があふれた」ということとどのような関係にあるのだろうか。

……八月九日に流さなかった涙を、私は人としてはじめて流したのかもしれない。もの言わぬ大地に立ったとき私は、大地の痛みに震えた。今日まで生きてきた日日も、身心に刺さる非情な痛みだった。しかしそれは、九日から派生した表皮の痛みだったのかもしれない。私は、自分が被爆者であることを忘れていたが、沈黙を続ける大地のなかに、年月をかけて心の奥に沈めてきた逃げた日の光景を、みていたのだろう。決定的な日の私を。

ニューメキシコの荒涼とした大地とそこに生きるガラガラ蛇たちが、「最初の被爆者」であることを知って、「私」＝林京子は改めて核が自然としての人間の在り方を根底から否定するものであると思わないわけにはいかなかった。別な言い方をすれば、林京子はトリニティ・サイト＝グランド・ゼロの地に立つことで、ただ逃げ出すことしか考えなかったように見える八月九日の被爆体験が「決定的な日」に起こったことであり、「人類絶滅」「地球の破壊」といったより広い根源的な視野から捉え返さなければならないことだったのを再認識したということである。幸いにも自分は爆心地の浦上から逃げ出すことができ、今日まで生き延びてきたが、今自分が立っているトリニティ・サイトの大地やそこで生きていたガラガラ蛇などの生物は逃げ出すこともできず、「痛み」を抱いたまま半永久的にこの場所にとどまらざるを得なかったのだと知り、「私」＝林京子は心から涙を流すことができたのである。

その意味で、「記念碑の前に立ったとき私は、正真正銘の被爆をした」というのは、ニューメキシコの大地さえ「被爆の痛み」のもとにあることを知り、改めて被爆＝核存在の意味をその身体性において理解することができた、ということだったのだと思われる。林京子は、『長い時間をかけた人間の経験』と『トリニティからトリニティへ』が文芸文庫化される際に付した「著者から読者へ　知って欲しいから」の中に、トリニティ・サイトで「生命を生む大地が病んでいる」という実感を持ったと記しているが、核が地球上の全生物のみならず、大地をも蝕むものであるとの認識は、当たり前のこととは言え、いかに林京子の核存在への反意が強固なものであったかを明らかにするものであった。

四 「トリニティ」から

林京子は、筆者宛の私信の中で『トリニティからトリニティへ』を書いた頃のことを回想して、内容の深刻さとは裏腹に、子供の頃読んでいた吉屋信子の少女小説が醸し出すふあーっとした楽しさと同質のものを味わった、と書いてきたことがある。『林京子全集』（全八巻　二〇〇五年六月　日本図書センター刊）が刊行された直後のことだが、それにしても彼女はなぜこの作品を「楽しく」書くことができたのか。最大の理由は、やはり世界で最初に核が炸裂したグランド・ゼロ＝トリニティ・サイトを念願叶って訪れたことで、当時は逃げることしか頭になかった八月九日の体験＝被爆の「原点」を確認し、被爆＝核存在というものを広く大きい視点から捉えることができるようになったから、と考えられる。五〇年以上にわたって呪縛され続けてきた「（私の）八月九日」から解放されたが故に、この作品は楽しく書くことができたということだったのだろう。

かねてより林京子は、自分を「八月九日の語り部」と任じていたが、グランド・ゼロ＝トリニティ・サイトに立つことによって、そのような使命感からも解放されたということもあったかも知れない。それほどに一九九九年一〇月のニューメキシコ州トリニティ・サイトへの訪問は、作家林京子にとって重要な経験であった。もちろん、そこに至る過程で、『ミッシェルの口紅』や『上海』、『予定時間』などが明らかにしているように、幼少女期を過ごした上海時代に対する検証があり、多くの友や知り合いの「死」を見続けてきたということもあった。それらの事々が、グランド・ゼロ＝トリニティ・サイトにおける「正真正銘の被爆」と関係がある、と考えなくてはならないだろう。トリニティ・サイト訪問からアルバカーキーのホテルに戻ってきた「私」は、日本の友人宛に手紙を書き、次のような詩句を持つ一編の詩（「四十年目の夏に」伊藤素子作）を書き写して同封する。

（前略）
今では　いくつかの水爆で
わき上がる雲と煙は　地の涯まで流れ
核の冬が　地球を覆い
いのちあるもの　すべて死滅すると言う

歴史は　ヒロシマとナガサキを過ぎ
とうとう　ここまで来てしまった
浦上の　聖堂の遺跡の上に立つ
ザベリオと　使徒たちよ
いつか　世界が終わるのなら　その時
あなた方は　何を見られるのでしょうか

言わずもがなのことを書き添えておけば、長崎高女で林京子より二年後輩のこの詩の作者は、「祈りの長崎」らしく「ザベリオと　使徒たちよ」と呼びかけているが、おそらく林京子も読み替えることを期待したように、この詩句は「人間総体」に呼びかけたものとして読むべきだろう。「いつか　世界が終わるのなら　その時／あなた方は　何を見られるのでしょうか」は、まさに私たち一人一人への問いかけに他ならない。だが、考えてみれば、「いのちあるもの」が「すべて死滅する」その時を、ただ私たちは座して待つしかないのか、ということがある。それでは余りにも哀しすぎないか。林京子は、まさにそのような思いを込めて、この「四十年目の夏に」の詩句を書き写したのではないだろうか。

「私」＝林京子がこの手紙の最後に添えた文言は、「――世界は汝の実験を必要とせず。――／あなたはどう思いますか、ルイ。」であった。この強烈な林京子からのメッセージを、私たちはどう受け止めればいいのか。『トリニティからトリニティへ』は、何よりもそのことを願って書かれた一編に他ならなかった。

なお、「一　トリニティで」でも記述に即して書いておいたが、この「ルイ」へのニューメキシコに来てからの第一信が、一九九九年の九月三〇日に茨城県東海村の核燃料加工施設「ＪＣＯ」で起こった臨界事故をテレビニュースで知った後に書かれていることの意味を、ここで改めて考える必要があるだろう。林京子は、これまでエッセイなどは別にして、原発に関しては慎重すぎると思われるほど小説の中では取り上げてこなかった。それがこの『トリニティからトリニティへ』では、一九四五年八月九日の被爆の意味を考える「枕」として、ＪＣＯの臨界事故が取り上げられている。これは、明らかに林京子がこの頃から原発を含めて核の問題をその全体で考えるようになったことの証でもあった。『トリニティからトリニティへ』のすぐ後に書かれた、ＪＣＯの臨界事故に取材した『収穫』（二〇〇二年一月）は、その結果の一つであった。

第十一章　希望・そして「幸せな日日」

一　もう一つの「核」

一九四五年八月九日から半世紀以上の時間が経ち、当日亡くなった五十余名の長崎高女生を含み、その間に夥しいまでの「八月六日・九日（ヒロシマ・ナガサキ）」の関係者＝被爆者が亡くなっていった。同級生や恩師、先輩後輩、そしてその関係者が、である。これまで述べてきたように、林京子は『祭りの場』以来の作品によってそれらの人々の「死―生」について、被爆者である自分の目線から「鎮魂」の思いを込めて書いてきた。そして、『長い時間をかけた人間の経験』は、そのような思いを一区切り＝総仕上げする気持ちを持って書かれた。

また、林京子は一九八五年に息子のアメリカ赴任に随行して三年間アメリカで生活したが、その時以来の念願だったトリニティ・サイト＝グランド・ゼロへの訪問を一九九九年に実現する。すでに記してきたように、その時の経験は『トリニティからトリニティへ』に書かれているが、その経験が林京子にもたらしたものは、被爆者として生きてきた五十余年にわたる「長い時間」の総括であり、何よりも一九四五年八月九日の被爆が何であったのか、核の「原点」を確認することであった。トリニティ・サイトに立って「私は、正真正銘の被爆をした」のである。そして、最初の原爆実験で被害を受けたのはニューメキシコの荒野に生きるガラガラ蛇などの生物であると気付き、「この時まで、私は、地上で最初に核の被害を受けたのは、私たち人間だと思っていた。そうではなかった。被爆者の先輩が、ここにいた。泣くことも叫ぶこともできないで、ここにいた。／私の目に涙があふれた」という経験もする。林京子は、トリニティ・サイトを訪問することによって核存在の本質を改めて認識したのである。

X線によって死に至る病であった結核の予防が飛躍的に向上したことに象徴されるような、どのような人間社会への貢献があろうとも、本質的には人間のみならず、この地球上の全生物と敵対せざるを得ない核存在への最終的な「否」、それがトリニティ・サイトを訪問した林京子が得た結論だったと言っていい。つまり、『トリニティからトリニティへ』は、林京子が「ヒロシマ・ナガサキ」から核の総体へ、と改めて視野を広げたことの宣言だったのである。その意味で、トリニティ行きの直後にJCO事故に取材した『収穫』（二〇〇二年一月）が書かれたのは、必然だったと言える。

この短編は、臨界事故を起こした核燃料加工工場（JCO）に隣接するさつま芋畑を持つ老農夫を主人公に、事故当日から二、三日後の模様及び一ヵ月後の様子を語り手＝作者が客観的に語るという構造を持った作品である。事故の当日、主人公は鳶職の親方をしている息子と収穫期を迎えた芋を掘る予定にしていた。その直前に事故は起きる。

散歩から戻ってきた父親は、籐椅子に腰をおろすと、残りの煙草を喫った。はじめようか、と先に帰っていた息子が、納屋から鍬をかついで出てきていった。父親は腕時計をはずして椅子の上においた。十時を三、四十分まわっている。そのときだった。疲れてねそべっていたシロが、耳を立てて立ち上がると、おやじさん！　と一声吠えてから、唸り出した。道に人の影はなかった。遠くの足音を聞きつけたのか、と父親は道を窺う。人の気配はない。うるさいぞ、とシロの鼻面を息子が叩く。シロは、甲高く吠えはじめた。前足を踏ん張って攻撃の姿勢をとっている。そして怯えている。吠える相手が、確認できない様子である。父親と息子は、道にはみ出した芋の蔓を畝に返しながら、空を見上げた。地上の異変は、空と太陽が映してくれる。空は、つい先刻まで自転車の行手に輝いていた青空と、変わりなかった。

林京子の作品に動物が登場するのは、舞台が獣医の家であった『無きが如き』以来と言っていいほど珍しいことだが、動物＝犬が人間より先に異変（臨界事故）に気付くというのは、おそらく核の最初の被害者がガラガラ蛇たち荒野に生息する生物であったことを知ったトリニティ行きによって得られた着想と言っていいだろう。作品は、核燃料加工工場内の処理や行政の対応とは関係なく、被曝したであろう畑に取り残された芋と農業に未練を感じ続ける老農夫の、臨界事故から一ヵ月後の寂寞を伝えて終わる。おそらく林京子は、この『収穫』で畑に放置せざるを得なかった芋が傷み始めたことと、JCOの臨界事故によって農業（良質なサツマイモを作ること）を誇りにしてきた老農夫の生活に狂いが生じてきたことを重ねることで、核＝原発もまた人間の生存にとって桎梏になることを伝えようとしたものと思われる。

だが、戦後文学史（原爆文学史）を振り返ってみると、この『収穫』のように原発あるいは核関連施設がもたらす問題と正面から取り組んだ作品が意外と少ないことに気付かされる。少ないというより、ある時期（私の判断では、一九七〇年代の半ば頃）

まで原発は「未来のエネルギー」として、戦後の文学者からは原水爆などの核兵器とは違って「歓迎・容認」されてきたということがある。その嚆矢は、戦後の一等早い時期に先のアジア・太平洋戦争が人間に何をもたらしたかを歴史的に考察した評論『火』（四六年八月）を書いた荒正人である。荒はこの文章で、次のように書いていた。

では、原子核エネルギーの発見、創造はどんな意味をもってくるのであろうか。わたくしはそれを星の人工とよびたい。『旧約』の義人ヨブは、エホバから、汝は星の世界をいかんともすることができぬであろう、ときめつけられ、神の摂理のまえにひれふしてしまったが、こんにち人類は、星のエネルギーをも獲得したのである。この無限大のエネルギーもいつかは必ず産業化されるであろう。人類の胸を――『旧約』の記者を、空想社会主義者を、科学的社会主義者を掠めていったあの終局の希望も必ず実現されるだろう。それは、各人がその力量に従って働き、各人がその必要に応じて享ける、というユートピアである。レーニンはそれを電気によって実現しようと企てたのだが。だが、そういった千年至福時代への希望も、それを手に取ってしまうまでは、つねに、「悪しきもの」として火神ロキの幻想に脅えざるを得ないのだ。楽園創造か、地球壊滅か、それは紙一重の差なのだ。この二者択一にあたっては、もはや個人の善意だの、倫理だのは、土塊にもひとしいであろう。この地球を、アクロポリス（世界市）にするか、ネグロポリス（大墓地）にするか。この巨大な課題を解きうるものは広い意味でも、狭い意味でも政治あるのみである。

一九七〇年代の半ば頃まで、この荒正人の論理は、小学校の社会科教科書に「原子力の平和利用・未来のエネルギー」として原子力発電を推奨する単元が存在していたことに象徴されるように、反核運動（原水禁運動・反戦運動）の側からも、また行政の側からも支持され続けてきたものであった。例えば、あの戦後文学史に聳立する武田泰淳さえも、東海村に実験炉が建設されている途中の時期とは言え、『東海村見物記』（五七年七月）なるルポルタージュで、原発がいかに未来を切り開くものであるかに期待を寄せていた。それより前、武田と同じ戦後派作家の野間宏にいたっては、当時の冷戦構造に規定されていたということもあってか、「世界最初の原子力発電所がソヴェトで完成されたということは、この人類の立場にこの上ない希望と力をあたえたのだ」（「水爆と人間―新しい人間の結びつき」五四年九月）とか、「ソヴェトに於いて発電所が完成し、はじめて送電を開始したのは、一九五四年六月二七日のことである。（中略）この日は、人類の立場に光と無限の力をもたらした日である。原子力はこの日はっきりと人類を破滅にみちびくものではなく、人類に無限の幸福をもたらせるものとしてみとめられたといえる」（「人類の立場」五五年一月）として、両手を挙げて原発を歓迎していた――急いで武田、野間の両文学者の名誉のために付け加えておけば、その後二人とも原発の危険性を指摘するようになる。二人が原発にバラ色の未来を見たのも、情報不足と荒正人以来の科学の発達が人類に幸福をもたらすという近代社会をその底部で支えた「科学神話」が生き続けてきた結果、と考えられる――。

また、あの『ヒロシマ・ノート』（六五年）というロングセラーを書き、その後もヒロシマ・ナガサキにこだわって被爆者の救済運動や反核運動に寄り添い続け、核に掣肘された世界を主題に、例えば『ピンチランナー調書』（七六年）や『治療塔』（九〇年）などの作品を書き続けてきたノーベル賞作家大江健三郎でさえ、一九六八年七月の時点では「核エネルギーを開発することにぼくは不賛成ではありません。………核エネルギーの開発が核兵器の製造と結びつくことは、日本の産業界において絶対にありえない、ということを確実に見きわめたうえで、それを繰りかえしたしかめつつ核エネルギーを開発してゆくのでなければならない」（講演録「文学とは何か？（2）」）というような言葉を残していたのである。この大江の発言は、高濃度放射能廃棄物の処理問題に象徴されるような問題群がまだ原発から発生せず、また科学の無限発達が信じられていた「近代社会（モダニズム）」への疑義が生じていなかった時代の制約を典型的に物語るものであった。その意味では、これらの発言からも分かるように、多くの戦後文学者は「未知のエネルギー源＝原発」に関して無明の中にいたのである。

そんな戦後文学の状況のもとにあって、私見の範囲で原発の持つ問題に正面から取り組んだ文学者は、被爆者差別の問題を主題にした『地の群れ』（六三年）を書いた井上光晴であった。井上は、一九七八年一一月、原発の技師宅を舞台にした戯曲『プルトニウムの秋』を書き、原発労働者の被曝の問題、原発周辺の環境問題などについて問題提起を行った。この戯曲は短いものであったが、これは翌年の三月にアメリカ・ペンシルバニア州のスリー・マイル島原発で起こった炉心溶融事故を先取りするような作品であった。次いで、井上はチェルノブイリ原発の大事故が起こった一九八六年四月、このような原発事故が起こることを想定していたかのような作品『西海原子力発電所』を発表する。この原発の存在に根底から疑義を提出した長編は、ヒューマニズムを旗印の一つにしていた戦後文学の歴史に画期を成すものであったと同時に、原爆も原発も核分裂や核融合によって放射線を出し、それが人間や他の生物に多大な被害をもたらすという意味で、原理的には全く同じであるということを明らかにしたものであった。この点からも、この『西海原子力発電所』は原爆＝核文学史に新たな一ページを記すものであった。

しかし、井上は『西海原子力発電所』の後、この長編では原発の全てが書ききれなかったとして、二年半後核燃料輸送の危うさを警告する『輸送』（八九年二月）を書く。核燃料を運ぶトラックの運転手が運転中に急逝し、積んでいた燃料棒ごと海に落ちて付近一帯が放射能に汚染されるという話は、核エネルギー・サイクル、つまりウラン鉱の採掘から濃縮ウランの製造・加工—原発での燃焼（発電）—廃棄物の再処理—高濃度廃棄物の貯蔵といった全ての過程が「危険」に満ちたものであることを私たちに教えてくれるものであった。言葉を換えれば、スリーマイル島やチェルノブイリの原発事故が教示するように、原発は核兵器とは違って私たちの日常生活を脅かす危険極まりない存在であることを、井上の『輸送』は白日のもとに引きずり出した長編だったのである。

井上の後、大江健三郎が老朽化した原発の事故が世界の各地で続発し、また局地的核戦争が何度か勃発したり、エイズが蔓延したため、この地球が人間の生きる場所ではなくなったという設定の近未来ＳＦ作品『治療塔』（九〇年）とその続編である『治療塔惑星』（九一年）を書く。この大江の二つの長編は、まさに原発の存在が現代文学のテーマになりうることを証明するものであったが、荒正人に始まって今日に至る原発と文学者たちとの関係を考えると、改めて八月九日・ナガサキの被爆者である林京子が短編とは言え、原発問題と取り組んだ『収穫』を書いたことの意味は大きい、と言わねばならない。私たちの日常生活の隣に核燃料加工工場が存在し、そこで事故が起これば私たちどころに私たちの生活が破壊される。規模こそ違えＪＣＯの事故は、全くスリーマイル島やチェルノブイリで起こったことと同じであった。林京子は、そのことにいち早く感応し、スリーマイル島やチェルノブイリの事故と同じようにＪＣＯの事故も余所事と思っていた私たちに、改めて原発＝核エネルギー・サイクルの危険性・反人間性を知らしめたのである。

二　『希望』

林京子は、「ヒロシマ・ナガサキ」から六〇年を記念して刊行された『原爆写真　ノーモア　ヒロシマ・ナガサキ』（二〇〇五年三月　日本図書センター刊）に寄せた文章「若い人たちへ」の中で、次のように書いている。

昭和20年——1945年の8月9日から今日まで、私は被爆者として生きてきました。（中略）あれから半世紀以上。その間、私が恐れながら生きてきたことは、原爆症の再発です。（中略）被爆者の結婚も、新しい生命の誕生も、祝福されないものでした。産まれてくる子どもの障害を恐れて、産まないことを結婚の条件にしたクラスメートもいます。流産を繰り返した友人、入退院の末に30代、40代の若さで逝った友人もたくさんいます。（中略）

穢れのない、輝いている美しい目をもっている若いあなたたち、日本には永久に戦争を放棄する、と明確に記した平和憲法があります。その澄んだ目で、透明な思考で、大事に、大事に平和憲法を守ってください。あなた自身のために。産まれてくる新しい生命のために。お願いします。

この若い人へのメッセージとほぼ同時期に、林京子は『希望』（『群像』〇四年七月号）という中編を発表している。私的な回想を交えてこの作品について言えば、『希望』を最初に読んだ時の、驚きというか新しい世界を提示された充足感というか、まとめて言えば「感動」を忘れることができない。そもそもタイトルの「希望」からして、それまでの林京子の作品とは趣を異にしていた。それまでの林京子作品のタイトルは、初期の『祭りの場』や『ギヤマン ビードロ』、『無きが如き』を始めとして、その後の『輪舞』、『予定時間』にしても、あるいは『長い時間をかけた人間の経験』、『トリニティからトリニティへ』にしても、直接的にタイトルと主題を結びつけるということがなかった。具体的に言えば、「上海もの」を除いて「長崎」とか「原爆・被爆」とかいう被爆体験を想像させるような、あるいはその作品の主題を明示するようなタイトルは、微妙に避けられてきた節がある。それが、林京子文学の一つの特徴でもあったがしかし、『希望』はそのような従来の習慣を破って、ストレートに作家の現在の心境＝主題を提示するものになっていた。

——北の大地に鯉のぼりが泳いだ。
諒と貴子のはじめての赤ん坊を祝う鯉のぼりである。
貴子の胸で眠っていた赤ん坊が矢車の音に驚いて泣き出した。——

このような言葉をプロローグにおいたこの中編で、まず気付かされるのは主人公がこれまでの諸作品とは違って、被爆者あるいは上海で幼少女期を送った「私」や「女」ではなく、プロローグにもある「諒」と「貴子」になっている点である。これは、『収穫』と同じように『トリニティからトリニティへ』以後、林京子が新たな境地を獲得したこと、つまり客観小説の体裁をとることによって被爆（被曝）＝核の問題を世に問おうとしていることを意味しているのではないか、と考えられる。別言すれば、林京子はあれほどまでにこだわっていた被爆体験からようやく「完全」に離陸して、被爆＝核についてより広い視野から普遍的な問題として捉えるようになった、ということである。『長い時間をかけた人間の経験』で、林京子がこれまでに亡くなった同級生や知り合いの被爆者を「鎮魂」するため、三浦半島の三三札所巡りを敢行したことによく示されているように、被爆体験にこだわる限り、「ヒロシマ・ナガサキ」で直接被爆した者は老齢のためそう遠くない時にこの地上から存在しなくなる運命にある。核＝原水爆・原発が、相変わらずこの地球上の全生物を何回も絶滅するだけの力を誇示しながら存在するにもかかわらず、である。

核の問題は、一個の「私」や「女」を超えて歴史的・世界的な問題としてあり続けているのだが、観念的にではなく林京子がそのことを実感するようになったのは、すでに『トリニティからトリニティへ』を論じた章で明らかにしたように、一九九九年一〇月にトリニティ・サイトを訪れたとき以降であった、と言える。繰り返すが、トリニティ・サイトへの訪問があって初めて『収穫』を書くことができ、そしてこの『希望』へ、と林京子の原爆＝核小説は新たな地平を獲得するに至ったのである。

『希望』は、八月九日に被爆死した長崎医大の教授の娘・貴子に恋をした医師の卵（後に内科医となる）・諒の「純愛」を軸に展開する。諒は最初から聡明な貴子に好意を寄せていたのだが、貴子も諒に好意を抱きながら、自分が父親を捜しに被爆の翌日瓦礫の山と化した長崎医大を歩き回った体験を持つが故に、諒の好意を拒み続ける。貴子は、残留放射能によって二次被爆（被曝）したであろう自分の体のことを恐れ、諒からの求婚に素っ気ない態度をとり続ける。しかし、貴子の懸念を包み込む諒の大きな愛によって彼らはついに結ばれ、プロローグにあるように男子の誕生を迎える、というのが一編の筋書きである。

被爆者（被曝者）が結婚に際していつ発症するかわからない原爆病を恐れ、結婚したら産まれてくる子どもにそれが遺伝していないかどうかについて危惧し続ける、ということについては、先の「若い人たちへ」のメッセージがよく伝えているが、また連作集『ギヤマン　ビードロ』（七八年）、短編集『三界の家』（八四年）、同『道』（八五年）以来の、林京子の被爆体験を基にした作品の基底を形成する主題の一つと言ってもよく、馴染みの話のようにも見える。その意味では、そのような過去の作品群があったからこそ、この『希望』では被爆という現実に正面から向き合い、それを乗り越えていく若者たちの姿を「純愛」という素朴かつ健全な人間関係を描き出すことができたのだ、と言うこともできるのだが。

もちろん、ここには林京子が私生活において被爆二世の息子を健康に育て、そしてその息子が二人の娘を持つまでになり、あれほど恐れていた遺伝子の問題もとりあえずクリアしたという経験が、間違いなく反映していると考えられる。例えば、諒の求婚に揺れ動く貴子の心について、林京子は次のように書く。

貴子の心は揺れ動いていた。プロポーズされた動揺ではない。結婚、の二文字をみたとき脳裏に浮かんだのは、教授を探しにいった日の、研究室の光景である。焼け跡に父親の頭蓋骨を抱いて立った、自分の姿である。あれからの人生は何彼につけて、研究室の焼け跡に舞い戻る。（中略）結婚話まですすんだ日本人の恋人が、上級生にはいた。相手の両親に、息子の恋人が被爆者だと判ったとき、破談になった。健康な跡取りが欲しいから、というのが理由だった。同じような経験をした被爆者は、大勢いる。いつの間にかこれが常識になって、貴子も、自分たちは結婚不適格者なのだ、と対等な結婚を諦めていた。諒は、日本人男性として希有な存在だった。貴子は本棚の教授に、お医者さまなのに「被曝者」のわたしと結婚したいのですって、救済でしょうか、と話しかけて、諒との結婚について考えた。

このような貴子の逡巡は、林京子自身も、また被爆者の多くが経験したことである。繰り返すが、林京子はこのような被爆者差別と通底するこの種の遺伝子に関わる被爆者の恐れについて、『道』やその他の作品で折に触れ書いてきた。その意味では、この『希望』もそれら一連の作品系列に連なるものと言うこともできる。しかし、この中編は「遺伝子の恐怖」を乗り越えて被爆者がその後の人生を乗り越えるという点で、これまでの作品と違っていた。貴子と諒は、結婚後に遊びに行った夏のオホーツク海で遭難し損なったときに、人間の生は「現在」と「自然性」によって支えられているのだと改めて認識し直し、原爆病の発症＝遺伝子の恐怖を乗り越え、妊娠という結婚した夫婦の「自然」に身を委ねることを決意するのである。

こんなことで死にたくないって、おとうさまに祈っていたの、と貴子がいった。それから突然、あの世ってあると思う、と聞いた。そんなものはない、言下に諒がいった。でもおとうさまに祈っていたら、汽笛が聞こえてきたわ、と貴子がいった。

偶然だ、死ですべての命は完結する、無だよ、諒がいうと、その偶然が奇蹟じゃないの？　と貴子がいった。〝思うのは自由だが、「天国も地獄も、魂も心も、人の淋しさが産み出すことだ」、天地、自然そのもの、いま生きて二人がここに在る、砂の上を歩いている、これがすべてだよ、踏み出す一歩先も無〟

濃霧から脱出した興奮で、諒は多弁になっていた。そうね、おとうさまって心の内で叫んだけれど、現れてくださらなかった、淋しそうに貴子がいった。教えてくださったのだよ、汽笛で、偶然が奇蹟かもしれない、諒は慰めていった。

貴子は、このオホーツクの海で遭難しかかった時に「自然と一体化した」自分を感じ、「とても安らかな気持ちになれ」、「生きようって希望」が湧く経験をすることによって、諒との間に子供を作ることを決意する。一方、諒も「(貴子が子供を作らないための)禁欲日を自らの意志で解いて命を創造する、そしてそのことが、貴子自身の再生であること」を理解する。この諒と貴子の「再生」とか「希望」という言葉に込められた思い、これこそ林京子文学の進化＝深化を物語るものであったと言っていいだろう。そもそも、子供をつくる＝命を創造するということは、自らの生を未来との関係で考えることでもあり、自分がこの世にいなくなっても持続していく子供の生を、少なくともある年齢まで守り育てていく決意をすることでもある。多くの人はそれを無意識のうちに行うが、自分の現在や未来が常に「死」と隣り合わせになっているという意識を拭い去ることのできない被爆(曝)者にとって、それはどのような意味を持っていたのか。

被爆(曝)者が妊娠を決意するということは、林京子がこれまで描いてきた被爆者の世界に照らして見ても、世界観を換えるに等しく、そのような内部転換が行われなければ不可能なことのように思われる。林京子がトリニティ・サイトを訪問してから新たな世界へ進み出たのではないかと言うのも、迫り来る「老い」の問題と重なって、妊娠＝子供の誕生という「未来」を見据えるようになったからに他ならない。

お義母さまに腹を立てたけれど、あなたにお話ししているうちに素直な気持ちになれたわ、創りましょう、わたしたちの赤ちゃんを、と貴子がいった。

諒の目に涙が溢れた。みたことのない八月九日の荒野が瞼の内に広がって、そのなかに立ちつくす貴子の姿が浮かんだ。一人で頑張ることはないんだよ、一緒に歩いていこう、心の内で貴子に語りかけて、諒は妻を強く抱いた。

かつて林京子は離婚に際して、夫から「君との結婚生活は被爆者とのそれであった」と告げられたと幾つかの作品で書き、彼女自身も半ばその夫の言葉を肯定せざるを得ない結婚生活であったことを認めていたが、そのことを考えると、この引用個所に見られる非被爆者と被爆者とのお互いの立場を理解した上での「共生」は、まさに新生林京子が手に入れた地平であったと言っていいだろう。またそれは同時に、もしかしたら被爆した時からずっと長い間無意識のうちに林京子が抱き続けてきた

「願望」だったのではないか。つまり、林京子がトリニティ・サイト訪問をきっかけに確信するようになったこのような「共生」の思想と「未来」志向は、社会的にも歴史的にも孤立しがちな被爆者の一つの在り方を示すものでもある。その意味で、それはまた非人間的存在の極北にある核に対して根源的な「否」を突きつけるものであった。それ故、林京子が「希望」という言葉に託したものは、現実的には「夢物語」と思われるかも知れないが、「核」による被害者がこの世からいなくなる、つまり「核」が全世界から消滅することを希求したものでもあったのである。

三　『幸せな　日日』

二〇世紀が終わろうとする時に訪れたトリニティ・サイトがいかに多くのものを林京子にもたらしたか、その具体についてはこれまで見てきたように『収穫』や『希望』で明らかにされている。だが、もう一つ、「許し」というか、その基になったあるこだわりからの「自己救済」がある。そのこだわりとは何か。それは、離婚及び別れた夫（林俊夫）との関係について、である。林京子は、すでに何度も触れてきたように、夫が実娘に強いた「ただならぬ関係」への疑惑を直接的なきっかけとして離婚するが、果たしてその父娘の関係は本当にあったことなのか、にこだわり続けてきた。しかし一方で、一九八五年からの三年間を過ごしたアメリカ生活に材をとった『輪舞』（八九年）や『樫の木のテーブル』（九六年）収録の幾つかの作品で告白しているように、過ぎ去った時間によって浄化されたせいなのか、別れた夫との関係を決して「負」として捉えていないということがあった。もちろん、それは未練などといった次元の問題ではなかった。一度はおのれの情熱（愛）を受け入れてくれた男の悪口など言えるはずがない、一人の男を愛したという「事実」はどのようなことがあっても心の裡から消えない、といった毅然たる心の発露とでも言えばいいか。その渇いた文体と凝縮されたその作品内容から、林京子は思い切りのいいさっぱりした性格の作家だと思われがちである。別れた夫へも同じように対応してきたのではないか、とも思われがちである。

しかし、林京子の別れた夫への思いは、先に見た長編の『予定時間』で新聞社の特派員として戦時下の上海で「東亜の解放＝王道楽土」を夢見ていた男（林俊夫がモデル）の生活を描いたことに集約されるように、「情のこもった」暖かいものであった。この作品は、別れた夫である林俊夫が残した「手記」あるいは「ノート」を基にして書かれたと思われるが、もし林京子に別れた夫に対する恨みや憎悪が残っていたら、決してこの長編は書かれなかったはずである。林京子の場合、恨みしか残っていない憎い男のことを小説の素材にするなどということは、決してないと思われるからである。そんな「負（マイナス）」の感情など微塵も感じさせない筆致でこの長編は書かれている。「負」というより、この長編は敗戦間際の激動の上海で「夢」を追い続けた一人の男に対する畏敬の念や感嘆を基に書かれていた。

短編の『幸せな　日日』（〇五年一月）は、そのような別れた夫への感情と、これまで何度も言及してきたトリニティ・サイト訪問によって新たな世界に踏み出した林京子の現在とが相まって、彼女がいかに心静かな、文字通り「幸せな日日」を過ごしているかを伝える作品になっていた。『幸せな　日日』の主人公＝語り手「わたし」は、古い別荘地の近くに建てた終の棲家でのんびりした日々を送っているが、そんな「平穏」な日常にアクセントを付ける「高原を眺める会」に参加したある日、結婚後しばらくして海沿いの町の谷間に造った家に引っ越した時に、なぜか夫の葬儀を想像したことを想い出す。

さて、我が家が建ち上がった晴れがましい日に、わたしはなぜ二十年後の、老境にある信高（夫の名前―引用者注）の葬儀の日を仮想していたのか。胸を病んでいた信高の寿命を、六十五、六歳とわたしは計算していた。死を待つ薄情からではない。大事に人生を育んできた相手の、安らかな旅立ち。信高と生きる日も希望なら、完全な死の遂行も、希望だったのです。

（傍点引用者）

そんな「希望」を胸に抱いた生活も、別れた夫が前妻との間に設けた娘の「おとうさん大嫌い」「ワタシヲ娘トハ考エテイナイミタイ」の言葉――この「言葉」によって、主人公は夫と娘との「怪しい関係」を想像する――によって脆くも崩れることになるのだが、年月が経つと、別れた夫への「疑惑」も、今では還暦を過ぎた娘の若き日における自分から父親を奪った女を困らせるための「作り話＝嘘」だったのではないか、と思えるようになっている。そして、離婚を決めて信高の荷物を運び出す時にも、「娘が告げた事件は、育んできた二十三年間の年月をふいにするほど、重大なことなのか。神聖化された親と子の域を越えた行為は、何によって穢されたのか。何を穢したのか。／神聖化したのは神様なのか、わたしたち人間なのか。越えてはなぜいけないのか。道義的に倫理的に。粟立つ嫌悪を覚えながら、浮かんでくる答えは手応えのない感情論」、と自問自答を繰り返していたことも想い出す。

しかし、それらの「思い出」も、もう全て終わったことである。静かで平穏な、それこそ「幸せな日日」を今は過ごしている。このような「わたし」の生活と心境をもたらしたもの、それは「時間」であるとも言えるのだが、そのような感慨を漏らす「わたし」を造形するまでになった林京子の現在を、私たちは考えないわけにはいかない。また、作中で「わたし」は八月九日・長崎の被爆者であると記されているが、「わたし」＝林京子と同じような被爆者が半世紀以上に及ぶ長い年月内部に抱えてきた「修羅」が去ったと思える現在、このことの意味を深く考えなければならないのではないか。世界の核状況は一向に好転せず、悪化の一途を辿っていることを承知しつつ、である。

その意味で、この『幸せな　日日』が林京子の現在の心境（願望も含めて）を映すものであるとするならば、林京子も六〇年経ってようやくあの八月九日の呪縛から解き放たれたことを、林京子と共に「喜び」としなければならないだろう。

（『林京子論――「ナガサキ」・上海・アメリカ』二〇〇七年六月　日本図書センター刊）

うしろがき

黒古　一夫

私には、「大江健三郎」の名をタイトル、あるいはサブタイトルに附した著書が四冊ある。刊行順に記すと、以下のようになる。

①『理―大江健三郎論――森の思想と生き方の原理』（一九八九年八月　彩流社刊）

②『大江健三郎とこの時代の文学』（一九九七年十二月　勉誠社刊）

③『作家はこのようにして生まれ、大きくなった――大江健三郎伝説』（二〇〇三年九月　河出書房新社刊、本巻収録）

④『文学者の「核・フクシマ論」――吉本隆明・大江健三郎・村上春樹』（二〇一三年三月　彩流社刊、「第二部　大江健三郎の「反核」論」は本巻収録）

このうち、②以外は全て書下ろしの作家論として上梓したもので、それぞれに思い出がある。中でも最初の大江健三郎論となった①は、以後の私自身の批評（近現代文学研究）の方向性を決めたという意味で、感慨深いものがある。というのも、この「大江健三郎論」の前に一九七〇年前後の「政治の季節＝学園闘争・全共闘運動」体験の意味を総括する目的で、学生運動体験を基に小説を書いてきた三田誠広や立松和平、桐山襲、高城修三、島田雅彦らについてまとめた『祝祭と修羅――全共闘文学論』（一九八五年九月　彩流社刊）を上梓していて、担当編集者から「次は、大江健三郎で」と言われながら、書き倦んでいたということがあったからである。ところが、一九八八年五月に刊行された大江の講演集『「最後の小説」』（講談社刊）の巻末に収録されていた連合赤軍事件の指導者永田洋子をモデルにした『革命女性（レボオリユショナリ・ウーマン）（戯曲・シナリオ草稿）』によって、一気に筆を進めるヒントを得たという経験があったからである。『革命女性』は、ヨーロッパでハイジャック闘争を繰り広げてきた「同志たち」によって釈放された主人公の女性が、アンカレッジ国際空港で人質を取って立てこもり、最後は駐機中の飛行機を二機破壊したのち警備隊によって射殺されるという話である。

私がこれで大江論が書けると思ったのは、大江が『革命女性』の主人公に、自分の「綱領」は宮沢賢治の「農民芸術概論綱要」（一九二九年）の中の「おれたちはみな農民である。ずゐぶん忙しく仕事も辛い／もつと明るく生き生きと生活をする道を見付けたい／（中略）世界がぜんたい幸福にならないうちは個人の幸福はあり得ない／自我の意識は個人から集団社会宇宙と次第に進化する／この方向は古い聖者の踏みまた教へた道ではないか／（中略）われらは世界のまことの幸福を索ねよう　求道すでに道である」であると言わせ、戯曲の最後で人質になっていた「老婦人」に、「私ら子供の頃、無かったことも有ったにして、と昔話を聞かされましたがね。あなた、有ったことを無かったことにしてはいけないと、私はこの年になってしみじみ思いますよ。有ったことを無かったことにしていいのならばね、そもそも私らが生きてきたことは無意味でしょうが？　……あの娘さんはよってたかって殺されてしまいましたが、ヴィデオに映っているかぎりのことは、あれは本当に有ったことでした。国家もね、それを無かったことにはできないでしょうよ。」と語らせていることを知ったからである。

「戦後民主主義」の申し子とも言うべき大江が、そのデビュー作（『奇妙な仕事』一九五七年）以来一貫して隠そうとしなかったこの社会や時代の在り様に対する「違和感」の具体的内容が、この『革命女性』における「老婦人」の最後の言葉「有ったことを無かったことにしてはいけない」にある、と私は理解したのである。まさに「生き方の原理」がここにあり、それは学生時代に「今とは違う理想の世界＝ユートピア」を夢見て「変革」を願い、権力と対峙し「挫折＝転向」した私たちに、「その後の生き方」のあるべき姿を指し示してくれるもの、と私には思えたのである。

この①については、後に親しくなった小学館の編集者から「大江さんが、自分は黒古さんが言うほど政治的ではない、と言っていた」と伝えられたが、この大江さんからの「伝言」こそ私の意図したところを正確に言い当てたもので、その後も②③④と大江論を書き続けることができたのも、この時の大江さんの言葉があったからに他ならなかった。

なお、版元の「伝説」シリーズに応じ「評伝」的な書き方をした③は、大江が中学生の頃より「文才」を発揮した文学少年（青年）であり、ノーベル文学賞を受賞したのも当然だったのではないか、といったことを残された「資料」や膨大な作品群の解読を通して証明したものだが、大江さんからは『奇妙な仕事』以前の詩や小説作品については封印している。それを明らかにした黒古さんはルール違反だ」ということで、お叱りを受けた。今ではいい思い出だが、「絶交」状態にあった二年間は、苦しかった。

＊

十五歳の誕生日を目前に控えた一九四五年八月九日、学徒動員中の三菱兵器大橋工場で被爆した林京子（の文学）については、一九八一年の晩秋から始まった「文学者の反核運動」（正式には「核戦争の危機を訴える文学者の署名」運動）の成果の一つであった『日本の原爆文学』（全十五巻　一九八三年　ほるぷ出版刊）に最年少の編集委員として加わり、夥しい数の「原爆文学」に接したことによって、彼女の文学がいかに「新しい」ものであるかに気付かされた時から、特別な思いを持つようになった。『原爆とことば――原民喜から林京子まで』（一九八三年　三一書房刊）をはじめ、『原爆文学論――核時代と想像力』（一九九三年　彩流社刊）、『原爆は文学にどう描かれてきたか』（二〇〇五年　八朔社刊）、『文学者の「核・フクシマ論」』、そして『原発文学史・論――絶望的な「核

（原発）」状況に抗して』（二〇一八年　社会評論社刊）などを上梓し続け（書き続け）てきたのも、林京子という存在があったことが大きい。

林京子文学の最大の特徴は、第一に「被爆体験にこだわりつつ、そこにとどまらず被爆者として生き続けざるを得ない現在を描いた」点にある。つまり、「原爆・被爆（被曝）」に関わる最大の問題は、フクシマによって白日の下に曝け出されたが、「核＝被爆（被曝）」が過去の悲惨な出来事だけでなく、現在もなお私たち人間に敵対するものであり、林京子の文学は「生活」の場からそのことを強く訴え続けて来た点にあるということである。そして、もう一つの特徴は、自分を非道い目に合わせた「ヒロシマ・ナガサキ」の出来事が、生まれてから十四年間家族と過ごした国際都市上海での生活を客観視することで、徹頭徹尾「加害者」であったアジア・太平洋戦争がもたらしたものであるという冷厳な認識を獲得し、そのことで人間存在を否定する「戦争」の全体を問題視する点にあった。

そんな林京子の文学は、井上ひさし・河野多恵子・私を編集委員に『林京子全集』（全八巻　二〇〇五年　日本図書センター刊）として結実するが、この全集に大江健三郎は、以下のような「推薦の言葉」を寄せていた。

〈いま、小説の文章と人物作りと細部のたくみさで、この人は比類がない。生き生きした少女として中国で暮し、ナガサキに還って原爆に遭う。その偶然を、意志にみちた沈黙の中で必然に変えた人は、その生涯を通じて、全作品と彼女自身を、さらに比類のないものとして、私たちの国の文化に屹立している。私は若い人たちに「林京子」を示すことで、文学は現在なお、また未来にかけて、なにより人間の上質な所産だといえるのを喜ぶ〉（全文）

尊敬する作家からの「異例」と言っていい「絶賛の言葉」、林京子がどれほど喜んだか、想像に難くない。

なお、林京子（の文学）との関係で忘れられないのは、亡くなる直前に林京子がフクシマをテーマにした唯一の作品『再び、ルイへ。』が講談社文芸文庫として刊行される際に、編集者から林さんが「解説は黒古さんにお願いして」と言ってくださっている、と伝えられ、それまで考えてきた原爆文学（核文学）への思いをすべて注ぎ込むつもりで解説を仕上げたことである。編集者からは、林さんが私の「解説」を大変喜んでいた、と報告があったことである。

また、『林京子論――「ナガサキ」・上海・アメリカ』（二〇〇七年六月　日本図書センター刊、本巻収録）と『林京子全集』の装丁を郷土の先輩である画家・装丁家・小説家の司修氏にしていただき、氏の厳密かつ的確な仕事ぶりに接したことも、今でも続く氏との友情と共に忘れられない思い出として残っている。

二〇一九年五月三十一日

［編集付記］

・本作家論集は、黒古一夫が単行本として刊行した作家論を中心に構成しています。

・収録した単行本は、初版をテキストとし、本文表記はその初版のままとしました。ただし、あきらかな誤植は直しました。

・単行本に収録されている「あとがき」、作家の「略年譜」「著作一覧」等は省きました。

・各巻に、収録した単行本の刊行年、出版社、さらにエピソードなどを綴った著者による「うしろがき」を付しました。

黒古一夫（くろこ・かずお）
1945年12月、群馬県に生まれる。群馬大学教育学部卒業。法政大学大学院で、小田切秀雄に師事。1979年、修士論文を書き直した『北村透谷論』（冬樹社）を刊行、批評家の仕事を始める。文芸評論家、筑波大学名誉教授。主な著書に『立松和平伝説』『大江健三郎伝説』（河出書房新社）、『林京子論』（日本図書センター）、『村上春樹』（勉誠出版）、『増補 三浦綾子論』（柏艪社）、『『1Q84』批判と現代作家論』『葦の髄より中国を覗く』『村上春樹批判』『立松和平の文学』（アーツアンドクラフツ）、『辻井喬論』（論創社）、『祝祭と修羅―全共闘文学論』『大江健三郎論』『原爆文学論』『文学者の「核・フクシマ論」』『井伏鱒二と戦争』（彩流社）、『原爆文学史・論』（社会評論社）他多数。

黒古一夫（くろこかずお） 近現代作家論集（きんげんだいさっかろんしゅう） 第2巻
大江健三郎論　林京子論
2019年6月30日　第1版第1刷発行

著者◆黒古一夫（くろこかずお）
発行人◆小島　雄
発行所◆有限会社アーツアンドクラフツ
東京都千代田区神田神保町2-7-17
〒101-0051
TEL. 03-6272-5207　FAX. 03-6272-5208
http://www.webarts.co.jp/
印刷　シナノ書籍印刷株式会社

落丁・乱丁本はお取り替えいたします。
ISBN978-4-908028-38-0　C0095